하늘을 떠도는 작은 섬

하늘을 떠도는 작은 섬

박 철 소설

1장

바람의 노래

아릿한 슬픔과의 만남

1.

눈을 떴다. 짙은 어둠 속, 손가락 하나 까닥할 수가 없다. 일어나려고 발버둥치길 얼마나 지났을까? 몹시 기분 나쁜 축축함이 등에 전해지더니 서서히 바닥으로 빠져들어 갔다.

"죽음이란 이런 건가?"

모든 것을 체념한 순간, 짙은 어둠을 예리한 칼날로 스윽 그은 것 같은 빛이 새어 나오더니 문이 활짝 열렸다. 이어 무채색 무대가 펼쳐지며 붉은 원피스에 빨간 립스틱이 유난히 튀는 여가수가 클로즈업됐다. 동시에 울려 퍼지는 〈Gloomy Sunday(우울한 일요일)〉. 피아노 건반을 타고 흐르는 여가수의 치명적인 아름다운 노랫소리에 사람들은 턱을 괴고 황홀감에 빠져들었다. 헉! 그들 중에 내가 보인다.

시끌벅적한 곳으로 시선을 돌리자 어둠침침한 구석에서 몇몇 무리들은 주먹다짐을, 그 옆 무리들은 무심히 병나발을 부는 듯한 실루엣들이 흐느적거리고 있었다. 그 모습은 흡사 자신의 욕망을 어쩌지 못해 허우적대는 꼴이다.

이곳은 1930~40년대풍의 클럽으로 한 번 문을 열고 들어오면 영원히 갇혀 끈적한 노래를 들으며 술을 들이켜거나, 싸우거나, 히죽거리며 잡담을 늘어놓아야만 하는 절망의 늪과 같다. 이 클럽은 세상 어디에도 없으나, 어딘가 꼭 하나는 있을 것 같은 생각이 들었다.

나의 시선이 사람들 사이를 비집고 들어가자 비스듬히 눌러쓴 새까만 중절모가 눈에 들어왔다. 검은 정장, 흰 셔츠에 핏빛 넥타이. 왼쪽 가슴엔 핏빛 손수건. 온통 무채색인 클럽에서 그의 컬러풀한 모습이 강렬하게 다가왔다. 시가 연기 사이로 번뜩이는 눈빛. 어둠침침한 공기를 예리하게 도려내는 그의 눈빛에 가슴이 서늘해지며 일순 공포가 엄습해 급히 시선을 돌렸다.

지금 클럽의 사람들은 절망을 탐닉하며 자신의 희망에 난도질을 하고 있다. 가슴이 답답해 머리를 양팔에 묻자 왼쪽 뺨이 뜨겁게 달아올랐다. 사랑을 노래하지만 절망처럼 들리는 여가수의 음색과 악기의 멜로디. 일순 와자지껄한 소음이 사라졌다. 노랫소리도 점점 작아지더니 들리지 않았다.

등골이 서늘해 서서히 고개를 들었다. 검은 정장의 사내가 허연 이를 드러내고 한바탕 웃고는 입을 다물었다. 검은 중절모 아래 퀭한 눈빛이 너무도 강렬해 눈을 뜰 수가 없다. 그는 왼쪽 재킷 안쪽에서 권총을 꺼내 내 이마를 겨냥했다. 한 치의 떨림도 없는 태연함에 묻어나는 동정 어린 미소. 검은 장갑에 들린 빨간 총구가 불을 뿜었다. 사방이 핏빛으로 물들고 클럽은 암흑 속으로 사라져 갔다. 서서히!

2.

눈이 부시다. 강렬한 햇살이 온 방 안을 따뜻하게 감싸고 있다. 휴!

꿈이다. 온몸이 땀으로 흥건하다. 창을 활짝 열자 봄날의 아침이 늘 그렇듯 상쾌한 내음이 코를 자극한다. 비가 오든, 햇살이 내리쬐든, 안개가 자욱이 퍼지든, 3월의 봄날은 그 나름대로 운치와 멋스러움이 깃들여져 있다.

SBS-FM 라디오를 틀었다. 김창완 씨의 목소리가 흘러나오는 것을 보니 10시 전후다. 오랜만에 집 청소를 했더니 배가 출출하다. 냉장고에서 사과를 꺼내 '콱' 베어 물자 새콤한 사과즙이 메마른 식도를 타고 위장을 적신다. 커피포트에 헤이즐넛 커피를 내렸다. 기분 좋은 커피 향이 캔자스(Kansas)의 〈Dust in the Wind(바람 속의 먼지)〉 선율을 타고 흐른다.

샤워 후 모처럼 외출했다. 청색 스니커즈에 청바지, 하얀 티에 하늘색 체크무늬 남방을 걸치고 선글라스로 눈을 가렸다. 가로수는 가지마다 연녹색 싱그러움을 뿜내고, 나뭇잎들 사이로 보이는 파란 하늘이 눈부시다. 가슴이 뻥 뚫렸다.

지하철 안은 긴 좌석마다 두세 명 정도의 사람만이 드문드문 앉아 있을 정도로 한산했다. 뒤에서 지하철을 기다리며 통화를 하고 있던 소녀가 내 맞은편 자리에 앉았다. 그 소녀는 흔들리는 어깨를 간신히 억누르며 통화를 지속했다. 눈가에 고이는 눈물을 하얗고 가녀린 손가락으로 연신 닦아 내며 간간이 짧게 건네는 몇 마디 영어엔 울음이 묻어났다. 마침내 코끝이 빨갛게 물들며 눈물이 흘러내리기 시작하자, 그녀의 손길이 더욱 바빠졌다. 지하철은 이내 삼각지를 지나 용산구청역(2010년 5월 이후 효창공원앞역으로 바뀜)으로 접어들고 있었다. 다음 역인 공덕에서 내려야 하지만 호주머니 속 손수건을 꽉 쥔 손은 멈칫거렸다.

그녀와 눈이 마주쳤다. 붉게 물든 커다란 눈망울, 약하게 들썩이는 가녀린 양어깨에 눈가가 시큰해져 왔다. 급히 시선을 바닥으로 떨어뜨렸다. 잠시 후 시선을 올렸을 때도 그녀의 슬픈 눈동자는 여전히 나를 빤히 보고 있었다. 눈물이 뺨을 적시는 가운데 통화는 계속되었고, 연신 눈물을 훔치는 하얗고 가녀린 손가락은 더욱 창백해 보였다. 코끝은 물론 두 볼이 선홍빛으로 물든 것을 보면, 곧 터질 것 같은 울음을 간신히 억누르고 있으리라…….

내릴 때 손수건을 건네주고 싶었지만 '난 못할 거야'라는 생각이 들었다. 그녀가 손수건을 받으면 주체할 수 없는 슬픔이 와락 쏟아져 내릴 것만 같았기 때문이다. 그렇지만 건네주고 말았다. 손수건을 건네받는 그녀의 희고 가녀린 손가락과 나를 바라보던 눈동자가 가슴에 박혀 버렸다. 슬픔을 가득 머금은 그녀의 까만 눈동자는 나에게 아릿함으로 간직됐다.

3.

오랜만에 교보문고에 들러 책 냄새에 푹 빠져 있다 가벼운 점심 후 경복궁으로 향했다. 경복궁 경회루 연못가엔 연하디연한 버들가지에 새싹들이 만발하다. 짓궂은 봄바람이 수줍은 버들가지 치맛자락을 들춰 놓곤 저만치 달아나자, 그 뒤를 이어 또 다른 봄바람이 머리카락을 헤집곤 속눈썹에 나른함을 얹어 놓고 달아났다. 연잎 밑으로 커다란 잉어가 하품을 하고, 수면 위에 드러누운 파란 하늘이 흰 구름을 베개 삼아 한가로이 낮잠을 즐기는 3월 말의 오후, 난 벤치에 팔베개를 하고 누웠다.

하얀 뭉게구름들이 유유자적 흘러간다. 그들은 서로 만났다 헤어지고, 또는 뭉쳐서 함께 흐르기도 한다. 어쩌면 사람들의 인연도 저 구름과 같을 것이다. 한 운명이 광활한 창공에서 바람에 밀려 흐르다 또 다른 운명과 부딪치면 그것이 인연이 되고, 서로 사랑하다 헤어지면 또 다른 운명과의 만남을 위해 바람을 타고 흘러가고…….

뭉게구름 사이로 해가 방긋 웃는 바람에 눈이 부시다. 하늘거리는 버들가지 그림자 밑으로 고개를 돌렸다. 실크 천을 두른 싱그러운 바람이 얼굴을 스치는 여유로운 일요일 오후다. 이대로 영원히 모든 것이 정지했으면…….

연못 건너편에는 많은 연인들이 곳곳에서 한가로운 휴일을 즐기고 있었다. 멀리서 봐도 그들의 얼굴엔 생기가 넘쳐나고 즐거움이 그득했다. 이젤(easel)을 세우고 그림을 그리던 소녀가 고개를 들더니 나를 바라봤다. 그녀의 상반신이 슈욱 커지더니 나와 눈을 마주쳤다. 순간, 난 마법사의 주술에 걸린 것처럼 얼어붙었다. 그리고 온몸이 바닥으로 빨려들어 가기 시작했다. 손을 뻗어 도움을 요청하려 했지만, 손가락 하나 움직일 수가 없다. 입술도 딱 붙었다. 다리가 사라지고 허리가 땅속으로 빨려들어 간다. 간신히 눈동자를 좌우로 돌렸다. 벤치 주위는 물론 연못 건너편의 모든 사람들은 나의 이런 심각한 상황을 전혀 눈치채지 못하고 있다.

그녀의 눈동자가 점점 커지며 내 얼굴 바로 앞에 멈춰 섰다. 하얀 눈 위에 까만 눈동자가 호기심 가득 이리저리 굴러다닌다. 무섭도록 아름답다. 온몸의 세포들이 일제히 살갗을 뚫고 척추 끝으로 달려가자 식은땀도 그 뒤를 따라 질주했다. '으' 숨이 막혀 와 눈을 질끈 감았다. 그래도 그녀의 눈동자가 보인다.

"아, 이젠 끝이군!"

항복 선언에 눈동자는 멀어져 갔다. 그녀는 빙긋이 웃으며 고개를 돌려 다시 붓을 들고 그림을 그렸다. 아주 자연스럽게……

공기가 느슨해졌다. 내 몸이 위로 서서히 올라오더니 다시 완전한 상태로 벤치에 맡겨졌다. 그녀의 그림을 감상하는 건너편 사람들과 내 주변 사람들의 재잘거림, 그리고 나를 스치는 누군가의 옷자락을 느꼈다. 그녀의 마법에서 풀려난 것이다.

시선을 파란 하늘에 박혀 있는 뭉게구름으로 옮기자 내가 구름 위에 앉아 있다. 옹기종기 붉은빛의 풀꽃 한 무더기가 황금빛 들녘에서 졸고 있다. 황금빛 들녘은 연초록으로 바뀌고, 상큼해진 풀들이 일제히 일어나 산들바람에 몸을 던져 물결을 이룬다. 광활한 풀밭에 토끼풀, 민들레꽃, 제비꽃, 강아지풀, 그리고 이름 모를 자그마한 하얀 꽃들과 보랏빛 꽃들이 고개를 내밀고 내리쬐는 봄 햇살에 나른함을 걸쳐 놓곤 낮잠을 즐긴다.

꽃밭이 클로즈업되면서 팔베개를 하고 누워 있는 소녀와 그 옆의 꽃무늬 연푸른색 재킷, 녹색 운동화가 눈에 들어왔다. 흰 블라우스와 청바지, 하얀 목양말을 신은 그녀는 밀짚모자로 얼굴을 반쯤 가리고 하얀 들국화로 입술을 덮었다. 들국화? 가을에 피지 않나? 하얀 살결과 볼그스레한 양 볼을 시샘하는 봄바람이 기지개를 켜자 블라우스 자락이 흔들리며 밀짚모자가 벗겨졌다. 오똑한 콧날에 초롱초롱한 눈망울. 헉! 지하철에서 본 그 소녀다. 순간 뭉게구름이 나를 덮쳤다.

4.

옹? 나를 내려다보는 실루엣 주위로 햇살이 폭포수처럼 쏟아졌다.

"안녕! 잘 잤어요?"

유리알처럼 투명한 소녀가 허리를 숙여 내 얼굴을 빤히 보고 있었다. 헉! 무섭도록 아름다운 눈동자! 깜짝 놀라 일어나 앉았다.

"미안해요. 놀라게 하려고 한 것은 아닌데, 저 모르겠어요?"

"……."

"지하철."

"아! 손수건!"

"네 저예요."

소녀가 환한 미소를 짓자 싱그러운 봄바람이 목덜미를 스치고 지나갔다. 하늘을 올려다봤다. 파란 바다 위에 크고 작은 하얀 배들이 돛을 활짝 펴고 항해를 한다. 얼마나 잤을까! 머리가 상쾌한 것을 보니 달콤한 낮잠이었다. 그래도 꿈은 떨칠 수가 없다.

"미안해요. 보려고 한 것은 아닌데."

"아저씨 눈동자도 젖어 있던데요, 뭐!"

"그랬나요?"

"아하하하!"

어쩔 줄 몰라 하는 모습이 우스웠는지 소녀는 하얀 이를 드러내며 웃는다. 순간 바람이 불어와 소녀의 생머리를 흩날렸다. 흰 블라우스에 멜빵 청바지, 초록색 단화를 신은 소녀는 깔끔했다.

"음료수 할래요?"

시곗바늘이 오후 4시 30분을 지나가고 있었다. 햇볕은 부드러워지고, 그림자 색깔도 옅어졌다. 소녀는 생머리를 찰랑거리며 캔버스가 놓인 곳으로 가 이젤을 접고, 그림 도구들을 상자에 챙긴 다음 분홍 스트라이프 줄무늬 윈드재킷을 걸쳤다. 소녀는 머리카락을 양손으로 가지런히 뒤로 모으고 하늘색 모자를 눌러 쓴 후 뒤로 빼냈다.

근처 매점에서 사 온 음료수를 소녀에게 건넨 후 나란히 연못가 벤치에 앉았다.

"아저씨 성함은?"

"진수, 박진수"

"전, 님프."

"……."

얼굴을 물끄러미 쳐다보자 소녀가 빙긋 웃는다.

"미국식 이름이에요. 지난해 말 한국에 왔어요. 한국 이름은 김소현이지만 미국에서는 '님프'라고 불려요."

님프는 하늘에 시선을 두고 한동안 침묵을 즐기다 여긴 무슨 일로 왔는지, 무슨 일을 하는지 물었다. 나는 신문사에서 편집을 하고, 이곳엔 생각이 넘치면 가끔 산책하러 온다고 답했다. 나도 님프에게 미술전공 대학생이냐고 물었다.

"아뇨. 고등학교 3학년. 그림은 취미고 집에서 쉬고 있어요."

"학교는?"

"재미없어 휴학했어요. 다니기 싫어 그만뒀는데, 언니가 학교에 가서 휴학계를 냈나 봐요. 쓸데없는 일을 했다고 말했지만, 언니는 1년쯤 지난 후에도 생각이 안 바뀌면 그때 가서 그만두라고 해서요. 날 생각해 주는 언니의 마음이 고마워 그런다고 했어요. 뭐 그럴 리는 없겠지만…… 여기 학교수업 방식도 맘에 안 들지만, 아이들과 말도 잘 안 통하고 어색해요. 한 달 동안 꼭 인형 같았어요. 우습죠?"

"그래요. 그건 우스운 일이죠."

"그렇죠?"

표정은 밝았지만 '인형 같다'는 님프의 말엔 슬픔이 스며 있었다. 지하철 모습이 남아 있기 때문인가? 소녀에게 용기를 줄 어떤 이야기를 찾아내려고 생각에 잠겼다. 잠시 침묵이 흐르자 님프가 따뜻한 시선으로 날 바라봤다. 그 시선으로 인해 내면 깊이 웅크리고 있던 기억이 수줍게 말문을 열었다.

"무척 착하고 성실한 여자 후배가 있는데, 어느 날 그러더군요. 죽어라 공부해서 취직하고 보니, 꼭 성실하고 일 잘하는 사람이 보답을 받는 것이 아니란 걸 그때서야 알았대요. 학생 때 부모님이나 선생님은 항상 착실하게 노력하면 보답 받는다고 말했지만, 사회에서 부조리를 목격한 거죠. 실력 없는 사람이 부모의 재력이나 권력을 이용해 열심히 일하는 직원을 짓밟고 승진하는 것을 보고는 이놈의 세상이 더럽게 여겨지더래요. 더 심한 것은 그런 사실을 알고도 상사가 모른 체하고 넘어가거나, 오히려 승진한 놈이 능력 있다고 감쌀 때는 차라리 신이 원망스러웠대요. 아니, 자신이 세상을 잘못 살아온 것은 아닌가 하는 회의감마저 들더랍니다."

님프가 놀란 눈을 하자, 난 한국말이 어렵냐고 물었고, 님프는 의미를 이해한다고 답했다.

"나더러 '이놈의 세상 뭐가 잘못된 거 아냐?'라고 항변하더군요. 그래서 '잘못된 거라 하지만 그런 것 또한 사회 아니냐'고 말해 줬습니다. 또 이 세상은 부조리가 당당하게 활보하는 곳이고. 나도 그런 일을 많이 당했다고 하자 '억울하지 않느냐'고 묻더군요. 그래서 '뭐 별로, 그러려니 하고 사는 거라'고 했더니, 놀란 후배는 '어떻게 그렇게 어영부영 살아?'라며 두 눈을 치켜뜨며 얼굴을 들이밀더군요. 그래서 '뭐 좀 어영부영 살면 어때냐'고 했더니, 후배는 실망이라는 표정으로 술잔을 비운 후 잔을 건네면서 씩 웃더군요. 술잔을 들고 잠시 망설이자 후배는 내 얼굴을 물끄러미 쳐다보더니 말없이 오른손을 올려 술을 권했어요."

난 잠시 말을 끊고 하늘을 봤다. 님프가 너무도 진지했기 때문이다.

"그래서요?"

님프가 재촉했다.

"고의든 아니든 상사의 지시를 한 번이라도 어겨 본 적이 있느냐고 물었더니 고개를 젓더군요. 그럼 시말서는 써 본 적 있느냐고 했더니, 나지막한 소리로 '그럴 정도까지 일하며 살고 싶진 않아'라고 단호하게 말했습니다. 커피 심부름도 물었는데, 속에선 화가 치밀지만 겉으론 얌전히 심부름을 하고 있는 자신을 볼 땐, 꼭 욕망이 정체된 인형 같다나요. 그래서 시말서 한두 장쯤이야 딱히 목숨이 걸린 것도 아니니 너무 완벽하려 하지 말고, 커피도 형편없이 타 보거나, 상사 앞에서 실수처럼 엎질러 보라고도 했어요. 게다가 상사가 일을 떠넘기거나 퇴근 무렵 일을 주면 숫자도 적당히 틀리고 문맥도 비틀라고 했습니다. 그게 얼마나 스릴 있고 재밌는지 한번 즐겨 보라고요."

님프가 바싹 다가앉더니, 후배가 스릴을 즐겨 본 적이 있는지 물었다.

"시말서 몇 번 제출했나 봐요. 단지, 자신이 여자라서 조만간 분명 불이익을 받을 거라곤 했지만……."

"왜요? 왜 여자가."

"설명하자면 좀 길어요. 그리고 아직 꿈을 향해 질주하고 있는 고등학생에게 말하기도 좀 그렇고, 님프가 사회에 나갈 때면 그런 차별은 없을 겁니다. 그냥 하고 싶은 것을 하기만 하면 돼요. 그 후배도 잘릴 것을 대비해 하고 싶은 공부도 하고 경제적으로도 착실히 준비하나 봐요. 한 회사에 전적으로 매달렸던 때보다 지금이 더 편하답니다. 욕망을 정체시킨 인형에게 생명을 불어넣은 느낌이라나?"

"그런데 왜 착하고 성실하게 일하는 사람이 불이익을 받아요?"

"모두 다 그런 것은 아니지만, 확고한 사람일수록 어려움에 부닥

치면 쉽게 무너지고, 얼핏 보기엔 한량 같아 보이는 사람이 어려움을 쉽게 극복하고 출세도 빠른 경우가 많답니다."

"그거 세상을 살아가는 요령이에요?"

"요령이라기보다 릴렉스 하는 법을 아는 거라고 해 두죠. 착실하기만 한 사람은 그만큼 인생도 서툴게 살기가 쉬워요. 학교수업 방식이 맘에 안 들고, 자신이 인형 같은 느낌이지만, 적당히 릴렉스 하는 법을 알면 학교생활이 즐거울 수 있어요."

"후배분도 그 방법 써먹었대요?"

"즐겼다고 봐야죠."

다람쥐가 소나무 가지 위를 오르내리는 평화로운 오후, 그림자가 길어지며 바람도 서늘해졌다.

"아저씨, 아까 날 보고 놀라던 눈치던데."

"……"

대답 대신 님프의 까만 눈동자에 둥실 떠가는 뭉게구름을 봤다. 그 광경을 담고 있는 님프의 눈동자는 아름다움이라기보다 이슬을 머금은 애잔함이다. 님프에게서 들국화 향기가 풍겨 왔다.

"음악 같이 들을래요?"

MP3를 꺼낸 님프가 한쪽 이어폰을 내 귀에 꽂아 주었다. 파블로 데 사라사테의 〈지고이네르바이젠(Zigeunerweisen, 집시의 노래)〉 선율이 햇살과 바람결을 더욱 부드럽게 만들었다. 폐장시간을 알리는 안내방송이 울렸다.

"아저씨 우리 다음에 만나면 친구해요. 당연히 친구니까 서로 말도 편하게 하고."

고개를 끄덕이고 님프에게 명함을 건넸다.

"오늘 고마웠어요. 그리고 왜 울었는지 묻지 않아서도. 꼭 전화할게요."

오랜만에 깊은 잠을 잤다. 정말 오랜만에.

걸려 온 전화

1.

검은 공간에 눈송이가 벚꽃처럼 흩날린다. 이상하다? 꽃피는 봄인데 눈이 내리다니……. 사방을 둘러봐도 온통 하얀 눈송이다. 어! 이상하다? 바람이 불고 눈발이 흩날리는데도 옷자락과 머리카락은 미동도 않는다. 바람을 볼 수는 있어도 느낄 수가 없는 상황이다. 어디선가 휴대폰이 울린다. 벨 소리가 점점 커지다 '툭' 끊기자 눈이 떠졌다.

꿈이다. 부재중 번호가 다섯 통이다. 오전 11시. 머리가 무겁다. 찬물로 샤워하고 소파에 앉아 TV를 켰다. 휴대폰이 또 울린다. 그 번호다. 잠시 망설이다 통화 버튼을 눌렀다.

"여보세요? 진수 씨 아니세요? 맞죠? 혜진 친구 은주예요."

잡음 없는 차분한 음성의 낯선 여인의 목소리가 무거운 공간을 뚫고 나왔다.

"네. 제가 맞는데, 누구시죠? 혜진이라뇨? 은주 씨는 누구시고요?"

머리가 멍해진다. 혜진은 첫사랑 이름이다.

"잘못 거신 것 같은데……."

"혜진 모르세요? 이혜진."

아! 그 이름! 기억에선 지우고 가슴에만 담아 두었던 나의 첫사랑이다. 누군가 불러 주지 않으면 영원히 잃어버렸을 이름이다. 4년, 아니 5년만인가! 그녀의 이름을 누군가 불러 주는 것이. 혜진은 헤어질 때 '사랑하지만 내가 보기 싫다'는 이유를 남기고 떠나갔다. 그리고 2년 후 하늘나라로 갔다.

"여보세요? 진수 씨! 진수 씨!"

"아! 몰라봐서 죄송합니다. 무슨 일이죠?"

"진수 씨에게 전해 달라고 한 것이 있어서요."

그녀는 직접 만나 전해 주고 싶다고 했다. 은주 씨를 내가 알아볼 수 있을까?

2.

검은 정장에 하얀 와이셔츠를 받쳐 입고 노타이 차림으로 예술의 전당 앞 '마노' 카페에 도착했다. 분위기는 와인바와 커피숍을 묘하게 섞어 놓은 곳으로 고급스럽지만 심플하다. 전에는 상호가 '캑터스'였는데 미국 서부영화에나 나올 법한 칵테일 바였다. 백여 평의 실내는 입구 왼쪽으로 서빙 홀과 클래식풍의 긴 카운터 테이블, 오른쪽 도로변에 위치한 삼면은 두꺼운 통유리로 밤 풍경이 그만이다. 높이 1.2미터, 길이 약 10미터 정도의 카운터 테이블 뒤 원목 장식장엔 각종 양주와 와인이 빼곡히 들어 차 있고, 앞에는 회전의자 이십여 개가 줄지어 있다. 그 아래 열두 개의 고급스러운 테이블과 안락한 의자들, 그리고 재즈가 사뿐히 스텝을 밟으며 곳곳의 대화를 감싸 주는 곳이다.

처음 이 카페에 들어섰을 때, 탤런트 우희진 씨가 우리를 반갑게 맞이했고, 김하늘 씨는 카운터 테이블에서 빙긋이 웃고 있어 놀랐다. 정말이지 두 사람은 두 탤런트를 많이 닮았다. 더욱이 연년생 자매로 이 카페를 공동 운영한다는 것을 듣고는 호기심마저 일었다. 생김새만큼이나 성격도 확연히 달랐다. 언니는 조용한 분위기고, 동생은 활달했다. 그래서 이곳을 아는 지인들은 언니에겐 '살 빠진 김하늘', 동생에겐 '살찐 우희진'이란 호칭을 부여했고, 그 후로 편하게 하늘과 희진 씨로 불렀다. 물론 '살찐'이나 '살 빠진'이란 형용사는 대화를 부드럽게 하기 위한 조크였다.

자매는 서른 전후로 세련되고 깔끔했으며 우아했다. 그녀들은 약간 과하다 싶을 정도로 친절을 베풀며, 늘 화사한 표정과 상큼한 말솜씨로 손님을 맞이했다. 그녀들과 대화를 나누면 병든 마음도 치유가 되지 않을까 하는 생각이 들 정도였다. 커피도 듬뿍, 와인을 마실 때도 이것저것 손수 만든 먹거리들을 잔뜩 내온다. 물론 손수 내온 음식에 돈은 청구하지 않는다. 그리고 내 취향에 맞는 맥주 칵테일과 안주도 갈 때마다 마련해 줬다.

처음에 그녀들과 가벼운 눈인사를 나눴을 뿐인데, 이후 오랜만에 들렀을 때 화사한 웃음 가득 머금고 반겨 줬다. 이곳은 오랜 친구처럼 푸근한 곳이다. 2년 전인가? 함박눈이 내리던 12월 어느 날, 트레킹 친구들과 거나하게 양주와 와인, 맥주 등을 새벽녘까지 마신 적이 있었다. 하얗게 눈으로 뒤덮인 산과 도로는 어둠에 잠들고, 가로등과 가로수가 눈사람으로 변할 때 자매도 합석했다. 우리들은 다양

한 이야기 소재거리를 테이블에 올려놓고, 터지는 웃음과 즐거움을
가슴 가득 채우며 삶의 아름다움과 행복감을 만끽했었다.

3.

우면산 능선을 따라 걸쳐진 붉은 노을이 인상적이다. 심호흡과 동
시에 옷깃을 가다듬고 문을 열고 들어섰다. 창가 쪽 테이블에 앉은
여성이 손을 흔든다. 그녀를 보자마자 5년 전 혜진과 함께 식사하며
재잘재잘대던 모습과 간단한 맥주를 기울이며 웃음 짓던 모습이 떠
올랐다. 통화를 했을 때만 해도 전혀 기억나지 않던 그녀의 모습이
스크린처럼 좍 펼쳐졌다.

어색한 인사를 주고받은 다음 무슨 말부터 해야 할지 막막했다.
어색한 침묵이 흐르자 희진 씨가 미소 가득 머금고 다가와 안부 인
사를 건넨 다음 주문을 받고 돌아섰다. 예전 같으면 몇 마디 이야기
라도 나누었을 것이다. 흰색 블라우스에 청바지, 굽이 어느 정도 있
는 검은 샌들은 그녀의 다리를 더욱 늘씬하게 보이도록 했고, 허리
에 동여맨 블라우스 끝자락과 높이 세워진 깃은 그녀를 더욱 세련되
게 보이도록 했다.

엷은 핑크빛 받침대 위, 새싹빛깔 머그잔에 커피가 담겨 나올 때
까지 우린 창밖 풍경을 보고 있었다. 미등을 켜고 순환도로를 달리
는 차량 행렬, 울창한 우면산 나무들, 예술의 전당과 오가는 사람들
등등.

무슨 말부터 시작해야 할지 몰랐다. 그건 은주 씨도 마찬가지로

머그잔을 두 손으로 감싼 채 머뭇거리고 있었다. 희진 씨는 내가 데이트 중인 것으로 생각했는지, 크림 케이크 두 조각과 레몬 향을 첨가한 얼음 냉수 두 컵을 내려놓으며 빙긋 웃었다.

"손님 중 생일파티를 하신 분이 계셔서요. 케이크가 무척 맛있어요. 드셔 보세요. 진수 씨는 여전히 말씀이 없으시네. 후후, 좋은 시간 되세요."

그녀가 물러가자 은주 씨는 가방에서 다이어리를 꺼내 앞으로 밀었다. 빨간 양장표지에 황금색 키가 눈에 들어왔다. 난 손을 올리지 못하고 그대로 굳은 채 앉아 있었다.

"혜진의 기록노트예요. 진수 씨에게 전해 달라고 해서요."

"진이가요?"

'진'은 혜진을 부르는 나의 애칭이다.

"얼마 전 소포로 보내 왔더군요."

난 멍했다. 혜진은 3년 전에 죽었다. 은주 씨가 직접 나에게 전해 주지 않았던가? 냉수를 들이켰다.

"진수 씨에게 거짓말했어요. 정말 미안해요. 그땐 그럴 수밖에 없었어요. 너무 고통스러워하시는 것 같아서요."

"진이가 부탁했나요?"

"네."

"그럼 결혼했다는 소문이 사실인가요?"

그녀는 말없이 고개를 끄덕였다.

"처음엔 사랑하지만 그냥 싫어졌다고, 그다음엔 병이 나서 저를 떠난다고, 그리고 1년 후 은주 씨가 진이의 죽음을 알려 왔습니다. 그 죽음이 결혼식이었군요."

"죄송해요!"

"주변에서 진이가 직장 동료와 눈이 맞아 저를 버렸다는, 또 그와 결혼했다는 소문을 들어도 전 그럴 리 없다고 반박했습니다. 친구들은 '차라리 잘됐으니 잊어버리라'며 진이에 대해 나쁘게 말했지만 제가 화를 내자 '병신'이라고 하더군요. 그래도 전 진이의 아픔과 고통을 함께하지 못했다는 죄책감에 빠져 1년여 동안 진이를 알던 선후배, 친구들과 소식을 끊고 지냈어요. 이후 모든 생활이 뒤엉켜 버렸어요. 은주 씨 어떻게 그럴 수 있습니까?"

"죄송해요! 소문은 사실일 거예요. 혜진은 출세가도를 달리는 남자를 선택했으니까요. 그 남자, 진수 씨도 아는 혜진의 직장 동료예요. 그 결혼식엔 저도 참석하지 못했어요. 직장동료는 물론 친구들에게도 연락 않고 주변 친지 몇 분만 모시고 조촐하게 올렸나 봐요. 혜진의 직장 동료들도 진수 씨를 알잖아요. 그래서 아무도 초대하지 않았나 봐요. 심지어 가장 친한 저에게조차 결혼 후 한동안 알리지 않았으니까요."

그녀는 천천히 그리고 다소곳이 커피를 한 모금 마셨다.

"무서운 아이죠. 직장 내 시선이 좋지 않아 결혼과 동시에 퇴사했어요. 한편으론 그 애가 측은하기도 해요. 진수 씨와 헤어졌을 땐 금방 결혼할 줄 알았는데, 무려 2년이 지나서야 했으니……. 그동안 크고 작은 일들이 많이 있었을 거예요. 친자매처럼 지낸 저도 학교 친구들을 통해 그 애의 결혼소식을 들었으니까요. 그것도 몇 개월이 지나 동창모임에서요. 아마 혜진은 친구들 중 진수 씨와 연락이 닿는 저를 가장 피하고 싶었을 거예요. 제가 전화해도 받지 않다가 곧 번호를 바꿔 버릴 정도로 친구들과의 인연도 끊었어요. 진수 씨도 잘 아시지만, 그 아이는 자신의 결점이나 나약한 모습 보이기를 죽기보다 싫어했잖아요. 부모님께 연락하면 알 수는 있었지만, 저도 꽤 씸해서 연락을 끊고 지냈어요.

진수 씨와 헤어진 지 3년 정도 되었던가? 그러니까 결혼한 지 1년 정도 지났을 거예요. 절 찾아와 1년 전 병으로 죽은 것으로 해 달라고 부탁, 아니 애원하더군요. 진수 씨가 자기를 원망하고, 미워하게 해 달라고. 두 사람의 사랑을 처음부터 봐 온 저로서는 차라리 그편이 낫겠다 싶었어요."

톡! 그녀의 커피잔 놓이는 소리가 무거운 공기를 갈랐다. 통유리 너머엔 어둠이 내리고, 차들은 붉은빛을 길게 늘이며 질주하고 있었다. 가슴이 답답해 와이셔츠 윗단추 하나를 풀었다. 초르륵! 얼음과 레몬이 든 유리물병을 들고 온 희진 씨가 유리컵에 물을 따르더니 눈을 맞춰 싱긋 웃곤 몸을 돌려 또각또각 걸어갔다.

"그날 혜진은 미안하다며 밤새 소리죽여 울었어요. 처음엔 문도 열어 주지 않았어요. 문밖에서 울먹이며 그러더군요. 정말 미안하다고. 그 날 이후 혜진은 다시 나타나지 않았어요. 저도 혜진과 진수 씨를 잊고 지냈어요. 그러다 한 달 전에 이 소포가 왔어요."

"한 달 전이요? 그런데 왜 이제서……."

"소포를 열어본 것은 3일 전이에요. 저 혜진에게 화가 많이 나 있었나 봐요. 그냥 쓰레기통에 버리려다 책상 밑에 놓아두었었죠. 그날 혜진으로부터 엽서가 도착했어요. 소포 안에 있는 것을 진수 씨에게 꼭 전해 줬으면 좋겠다고 하더군요. 아마 혜진은 제 성격상 소포를 열어 보지도 않았을 거라 생각했나 봐요. 편지도 봉투조차 열지 않을 것 같아 엽서로 보낸 것을 보면. 소포에는 저한테 보내는 편지와 선물, 그리고 진수 씨에게 보내는 다이어리가 들어 있었어요"

"혹시 주소는?"

"없었어요. 소인은 공항우체국으로 돼 있더군요."

자동차 불빛이 우리가 앉은 테이블을 비췄다. 빨간 외제 승용차 한 대가 통유리 너머 보도 옆 공간에 주차했다. 은주 씨는 나지막이 한숨을 쉬며 밖으로 시선을 돌렸다. 승용차에서 내린 이십 대 초중반 연인 한 쌍이 카페로 들어서자 희진 씨가 그들을 반갑게 맞이했다. 카페는 사람들로 제법 북적이기 시작했다. 잠시 침묵이 흐른 후 그녀가 말문을 열었다.

"혜진은 결혼 1년 후 남편과 별거에 들어갔고, 곧 이혼 후 어디론가 사라졌어요."

행복하게 살 것이지, 멀쩡한 목숨 죽여 놓고 시집갔으면 잘 살 일이지⋯⋯. 가슴이 짓눌리고 눈가가 뜨거워졌다. 희진 씨에게 담배를 부탁했다. 폭이 좁고 길쭉한 하얀 접시에 두 개비가 놓여 왔다. 난 밖으로 나가 어둠에 잠든 우면산을 향해 연기를 길게 내뿜었다. 컥컥! 머리가 핑 돌았다. 그래도 답답함은 가시지 않았다. 자리로 돌아와 살짝 레몬 향이 감도는 냉수로 목을 축였다. 은주 씨는 그런 나를 가만히 바라보고 있었다.

"진수 씨에게 어려운 부탁 하나 해야겠어요. 혜진을 용서하진 못해도 이해는 해 주세요. 그 아이, 진수 씨를 정말 사랑했어요. 지금도 수척해진 얼굴로 절 바라보던 혜진의 모습이 떠올라 가슴 아파요."

그날 잠을 편히 자지 못했다. 책상 위에 던져 놓은 혜진의 기록노트 때문이다. 노트를 넘길 수가 없어 책상 밑에 있는 나무상자를 찾았다. 상자 안에는 5년 전 혜진과 주고받은 편지가 곱게 쌓여 있다. 자물쇠를 풀고 상자를 열었다. 종이 냄새와 곰팡내가 뒤섞여 튀어나왔다. 5년 동안 빛을 보지 못하고 애정을 받지 못한 편지들이 시체처럼 누워 있었다. 눈물이 핑 돌았다. 그 상큼하던 하얀색, 핑크색, 연두색, 연푸른색 등의 봉투 빛깔이 바래 있었다. 기록노트를 넣고 뚜껑을 다시 자물쇠로 채웠다. 그녀에 대한 미련이나 아쉬움, 고통을 털어 버리는 날 읽기로 마음먹었다.

숨겨진 도시의 섬

1.

월요일 아침, 머리가 묵직하다. 출근 시간에 맞춰 회사에 도착하니 편집국장 호출이다. 정례 월요회의 대신 각 부서 데스크를 별도로 불러들였다. IMF로 인한 구조조정 바람이 다시 불어 닥친 것이다.

"박 차장, 2차로 감원 결정이 내려졌네. 편집부서에서 디자이너 한 명, 기자 한 명 명단을 오전까지 올려 줘야겠어."

"국장님, 저번 주에 20퍼센트면 끝이라 해 놓고 2차는 또 뭡니까?"

"추가로 10퍼센트를 더 줄이라는 경영진의 통보야. 회사 사정이 무척 어려운가 봐. 박 차장이 이해해 주게."

"어떻게 이럴 수가 있습니까? 실무진은 잘리고, 월급 축내는 비 실무진은 자리 보존하고. 이사진은 뭐하는 겁니까?"

"박 차장. 말 삼가서 하게."

"아니 그렇잖습니까. 외부원고료만 줄여도 신참 후배 월급 일곱 명분입니다. 또 보너스를 삭감하면 최소한 2차 퇴출을 하지 않아도 되지 않습니까? 필진들을 이사진에서 추천해서 그렇습니까?"

"미안하네. 경영진에 급여 삭감과 외부원고를 줄이자는 건의를 했지만, 그렇게 결정 났네. 자네가 이해하게."

국장은 몹시 괴로운 듯 컵에 물을 가득 따른 후 단숨에 들이켰다.

편집부뿐만이 아니라 각 취재부서 데스크에도 시달린 모양이다.

"박 차장. 자네도 힘든 건 알아. 그러나 어쩌겠나? 내 생각엔 지난번처럼 입사를 늦게 한 순서대로 했으면 하네. 신입은 없고 다들 3년차 이상이니⋯⋯."

후배들 얼굴을 어떻게 봐야 할지 난감했다. 누굴 명단에 올린단 말인가. 한숨이 절로 나왔다. 국장실을 나와 편집부에 들어서니 삼삼오오 모여 있다. 내게로 몰려들었다.

"회의실에서 티타임 갖자."

"선배, 지난번 편집부에서 가장 많이 잘렸는데, 또?"

편집기자와 디자이너로 구성된 편집부는 나만 제외하곤 전부 여성이다. 막내 후배의 얼굴이 눈에 들어와 얼른 시선을 돌렸다. 곧 결혼한다고 최근 마냥 들떠 있는 후배다. 일주일이 멀다 하고 남자친구로부터 꽃다발 세례를 3개월 넘게 받았고, 결혼 승낙 후에도 우리가 알지도 못하는 기념일들을 만들어 그날마다 꽃다발을 받아 오던 친구다. 그런 후배에게⋯⋯.

티타임 내내 공기는 무거웠다. 회의를 마치고 그 후배와 마주 앉았다. 후배는 예견한 듯 빙긋 웃더니 "그동안 덕분에 즐거웠습니다"라며 오히려 나를 위로했다. 초라한 느낌이 들었다. 미안하다는 말밖에 할 수 없었다. 국장실에 들어서니 박스를 꾸리고 계셨다.

"박 차장. 미리 말하려고 했는데, 내가 너무 오래 살다 보니 이성이 둔감해졌나 봐. 1차 인원 감축 때 그만두려고 했는데 구차했던 것 같다."

이날 국장은 송별회는 거부하고 데스크급 후배 몇 명에게 식사를 사 주곤 회사를 떠나갔다. 그 일이 있은 후, 회사는 채 열흘이 지나지 않아 나를 비롯, 연봉이 많은 중견 간부직을 대상으로 줄줄이 칼질 했다. 물론 이사급 이상은 예외였다. 차라리 결혼을 앞둔 후배 대신 내가 옷을 벗어야 했다. 후회해도 이미 늦었지만 내 인생에 가장 부끄러운 사건 중 하나다.

일주일 내내 마음이 무거웠다. 무의식적으로 출근 시간에 맞춰 떠지는 눈과 묵직한 마음은 나의 못난 후회에 대한 일종의 시위처럼 여겨졌다. 실업자가 됐지만 회사 다닐 때보다 더 바쁜 일주일을 보냈다. 그동안 시간이 없어 얼굴 보기 힘들었던 학교 선후배들, 그리고 친구들을 하루도 빠짐없이 만났다. 실직자티를 내기 싫었다. 그러나 그들은 신기하게도 내가 실업자가 된 것을 족집게처럼 알아차렸다. 어쨌든 직장 다닐 때보다 더 바삐 보낸 일주일이었다.

모처럼 한가한 주말 오전이다. 선후배와 친구들은 주말만 되면 가족, 모임, 데이트 등으로 바빠 나와는 다른 세계의 사람들이 돼 버린다. 싱글에다 여자 친구 하나 없는 난, 주말과 휴일만 되면 한가하다 못해 세상에서 버림받은 신세가 된다.

창이란 창은 모두 활짝 열고 거실에 큰대자로 드러누웠다. 4월 초 바람은 비단결처럼 부드럽다. 모든 사람이 휴거한 것 같은 정적감과 은은한 목련꽃 향기에 눈이 감겨 온다. 시간이 흐를수록 세상에서 점점 더 멀어지는 느낌이다. 침묵의 밀도가 점차 짙어져 그 무게를 감당할 수 없을 정도가 되자 무서워졌다. 얼른 자리를 박차고 일어나 세면을 한 후 거리로 나섰다.

2.

전화벨이 저 멀리서 뭐라 뭐라 중얼대며 걸어오더니, 이젠 아예 귀에 바짝 붙어서는 고래고래 소리를 지른다. 눈을 떴다. 머리가 띵하다. 오랜만에 고향 친구들을 만나 잘 마시지도 못하는 술을 과음한 모양이다. 얼음물을 벌컥벌컥 들이키자 정신이 번쩍 들었다.

"나 내일 이민 간다. 집 좀 봐주라. 모든 조치는 이미 다 취해 놨으니까 무조건 이사 와야 된다. 집 위치와 자세한 내용은 메일로 보냈으니 그리 알고, 나 바빠서 출국 후 자리 잡는 대로 연락하마. 잘 지내라."

대학선배다. 자기 할 말만 하고 끊다니……. 해외근무를 나가게 된 모양이다. 지난달 모임에서 헝가리로 가족들과 함께 간다고 했었다. 파견근무 3년을 발령받았지만, 한 5년 내지 7년은 있어야 될 것 같다고 했었다.

내가 들어가야 할 집은 조상 대대로 내려온 고택이었다. 선배에게 친가 쪽 친인척이라곤 작은아버지 한 분으로 해외에 살고 계신다. 외가 쪽은 이 집의 존재를 모른다. 메일에 간략하게 설명돼 있는 그 집의 내력은 왕실과 관련이 있었다. 선배네 집안은 조선 시대 후기부터 비밀리에 민심이나 궁중 내의 정보를 수집해 왕에게 비공개적으로 보고를 올리던 일을 대대로 이어 왔다. 그 일엔 집안의 장남이나 장손이 아닌 가장 적임자를 임명했으며, 임명된 자는 자신을 보좌할 두세 명과 함께 이곳에 들어와 임무를 수행했다. 보좌역도 집안 대대로 이어져 왔으며, 일단 임명되면 신분을 바꾸고 가족들에게 조차 비밀에 부쳐야만 했다.

그 집은 왕이 비밀리에 하사한 집으로 선택된 사람의 가족이나 친인척은 물론 왕의 측근들도 그 용도를 모를 정도로 비밀스러웠다. 지금도 예전의 각종 비밀스러운 자료들이 보관돼 있을지도 모른다. 시대가 바뀌어 이젠 그 임무를 수행할 필요는 없지만 선배는 그 적임자였다. 그런 곳에 한시적이지만 선배의 친인척도 아닌 내가 살게 된 것이다. 선배가 나를 택한 이유는 간단했다. 단지 "네가 그 집과 잘 어울릴 것 같아서"란다. 아마도 친구에게 빚보증과 돈을 빌려주느라 빈털터리가 된 내 신세가 한심해서일 것이다. 아니면 세상 사람들에게 무관심한 내 성격이 더 큰 이유일지도 모른다. 선배는 그런 내 성격을 좋아했다. 언젠가 선배가 그랬다.

"넌 내가 궁금하지도 않니?"

"왜?"

"내가 네 선배인데도?"

"응."

"어떻게 10년이 넘도록 나에 대해 한 번도 질문을 하지 않지?"

"후배 노릇 하려면 호구조사 해야 돼?"

"어? 그건 아니지만, 아니 하지 마라. 나도 나 자신을 잘 모르는데 네가 질문하면 어떻게 답변해야 할지 머리 아프다. 사실 나 그런 네가 좋다. 우리 그냥 이렇게 서로 느끼는 대로 선후배 하자."

약도를 클릭하니 서울 도심 한복판이다. 주소지 동네로 들어서니 규모가 큰 집들이 위용을 자랑하며 늘어서 있다. 담벼락 높이가 10여 미터는 족히 돼 보이고, 차량 두 대가 동시에 지나갈 정도의 아스팔트 도로엔 사람 하나 보이지 않는다. 집 대문에서 다음 집 대문까지의 거리는 50여 미터. 한참을 걸어서 큰집과 큰집 사이에 골목길을 찾았다. 차 한 대 정도 지나갈 아스팔트 골목은 막다른 길이다. 그 골목을 한 50여 미터 걸어 들어가니 오른쪽으로 꺾인 길이 나오고, 그 길 맞은편에 철 대문이 보였다. 그 뒤로 포플러들이 옆집 담장을 내려다보며 좌우로 길게 늘어서 있었다.

코너에서 50여 미터를 걸어가 대문 앞에 섰다. 대문 왼쪽 아래에 손 하나 간신히 들어갈 틈새가 보였다. 몸을 숙이고 무릎을 꿇은 다음 대문 밑으로 손을 밀어 넣었다. 돌 밑에 열쇠꾸러미가 잡혔다. 대문에 무슨 열쇠구멍이 이리도 많은지 무려 다섯 개다. 열쇠 한 개가 남는다.

와! 대문 안에 펼쳐진 풍경에 그만 열쇠꾸러미를 떨어뜨렸다. 높이 10여 미터 돌담이 초록덩굴로 뒤덮인 이층집을 빙 둘러싸고 있었다. 게다가 이 집 담장은 플라타너스와 포플러들로 죽 둘러쳐져 있고, 군데군데 향나무, 삼나무, 은행나무, 오동나무, 감나무, 대추나무 등도 있었다. 음……. 나머진 모르겠다.

마당에는 검은 자갈들 사이사이 잔디가 깔려 있고, 군데군데 민들레꽃과 제비꽃 같은 들꽃들이 수줍게 피어 있다. 대문부터 집까지는 검은 발판돌이 일정한 간격으로 죽 누워 있고, 저 멀리 돌로 쌓은 우물도 보인다. 그 옆에 작은 못, 그리고 가장 눈길을 끈 것은 곳곳에 무성한 잡초들이다. 대문을 닫고 다섯 개의 잠금쇠를 채웠다. 집 안으로 들어가는 문은 단단한 오동나무로 덩굴이 무성하게 붙어 있었다. 가까이서 보니 집 벽은 검은 돌로 축조돼 있고, 대문에서 보이지 않던 창문들이 덩굴에 가려져 있었다. 현관문 앞 세 번째 돌을 들춰 열쇠꾸러미를 찾았다. 현관문? 차라리 대문이라 하는 것이 편하겠다. 원목의 현관문을 여는 데도 다섯 개의 열쇠가 필요했다.

어두웠다. 왼쪽으로 손을 뻗어 스위치를 켰다. 와우! 기대했던 것보다 심플하다. 내부는 백 평 정도의 탁 트인 원룸 형태로 내벽은 두껍고 재질이 단단한 나무로 짜맞춰져 있었다. 현관을 중심으로 오른쪽은 식탁이 놓인 주방으로 냉장고, 현대식 싱크대, 그릇과 컵들이 들어 있는 진열장. 주방을 등지고 거실을 길게 가로지르면 위층으로 올라가는 나무계단, 그 아래 스탠드 에어컨, 넓은 침대와 옷장, 책상, 의자, 선풍기, 넓은 테이블, 그리고 소파와 나무의자들이 여러 개 놓여 있었다. 침대가 놓인 곳은 커튼을 빙 둘러 룸을 형성할 수 있게 돼 있었고, 계단 맞은편 쪽엔 욕실이 딸린 넓은 화장실까지 위치했다.

위층 계단을 오르면 삼십여 평의 넓은 공간이 나오고, 그 공간 한쪽 벽은 책꽂이로 각종 서적이 꽉 차 있었다. 그곳을 중심으로 좌우 각 두 개씩의 방이 굳게 잠겨 있고, 거실 가운데 놓여 있는 소파에도 스탠드 에어컨이 있었다. 선배는 위층 방들은 사용하지 말라고 했다. 이런 집에 현대문명의 이기가 조화롭게 잘 갖춰져 있다는 것이 신기했다. 역사의 현장과 현대문명의 조화라!

3.

즉시 이사에 착수했다. 집을 내놓고 짐들을 정리하고, 신용카드사 등 곳곳에 부모님 집으로 주소 변경 신청을 했다. 한 달 후, 월세 보증금과 약간의 퇴직금을 모아 보증을 선 친구의 은행 빚과 신용카드 값을 갚고 나니 주머니에 몇 달 정도의 생활비가 남았다. 7년간 치열하게 살아온 결과물이 고작 몇 달 정도의 사회적 생명 연장이라니 씁쓸했다.

주말과 휴일을 피한 목요일에 K 선배에게 지프를 빌려 혼자 이사했다. 웬만한 물건들은 부모님 집으로 보내고, 지프 한 대분의 책, 스크랩 자료, CD, 노트북, 여행 장비, 옷가지, 밑반찬, 그리고 자질구레하지만 정든 잡동사니 등을 챙겨 아침 일찍 서둘러 이사를 왔다.

짐 정리를 대충 끝낸 후 바닥에 드러누웠다. 새들만 지저귈 뿐 세상 모든 사람들이 휴거한 듯 고요하다. 열린 문으로 아카시아 꽃향기를 머금은 바람이 들어왔다. 창이란 창은 모두 활짝 열었다. 무려 열 개가 넘는다. 불을 끄자 오전 햇살이 집안을 가득 채운다. 대문 쪽에서 보이지 않던 뒤뜰이 나타났다. 장독대가 보이고 사람 키만 한 장독 오십여 개가 질서정연하게 놓여 있다. 이름 모를 꽃들과 풀들, 그리고 사각거리는 대나무 군락까지. 브라보! 뒤뜰엔 목련, 아카시아, 라일락과 키 큰 벚나무 두 그루, 그 아래 평상이 놓여 있었다. 새들이 꽃과 나무 사이를 뛰어다니며 놀고 있었다.

아이스커피 두 봉지와 설탕 다섯 스푼을 투명 유리잔에 넣고 뜨거운 물을 조금 넣고 커피가 잘 녹을 때까지 휘저었다. 찬물을 유리잔에 반쯤 채우고 나머지는 얼음으로 가득 채웠다. 유리잔 표면에 투명한 이슬방울들이 송골송골 맺혔다. 가슴속이 시원해졌다.

4.

휴대폰이 울렸다. 님프다. 가족은 물론 그 누구에게도 꼭, 정말 신뢰할 수 있는 사람이 아니면 집을 보여 주지 말라는 선배의 당부가 있었지만, 님프라면 허락해 줄 것 같아 초대하기로 했다.

지하철역 입구, 님프가 환하게 웃으며 손을 흔든다. 연초록 스니커즈에 멜빵 청바지, 흰 블라우스 위에 초록 윈드재킷, 연초록 챙 모자에 머리는 뒤로 묶여 있었다. 슈퍼에서 라면과 맥주, 오렌지와 포도주스, 달걀, 오징어, 초콜릿, 커피, 프림, 냉동만두, 고추참치, 삼겹살, 오이, 깻잎, 상추 등을 구입했다. 물건 구입 내내 님프는 내 뒤를 졸졸 따라다니며 진열된 것들을 들고 이리저리 살피다 다시 제자리에 놓곤 했다.

우린 아이스크림을 하나씩 입에 물고 10여 분을 걸어서 큰 집들과 골목길을 지나 대문 앞에 도착했다. 님프는 큰 집들 사이에 숨어 있는 막다른 골목이 신기한지 다시 되돌아갔다가 왔다. 대문을 열자 님프는 탄성을 질렀다.

구입한 물건들을 냉장고에 넣고 밥과 참치김치찌개를 만들었다. 그동안 님프는 집 이곳저곳을 돌아다녔다.

"아저씨! 빨리!"

뒤뜰로 가니 대나무 숲 사이로 한 사람 겨우 지나갈 정도의 쪽문이 있었다. 그 문은 안쪽으로 열게 돼 있고, 열쇠구멍이 있었다. 문을 여니 아름드리나무가 떡 버티고 서 있었다. 그 나무는 담장과 거의 붙어 있어 옆걸음으로 빠져나와야만 했다. 밖으로 나와 보니 네댓 명이 모일 정도의 자그마한 공터다. 수령이 수백 년은 된 것 같다. 둘레가 님프와 내가 손을 맞잡아도 손끝이 닿지 않을 정도다.

이 공터 앞은 고궁 담장으로 막혀 있고, 양쪽은 끝이 보이지 않을 정도로 길게 뻗은 담장으로 오래된 나무들을 줄지어 세웠다. 오른쪽은 고궁 담장과 선배 집 담장이 거의 붙어 있어 지나갈 수 없고, 왼쪽은 양 담장 사이가 1미터 정도로 20여 미터를 걸어가 왼쪽으로 돌면, 길이 10여 미터의 골목이 나타났다. 그 골목 끝에는 쪽문이 있었고, 그 뒤에는 큰 나무가 우뚝 서 있었다. 쪽문을 열고 나무 앞으로 나오니 왕복 4차선 도로다. 차 왕래는 별로 없었지만 왼쪽으로 도로가 갈라지는 곳에 지하철역이 보였다. 어! 선배가 정신이 없었는지 두 쪽문 잠그는 것을 잊었나 보다. 어떻게 잠그지?

다시 들어가 대문 열쇠꾸러미를 갖고 왔다. 남은 한 개가 양 쪽문의 공통 열쇠다. 우린 문을 잠그고 길을 나섰다. 지하철역은 동네 입구의 다른 쪽이다. 쪽문 골목은 지름길이었던 셈이다. 님프의 부탁으로 열쇠 집에 가서 여벌로 쪽문 열쇠 두 개를 복사했다. 그리고 님프는 신이 난 목소리로 그 열쇠의 존재를 평생 비밀로 간직하겠다고 맹세했다.

집으로 돌아오니 점심때가 지났다. 서둘러 고기를 굽고 상추와 깻잎에 맛나게 밥을 먹었다. 정말 오랜만에 집에서 누군가와 식사했다. 난 봉지커피로 아이스커피를 탔고, 님프는 원두를 원해서 이사 때 가져온 블루마운틴을 내렸다. 1년 전에 1킬로그램을 12만 원에 구입했지만, 몇 번 내렸을 뿐 그대로다. 님프는 커피메이커 여과종이에 걸려진 커피가루를 꺼내 냉장실에 넣어 뒀다.

투명 유리잔에 삼 분의 일쯤 블루마운틴을 따른 후 얼음을 가득 담아 님프에게 건넸다. 우린 나른한 오후의 햇살을 받으며 현관 앞 감독의자 깊숙이 몸을 누이고, 눈 앞에 펼쳐진 것들을 감상했다. 나무, 바람, 구름, 우물과 앵두나무, 작은 못과 연꽃, 돌, 풀, 라일락, 목련, 아카시아, 플라타너스, 포플러, 장미, 까치, 참새, 그리고 하늘 아래 님프와 나. 님프는 잔디 위에 팔베개를 하고 누웠다.

"와! 떠도는 작은 섬 같다."

하늘을 보니 님프의 말대로 뭉게구름이 흘러가는 것이 아니라, 우리가 흘러가는 느낌이다.

"아저씨도 누워 봐."

님프 옆에 누웠다. 네모난 하늘을 향해 쭉쭉 뻗은 나무들이 공중에 떠 있는 것 같다.

"님프 표현대로 우리가 섬이 돼 하늘을 나는 것 같은걸! 떠도는 작은 섬이라! 도심 속에 이런 곳이 있었다니!"

아카시아 꽃향기를 머금은 상큼한 바람이 옷자락을 간지럽히며 나뭇잎들을 흔들었다. 우린 잠시 평온함을 만끽했다.

"아저씨. 오늘 이사 왔어?"

"응. 님프 덕에 집들이까지 다 하고."

"집들이가 뭐야?"

"우리나라에서는 이사를 가면, 그 집안이 부유하고 행복하라고 친인척이나 친구들이 가서 축하를 해 줘."

"어! 미국에도 그런 거 있는데. 선물도 주고."

"우리나라에서는 마음의 선물을 주지. 님프도 축하만 해주면 돼."

"아저씨 행복하게 잘 살아!"

"고마워!"

"이곳은 꼭 무슨 비밀장소 같다. 골목도 신기하고."

"아저씨가 어렸을 때 친한 친구들과 숲 속에 비밀아지트를 만들어 놓고, 학교가 끝나면 가방 놓기가 무섭게 달려갔었어. 나무 위에 판자를 깔고, 가지들을 엮어 지붕과 벽을 만들고, 도토리나무잎으로 위장하면 근사하거든. 우린 그곳에서 세상을 지키는 전사들처럼 전쟁놀이도 하고, 커서 훌륭한 사람이 되는 꿈도 꿨었지. 그땐 우주가 우리를 중심으로 돌아갔었는데! 꼭 그때로 되돌아온 기분이야."

"나도 어렸을 때 친구들이 많았어. 그땐 정말 즐거웠어. 지금은 한국 사람도 아니고, 미국 사람도 아닌 이상한 사람이 돼 버렸지만……."

"길에서 학교 가는 친구들을 보면 무슨 생각 들어?"

"대학에 가서 공부를 좀 더 해 볼까 해. 그래서 학교에 다시 가 볼까 하고."

"그래? 그렇단 말이지. 재미없어도 인형처럼 교실에 몇 달 동안 가만히 앉아 있어 봐. 그러면 대학시험 칠 자격을 주거든."

"하하하. 아저씨두 참! 그게 얼마나 힘든 줄 알아? 차라리 학원가는 게 편하지."

님프는 한동안 말이 없었다. 새들의 노래와 나무 잎사귀들의 재잘거림이 구름 위로 둥실 떠간다. 그림자가 옅어졌다.

"아저씨. 이곳을 우리 아지트로 하자. 아! 그리고 섬진강변 카페 가자. 거기에도 우리만의 비밀아지트가 있거든."

"우리?"

"후후! 언니와 나."

"아지트? 비밀아지트라!"

저녁 식사 후, 님프는 설거지와 간단한 청소까지 도왔다. 님프를 배웅하면서 다음 주 섬진강변 카페에 가기로 약속했다.

님프가 떠나자 새들과 바람, 달, 별이 찾아왔다. 생각해 보니 이 섬에선 내가 이방인이고 그들이 주인이었다. 캔맥주를 들고 정원 한가운데 섰다. 맥주를 사방에 뿌린 다음, 손을 가슴에 모으고 정중하게 고개 숙여 인사했다.

"잘 부탁합니다!"

죽었던 그녀의 빨간 노트

1.

책을 정리하다 짐 꾸러미 속 상자에서 빨간 노트를 발견했다. 한 달 전 은주 씨가 혜진의 것이라며 건넨 것이다. 그녀의 죽음과 함께 기억에서 말끔히 지워버린 첫사랑, 배신감과 사랑이 겹쳐져 더 고통스러웠던 존재, 죽었다던 그녀가 몇 년 동안 꿈속에 나타나 무언가를 전달하고자 할 때마다 악몽에 시달린 듯 한동안 미쳐 살았던 나 자신이다.

5년 전, 결혼식 20일을 앞두고 혜진과 난 퇴근 후 저녁 식사를 했다. 평소와 달리 식사 내내 말이 없던 혜진은 식사가 끝나자마자 내 눈을 빤히 들여다보며 말했다.

"우리 헤어져."

바로 전까지 생글생글 웃으며 말하던 그녀가 진지한 표정으로 말했다. 이유는 간단했다.

"사랑하지만 갑자기 싫어졌어. 날 그냥 내버려 뒀음 좋겠어."

그리곤 자리에서 일어나 우리의 추억이 가득 담긴 삐삐를 내 손에 꼭 쥐어 주며 나에게 입을 맞췄다.

"행복하게 잘 살아. 사랑해!"

혜진의 등을 보는 순간 눈물이 왈칵 쏟아졌다. 눈앞이 노래지고 하늘이 빙빙 돌며 머릿속이 윙윙거리고 가슴이 탁 멎었다. 정신을 차리고 급히 따라 나갔을 땐, 이미 그녀가 사라진 후였다. 다리에 힘이 풀리고 속이 메스꺼웠다. 어떻게 집까지 왔는지 기억이 없다. 며칠 동안 아무리 연락해도 답이 없었다. 이윽고 혜진의 어머니로부터 전화가 왔다.

"다시는 혜진을 찾지 말았으면 좋겠어요."

"……."

"다짐하세요."

"네 그러겠습니다. 그동안 죄송하고 감사했습니다."

그 날 이후로 물로 연명하며 앓아누웠다. 10킬로그램이나 빠졌다. 일주일이 지나서야 죽을 먹을 수 있었고, 바깥출입도 가능했다. 너무 한꺼번에 몸무게가 빠져서인지 계단을 오를 땐 난간을 잡고 올라가야 할 정도로 기력이 쇠약해졌다. 몸과 마음을 예전처럼 정상화하는데 무려 5년이란 시간이 걸렸다.

그 일주일 동안 밤만 되면 이불을 뒤집어쓰고 흐느꼈다. 며칠이 지나자 눈물이 마르고 목에서 '키잉키잉' 금속성 소리가 나더니 그 소리마저 끊겼다. 울다 지치면 쓰러지고, 깨어나면 또 울고, 그러다 지치면 또 쓰러지고……. 허옇게 메마른 입술 사이로 힘겨운 숨결만 나올 뿐 소리는 더 이상 나오지 않았다. 그리고 2년간에 걸친 악몽. 서서히 나의 몸과 마음은 황폐해져 신경정신과에서 약물치료를 받기에 이르렀다.

신경정신과까지 가게 된 것은 혜진의 이해할 수 없는 행동 때문이었다. 헤어지기 한 달 전, 혜진의 직장에 근무하는 친구가 "그녀가 동료 남자를 만나고 있으니 조심하라"고 말을 건넸다. 또 이유는 말하지 않고 입에 담지 못할 욕을 했다. 난 친구의 말을 무시했다.

당시 혜진은 야근과 철야가 잦은 상황이었다. 그래도 사랑을 의심하지 않았다. 그러나 혜진이 떠난 후, 그 남자를 계속 만나고 있다는 친구의 말을 듣고는 가슴이 갈가리 찢기고 정신이 혼미해졌다. 한동안 불면증에 시달리며 신경치료를 받아야만 했다. 그녀는 다른 남자를 만나면서도 천사 같은 얼굴로 나에게 사랑한다고 속삭인 것이다. 지금도 그녀의 그런 행동을 이해할 수가 없다.

2.

대학을 갓 졸업한 22살의 혜진은 정갈하고 청초했다. 한여름에도 소매가 긴 블라우스나 반소매 위에 항상 재킷을 착용했으며, 주로 바지를 입었으나 롱 치마도 즐겨 입었다. 피부가 너무 하얘서 루주를 거의 바르지 않고 립글로스를 애용했다. 생일카드에 입술을 찍으려고 빨간 루주를 발랐을 때, 그 이유를 알 수 있었다. 색상대비 차가 너무 커 튄다는 사실을. 볼륨감 있는 까만 머릿결, 큰 눈망울, 오뚝한 코, 그리고 선홍빛 입술. 단지 붉은 루주를 발랐을 뿐인데 표지모델 촬영메이크업을 한 것 같았다. 작곡과 전공에 디자인을 부전공한 그녀는 일상에서도 음악처럼 행동했고 디자인한 것처럼 표현했다. 항상 미소 띤 얼굴이었지만 혼자 있을 때나 생각에 잠겨 있을 때는 그림자가 어른거렸다.

어느 날 그녀가 사랑한다며 가슴을 노크했을 때 하늘을 날며 이 세상을 다 얻은 것 같았다. 혜진은 나에게는 첫사랑이지만, 그녀는 자신의 첫사랑을 수줍음에 젖어 담담하게 말하곤 했다. 내가 얼마나 가슴 아픈지는 아랑곳하지 않고 생글생글 웃으면서 말이다. 혜진은 다른 사람 앞에서는 사대부 집안의 아기씨같이 매사에 조신하고 차분하게 행동했지만, 나에게만은 적극적으로 사랑을 표현하며 활달하게 행동했다.

우리가 만난 지 6개월 정도 됐을 때, 한국을 방문한 혜진 어머님께 정식으로 인사드릴 수 있었다. 어머님은 식사 때 혜진과 안부만 나누더니 헤어질 때 "나이보다 젊어 보이네"라는 말을 남기곤 다음날 미국으로 출국하셨다. 혜진도 처음 만났을 때 나를 2~3살 정도 위로 봤다고 했다. 문제는 그 자리에 합석했던 고모님으로부터 터졌다. 고모님은 별도로 나를 불러 7살이란 나이 차와 경제력을 문제 삼아 우리 사랑에 적극 반대하셨다. 한국에서 혜진의 보호자 역할을 하시는 고모님은 "세상 물정 모르는 아이이니 잘 설득해 결혼이 아니라 좋은 선후배로 지내달라"고 부드럽게 말했지만, 나중엔 자존심에 칼을 댔다.

몇 개월 후 혜진은 친척 결혼식에서 나를 배필로 당당하게 소개했지만, 친인척 어르신들은 내가 혜진과 사귀는 것 자체가 나쁘다고 야단을 쳤다. 십여 명의 어른들께 둘러싸인 난 그저 고개 숙이고 죄인처럼 가만히 있는 것 외엔 어찌할 도리가 없었다. 아무리 좋은 말이라도 혜진과 헤어진다는 말 이외의 것은 다 소용없었기 때문이다.

혜진의 어머님은 말없이 그 광경을 지켜만 보셨다.

　그분들의 의중을 종합해 보면 한마디로 내세울 것도, 가진 것도 없는 놈이, 그것도 7년이나 어린 아이와 결혼을 하겠다는 건 범죄라는 것이다. 당시 난 정말 죄인처럼 괴로웠다. 사랑하는 혜진에게 멋진 옷이나 맛난 음식을 사 주지 못하는 내가 원망스러웠다.

　혜진은 "사과상자로 밥상 하면 어때. 숟가락 두 개로 시작하는 것도 재미있을 것 같은데. 나머지는 살아가면서 장만하면 돼"라며 날 위로했다. 친인척과 가족의 문제는 전적으로 본인이 알아서 할 테니 누가 뭐라 해도 자신과의 결혼 이외는 생각조차 말라고 했다.

　당시 혜진은 가족들의 극심한 반대로 마음고생이 무척 심했다. 나와의 사랑을 이루기 위해 목숨 걸고 가족까지 버릴 결심을 했었다. 그런 모습을 볼 때마다 마음이 아팠다. 결혼식을 서두르는 혜진의 재촉에 두 번이나 주춤거렸다. 혜진을 행복하게 해 줄 자신이 없었기 때문이다.

　마침내 혜진의 완강한 태도에 어쩔 수 없이 가족들은 결혼을 허락했다. 그리고 결혼식 20일 전, 갑자기 혜진은 결혼 파기를 선언하고 이별을 고했다. 그녀가 떠난 후 깨달았다. 그녀나 나나 지금도 사랑하고 있다는 것을. 왜 혜진에게 미래에 대한 신뢰를 주지 못했을까? 그녀에 대한 사랑이 아직도 가슴을 꽉 채워 숨 쉴 틈도 주지 않고 있는데, 너란 놈 참 못났다. 왜 이제야 혜진의 진실된 마음을 알게 됐을까? 가슴이 메어 온다.

　"미안하다. 혜진아!"

블루마운틴에 얼음을 가득 채우고 책상 앞에 앉았다. 심호흡을 한 다음 혜진의 기록노트를 펼치자 죽어 있던 그녀의 글씨가 살아나 움직이기 시작했다. 첫 장엔 5년 전부터 최근 6개월 전까지의 날짜가 적혀 있었다.

혜진은 그 어떤 물건이든 나와 함께한 것에는 꼭 날짜를 적어 두는 버릇이 있었다. 영화 티켓, 영수증, 엽서, 메모지, 책 등에 꼼꼼히 날짜, 날씨, 장소, 상황, 그리고 느낌까지 기록했다. 6년 전, 혜진에게 줄 깜짝 선물로 을지로에 있는 백화점에서 손수건을 세트로 구입한 적이 있었다. 백화점을 나와 복잡한 명동거리를 걷고 있을 때, 혜진은 갑자기 내 볼에 입을 맞추더니 길가에 쪼그리고 앉았다. 그리곤 손가방에서 필기구를 꺼내 무언가를 진지하게 적었다.

"뭐해?"

"수와 나의 역사를 기록하려고. 아주 중요한 거야."

그녀는 환하게 웃으며 나를 올려다봤다. 그리고 자리에서 일어나 내 엉덩이를 툭툭 치더니 팔짱을 끼곤 계속 생글거리며 걸었다.

지워졌던 당시의 상황이 눈앞에서 재현됐다. 지금의 내가 꼭 그 시간 그 장소에 있는 것처럼 아주 생생하게……. 눈가가 뜨거워졌다. 페이지를 넘겼다.

"수, 미안해! 오빠 정말 미안해!"

하얀 종이에 정갈하게 단장한 파란 글씨에 머리가 흐릿해지고 가슴이 아파 온다. 다음 장, 그다음 장, 그리고 반이 넘어가도록 같은 내용의 글이 적혀 있었다. 눈물이 왈칵 쏟아졌다. 연신 손으로 훔쳐

보지만 글씨가 자꾸 눈물에 번져 간다.

정원으로 나와 밤하늘의 별을 향해 소리 없는 절규를 길게 내뿜었다. 한참을 그렇게 별과 함께 서 있었다. 찬물에 세수를 한 다음 책상에 앉아 줄리 런던(Julie London)의 〈Fly Me To The Moon(나를 달로 보내주세요)〉이 끝날 때까지 빨간 노트를 바라만 보고 있었다.

"흘러간 것은 형체도 없이 사라졌지만, 그것이 나를 이토록 가슴 아프게 할 줄 몰랐다. 차라리 다리나 팔이 없는 것이 더 편할 것 같은 고통이다. 내가 선택하고 사랑했던 수에게서 돌아서야만 했을 때, 그리고 새로운 사랑을 선택했을 때, 그때부터 나는 내가 아닌 것이 돼 버렸다. 모든 것이 뒤죽박죽이다. 이제라도 모든 것을 되돌릴 수 있다면……. 그건 안 되겠지? 가슴이 떠내려가도록 실컷 울자. 그러면, 그러면……."

다음 장을 넘겼다.

"수. 나 슈퍼에 갔었다. 이것저것 사고 나서 계산하고 집에 왔는데 빈손이야. 나 한참 울었어. 오빠가 생각나서. 오빠와 헤어진 지 3년이 흘렀는데도 아직 내가 오빠의 가슴에 비수를 꽂은 그날처럼 살아 있어도 살아 있는 게 아닌 나를 보고 있어. '이러면 안 된다. 어찌했던 내가 선택한 일이다'라고 다짐을 해 봐도 안 돼."

노트엔 누런 눈물 자국이 여기저기 뚝뚝 떨어져 있었다. 다음 페이지, 그다음 페이지, 그리고 몇 장 더 넘겨도 글씨는 보이지 않았다. 눈물 자국이 스며들어 종이가 울퉁불퉁해졌기 때문이다. 유난히도 깔끔 떨던 혜진이다.

"남편에게 별거를 선언하고 집을 나온 지 1년이 지났다. 그 사람에게 이혼 서류를 보냈지만 소식이 없다. 몹쓸 짓을 하고 있다는 것은 알지만, 내가 어쩌다 왜 이렇게 돼 버렸는지 슬프다."

그다음 내용은 그냥 일상의 이야기로 채워져 있었다. 결국 혜진은 이혼했다. 그리고 맨 마지막 페이지의 글이 마음에 걸렸다.

"오랜만에 자유로로 드라이브를 갔다가 묘한 와인바를 발견했다. 그곳은 고독한 사람이 누군가를 간절히 그리워하거나 자신의 인생이 바닥임을 느낄 때 우연히 나타나는 그런 느낌을 주는 와인바다. 이 세상에 존재하지는 않지만 입에서 입으로만 조용히 알려져 꼭 몇몇 사람만이 비밀스레 다녀올 것 같은. 또 입으로 전해졌다 해도 그곳이 언제 어디에 나타나는지는 갔다 온 사람도 모를 정도로 묘한 분위기를 풍기는 곳이다. 나 또한 자욱한 안개 때문에 어떻게 가고 오게 됐는지 모르겠다. 이 세상 어딘가에는 꼭 있을 법한, 그냥 그 어느 곳에 있다는 것만으로도 안락하고 평안하고 자유롭고 약간의 흥분상태로 들뜨는 그런 곳이다."

살며시 커피를 한 모금 머금었다.

"그곳에는 평화로운 웃음을 띠며 속삭이는 몇 명의 남녀가 와인과 맥주를 즐기고 있었다. 눈이 매우 아름다운 그녀는 기다렸다는 듯 나를 반갑게 맞이했다. 우린 마음이 잘 맞았다. 간혹 또 다른 나를 보고 있다는 착각이 들 정도로 나와 많이 닮았다. 대화를 나누다 보면 쓸쓸하면서도 가슴이 푸근해지는 그녀. 그녀의 말대로 잃어버린 나 자신을 찾아 떠나야겠다. 불쌍한 수, 내가 그의 눈물을 닦아 줘야 하는데, 가슴에 난 상처를 쓰다듬어 줘야 하는데, 내가 그런 자격이 있을까! (중략) 이 세상이여 안녕!"

노트를 덮고 한동안 멍하니 앉아 있었다. "사랑하지만 자신을 놓아 달라", "사랑하지만 싫어졌다"고 말하던 혜진의 얼굴이 떠올랐다. 아무리 생각해도 방금 전까지 한 남자에게 목숨 걸고 사랑한다 해놓고, 불과 몇 시간 후 다른 남자를 택한 여자의 마음을 도저히 이해할 수가 없다. 고개를 저었다. 그리고 '안녕'이라니. 어디로?

3.

다음날 은주 씨는 전화로 혜진의 전남편을 만나 나눈 이야기를 들려줬다.

"어렵게 만난 그는 혜진과 함께한 생활에 대해 이야기하길 꺼렸어요. 결혼을 어떻게 하게 됐는지 물었을 땐 자리에서 일어나려고까지 했어요. 그는 단지 행복한 결혼이었지만, 1년 후 혜진이 집을 나갔다고 했어요. 제가 생각하기엔 그 짧은 결혼생활도 순탄치 못했던 것 같아요. 그는 다시는 찾지 말 것을 부탁했어요."

은주 씨는 그가 혜진을 두려워하는 것 같은 느낌을 받았다고 했다. 그리고 혜진이 원해서 한 결혼은 아닌 것 같다는 말도 덧붙였다. 그날 난 모든 약속을 취소하고 섬(집)에서 한 발자국도 옮기지 않은 채 모든 정보력을 동원해 와인바에 대해 샅샅이 뒤졌지만, 자유로 부근에 그런 곳은 없었다. 즉시 K 선배에게 전화를 걸었다.

"선배, 지프 며칠 더 부탁할게."

"아예 명의변경을 하라니까. 번호판값만 내고 가져가라고 해도 나 참!"

"나 같은 놈이 지프 몰고 다니면 지나가던 고양이가 '야옹' 해요."

"몇 년 동안 자기 차처럼 몰고 다녀 놓고. 보관료 톡톡히 내라."

"선배 늘 고마워."

"낯간지럽다. 잘 지내!"

2장

꿈과 현실의 고리

무섭도록 아름다운 눈동자

1.

주말 아침, 청바지에 흰 티, 연녹색 윈드재킷에 까만 샌들, 그리고 선글라스를 걸치고 지프를 몰아 자유로로 향했다. 그동안 여러 번 오가며 와인바를 본 적은 없지만, 혹시나 하는 마음으로 나섰다.

강변북로 일산을 지나 자유로로 접어들자 차가 밀리기 시작했다. CD 볼륨을 최대한 높이고 모든 창을 열었다. 태양 빛에 설익은 풀냄새가 밀려들어 왔다. 자유로에서 시속 20킬로미터 이하 속도는 지루함과 졸음을 동반한다. 엉덩이와 상체를 의자에 밀착시키고 양팔을 핸들에 걸쳤다. 푸르던 하늘이 서서히 잿빛으로 변하더니 부슬비가 추적추적 내리기 시작했다. 창을 올리고 비상등을 켠 다음 윈도우브러시를 작동했다.

앞차가 추월을 시작한다. 하나, 둘, 셋……. 나도 앞차를 따라 추월을 시작했다. 노란 불빛들이 잿빛 공간에 흩날리는 빗방울에 번져 나간다. 추월하기를 여러 번, 곡선 도로로 접어들자 앞에 영구차가 보인다. 오디오를 끄고 이마와 가슴에 성호를 그렸다. 추월선에 길게 늘어선 장례차 행렬 이십여 대가 비상등을 켜고 추욱추욱 걷고 있다. 맨 앞엔 리본과 하얀 국화꽃 등으로 장식한 검은 리무진. 그 뒤로 검은 그랜저 두 대, 장례버스 한 대, 검은 그랜저 두 대, 그 뒤를 이어 여러 대의 검은 승용차들이 가쁜 숨을 몰아쉬며 천천히 기어가고 있었다. 부슬비가 더욱 빼곡히 내리면서 시야가 흐려졌다. 장례 행렬을 하나, 둘, 셋, 넷 추월한 다음, 마침내 리무진까지 추월하자 도로가 뻥 뚫렸다.

속도를 높였다. 시속 40, 60, 90킬로미터. 지루함을 벗어나려 지프가 튀어나가자 속도 후련해졌다. 부슬비의 밀도가 점점 짙어져 갔다. 헤드라이트를 켰다. 불빛이 불과 수십 미터 이내에 묶여 버린다. 창을 열자 습하고 차가운 안개가 밀려들어 왔다. 가도 가도 길은 끝이 없고 1시간 이상을 달렸음에도 자동차는 물론 움직이는 물체 하나 눈에 띄지 않았다. 지프엔 시계가 없고, 휴대폰은 배터리가 정지다. 주변보다 짙은 잿빛으로 길게 뻗어 있는 도로 양쪽엔 회색빛 가로수가 빽빽이 늘어서 있고, 그 뒤쪽은 짙은 안개에 묻혀 늪을 연상케 한다.

지프를 세웠다. 차창에 안개가 부딪혀 물이 되어 흘러내린다. 조심조심 도로 위에 내려섰다. 사방이 고요하다. 천천히 한 바퀴를 돌았지만 보이는 것은 짙은 안개비 장막뿐, 두려움에 감히 발길을 옮기지 못한다. 숨 막히는 적막감이 뒷골 신경에서 척추를 타고 흐르자 소름이 쫙 돋았다. 도대체 여기는 어디지?

"어이! 누구 없어요? 이봐요!"

아무리 소리 질러도 안개에 흡수될 뿐 약간의 울림도 없다. 라디오를 켰다. 침묵이다. 주파수가 잡히지 않을 정도라면? 도대체 어디까지 왔단 말인가! 지프에 올라 문을 잠근 후 천천히 움직였다. 팽팽한 긴장감에 핸들을 잡은 두 손에 힘이 꽉 들어갔다. 사방엔 침묵만 흐를 뿐 엔진 소리도 들리지 않는다. 우주 속에 덩그러니 내팽개쳐진 듯한 적막이다. 이러다 내가 안갯속으로 '훅' 하고 흩어지는 거 아닌가 하는 생각이 들자 님프의 웃는 얼굴이 떠올랐다. 하필 님프라니…….

액셀러레이터를 힘껏 밟았다. 안개가 너무 자욱해 시간은 물론 밤인지 낮인지도 모르겠다. 얼마나 달렸을까! 안개 숲을 헤치듯 희미한 불빛이 점점 밝아지더니 통유리가 나타났다. 주변은 안개로 둘러싸여 있고 일반 문 크기의 통유리만 보인다.

통유리를 밀고 들어섰다. 와인바다! 재즈가 흐르는 실내에는 온갖 장식과 온·습도 조절기 등의 시설들과 사인용 테이블 십여 세트와 긴 테이블바가 자리했다. 내부에선 대형 유리벽 너머로 외부를 볼 수 있지만 자욱한 안개뿐이다. 테이블바에 앉아 담배에 불을 붙였다. 다이나 워싱턴(Dinah Washington)의 〈Is You Is Or Is You Ain't My Baby(여전히 나의 그대인가요? 아닌가요?)〉가 담배 연기를 타고 춤을 춘다.

"저도 한 대 주실래요?"

그녀다! 꿈속에서 나에게 마법을 걸었던.

애써 태연한 척하면서 담배를 건넸다. 그녀는 표정 없이 피우는 흉내만 내곤, 능숙한 손놀림으로 레드와인 마개를 따고 두 잔에 삼분의 일쯤 채웠다. 난 단숨에 잔을 비웠다. 메말랐던 식도가 환호성을 올리며 머릿속을 현기증으로 가득 채운다. 그녀는 빙긋이 웃으며 벽으로 사라졌다. 머리끝이 쭈뼛 솟는 것과 동시에, 온몸의 세포가 벌떡 일어나 일제히 소리쳤다.

"도망쳐!"

벽도 지붕도 문도 통유리로만 돼 있는 와인바도 이상하지만, 여인이 벽 속으로 사라지다니……. 문을 열고 튀어나왔다.

지프가 사라졌다. 희뿌연 안갯속을 무작정 달렸다. 아무리 달려도 안갯속이다. 숨이 턱까지 차올라 심장이 터져나갈 것 같다. 가쁜 숨을 몰아쉬며 그대로 쓰러져 한동안 꼼짝도 않고 누워 있었다. 등이 축축해져 왔지만 일어날 기력조차 없다. 안개가 숨소리와 바람, 온 세상을 다 집어삼킨 듯 적막하다. 귀가 멍하다. 눈을 감았다. 이대로 영원히 사라지는 건 아닌지…….

2.

어둠 속에 검은 물체가 아른거린다. 잠든 척하려 애를 쓰지만 닫힌 눈꺼풀이 자동으로 열린다. 헉! 무섭도록 아름다운 눈동자가 나를 보고 있다. 커다란 눈동자가 점점 작아지더니 그녀의 얼굴이 보인다. 볼륨 파마 스타일에 까만 머릿결, 깨끗한 피부에 까맣고 커다란 눈. 하얀 블라우스에 검은 정장을 한 그녀가 미소를 머금고 나를 내려다보고 있었다.

"꿈을 꾸신 모양이네."

내가 테이블바에 엎드려 있다. 등이 젖어 있는 걸로 보아 분명 여기를 튀쳐나가 안갯속을 헤맨 것이 틀림없지만.

"여긴 어딥니까?"

"와인바."

"어떤 곳이냐 말입니다."

"당신이 꿈꾸는 달콤한 세계의 일부라 해 두죠."

목소리엔 시퍼런 칼날 같은 위압감이 서려 있다. 그녀는 입가에 미소를 짓더니 요리를 권하며 맞은편 의자에 앉았다. 치즈 모둠과 퓨전스타일의 스테이크가 허기진 배를 자극했다.

맛있다! 스테이크를 천천히 다 먹고 난 후 레드와인으로 입가심을 했다. 그녀가 누구인지, 왜 내가 이곳에 오게 됐는지 등등에 대해 질문했다. 또 혜진과 같은 사람이 이곳에 오지 않았느냐고 물었지만, 그녀는 턱을 괴고 그 큰 눈동자를 이리저리 굴리며 나를 빤히 쳐다만 볼 뿐 말이 없었다.

"당신도 나의 달콤한 세계의 일부입니까?"

입가에 묘한 웃음을 지으며 일어난 그녀는 화이트와인과 폭이 좁고 긴 유리잔을 가져와 시음하며 말했다.

"그럴 수도 아닐 수도. 제가 당신의 달콤한 인생의 일부가 되면 다행이지만, 그렇지 않으면 각오하셔야 될걸요."

그녀는 연인에게 속삭이듯 잔인하게 말했다. 혜진은 이곳에서 친구를 사귀었고 즐거운 시간을 보냈다고 노트에 기록했다. 그녀들은 무슨 말을 했을까?

주변이 서서히 어두워지더니 눈앞의 와인잔도 보이지 않게 됐다. 방금 전 라이터를 찾았지만 없다. 초라도 켜야 되지 않느냐고 말했지만, 그녀는 되묻는다.

"누굴 사랑한 적 있으세요?"

그녀의 부드러운 목소리가 어둠 저편에서 들렸다. 난 그렇다고 했지만, 지금도 사랑하고 있느냐는 물음엔 머뭇거렸다. 과연 지금의 감정이 사랑인지, 혹은 연민인지 잘 모르겠다. 분명한 것은 아직도 혜진을 생각하고 있다는 것이다.

"아파하고 있는 것은 사실입니다."

"그래서 자살을 시도했나요?"

그녀의 성난 목소리는 나의 뇌와 심장을 발가벗기고 세포 하나하나에 숨겨져 있는 생각과 감정을 핀셋으로 콕콕 끄집어내 하얀 접시 위에 올려놓고 있었다.

"혜진을 알고 있죠?"

그녀는 귀찮음과 졸림이 섞인 듯한 목소리로 천천히, 그리고 나지막하게 말했다.

"앞으로 묻는 말에만 답하시고 질문은 그만! 그렇지 않으면 이 어둠 속에 영원히 갇혀야 할걸요."

그녀는 내 손을 어디론가 이끌었다. 문 여는 소리가 들리더니 조금 지나 뒤에서 닫히는 소리가 낮게 들렸다. 공포가 섞인 두려움 속에 꾸불꾸불한 어둠의 미로를 얼마나 이끌려 갔는지 모른다. 칠흑 같은 어둠에 익숙해질 무렵 두려움이 오히려 호기심으로 바뀌었다.

쿵! 어딘가에 머리를 부딪쳤다. 걸음을 멈추고 머리를 어루만졌을 때 그녀가 사라졌다는 것을 알았다. 머릿속이 갑자기 혼란스러워 현기증이 났다. 생각해 보면 그녀가 내 손을 잡았을 때부터 감촉이 없었다. 단순히 내가 그렇게 생각한 것인지, 아니면 느낌인지 몰라도 분명 그녀는 내 손을 이끌고 앞에 서서 걸었다.

엉거주춤하게 손을 뻗어 벽을 밀자 약한 바람이 불어왔다. 천천히 바람을 향해 걷기 시작했다. 앞으로 나아갈수록 어둠은 서서히 검은색에서 짙은 잿빛, 여린 잿빛으로 변해 갔다.

저 멀리 바위산 능선에 혜진이 걸터앉아 심각한 표정을 짓고 있다. 반가운 마음에 소리쳐 불렀지만 목소리가 나오지 않는다. 어라? 손가락도 움직일 수 없다. 나뿐이 아니다. 온 세상이 스톱 모션이다. 혜진은 무슨 이야기를 막 시작하려는 표정이다. 가슴이 아려 왔다.

앞쪽 멀리 숲이 보이고 그 이외는 끝없이 황량한 벌판이다. 거센 바람이 한바탕 모래먼지를 일으키며 휩쓸고 지나갔다. 누군가 툭 쳤다. 무섭도록 아름다운 눈동자다. 그녀는 나를 뚫어져라 쳐다보면서 위압적으로 말했다.

"자신조차 사랑할 줄 모르면서 어떻게 남을 평가할 수 있죠? 배신이니 뭐니 원망하고 그냥 잊으세요!"

무섭도록 아름다운 눈동자가 점점 커지더니 나를 집어삼켰다.

3.

눈을 떴다. 안개 자욱한 도로 위에 내가 누워 있다. 일어나 주위를 둘러 봤지만 지프 외엔 아무것도 없다. 꿈을 꾼 건가? 서서히 안개가 걷히면서 가로수와 주변의 경관들이 또렷이 보이기 시작했다. 액셀

러레이터를 힘차게 밟았다. 통일동산이 보인다. 빗방울이 하나둘 떨어지기 시작하더니 본격적으로 내리기 시작한다. 볼륨을 높여도 소리가 나지 않던 라디오에서 '치지직' 소리가 나기 시작했다. 주파수를 이리저리 맞췄다.

"달콤한 인생을 꿈꾸려면 이 세상에서 멋지게 살아 봐야죠? 진수 씨 잘 가요. 치지직……."

무섭도록 아름다운 눈동자의 목소리다. 차를 갓길에 급히 세웠다. 머리 위에서 누군가 나를 내려다보는 듯한 느낌에 공포가 밀려 왔다. 무섭도록 아름다운 눈동자와 또 다른 세계의 나, 그리고 검은 중절모의 사내 모습이 겹쳐졌다. 분명 꿈은 아니다. 꿈이라 하기엔 너무도 생생하다.

하늘에 떠 있는 섬

1.

저녁 무렵 고택에 돌아오니 님프가 이젤을 세우고 그림을 그리고 있었다. 난 너무도 지쳐 님프에게 미안하다 말만 하곤 그대로 침대에 쓰러졌다. 얼마나 잤을까? 눈을 뜨니 아침 햇살이 집안 가득 퍼지고 있었다. 샤워 후 거울 속 퀭한 몰골을 지우기 위해 면도를 하고 스킨을 발랐다.

님프가 아침 일찍 들러 블루마운틴을 내리고 간단한 토스트를 구워 놓았다. 밖에 나가 심호흡을 하니 아카시아 향이 코를 자극한다. 우린 식탁에 마주앉아 버터를 발라 바삭하게 구운 토스트에 딸기잼을 듬뿍 얹어 따끈하게 데운 우유를 곁들여 맛나게 식사했다.

님프는 내가 연락이 되지 않자 이 도시의 섬에 매일 와서 그림을 그렸다고 한다. 날짜를 보니 이상한 와인바에 간 것이 지난주 토요일, 그 후로 4일이나 흘렀다. 님프가 어디론가 전화를 하더니 휴대폰을 건네준다. 묵직한 음성이 저 건너편에서 들려 왔다.

"초면에 실례지만 님프 아버지 제임스 박입니다. 한국에서 친구 하나 없이 외롭게 지내는 우리 딸아이의 친구가 돼 주셔서 감사드립니다. 박진수 씨, 알아보니 좋은 사람이더군요. 이 국장에게 나에 대해 물어보면 내가 어떤 사람인지 잘 알 겁니다. 님프가 진수 씨를 잘 따르니 부탁 드립니다.”

님프의 한국 이름은 소현, 김소현. 제임스 박은 그녀의 새 아빠로 국내외 상당한 인맥과 파워를 구축하고 있는 사람이다. 님프가 친구라고는 하지만, 그래도 어린 여자이기에 님프 보호 차원에서, 그리고 자신의 영향력을 나에게 알려 주기 위한 전화였다. 님프에게 무슨 일이 생기면 나의 신변에 좋지 않은 일이 생길 것이라는 일종의 경고성도 있지만, 한편으론 나를 님프의 보호자로 인정한 것이다. 그는 마음만 먹으면 나의 일거수일투족을 미국에 앉아서 훤히 꿰뚫어 볼 수 있을 것이다.

“아저씨!”

님프가 뒤에서 등을 툭 치며 큰 소리로 불렀다.

“아빠가 뭐라 하셔?”

“님프 친구가 돼 줘서 고맙다고.”

“관심도 없던 아빠가 웬일이야? 할머니가 아빠에게 연락했나 봐. 아저씨 이야기를 했거든.”

“뭐라고?”

“친구라 했더니 데려오라고 여러 번 그러셔서 ‘사실은 친구는 친구인데 나이가 조금 많다’고 했더니 이것저것 캐묻는 거야. 평소엔 내 말이라면 다 좋다고 하시는데 남자친구라고 했더니 꼭 확인하겠다는 거야. 나 참! 할 수 없이 아저씨에 대해 말해 줬어. 그랬더니 할머니 눈이 커지면서 놀라는 거야. 어찌나 그 모습이 우습던지 킥킥킥……. 지금 생각해도 웃음이 나. 아저씨는 좋은 친구니까 계속 만

나겠다고 했더니 그러라고 했어. 아! 이 아지트는 아저씨와 나만의
비밀이니까 절대 말 안 했어."

2.

우린 햇살과 바람이 들어오도록 모든 창과 문을 열었다. 난 커피,
님프는 주스와 이젤을 들고나와 바람이 집 안으로 들어가는 길목에
의자를 놓고 느긋한 봄을 만끽했다.

"와 우리 집이 하늘을 날고 있네! 그런데 웬 고양이?"

캔버스엔 고택이 뭉게구름 위 푸른 하늘을 날고 있었다. 울창한
나무숲으로 둘러싸인 지붕 위엔 나와 님프, 고양이가 입가에 함박웃
음을 지으며 옷자락과 머리카락을 뒤로 흩날리며 서 있고, 그 뒤로
구름을 뚫고 올라간 탑, 아래쪽 정원엔 잔디와 화사한 꽃들로 가득
채워져 있었다.

"고양이 귀엽지? 며칠 동안 우물가 주위에 몇 번 나타나더니 오늘
은 안 왔네? 아저씨 어디 갔다 왔어?"

"여행. 머리 식히러."

"아! 머리 식히러……."

님프는 고개를 끄덕이며 배시시 웃는다.

"내가 우울하거나 기분이 좀 그럴 때 음악을 듣거나 그림을 그리
는 것과 같네? 아저씬 좋겠다. 그럴 때마다 여행을 가니까."

"그럼 님프는 지금 우울한 거네?"

"여기에서 잔다고 하니까 할머니께서 안 된다고 하셔서 아빠께 도

와달라고 했어. 그랬더니 일단 아저씨와 통화해 본 다음 결정한다고 하셔서 계속 연락했지만 휴대폰이 꺼져 있더만."

"미안하군!"

"뭐 미안하기까지. 나도 아저씨가 좋아하는 커피 좀 혼내 줬지. 블루마운틴을 책상 위에 올려놓고 팔짱 끼고 노려보기, 다 식을 때까지 외면한 후 버리기. 애꿎은 커피만 혼냈지 뭐! 아저씨 어디 갔냐고 아무리 물어도 글쎄 대꾸 한마디 않고 오히려 향기만 잔뜩 피우더라고. 얼마나 도도한지 내가 두 손 두 발 다 들고 우울해졌지 뭐!"

"아하하하!"

님프는 초등학교 1학년 때 미국으로 건너가 고등학교 2학년까지 공부했는데도 한국말이 유창할 뿐 아니라 단어 선택도 수준급이다. 초등학생 시절 한국문학, 영문학, 그림, 음악에 대해 개인교습을 받았고, 중학교에 진학하면서부터 세상을 보는 시야를 넓히라고 정치학, 경제학, 사회학 그리고 상업디자인 개인교습까지 받았다. 님프에 대한 부모의 기대와 사랑이 얼마나 극진한지 알 수 있다.

"할머님 말씀이 옳은 거 아닌가?"

"나도 알아. 하지만 여기가 좋은걸? 책도 많고, 그림 그리기도 좋고, 아저씨 커피 마실 때 음료 마시는 것도 좋고, 게다가 이젠 그림 속의 섬을 타고 하늘을 날 수도 있잖아."

난 님프와 대화를 나누는 이 순간 행복함을 느꼈다. 이 순간을 비밀상자에 고이 담아 저 높은 파란 하늘에 저장해 놓고 시간이 흐른 후 가끔씩 꺼내보고 싶은 마음이다.

한동안 자신의 세계에 갇혀 사람들과의 만남을 되도록 피해 온 나로서는 마음을 드러내 놓고 대화를 나눈 적이 없다. 친구들에겐 절대 나약한 모습을 보여선 안 되며, 특히 사회생활에서 자신의 속마음을 드러내면 언젠가 그것이 독화살이 돼 되돌아오는 경우가 많아 늘 조심한다. 그러다 가끔 고향 친구를 만나면 술기운을 빌어 속마음을 털어 보지만 뒤돌아서면 왠지 찜찜한 기분이다.

　사회생활에서 그래도 속마음을 털어놓으며 낄낄대던 사람은 이 국장님뿐이었다. 연령 차이가 20년 이상 나지만, 그분은 나의 기분을 헤아리며 국지적 지식을 범세계적인 시각으로 접근할 수 있도록 유도하며 대화에 응해 주셨다. 그분은 언제나 부정적인 단어나 시각을 긍정적으로 변환시켜 용기와 힘이 솟아나게 하는 마력을 지녔다. 그래서 국장님과 함께 차를 마시며 낄낄대는 것을 좋아해 짬이 날 때마다 국장실을 찾곤 했었다. 아마 님프도 한국에서 함께할 친구가 없는 도중에 뭐든 이해하고 받아주는 내가 편하다고 느끼고 있을 것이다.

　"사람은 누구나 꿈과 소망을 잡으려고 하지만, 대부분은 잡기는커녕 그 형체조차 제대로 볼 수가 없어. 차라리 그 정도면 다행이라 할 수 있지. 언제나 마음은 그곳을 향해 있지만 어쩔 수 없는 연유로 자신의 눈이 외면하는 사람은 슬프지. 그런 사람들은 현실에서 아웃사이더라는 느낌을 받아."

　"꿈이 뭔데?"

　"나도 잘 몰라. 그냥 느낌이야. 그렇지만 분명 님프는 꿈을 이룰 거야."

"혹시 아저씨가 그런 사람 아닌가?"

"아마도……."

"그럼 우린 현실 탈출이란 꿈의 배를 함께 탄 동지네. 하하하!"

님프가 자신의 아지트로 나를 초대한다. 산속에 있으면서 강과 하늘에 맞닿아 있어 꿈꾸기에 딱 좋은 곳으로.

"내일?"

"응. 내일."

"좋아. 그러지 뭐."

님프의 얼굴에 함박웃음이 피어났다. 우린 그림 도구들을 들여놓고 밖으로 나왔다. 옅은 그림자가 길게 드리워지는 저녁 무렵이라 바람이 선선했다.

3.

"어! 저기 코믹북이다. 아저씨 우리 1시간만."

난 골프를 소재로 다룬 《바람의 대지》를, 님프에겐 《천재 유교수의 하루》를 골라 건넸다. 캔커피, 사이다, 오렌지 주스, 과자를 골라 테이블 위에 올려놓은 다음 소파에 앉아 만화를 집어 들었다. 소파에 깊이 기대어 만화책을 보던 님프가 신발을 벗었다. 나를 옆으로 밀치더니 무릎을 세우고 등을 내 오른쪽 어깨에 기댔다.

책장 넘기는 소리만 들릴 뿐, 조용한 공기가 어느 정도 익숙해질 무렵, 오른쪽 어깨에 얹혀 있던 무게가 가벼워졌다. 님프가 옆구리를 툭툭 치더니 화분이 놓인 칸막이 너머를 가리킨다. 대학생 커플이다. 무릎 아래까지 내려오는 하얀 스커트, 하얀 티에 가벼운 분홍색 점퍼를 걸친 여학생이 남학생 어깨에 기대어 졸고 있다. 그녀가 깰까 봐 미동도 않고 책장을 조심스레 넘기는 남학생 모습이 귀엽다.

그녀가 몸을 뒤척이더니 갑자기 눈을 떠 시선이 마주쳤다. 얼른 고개를 숙이고 책장을 넘겼다. 약간의 시간이 흐른 후 고개를 들었다. 여전히 그녀는 남학생 어깨에 기대어 달콤한 잠을 즐기고 있다. 남학생은 왼손으로 그녀의 무릎 위에 놓인 핸드백을 잡고 오른손은 만화책을 들고 망부석이 됐다. 그 망부석 입가엔 행복한 미소가 가득하다.

그들은 분명 만화 가게에서 데이트를 즐기는 것은 아닌 듯했다. 영화나 연극, 아니면 모임에 앞서 아직 남은 시간을 활용해 피곤한 그녀가 쉴 수 있도록 잠시 머물고 있는 것 같았다. 그 커플의 모습은 마치 '우린 서로 사랑하고 있어 행복해요'라는 광고를 연상케 했다. 자리에서 일어난 님프가 그 커플을 잠시 바라보더니 내 팔을 이끌고 밖으로 나왔다.

"부럽지? 호호호!"

슬쩍 팔짱을 끼려 하는 손을 밀쳐내자 님프는 두 손으로 내 오른팔을 꽉 잡았다. 어쩔 줄 몰라 하는 내 얼굴을 보면서 뭐가 그리 재미있는지 킥킥거렸다.

"우리 꼭 연인 같다. 그치? 이럴 땐 분위기 있는 음악이 쫙 깔리며 뭔가 센티멘털한 일이 벌어져야 하는 거 아닌가?"

"흠. 멋있긴 한데. 왠지 안 어울려!"

어둠이 내리자 낯설게만 보이던 거리가 한결 부드럽고 정겹게 느껴졌다. 님프를 지하철역에서 배웅한 후 선배에게 전화를 걸었다.

"차를 며칠간 더 써야 할 것 같은데."

"아예 명의변경 하라니까?"

"에이! 가진 거 하나 없는 놈이 차 갖고 다니면 지나가던 개가 '멍멍' 욕해요."

"짜식, 여전하긴. 알았다. 생각 있으면 언제든 갖고 가라."

4.

가는 빗방울이 하나둘 떨어지기 시작했다. 집으로 돌아온 난 머그컵에 블루마운틴을 따르고 침대에 딸린 책상 앞에 기대어 앉았다. 아직 풀지 못한 책들이 노끈에 묶여 나를 노려보고 있다. 오늘따라 커피 향이 유난히 진하다. 아말리아 로드리게스(Amalia Rodrigues)의 〈Maldicao(어두운 숙명)〉의 낮은 선율이 가늘게 퍼져 나간다. 창밖 너머 빗줄기가 나뭇잎들을 후두둑 두들기는 고요한 밤이다. 이런 날이면 커피의 양은 더욱 늘어난다. 상념에 잠기는 시간이 길어지기 때문이다.

부에나 비스타 소셜 클럽(Buena Vista Social Club)의 〈Veinte Anos(스무 살)〉가 울려 퍼지자 섬에 있는 모든 나뭇잎들이 줄을 타듯 춤을 춘다. 지구를 한 바퀴 돌아온 바람도 가쁜 숨을 몰아쉬며 잠시 걸음을 멈추고 손을 흔든다. 지구 반대편의 즐거운 이야기와 따스한 색을 전해 주려 하는 것 같지만, 난 언제부턴가 그 바람의 색을 느끼지 못하고 있다. 바람은 열심히 손짓발짓하지만 아무 소리도 들리지 않고 느낌도 없다. 마음이 맑아지면 색깔이 맑아지고, 마음이 탁하면 색깔도 탁해지기 마련이라 했던가! 지금의 내 눈과 가슴엔 안개비가 자욱하게 깔려 있어 온통 무채색이다. 그로 인해 생활도 단조로움의 연속이다. 늘 시퍼런 칼날 위를 걷고 있는 느낌이다.

혜진이 곁에 있을 땐 바람의 속삭임에도 까르르 웃고, 전해 오는 바람의 색깔에서 세상의 아름다움과 싱그러움을 담뿍 짜냈었다. 다시 돌아가고 싶다. 아니 다시 돌아가지는 못한다 하더라도 그 시절의 풋풋한 가슴을 다시금 재생시키고 싶다. 더 이상 혜진을 원망하지 않고, 오히려 그녀 때문에 정말 행복한 시절이 나에게도 있었음을 감사할 줄 아는 가슴을 지니고 싶다. 당분간 나의 등과 얼굴을 스쳐 앞으로 달려나가는 바람에 빨간 색깔과 파란 색깔이 흠뻑 배어 있었으면 좋겠다. 정열적이고 냉철한 느낌을 주는 바람이…….

휴대폰이 울렸다. 님프로부터 온 집에 잘 도착했다는 메시지다. 달콤한 잠을 청하자 또다시 꿈을 꾼다. 끝없이 펼쳐진 황량한 벌판이 찰랑찰랑한 논밭으로 바뀌고, 밤하늘의 별만큼이나 많은 황금잉어가 물속에서 하늘로 솟아올라 날아다니는 꿈을…….

꿈, 바람, 님프의 아지트

1.

눈이 부시다. 아침 햇살이 온 창을 뚫고 집안 가득 비추고 있었다. 샤워와 면도 후 스킨로션에 향수까지 살짝 뿌렸다. 간단하게 빵과 우유로 아침을 때운 다음 책을 정리하던 중 님프로부터 연락이 왔다. 님프를 픽업하러 서초동으로 향했다.

우리는 고속도로를 질주하며 산타나, 이글스, 보니엠, 빅마마, 버블시스터즈, 그린데이, 부에나 비스타 소셜 클럽, 그리고 맨하탄스 등 구슬픔을 살짝 머금은 경쾌한 음악을 연이어 틀었다. 그러면서 앞뒤 좌우 차창을 활짝 열어 머리카락과 옷자락을 휘날리며 목이 터져라 노래를 따라 불렀다.

점심때가 훌쩍 지나서야 톨게이트를 빠져나와 국도로 접어들었다. 섬진강을 끼고 도는 국도변 아담한 식당에 자리를 잡은 우리는 이 지역 특산음식인 재첩국과 은어회를 시켰다.

"어제 학생 커플 참 보기 좋았지? 부럽더라."

대답 대신 미소를 지었다.

"그런 사랑해 봤어? 혹시 첫사랑도 못해 본 거 아냐?"

"글쎄!"

"시시하긴. 하긴 나도 아직 못 해 봤는데 첫사랑 느낌은 어떨까?"

"음……. 5년이 지나도록 첫사랑의 아픔을 잊으려는 후배가 있었어. 그 친구는 한동안 식어가는 커피를 앞에 놓고 조용히 고개를 떨구고 있었지. 그는 나에게 어떻게 하면 그녀를 잊을 수 있는지 조언을 구하러 왔다고 하더군."

"아저씨한테! 와! 아저씨 첫사랑 해 봤구나!"

님프는 뭔가 짐작하고 있다는 눈빛으로 미소를 지었다. 난 님프에게 그 후배의 대역을 맡기고, 실제 상황처럼 진지하게 말을 이어갔다.

"첫사랑이라! 그것도 이루지 못한 사랑이라면 글쎄? 보고 싶지만 형체가 없고, 다만 마음 구석 어딘가에 느낌으로 남아 있는 것은 아닐까? 가라고 절규도 해 보고, 무릎 꿇고 애원도 하며, 칼로 난도질까지 해 보지만, 자신 스스로 마음의 빗장을 단단히 걸어 잠그고 도망 못 가게 하는 것이 아닐까 싶어. 때론 슬픈 얼굴, 때론 함박웃음을 짓기도 하지만, 그 어떤 모습이든 가슴은 아리겠지. 어쩌면 시간이 그것을 지우려 해도 너 자신이 지워지지 않도록 꼭 붙들고 있는지도 몰라. 그러면 세월이 흘러 기억조차 선명하지 않아도 그것은 네 마음속 예전의 그 시간, 그 장소, 그 모습 그대로 남아 있게 돼. 이젠 그 지긋지긋한 번뇌의 허상에서 벗어나 또 다른 사랑을 해 봐."

내 얼굴을 물끄러미 바라보던 님프의 눈동자가 커졌다.

"와! 가슴 아픈 사랑을 했구나! 그 후배 뭐라 그래?"

"글쎄! 그 친구 천천히 고개를 가로젓더니 차분한 목소리로 자기는 당분간 새로운 사랑은 못 할 것 같다고 하더군. 녀석 좀 더 시간이 필요한가 봐!"

"그 여자는 어떻게 됐어?"

"경제적 조건 때문에 녀석을 차 버렸으니까, 다른 남자와 결혼했 겠지."

"그럼 아저씨 후배가 불쌍하다. 그런 여자 잊어버리고 새로운 사 랑 찾아야지. 안 그래?"

"그럴까? 그리 쉽게 잊어버릴 수만 있다면 세상은 참 심플할 텐 데."

그때 음식이 들어오고 우린 맛 나게 식사를 했다.

2.

강변을 따라 흐르는 산자락을 끼고 몇 번이나 돌고 돌아 산 중턱 에 자리 잡은 자그마한 마을 입구에 도착했다. 길가 한쪽에 차를 세 우고 님프와 난 나란히 차 범퍼에 엉덩이를 대고, 팔짱을 낀 채 선글 라스 너머로 산 아래 풍경을 구경했다.

머리칼을 휘감는 봄바람이 나른한 기운을 코끝에 매달곤 휭하니 달아나자, 강물 위에 투영된 산들이 깊은 그림자를 드리우며 낮잠을 즐긴다. 강은 산 형세를 따라 이리저리 휘둘러 누워 있고, 그 강 자락 을 따라 도로가 길게 뻗어 있다. 강변 양쪽엔 산을 병풍 삼아 곳곳에 붉고 파란 기와집들이 촌락을 이루고, 그 촌락을 감싸고 있는 무성 한 나무들은 새색시처럼 초록 옷을 다소곳이 입고 촉촉한 머릿결을 봄바람에 말리고 있었다.

"아름답군! 공기도 싱그럽고."

"정말 좋지?"

님프는 얇은 청재킷을 벗어 허리에 동여매고 앞서서 언덕 위 마을을 향해 걷기 시작했다. 산등성이에 태연하게 자리 잡은 청기와와 홍기와집 돌담을 몇 번이나 끼고 돌고 돌자 마을 끝이 보였다. 5월의 중간을 지나가는 오후의 나른한 기운이 뜨겁게 느껴질 무렵, 님프가 뒤돌아보며 생긋 웃더니 다시 걸음을 재촉한다.

담쟁이덩굴과 이끼가 낀 멋스러운 고풍의 돌담 끝을 지나고 숲길을 따라 한 10여 분 더 올라갔다. 우리는 곧 플라타너스가 서 있는 한 커피숍 간판 앞에 멈춰 섰다. 님프의 콧잔등에 땀방울이 송골송골 맺혔다.

〈황금나무 아래서〉란 카페 간판이 플라타너스에 걸려 있었다. 연초록 바탕의 심플한 간판 위에 쓰인 글씨는 초등학생 혹은 예술가가 그린 듯 독특한 서체였다. 글자 획의 끝선은 마치 덩굴이 뻗어 올라가며 불타고 있는 듯했고, 글자 선 굵기도 제각각이어서 신비한 기운을 풍기고 있었다.

이곳은 울창한 나무와 담쟁이덩굴로 덮여 있어 산 아래나 위에선 보이지 않는 요새 같은 곳이다. 현대식 3층 기와집을 약간 개조해 통나무와 목재로만 만들어진 카페로 특정인이 아니면 도저히 발견할 수 없을 것 같다.

계단을 올라 문을 열고 들어섰다. 굵은 선율의 첼로 연주가 은은히 울려 퍼지고 있는 2층엔 두 쌍의 연인이 창가에 앉아 따사로운 햇볕 속에서 담소를 나누고 있었다. 실내 장식은 평범했지만 산 아래로 굽어 보이는 창밖 풍경은 수채화를 그려 놓은 듯 수려했다.

님프는 주머니에서 열쇠를 꺼내 벽에 나 있는 작은 구멍으로 밀어 넣었다. 벽이 열리더니 계단이 또 나왔다. 3층은 천장 높이가 무려 5미터로 창가엔 빛을 차단하는 검붉은 커튼이 보기 좋게 양쪽으로 묶여 있었다. 긴 테이블 위엔 그림 도구들이 가지런히 정리돼 있고, 창가 쪽엔 커피 마시기에 딱 좋을 듯한 테이블과 안락한 의자 몇 세트가 자리했다. 고개를 돌려 뒤쪽 벽을 본 순간 숨이 탁 멎었다. 혜진을 닮은 여인이 미소를 머금고 나를 응시하고 있었기 때문이다.

벽면 전체에 그려진 그림은 살아 움직이는 것 같았다. 한여름의 초록빛을 내뿜는 울창한 가로수들이 오솔길 양쪽으로 죽 늘어서 있고, 그 한가운데 우뚝 서 있는 나무 아래 혜진을 닮은 여인이 가냘픈 맨발을 가지런히 모으고 서 있었다. 벽화 전체는 햇살의 나른함과 따스함을 풍기고 있었지만, 미소 지으며 나를 응시하고 있는 그녀의 눈동자는 슬퍼 보였다. 하얀 바탕에 연하늘과 연초록 꽃무늬가 수놓인 롱 치마와 하얀 블라우스를 입은 그녀 발치 앞에는 고양이가 도도하게 머리를 쳐들고 앉아 있었다. 고양이는 님프가 그린 것과 비슷했다.

혜진과 닮은 여인을 여기서 보다니! 놀랍기보다는 까닭 없이 가슴이 저려 오며 묘한 기분이 들었다.

"아저씨 뭐해?"

창가에 앉은 님프가 손짓하며 불렀다. 창문을 열자 기다렸다는 듯 싱그러운 바람이 밀려들어 왔다. 3층은 님프 언니의 화실이자 님프와 언니만의 휴식공간이다. 은은한 첼로 음률에 맞춰 나뭇잎들이 화음을 내고 산새들이 노래하는 가운데 해는 기울고 있었다. 창밖으로 보이는 마을 풍경은 한 폭의 수채화다. 어두워진 초록빛 사이로 빨갛고 파란 지붕들이 물감처럼 퍼지며, 점차 붉게 물드는 노을에 적셔진 강은 숨죽여 물길을 옮기고 있었다.

"아저씨!"

"응. 왜?"

"무슨 생각을 그렇게 해?"

"아 미안. 경치가 너무 아름다워 눈물이 다 나오려고 하네!"

"그치? 정말 아름답지?"

"그래. 님프는 좋겠다. 이토록 아름다운 곳을 맘껏 누릴 수 있어서."

"우리 아지트에 온 걸 환영해. 우리 가족 빼고는 아마 아저씨가 처음일걸?"

"영광인데. 뭐라 감사해야 하나."

"아저씨도 섬을 소개해 줬잖아."

"이곳이 더 근사한걸! 저 그림도 그렇고."

"언니가 그린 거야. 1년 내내 그림에 푹 빠져 있었어. 밖에도 거의 나가지 않고, 몸이 아파 열이 38도를 넘는데도 그림에 몰두했어. 꼭 미친 사람 같았지."

"저 여인은 누구야?"

"미국에 있는 언니한테 물어봐. 이 카페도 직접 디자인해서 지은 거야."

"이 카페를 직접?"

"3년 전에 허름한 집을 구입해서 리모델링했어. 그때부터 할머니와 할아버지가 이곳에 사셔. 손님도 주말이나 휴일에만 가끔씩 올 정도로 한가하지만, 할머니와 할아버지는 그래도 재밌대. 먼 친척이지만 친할머니 친할아버지 같은 분들이야.

언니는 님프보다 9살이나 많은 29세다. 3년 전, 미국에서 함께 살던 언니가 어느 날 갑자기 한국으로 건너가 1년이 지나도록 돌아오지 않자, 님프는 언니를 보러 한국에 왔다.

그녀는 미국에서 이곳을 어떻게 알아냈는지 몰라도 시골 산속에 있는 허름한 이 집을 구입하고는 정원이 딸린 집과 카페로 꾸몄다. 1층은 거주하는 집으로, 2층은 카페로 리모델링해서 간판을 걸고 계단을 밖으로 설계해 운치를 더했다. 3층은 증축해서 작업실로 만들었다.

님프가 이 카페에 왔을 때 벽화는 거의 마무리돼 가고 있었다. 언니는 자신의 목숨보다 아낄 정도로 사랑하는 님프조차 3층엔 오지 못하게 했다. 어느 날 밤, 님프가 잠에서 깨어나 정원으로 나왔을 때 작업실 쪽에서 언니 목소리가 들렸다. 살며시 계단을 통해 2층(계단 쪽 창은 나무에 가려 밖에선 안이 보이지 않는다)으로 올라갔을 때 언니가 누군가와 두런두런 말을 나누는 소리가 희미하게 들렸다.

그다음 날 어젯밤 누가 왔었냐고 묻자, 언니는 그런 적 없다며 그림이 완성될 때까지 작업실 근처엔 얼씬도 말라며 다짐을 받았다. 그때 언니가 얼마나 무서웠는지 엉엉 울고는 며칠 후 님프는 미국으로 돌아갔다. 그 일이 있은 후 사과 한마디 없던 언니는 명랑한 얼굴로 다시 한국과 미국을 오갔고, 언니의 강력한 요청에 2년 전 겨울 함박눈이 펑펑 쏟아지는 날, 님프는 친할머니 집 서울로 왔다.

3.

다음 날 아침 식사를 마치고 님프와 함께 뒷산 푸른 초원 언덕에 올랐다. 굽이치는 강줄기를 내려다보며 늦봄과 초여름이 겹치는 날씨를 만끽하고 있을 때 님프가 물었다.

"혹시 지금도 첫사랑에 가슴 아파하고 있어? 그것도 5년씩이나?"

내 표정을 살피며 님프가 조심스레 물었다. 까만 눈동자가 아래로 내려가면서 어쩔 줄 몰라 하는 기색이 역력했다. 우린 시원한 바람이 강물과 숲 내음을 옷자락에 걸쳐 놓을 때까지 말이 없었다. 어느 정도 시간이 흐른 후 님프가 고개를 들었을 때 난 미소를 지어 보였다.

"일기장을 우연히 봤어. 혜진 언닌 아저씨 사랑받을 자격 없어."

시원한 바람이 옷깃을 스치고 지나가자 풀들이 고개를 숙이고 귀를 쫑긋 세웠다.

"혹시 이솝 우화의 '포도와 여우' 이야기 알아? 배고픈 여우가 높이 달린 포도를 따 먹으려고 힘껏 여러 번 점프하지만 지쳐서 더 뛸 힘이 없자 '저 포도는 썩었을 거야'라고 한 우화."

님프는 고개를 끄덕였다.

"혹시 소중한 지갑을 잃어버리고 가슴 아파한 적 있어?"

"여우하고 예쁜 지갑하고 무슨 상관이야?"

"여우처럼 아깝게 놓친 것에 대해 사람들은 부정적인 평가를 내리는 경향이 있지만, 소중했던 사람이 떠나 버린 것에 대해선 미련과 애착을 갖게 돼. 만날 때부터 떠난 후의 감정이나 그 느낌조차 추억이란 것으로 만들어 자신의 가슴과 기억의 창고에 고이 간직하지. 보물처럼 말이야. 하다못해 떠난 사람이 자신의 가슴에 비수를 꽂아 선혈이 낭자하게 돼도 좋은 사람 많나 행복하길 바라는 마음이 곧 사랑이야."

"음, 어렵다."

님프는 고개를 저으며 나의 얼굴을 빤히 쳐다본다.

"그러니까 사랑은 행복의 날개를 달아 주는 거야. 비록 자신을 배신하고 죽을 만큼의 고통을 주었다 해도."

님프가 내 어깨를 툭 치며 말을 끊었다.

"에이! 그게 무슨 황당한 소리야. 나 같으면 오히려 잘 됐다고 할 텐데. 그런 언니는 차라리 떠난 것이 잘된 거야. 아니면 아저씨가 잘못해서 그 언니가 힘들었다면, 그 사랑은 오히려 이루어지지 않은 것이 더 좋은 거고. 사랑은 서로 이해하고 아껴 주는 거다!"

"그게 아니라……."

"아저씨! 난 인생을 얼마 살지 않아서 잘은 모르지만, 사랑은 그 언니가 옆에 있을 때 좀 더 잘해 줘서 떠나지 않게 하는 거지, 떠난 후에 옛사랑이 이렇고 저렇고 하는 것은 자기 합리화나 변명이 아닐까 생각해.”

난 더 이상 말을 잇지 못했다.

“하늘 참 맑다. 그치?”

나이가 들면 생각이 복잡해지는 걸까! 아니면 변명이 느는 걸까!

“아저씨 뭐해? 저 하늘 좀 보라니까.”

님프가 초원에 누워 하늘을 가리킨다. 눈이 시리도록 푸르다. 푸른 호수에 꿈들이 둥실 떠간다. 님프의 꿈도, 떠난 혜진의 꿈도, 그리고 나의 꿈도. 그 꿈들이 구름을 타고 떠다니다 부딪치면 인연이 되고, 함께하면 운명이 된다는 것을 느끼는 사람도 있고 모르는 사람도 있다. 아마 그녀는 그것을 알고 있었는지 잠시 머물다 흘러갔고, 나는 그것을 몰라 그녀를 떠나 보낸 후 가슴 아파하고 있다.

만남의 운명을 몰랐던 난 아픔을 갖게 됐고, 그 아픔은 바람에 실려 세상을 떠돌고 있다. 그렇게 우리의 꿈은 자신도 모르게 운명을 만나고 헤어지고 하면서 저 푸른 하늘을 여행하나 보다. 혜진도 그 수많은 운명들 중 하나를 만나 다시금 행복해지겠지…….

“아저씨가 말한 것은 아저씨만의 사랑 방식이야. 님프는 그러면 안 돼. 알았지? 곧 님프에게도 멋진 사람이 나타날 거고, 그 사람과 아름답고 행복한 사랑을 하게 될 거야.”

“그럴까? 나도 사랑했던 사람이 떠나면 무척 슬플 거야. 그냥 아저씨 힘내라고 말한 거야. 그 언니가 나빴다 해도 아저씨가 잊지 못하고 있다는 것은 좋은 사람인 것 같아. 그리고 아저씨의 사랑 방식 변했으면 해."

　우린 카페로 내려와 점심 식사를 한 후 우울할 때 다시 이 아지트에 오기로 하고 서울로 향했다. 서울로 올라가는 내내 님프는 꿈속 나라를 여행했고, 난 여러 가지 상념에 빠져 있었다. 님프를 바래다주고 집에 돌아오자마자 침대에 쓰러졌다.

3장
가슴속 편린들

삶에 대한 허무와 애착

1.

최근 일어난 혜진과 관련된 일에 대한 생각을 잊으려고 두 달 내내 일에 매달린 덕분에 상큼한 기분으로 7월도 어느덧 끝을 향해 달리고 있었다. 충무로에서 광고 기획사를 운영하는 친구 사무실에서 광고기획 및 카피 프리랜서, 또한 선배 소개로 주간신문에서 편집자문을 해 주며 약간의 용돈을 벌고 있었지만, 정규직 일자리는 좀처럼 나오지 않았다.

하루 종일 커피가 식어가는 줄도 모르고 일에 매달린 후 집으로 돌아오는 길은 경쾌했다. 하늘이 잿빛으로 몸단장을 하고 있는 모처럼의 여유로운 주말 아침, 한여름의 습한 바람이 서서히 먹구름을 몰아 오나 싶더니만 잠시 후 빗줄기를 흩뿌리기 시작했다. 눈부신 태양이 작열하는 흥겨운 주말에 홀로 남겨진 자들이 서글프지 않도록.

문을 열자 나무 잎사귀들이 일제히 소리를 지른다. 쏴아! 빗방울들이 흥겨운 멜로디를 울리며 낙하하는 정원엔 푸르디푸른 차가운 공기 내음이 그득하다. 가슴까지 흠뻑 적시는 빗소리는 언제 들어도 고즈넉하다. 하얀 들고양이가 처마 밑에서 나를 주시하고 있다. CD 플레이어를 틀자 재즈 음률이 빗소리를 타고 울려 퍼진다.

블루마운틴을 책상 위에 놓고 1시간여 동안 향기만 마시고 있으려니 혜진 생각이 났다. 언제쯤이면 아픈 첫사랑의 매듭들을 남김없이 풀어버리고 세상을 신비한 듯 바라보던 그 눈망울로 다시금 세상을 보게 될지……. 책상에 놓인 커피 향이 진하다. 아말리아 로드리게스의 〈Maldicao〉의 낮은 선율이 가늘게 퍼져 나간다.

창밖은 빗줄기로 고요하다. 커피 향은 더욱 짙어지고 양도 늘어났다. 전해 오는 바람의 색깔에서 세상의 아름다움과 싱그러움을 담뿍 짜내던 혜진과 나의 시간들. 그 시절의 아릿한 가슴을 다시금 재생시킬 수 없다는 생각이 들자 서글퍼졌다.

먹다 남은 참치 캔을 문 앞에 놓자 꼬리를 쳐든 들고양이가 제집인 양 당당하게 들어와 능청스럽게 먹어 댄다. 쪼그리고 앉아 바라봐도 눈길조차 주지 않는다.

"넌 눈동자가 혜진을 닮았구나."

들고양이가 먹던 것을 멈추고 고개를 들었다. 그래 널 '진'이라 하자.

2.

"아저씨! 나 방학했다."

두 달여 동안 연락이 없던 님프가 한 손엔 빨간 우산, 또 한 손엔 커다란 짐 가방, 어깨엔 배낭을 메고 함박웃음을 지으며 문 앞에 서 있었다.

"학교에 다시 들어갔구나. 잘했다. 그런데 어디 여행 가니?"

"응. 방학 동안 이 섬으로 여행 왔어. 그런데 진이가 누군가 했더니 너구나. 난 또 웬 여자가 찾아왔나 했지. 내가 그렇게 유혹해도 오지 않더니 너 혹시 암컷 아냐?"

"아하하하!"

님프의 언어구사력은 과연 미국에서 초중고 교육을 받으며 생활하다 온 것인지 궁금할 정도다. 님프는 진이의 머리를 거칠게 쓰다듬곤 침대로 가 짐을 풀어 책상을 자신의 책과 그림 도구로 장악했다. 진이가 기지개를 죽 켜더니 님프를 향해 '야옹' 외치곤 유유히 비 내리는 정원을 가로질러 나무들 사이로 사라졌다.

"난 숙녀니까 아저씨는 당분간 2층 소파에서 지내."

"할머니가 뭐라 안 그러셔?"

"걱정 마. 언니가 월요일에 온다고 했으니까 아저씨가 날 황금나무 카페로 데려다줘야겠어."

"왜?"

분주하게 짐을 정리하던 님프가 갑자기 동작을 멈추더니 내 코앞까지 걸어와 양손을 허리에 대고 발꿈치를 세워 얼굴을 바짝 들이밀곤 항의하듯 말한다.

"아빠가 잘 보살펴 주라고 했다며?"

"그랬지만……."

"그럼 할머니를 이리 오시라고 할까? 아저씨가 이 섬을 우리 둘만의 아지트로 하자고 해서 할머니가 오신다고 하는 걸 간신히 언니 핑계 대고 막았는데, 약속을 했으면 지켜야지."

님프의 기세등등한 태도에 난 기어들어가는 목소리로 말했다.

"약속? 지켜야지."

"그럼 됐어."

허리에 올린 손을 내린 님프는 콧날을 위로 세우고 다시 책상이 있는 침대 쪽으로 걸어갔다.

"그런데 언니 핑계는 뭐야?"

"언니가 아저씨 면접 본대. 친구를 위해 그 정도는 해 줄 수 있잖아."

난 양손을 올리며 고개를 갸우뚱하곤 멋쩍게 웃었다. 책을 정리하던 님프가 배고프다며 냉장고를 열어 이것저것 꺼내더니 라면을 끓였다.

비가 그쳤다. 우린 식사 후 포도 주스와 커피를 마시기 위해 감독 의자를 들고나와 정원 한가운데 자리 잡았다. 비가 그친 후 세상은 온통 푸르다. 이런 날엔 눈과 코가 사치를 즐긴다. 상큼한 바람이 몰고 온 풀과 땅 내음이 뒤섞인 향기는 가슴을 시원하게 청소한다. 들고양이 진이가 우물 뒤쪽에서 걸어오더니 내 의자 옆에 웅크리고 앉는다. 님프가 진이에게 얼굴을 디밀더니 혀를 내민다. 매미가 축복의 노래를 부르는 평화로운 한여름의 오후다.

3.

일요일 아침, 2층에 던져뒀던 책들을 정리하고 님프와 함께 집 청소를 한 다음 지프를 몰아 자유로로 드라이브를 갔다. 이곳에 오면 혹시 꿈속에서 봤던 와인바의 무섭도록 아름다운 눈동자의 여인을 다시 만날 수 있지 않을까 하는 약간의 기대를 갖고.

　지루한 장마 뒤의 여름 날씨는 화창했고, 물을 잔뜩 머금은 싱그러운 풀 내음은 코를 즐겁게 했다. 통일동산을 지나자 멀리 산속에 범선을 띄운 아쿠아랜드가 시야에 들어 왔다. 좌측엔 바다 같은 강이 가슴을 탁 트이게 했다. 한참을 달려 차를 도로 복판 잔디밭에 세워 놓고 팔베개를 하고 누웠다. 양쪽 도로는 차들이 총알처럼 튕겨 나가는 소리로 요란하지만 둥실 떠가는 뭉게구름은 말없이 천천히 아주 천천히 흘러간다.

　"저러다 집에 언제 가려는지……."

　님프의 중얼거리는 소리를 뒤로하고 나는 지그시 눈을 감으며 말했다.

　"학교생활은 어때?"

　"그냥 맨 뒤에서 잠에 취해 지내."

　"좋군!"

　하늘을 보며 무심코 내뱉은 말에 님프가 조용히 일어나 앉더니 목소리를 내리깔곤 말했다.

　"아저씨! 내가 일류대학에 못 갈 수 있다는 것이 좋다는 뜻이야 뭐야?"

　"누가 그래?"

　님프가 손가락으로 나를 가리켰다.

　"어! 내가? 왜 그런 말을 했을까! 정신 나간 친구군."

"한국에선 일류대학을 못 나오면 살기 힘들다고 하던데."

님프의 목소리엔 힘이 없었다.

"설마?"

"나도 알 건 알아. 학교 시험 점수가 엉망이야. 영어시험도 어려워. 대학입시가 얼마 남지 않아 일류대학교에 못 가는 것은 확실한 것 같아. 학교 친구들이 그러는데, 일류대학 아니면 결혼할 때 좋은 남자 못 만나고, 취직도 직장생활도 힘들다고 하던데 어떡하지?"

"님프는 걱정 안 해도 되겠군. 영어는 기본이고 디자인, 광고, 음악, 마케팅, 미술, 경영 등을 공부했으니 그 모든 것을 발휘할 수 있는 전문 경영인이 되면 되겠다."

"그건 미국방식이고 한국입시는 너무 어려워. 그리고 내가 돈이 어디 있어서 회사를 만들어. 경영인이 되려고 해도 우선 일류 회사에 취직해서 경험을 쌓아야 할 텐데. 휴!"

한숨까지 쉬는 걸 보니 심각한 모양이다. 난 잠시 생각에 잠겨 있다 입을 열었다.

"시스템이 복잡하고 큰 회사일수록 직원들을 뽑을 때 충성스러운 인간들을 우선 뽑을 거야. 그들에겐 월급을 많이 주지. 또 각종 복지 혜택도 제공할 거야. 그래야 충성이 복종으로 탈바꿈하니까. 인간미 넘치고 투쟁적이고 모험심과 자존심이 강하고 용기 있는 자는 학업 성적에 매달리지 않아. 그런 부류의 인간은 어떻게 하면 '멋진 인생'을 즐길 수 있는지가 최대의 관건이지. 그러니까 재벌기업일수록 일류라는 타이틀을 많이 소유한 사람을 좋아하는 경향이 있어. 그래야 자신들의 울타리 안에서 그들을 마음대로 조정하기가 쉽거든."

"확실한 거야?"

"글쎄! 님프는 일류대학보다는 자신이 하고 싶은 일을 하기 위한 전공과목을 선택해서 그 분야에 최고가 돼 보는 거야. 그것은 앞으로 멋진 인생을 즐길 수 있는 가능성이 크다는 거야."

"그거 확실한 것 맞아?"

단호한 어조로 "아니"라고 말하자 님프가 눈을 가늘게 뜨고 나를 노려본다.

"흠! 일류대학에 들어가지 못한다는 것은 한편으론 돈이나 명성, 권력, 사랑을 쟁취하려는 출발선에 뒤처져 있다는 의미도 있지."

"아저씨가 날 놀리려는 것이 아니라면, 대학에 얽매이지 말고 자신이 하고 싶은 것을 하라! 뭐 그런 뜻인가?"

"크크크, 똑똑하군. 일류대학을 나오면 동문 선후배나 커리큘럼 시스템, 사회의 인지도 등에서 상당한 이점을 갖게 되겠지. 그러나 좀 뒤처진 현실을 인정하고 앞서가는 사람들의 뒷모습을 보며 따라가는 것도 스릴 있어. 더 이상 물러설 곳이 없다는 점에서 말이야."

"난 돈도 많이 벌고 근사한 남자와 달콤한 사랑도 하고 싶은데?"

님프와 마주앉아 미래를 이야기하고 있는 이 정경을 화폭에 담아두면 좋겠다는 생각이 들었다. 이 순간을 세상 어딘가에 꼭꼭 숨겨 놓고, 님프와의 대화 내용도 저 하늘 어느 구석이라도 좋으니 영원히 녹음해 뒀다 언제든 다시 볼 수 있고 들을 수 있었으면 좋겠다.

허리를 꼿꼿이 세우고 책상다리로 앉아 님프의 눈동자를 똑바로 보며 말을 이었다.

"그래. 돈은 님프에게 자유를 줄 거야. 어떤 사람들은 돈으로 행복을 살 수 없다고 하지만, 과연 그런지 실험해 봐. 사랑도 말이야, 만일 일류대학을 못 나오더라도 뜨거운 가슴으로 열정적으로 어려움을 헤쳐나가다 보면, 가슴 가득 행복의 기운이 솟구쳐 오를 거야. 그리고 그 즐거운 과정을 즐기는 거야."

"내가 돈이나 힘이 없어도 멋진 인생을 살 수 있다고 생각해?"

"그럼!"

"왜?"

한줄기 세찬 바람이 불어오자 잔디들은 한바탕 신나게 춤을 추고는 무슨 일이 있었냐는 듯 얌전을 떨었고, 창공엔 하얀 구름들이 유유히 흘러가고 있었다.

"님프는 어떤 난관도 극복할 수 있는 특별한 에너지를 지니고 있거든."

"그게 뭔데?"

"나중에 말해 줄게."

"지금은 왜 말해 줄 수 없는데?"

님프의 눈동자는 맑다. 그녀가 초롱초롱함을 영원히 간직할 수 있길 마음속으로 신께 빌었다.

"이건 비밀인데 진짜로 배운 것이 많고 힘이 있는 자는 자신의 탐욕을 도덕적 이미지 뒤에 감추기 위해 간판이 근사한 바보를 앞에 내세우고 그를 조정한단다. 최소한 님프는 조정 당하는 인형이 될 수 없는 조건을 지닌 셈이니까 자신의 의지를 잃지는 않겠네."

"잠깐, 듣기엔 그럴싸한 것 같은데 왠지 내가 좋지 않은 조건에 놓여 있다는 거 아냐?"

"아하하하! 그도 그러네. 그러나 주어진 조건은 생각하기에 따라 강점이 될 수도 있어."

"난 가난한 마음은 싫어. 돈이 없다 해도 자존심 강하고 당당하게 살고 싶어. 그렇게 되려면 우선 나 자신부터 사랑하고 내공을 다져야겠지만."

님프의 말은 사랑과 직장에서 밀려나 패배감을 느끼고 있는 현재의 나를 두고 하는 말 같았다.

"학교생활이 재미없다 생각하지 말고, 자신을 소중하고 귀한 존재로 발전시키는 과정이라 믿고 할 수 있는 한 최선을 다해 공부하는 거야."

"성적이 별로인데도?"

"아저씨는 님프가 남들이 감히 범접하지 못하는 귀한 사람이 됐으면 해. 자신을 사랑하고, 하고 싶은 일을 위해 지식을 습득하고 발휘하는 것이 님프의 고귀한 영혼에 대한 예의라고 믿고 있거든."

"아저씨 고마워!"

님프에게 말은 그렇게 했지만, 나 자신을 향한 말이기도 했다. 우린 푸른 하늘을 떠가는 뭉게구름을 향해 소리쳤다.

"세상아 길을 비켜라! 님프와 진수가 간다!"

뚫린 하늘

1.

아침을 간단히 빵으로 해결하고 백화점에서 님프의 언니, 할머니, 할아버지께 드릴 선물을 구입했다. 점심때가 돼서야 출발한 우리는 저녁 무렵 카페에 도착했다. 언니를 1년 만에 만나게 되는 님프는 카페로 가는 내내 콧노래를 흥얼거렸지만, 난 면접을 앞둔 수험생처럼 긴장했다. 님프에게 면접 시 예상되는 질문과 언니에 대해 알려 달라고 간청했지만, 시험문제 사전 유출은 부정한 짓이라며 손을 내저었다.

카페에 도착하자 정원 손질을 하시던 할머니와 할아버지께서 인자한 얼굴로 반갑게 맞아 주셨다. 님프의 언니는 미국에서의 일이 늦어져 내일 오전에나 도착할 예정이란다. 저녁 식사를 마친 후 님프와 2층 카페에 나란히 앉아, 커피 향기를 피우고 노을 지는 석양을 감상했다. 오후 8시가 됐음에도 쉽게 가라앉지 않는 열기는 숲의 푸르름을 더욱 짙게 만들고, 선풍기 돌아가는 소리가 한가로움을 알려 주는 평화로운 시간이다.

"누구를 사랑하게 되면 아무런 이유 없이, 느닷없이 찾아온 열병처럼 마음이 방황을 한다는데, 맞아?"

님프가 테이블 위에 고개를 두 팔로 묻은 채 조용한 목소리로 물었다.

"누굴 좋아하니?"

"아! 학교 친구가 그랬어. 누군가를 좋아하게 되면 수업을 듣다가도, 친구와 깔깔대며 이야기를 하다가도, 그 사람 생각에 머릿속이 텅 비고 혼자 있고 싶을 때가 있대."

"그 친구 정말 누군가를 좋아하게 됐구나!"

"그렇게 생각해? 친구는 자신이 좋아하는 감정이 사랑인지 잘 모르겠대. 입시공부가 싫어 현실 도피일 수도 있고, 느닷없이 찾아온 열병 같은 것일 수도 있다고 했어."

"님프는 어떻게 생각해?"

"잘 모르겠어. 친구가 말하기 전까진 알아채지 못했거든. 하루는 결석해서 집으로 찾아갔는데 앓아누워 있더라고."

"그 친구 참 마음이 따뜻하고 여린 것 같다. 곧 회복돼야 할 텐데. 사람은 누구나 사랑하고픈 마음이 있지만 용기가 없거나 아님, 그 사람을 위해 옆으로 비켜설 때가 있지. 그럴 때일수록 보고픔이 더 간절해져서 목소리만 들어도 힘이 나고 위로가 될 수도 있어. 그 친구에게 용기를 내서 고백해 보라고 하지 그랬어."

"이뤄지기 힘든 사랑이래. 괜히 말을 꺼냈다가 더 어색해져 얼굴조차 못 보게 되면, 지금 열병을 앓고 있는 것보다 백배는 더 힘들거래. 또 자신의 마음이 드러나는 것이 부끄럽고, 그 부끄러움을 이기지 못해 사랑이 무너져 버릴 것 같아 그대로 간직하고 있대."

"그 친구 사랑을 하고 있다기보다는 사랑에 빠졌구나. 지금 그 친구의 머릿속은 생각에 생각을 더해 실타래처럼 뒤엉켜 있을 거야. 그러면 공부고 뭐고 다 귀찮아져 자신이 이루고자 하는 꿈을 펼칠 수가 없어. 내 생각엔 한동안 타인에 대한 사랑은 가슴 한쪽에 묻어 두고, 우선 자신을 사랑해야 될 것 같다. 열심히 공부해서 좋은 대학에 들어가 꿈을 펼칠 수 있도록 말이야. 그러면 사랑하는 사람이 한 번쯤은 관심을 가져 주지 않을까? 그때 고백하는 거야. 물론 그 사람과 늘 가까운 거리에 있어야겠지만."

"사랑하는 것과 사랑에 빠진 것이 무슨 차이야?"

"엄청난 차이지. 이 아저씨도 한때 사랑에 빠졌었어. 사랑이 뭔지도 모른 채 무작정."

"혜진 언니?"

"맞아. 그녀는 집안의 온갖 협박과 압력에도 굴하지 않고 목숨 걸고 날 사랑했어. 그리고 사랑을 이루기 위해 결혼 준비를 착실하게 하나하나 준비해 갔지만, 그 과정마다 난 주춤주춤했지. 사랑을 하고 있는 그녀는 현실 문제까지 포함했고, 나는 사랑 그 자체만을 사랑했던 것 같아. 그녀와 헤어지고 난 이후 세월이 흘러 우연히 친구들과의 술자리에서 어리석었음을 깨닫게 됐지만, 그녀는 이미 떠나고 없었지."

"깨달아? 어떻게?"

"A와 B 두 남자가 바에 앉아 슬프고 애잔한 재즈 음률에 빠져 술 잔을 기울이고 있었어. B를 떠난 담배 연기가 밀도 높은 허공을 힘겹게 타고 올라가 선풍기 날개에 부서져 허공에 흩어졌지. A는 조심스레 B의 흔들리는 눈빛을 바라보며 말을 건넸어. '헤어진 후 어땠나?' 지그시 눈을 감고 의자에 몸을 기댄 채 입술을 굳게 다물고 있던 B가 힘들게 입을 열었어. '슬펐지 아주 슬펐었지. 그렇지만 난 그녀와 헤어진 뒤에 조금은 어른이 된 것 같아.' 그리곤 B는 유리벽 쪽으로 시선을 돌려 어둠이 오가는 거리에 고정시켰지.

'그렇지만 친구, 사랑하는 사람과 헤어진 뒤 어른이 된 것 같다는 것은 자기변명으로 들리는군. 자네가 잘 나갈 때, 좀 더 그녀에게 관심을 표현하고 둘만의 시간을 좀 더 가졌더라면 지금보다는 더 성숙했을 것 같지 않나?'

A의 목소리는 약간 격앙돼 있었고 눈동자도 커졌어. B는 천장에 매달린 선풍기로 시선을 옮겨 담배를 피워 물곤 한동안 말이 없었어. 한동안 말이야. 줄리 런던의 〈Fly Me To The Moon〉이 흐릿해질 무렵, 흐릿한 눈빛으로 A를 바라보더니 새털보다 더 힘없이 말했어. '사랑을 했으면 이토록 괴롭지는 않았을 텐데, 난 사랑에 빠져 있었나 봐.' A는 그게 무슨 말이냐고 물었어.

'난 사랑에 빠져 허우적거렸고, 그녀는 사랑을 했어. 사랑에 빠져 있던 난 사랑이 뭔지 몰랐고, 사랑하는 방법도 몰랐어. 그녀는 사랑을 하고 있었기에 나를 배려하고 아껴 주며 소중히 했지만, 난 그런 그녀가 귀찮을 때도 있었지. 그만큼 사랑을 몰랐던 거야. 우물에 빠져 있는 놈이 우물 밖의 드넓은 세상을 어떻게 알겠어? 그녀는 우물 안은 물론, 드넓은 세상의 아름다운 것도 나에게 보여 주려 했어. 난 사랑이란 울타리가 얼마나 넓다는 것을 몰랐던 못난 놈이지. 그녀가 떠난 후에야 내가 더 사랑했었다는 것을 알았지만 그땐 이미 늦었어. 그녀는 날개를 펴고 드넓은 세상으로 날아가고, 난 다시 그 우물에 들어 앉아 있으니…….'

이후 둘은 말없이 술잔만 비웠어."

"아저씨 미안해. 아픈 이야기를 하게 해서."

님프의 눈이 젖어 있었다. 난 님프의 등을 톡톡 다독였다.

1층 방으로 내려와 잠을 청했지만, 좀처럼 눈을 감을 수가 없어 창을 열었다. 까만 밤하늘에 촘촘히 박힌 별들이 무수히 쏟아진다. 덩달아 싱그러운 밤공기가 방 안 가득 풀벌레와 새들의 노랫소리를 풀어 놓고 축제를 벌인다. 난 밤이 펼치는 향연에 취해 침대에 쓰러지고 말았다.

2.

인기척에 창가로 고개를 돌렸다. 윽! 강렬한 아침 햇살이 실루엣 주위로 확 퍼졌다. 눈이 부시다. 가렸던 오른팔을 서서히 내리며 실눈을 떴다. 앗! 그녀다. 등줄기가 서늘해졌다. 무섭도록 아름다운 눈동자가 점점 다가온다. 난 주춤주춤 뒤로 물러나다가 침대 아래로 떨어졌다. 하얀 블라우스에 청색 멜빵바지를 착용한 작업복 차림의 그녀가 내 앞에 다가와 선 순간, 난 그 자리에 굳어 버렸다. 혜진이 웃으며 서 있었기 때문이다. 그녀가 여러 번 나를 부르는 것 같지만 소리가 들리지 않는다. 님프의 눈동자가 희미하게 아른거리더니 내 몸이 흔들린다. 서서히 님프가 보이기 시작했다.

"아저씨 괜찮아?"

"어! 그래."

"휴! 놀랬잖아."

님프와 그녀의 걱정스러운 말에 난 미안하다고 말하며 자리에서 일어났다. 그녀는 웃는 모습과 전체적인 분위기는 혜진을, 까맣고 둥근 눈동자는 꿈속 와인바 여인의 눈동자와 너무도 닮았다.

"깼어요? 환기시키려 창문을 열려고 한 것이 그만 죄송해요. 놀라게 하려고 한 것은 아닌데……."

"아저씨, 이쪽은 언니. 언니 이쪽은 내가 말한 친구야."

님프가 생글생글 웃으며 그녀에게 소개한다. 그녀는 어제저녁 늦게 귀국해 밤새 달려 아침 일찍 도착했다.

"혹시 이 방이?"

"언니 방이야."

"죄송합니다. 주인 허락도 없이."

"후후. 제가 그러라고 했어요."

두 여인은 내게 잠을 더 청하며 문을 닫았다.

시계를 보니 아침 6시가 조금 넘었다. 다시 눈을 감았지만 달아난 잠은 좀처럼 돌아오질 않았다. 윈드재킷을 걸쳤다. 정원에서 본 카페는 요새 같다. 뒤쪽은 병풍 같은 산으로, 앞은 무성한 나무와 넝쿨로 가려져 있어 멀리서는 이 카페가 보이지 않는다. 하늘은 새털구름이 좍 깔려 있고 푸른빛과 은빛이 묘하게 뒤섞여 몽환적인 느낌을 자아내고 있었다. 산 정상과 언덕 아래로 굽어 보이는 강가는 짙은 안갯속에 몸을 숨겼다.

3.

카페로부터 마을 초입까지는 10여 분 걸렸다. 벌써 이마에 땀이 송골송골 맺혔다. 마을에 들어서서 돌담길을 돌고 돌아 10여 분을 더 내려가자 산허리 아래로 탁 트인 섬진강변 줄기가 굽이쳐 흐른다. 마을 입구엔 수령이 400년 된 향나무가, 그 옆엔 기와지붕을 한 정자가 있었다.

다시 자동차 한 대가 지나갈 정도의 길을 따라 내려가니 나루터가 보였다. 사람 키만 한 플라스틱 통을 통나무로 연결하고 그 위에 판자를 깔아 갑판을 만들었다. 보트 두 척이 동시에 정박할 수 있는 크기다. 갑판 위엔 두 개의 파란 파라솔 아래 각각 대여섯 명이 앉을 수 있는 하얀 플라스틱 의자가 놓여 있었다. 갑판 좌측 끝엔 가로세로 약 2미터의 작은 뗏목이 갑판에 밧줄로 묶여 있고, 우측엔 노란 바나나보트와 길이 7미터, 높이 2미터 정도의 요트가 정박해 있다.

뗏목에 올라 샌들을 벗고 앉아 상체를 두 팔에 의지해 뒤로 누인 다음 다리를 길게 쭉 뻗었다. 강 저편 모터보트와 수상스키가 하얀 물살을 가르며 질주하자 갑판이 춤을 춘다. 연푸른 새털구름에 태양이 갇혀 있어 날씨는 흐렸고 공기는 찼다. 뻐꾹, 뾰로롱, 지지배배, 짹짹짹, 쪼로롱 등 여기저기서 들려오는 새소리가 즐거운 평화로운 아침이다. 눈이 감겨 온다. 하늘을 향해 큰 대자로 누웠다.

얼마나 잤을까? 오른쪽 팔이 저려 온다. 잠에서 깬 나는 눈을 오른

쪽으로 가늘게 떴다. 님프가 자고 있고, 머리맡엔 커피가 두 잔 놓여 있다. 살며시 님프의 머리를 들어 팔을 빼고 일어나 윈드재킷을 벗어 덮어 준 후, 와이셔츠를 벗어 둘둘 말아 님프의 머리를 받쳤다.

빈속에 커피 향은 생기를 돌게 한다. 식도를 타고 흐르는 텁텁하고 컬컬한 촉감 또한 좋다. 물 위를 달리는 보트가 지날 때마다 뗏목이 출렁였다. 곤히 자는 님프를 두고 강둑길을 산책했다. 한여름이라 지만 새벽이슬이 채 마르기 전이라 그런지 차가운 바람이 살갗을 파고든다.

나루터로 돌아왔을 때 윈드재킷을 입은 님프가 등을 보이고 책상 다리로 앉아 있었다. 온통 초록과 연푸른색을 바탕으로 반쯤 찬 커피가 담긴 유리잔 두 개, 빨간 샌들, 고이 접힌 내 셔츠, 그리고 님프의 하얀 뒷모습이 한 폭의 그림 같다. 잠시 님프의 뒷모습을 바라보다 뗏목으로 내려가 와이셔츠를 입고 님프 옆에 나란히 앉았다. 님프가 바싹 옆으로 다가와 앉는다.

"아저씬 참 따뜻해."

찬 공기로 인해 팔뚝에 소름이 약간 돋아 있는 상태에서 님프의 따스한 체온이 그대로 전해져 온다. 보트 두 대가 교차하며 지나가자 뗏목이 심하게 요동치며 갑판에 묶인 밧줄이 팽팽해졌다. 우린 출렁이는 물결, 새들의 향연, 귓가를 스치는 싱그러운 바람결을 만끽하며 한동안 말없이 앉아 있었다.

"여긴 예전 그대로라 정말 좋다. 그런데 난 이상하게 변해 가는 것 같아."

"그래. 여긴 정말 좋구나. 예전엔 어땠는지 몰라도 난 님프의 현재 모습이 좋은걸."

"나 배고프다."

무슨 말을 하려다 멈춘 님프는 유리잔을 내게 건네고 앞서 걷는다.

"새로운 길이네?"

"이리로 오지 않았어? 이 길은 좀 험하지만 마을로 가는 것에 비해 반도 안 걸려."

님프는 지름길이라며 인적이 없는 가파른 길을 오른다. 좁은 길 양쪽엔 풀이 무성하고 경사가 심하다. 10여 분 정도 걸었을 뿐인데도 숨이 턱까지 차오른다. 가쁜 숨을 몰아쉬고 카페 앞에 섰을 때 시원한 뭉게구름 그림자가 숲 전체에 드리웠다. 구름 사이사이로 해님이 얼굴을 내밀자 햇살을 받은 나뭇잎들이 푸르른 빛을 한껏 뿜어낸다. 2층과 3층 유리창에 반사된 햇살이 무성한 나뭇잎을 뚫고 반짝였다.

4.

나 때문에 10시가 다 돼서야 아침 식사를 했다. 식사를 마친 후 우리 셋은 2층 카페 창가에 앉아 차를 즐겼다. 님프 언니의 이름은 마야(Maya). 한국 이름은 박혜영. 아버지께서 눈에 보이는 세계는 물론, 보이지 않는 의식세계까지 움직이는 원동력이 되라고 마야 여신의 이름을 따서 지어 주셨고, 한국 이름은 밝고 지혜롭게 성장하라는 뜻이라 한다.

님프(Nymphe)는 그리스 신화에 나오는 마법을 지닌 요정처럼 착한 사람에게는 행복을, 악한 사람에게는 벌을 주는 힘을 기르라는 뜻에서 새 아버지께서 지어 주셨다. 마야는 중학교 때 이민을 가, 미국에서 미술을 전공하고 패션 잡지사 일러스트 디자이너 겸 취재기자로 활동 중이나, 곧 한국의 라이선스 잡지사로 자리를 옮겨 올 예정이라고 한다.

"아저씨 이름은 무슨 뜻이야?"

"귀하고 빼어난 사람이 되라고 아버지께서 '진수'라고 지어 주셨어."

님프와 마야는 뭐가 그리 즐거운지 이야기마다 웃음꽃을 피운다. 그들이 이야기를 나누는 동안 난 무섭도록 아름다운 눈동자와 혜진, 그리고 벽화의 여인에 대해 곰곰이 생각하고 있었다. 지금도 3층에서 벽화 여인이 나를 내려다보고 있는 느낌이다. 꿈속에 나타난 와인바 여인의 눈동자도 한 번 보면 가슴에 아로새겨질 정도로 슬프고 아름답다.

옆에 앉아 있던 님프가 나를 툭 쳤다.

"무슨 생각을 그리 많이 해?"

"아! 그냥."

"그냥이요? 재미있는 표현이네요."

"아저씨가 대답하기 곤란할 때 쓰는 표현이야."

"그래? 하하하."

마야가 하얀 치아를 드러내고 웃는다. 님프가 커피를 더 가져오겠다며 내부로 연결된 1층 계단으로 내려가자 잠시 어색한 기운이 감돌았다. 무슨 이야기부터 해야 할지 몰라 창밖에 시선을 뒀지만 아름다운 경치도, 살갗을 스치는 후덥지근한 바람도 느끼지 못하고 있다. 커피잔만 만지작만지작하던 어색함을 덜어 준 것은 마야였다.

"님프 친구가 돼 줘서 고마워요. 제가 이 세상에서 가장 아끼고 사랑하는 아이예요."

"오히려 절 친구로 대해 줘서 감사하고 있습니다."

"예의가 무척 바른 아이예요. 지나칠 정도로요. 그건 사람을 경계하는 그 아이만의 방식입니다. 아마 이 세상에서 친구를 제외하고 자기보다 나이 많은 사람에게 말을 놓는 것은 저뿐일 거예요. 그런데 진수 씨를 친구처럼 대하는 것을 보곤 당황했어요. 그렇지만 두 사람 매우 부드러워요. 무슨 뜻인지 아시죠?"

"네."

"최근에 님프의 목소리에 생기가 돌아 의아했어요. 그게 진수 씨 때문이라는 것을 알고는 꼭 한번 만나보고 싶었죠. 그 아인 친구가 별로 없어 사람들과의 대화보다는 늘 혼자 책을 보는 편이죠. 저도 일이 바빠 마주보고 식사하거나 대화하는 것이 1년에 손꼽을 정도여서 주로 전화통화를 많이 해요. 회사에 휴가를 내고 함께 여행이라도 가는 날이면 얼굴에서 웃음이 떠나지 않아요. 특히 제 등에 기댄 채 책 보는 것을 제일 좋아해요. 엄마 아빠는 비즈니스 때문에 늘 바빠서 함께 식사 한번 하기 힘들고, 저도 님프가 행복하도록 잘

해 주고 싶은데 마음뿐이어서 늘 미안해요."

"아, 네."

"님프가 제 옆이 아니라 진수 씨 옆에 앉는 것을 보고 놀랐어요. 그 아인 누굴 그렇게 따라 본 적이 없었어요. 가정교사들조차 공부 외에는 대화를 거의 나눈 적이 없어요. 더 놀란 것은 그렇게 싫어하던 학교에 가겠다고 한 거예요. 아마 아빠도 그것 때문에 허락하신 것 같아요. 굉장히 보수적인 분이시거든요. 아빠가 진수 씨 이야기를 듣고 언짢아하셨지만, 제가 한국에서 생활하는 조건으로 허락하신 것도 그 때문일 거예요."

"님프가 학교에 간 것하고 저하고 무슨?"

"진수 씨와 친구 하려면 학교에 다녀야 한다나요. 그 아이에게 무슨 말을 했는지?"

"글쎄요!"

"후후. 님프는 진수 씨에게 여자 후배에 대한 이야기를 듣고 결심했다는데요."

"아!"

"저도 무슨 이야기인지 듣고 싶은데."

"이거 면접시험인가요?"

"네?"

그녀가 어리둥절하고 있을 때, 님프가 포도 주스와 커피메이커를 들고 올라왔다.

"님프! 네가 진수 씨한테 면접 이야기했어?"

"응. 언니가 면접 본다고 해서 왔는데 뭐가 잘못됐어?"

동그랗게 뜬 눈으로 어리둥절한 표정을 짓는 님프를 보곤 마야와 난 웃음을 터뜨렸다.

"내가 여자 후배 이야기를 해 달라고 했거든."

"언니! 내가 학교에 간 이야기했구나. 그건 비밀로 하려고 했는데."

"그래? 미안하구나. 언니가 잘못했어. 사과할게."

"됐어. 그 대신 면접이나 잘 봐."

"누구 분부신데요."

마야는 미소를 지으며 님프에게 과일을 부탁한다. 님프가 다시 아래로 내려가자 커피를 따른 후 말을 이었다.

"님프가 학교공부에 충실하면 진수 씨 하고 친구 하는 것을 허락한다고 했거든요."

님프는 나와 친구를 하려고 세 달 가까이 연락 없이 학교생활에 충실했다. 부모님과 언니의 승낙이 있었어도 할머니 걱정을 해소하려고 한 것이다. 난 마야에게 여자라서 차별을 주는 듯한 부당한 상사의 지시에 적당히 실수를 즐긴 이야기와 요령이라기보다는 릴렉스 하는 법을 즐긴 후배 이야기를 들려줬다. 덧붙여 그 후배가 자신이 하고 싶은 일을 하기 위해 열심히 공부도 하고 경제적으로도 착실히 준비하는 것과 그로 인해 욕망을 정체시킨 인형 같았던 자신에게 생명을 불어넣은 이야기도 했다.

"왜 님프가 진수 씨를 좋아하게 됐는지 알 것 같아요."

"그림을 그리신다고요?"

"네. 틈틈이. 직업적인 것은 아니지만 우울할 때나 일이 잘 풀리지 않을 때요."

"마야 씨의 작품을 감상할 수 있는 기회가 있을까요?"

"3층이 작업실인데 언제 구경시켜 드리죠."

그녀는 벽화에 대해선 한마디도 하지 않았다. 머릿속은 벽화에 그려진 여인에 대한 궁금증으로 가득했지만 끝내 말을 꺼내지 못했다.

5.

은어회와 재첩국을 먹자는 님프의 제안으로 섬진강변 드라이브에 나섰다. 점심은 간단하게 감자전에 시원한 냉면으로 때웠다. 강변을 벗어나 포플러 가로수들이 도열한 한적한 시골길로 접어들자 님프는 눈앞에 펼쳐지는 자연풍경에 환호성을 질렀다. 에어컨을 끄고 차창을 모두 내린 상태에서 음악을 크게 틀고 천천히 차를 몰았다. 님프가 차 지붕 슬라이딩 밖으로 상체를 내밀고 산들을 향해 노래를 부르는 가운데 덥고 습한 바람이 머리카락과 옷깃을 마구 휘날리며 춤을 쳤다.

그림자가 옅어질 무렵 강이 잘 보이는 언덕에 아담하게 자리 잡고 있는 레스토랑에 도착했다. 은어회와 재첩국을 주문하고 강둑에 올라 벤치에 나란히 앉았다. 물결이 노을을 받아 반짝이는 강물 위로 나룻배가 유유히 지나간다. 우린 한동안 노을에 잠기는 자연의 일부가 됐다.

식사 후 할머니와 할아버지를 위해 은어회와 재첩국 이인분을 포장했다. 카페에 도착했을 무렵 님프는 잠이 들었고, 나무들이 세차게 흔들리며 먹구름이 몰려오기 시작했다. 님프를 침실에 누이고 마야와 2층 카페에서 와인잔을 놓고 마주 앉았다.

아릿한 가슴

1.

어둠을 뚫고 숲 속에 비가 내린다. 끊임없이 이어지는 빗소리 '후두둑 쏴아'를 들으며 한동안 말없이 창밖 빗줄기를 바라봤다. 에어컨 돌아가는 소리와 빗소리 이외에는 모든 생명이 정지한 듯 고요하다. 정원에는 가로등이 비를 맞으며 우뚝 서 있다. 레드와인이 달콤한 향을 피우며 유혹한다. 어둠은 우리가 앉은 공간의 밀도를 높이고, 비는 공간을 더욱 축소시켰다.

"아빠는 제 친아빠가 아니세요."

마야는 와인을 단숨에 비우고는 다시 삼 분의 일쯤 채웠다. 그녀는 자신의 집안 내력에 대해 진지한 모습으로 차분하게 말을 이어갔다.

"친아빠는 제가 중학교 1학년 때 돌아가셨어요. 당시 부모님과 절친이었던 지금의 아빠는 엄마와 저를 물심양면으로 돌봐 주셨어요. 전업주부로 생활력이 없으셨던 엄마는 지금의 아빠 요청으로 미국에 왔지만 1년 만에 암으로 돌아가셨어요. 그러자 일찍이 상처하시고 홀로 살아오시던 아빠는 저를 호적에 입적시켜 주셨어요."

"님프와는 어떻게?"

"우리 아빠 참 멋진 분이세요. 님프 어머니, 지금은 제 어머니가 되셨지만 아빠 첫사랑이셨대요. 그러니까 30년 전, 아빠가 미국에서 막 MBA를 취득하고 박사 과정을 밟고 계실 때 어머니를 만나셨대요. 고등학생으로 갓 유학을 오신 어머니를 한인 학생서클에서 만났는데 당시 아빠는 30세, 어머니는 17세였어요. 미국 사회에 적응을 못 하시고 방황할 때 아빠가 많은 조언과 격려를 해 주셨대요. 어머니는 그런 아빠를 잘 따랐고 좋아하는 감정이 사랑으로 발전해 대학 1학년 때 고백하셨어요. 하지만 당시 여자 손목 한 번 잡아 본 적 없는 아빠는 일단 어머니의 마음을 받아들이긴 했는데, 그렇다고 여자로서의 사랑을 받아들이긴 주저했나 봐요. 이성적으로야 사랑을 알았겠지만 감정적인 사랑을 어찌할 줄 몰랐던 거죠.

이를 알게 된 어머니의 집안은 발칵 뒤집혔고 반대가 심할수록 어머니는 죽자 살자 아빠와의 사랑에 매달렸어요. 어머니 집안에선 친인척을 총동원해 아빠에게 온갖 회유와 협박을 가했어요. 나이도 많고 돈도 없는 고학생에게 애지중지 길러 온 딸의 미래를 맡길 수 없다는 이유겠죠. 그렇게 1년이 흐른 후 어머니는 아빠의 우유부단한 행동에 지쳐 갔고 결국 한국행을 택했어요. 몇 번의 편지가 오간 뒤 어머니는 아빠의 편지를 다시는 받아 볼 수 없었어요. 미국에 계신 어머니 친척분이 거짓 편지를 아빠에게 전했기 때문이죠. 돈 많고 전도유망한 사람과 결혼할 예정이니 자신을 잊어달라는 내용이었어요."

마야는 와인을 한 모금 마시더니 잠시 말없이 비 내리는 창밖을 바라봤다.

"실연의 아픔을 이기지 못하고 드러누우셨대요. 무려 1년 가까이 폐인이 되다시피 지내셨어요. 당시 어머니를 행복하게 해 줄 자신이 없었나 봐요. 경제적으로 매우 힘들었거든요. 박사학위 보장도 없었고, 설령 박사학위를 취득한다고 해도 인종적 차별 때문에 미래가 보장된 것도 아니고. 말로는 표현하지 못했어도 아빠는 어머니를 무척 사랑하셨어요. 당시 아빠는 실연의 아픔을 잊고자 식당, 주유소, 슈퍼 등 닥치는 대로 아르바이트를 하며 공부했어요. 그러다 하원의원 비서를 보좌하는 일을 하다가 정식 비서로 발탁돼, 그것을 기회로 정·재계 및 언론계 인사들과 친분을 쌓으며 자신의 영역을 넓혀 가셨어요. 아빠도 40이란 늦은 나이에 좋은 분 만나 결혼을 하셨지만, 불행하게도 결혼생활 1년 만에 그분이 교통사고로 돌아가셨어요. 아빠는 자신으로 인해 돌아가셨다는 죄책감에 주위의 재혼 권유에도 불구하고 혼자 살아오셨어요.

그러다 저의 친아빠 소식을 듣고 저와 엄마를 미국으로 불러들이셨어요. 님프는 11년 전, 그러니까 제가 고등학교 2학년이고 님프가 초등학생 1학년일 때 처음 만났어요. 그때 천사 같은 님프의 눈망울이 지금도 눈에 선해요. 그런 아이가 사랑에 굶주렸는지 저를 어머니보다 더 따랐어요. 저도 외로움에 님프를 친동생 이상으로 좋아했고요. 한동안 제가 학교에 갈 때마다 울곤 했을 정도였으니까요. 아빠가 그런 님프를 강하게 키워야겠다고 초등학생 땐 태권도, 음악, 미술, 중고등학생 땐 정치, 경제, 광고, 디자인 등등의 가정교사를 붙이셨어요. 특히 한국어는 하루도 빠짐없이 가르치셨어요. 아마 개인

학습 때문에 친구들과의 어울림이 서툴게 됐는지도 몰라요."

"님프의 어머니와 아버님은 어떻게 다시 만나게 되셨는지?"

"어머니의 결혼생활은 행복하지 못했어요. 사랑 없이 맺어진 것이니 그럴 수도 있겠다고 생각했지만 아빠를 잊지 못하셨나 봐요. 님프의 아버지는 그런 어머니를 용서 못 하시고 밖으로만 도셨대요. 님프도 친아버지께 사랑을 받지 못했어요. 그러다 결국 이혼을 하게 됐고, 어머니는 님프를 지금의 할머니에게 맡기고 돈을 벌어야 했어요. 그러다 아빠가 비즈니스로 한국에 머물 때 우연히 공장에서 힘들게 일하고 계신 어머니를 발견하곤 1년간의 설득 끝에 미국으로 모셔오게 된 거에요. 아마 만나야 할 사람은 언젠가 다시 만나게 되나 봐요. 지금은 두 분이 함께 비즈니스를 하면서 행복한 나날을 보내고 계세요."

"가슴 아픈 일이군요. 그런데 왜 저에게 이 이야기를 하시는지?"

"님프에게 사랑하는 것과 사랑에 빠진 것에 대해 이야기해 주셨죠. 진수 씨 이야기 아닌가요?"

쵸르륵. 말없이 와인을 따랐다.

"님프가 슬픈 표정으로 말하더군요. 아저씨가 비밀스럽고 아픈 이야기를 자신에게 들려줬다고."

"그 친구 저보다 더 어른스럽군요."

"그렇죠? 그 아인 나이에 비해 너무 일찍 어른이 돼 버렸어요. 간혹 어른스런 말투와 느긋함 때문에 당황할 때가 한두 번이 아니죠. 세상사를 다 경험한 듯 윗사람을 이해하는 듯한 행동을 할 때면 꼭 마귀할멈 같다니까요."

"아하하하! 맞아요. 아마 이 세상에서 34살의 남자 친구를 둔 21살 여자아이도 드물걸요. 그것도 나이 많은 어린아이와 나이 어린 어른과의 친구 같은 사이로."

"그런 님프의 어른스러움이 가슴을 아프게 해요. 차라리 힘들면 힘들다고, 슬프면 슬프다고 하면 좋을 것을 아무리 안 그런 척해도 제 눈엔 다 보이거든요. 그럴 때마다 어떻게 해야 할지 모르겠어요."

번쩍! 서늘한 느낌의 파란 빛이 카페 안을 비추더니, '꽈르릉 꽝' 천둥소리가 온 천지를 뒤흔들었다. 그 때문에 테이블 위에 있던 병과 글라스가 심하게 흔들렸다. 님프가 부스스한 잠옷 차림으로 눈을 비비면서 카페로 올라왔다. 천둥소리에 잠이 깬 것이다. 마야는 보여줄 것이 있으니 잠시 기다리라며 님프를 다시 1층 침실로 데려갔다.

2.

늘 가슴 한편에 잃어버린 추억을 차곡차곡 쌓고 살아가는 사람은 마음속으로 눈물을 흘린다. 그 눈물은 파랗다. 너무도 눈이 시린 쪽빛 빛깔이 눈물샘을 통해 밖으로 나오면 자신도 거울도 다른 사람도 그 색깔을 볼 수 없게 빛깔을 감춘다. 가슴에 아련한 아픔을 담고 살아가는 사람의 마음엔 늘 슬픔과 눈물을 억누르는 감정이 있다. 그 감정은 각자 자신만의 빛깔을 띠고 이 험난한 세파를 극복해 나간다.

나 같은 경우엔 빨간빛을 띠고 있을 것이다. 곧 폭발해 버릴 것 같은 뜨거움을 간직한 채. 그렇다면 마야도 잃어버린 추억을 쌓아 가고 있는 것이다. 아니 잃어버린 추억을 하나하나 찾으려고 남몰래 눈물을 흘리고 있을지도 모른다. 아니면 바람을 타고 낯선 나에게로 와 부끄러운 자신의 이야기를 할 정도로 고독에 갇혀 지내고 있는지도 모른다. 그녀가 가엽다. 만일 혜진도 내가 모르는, 혜진은 기억하고 있지만 내가 기억하지 못하는 그런 슬픈 이야기 때문에 떠났다면? 그렇다면 혜진과의 관계에서 잃어버린 추억은 뭘까?

마야가 3층으로 올라가는 문을 열고 손짓한다. 어둠이 잔뜩 끼어 있는 계단통로를 지나자 앞서 올라온 마야가 스위치를 켰다. 계단을 올라 바닥에 이르자 그림 도구들이 이리저리 흩어져 있었다.

"요즘 그림을 그리지 못하고 있어요. 아무리 붓을 터치해도 느낌이 살아나지 않아 고민이에요."

벽화 속의 여인과 눈이 마주쳤을 때 전과 다른 따스한 느낌을 받았다. 슬퍼 보였던 눈빛도 웃음을 머금고 있는 듯했고, 여하튼 그녀의 분위기가 달라졌다. 우린 잠시 그림을 감상하고 카페로 내려왔다. 마야가 턴테이블에 LP 레코드판을 올리고 바늘을 돌렸다. 닐 세다카 (Neil Sedaka)의 〈You Mean Everything To Me(그대는 나의 모든 것)〉 음률이 천천히 스텝을 밟듯 울려 퍼지며 카페 분위기를 부드럽게 만들었다. 잔에 남아있던 와인을 비우고 다시 채울 즈음 빗줄기가 점차 가늘어졌다.

"마야 씨 작품인가요?"

"그리긴 제가 그렸지만 작품구상은……. 저도 잘 모르겠어요. 제가 구상한 것인지 아니면 누군가 제 머릿속으로 들어와 저를 조정한 것인지."

"그게 무슨 뜻이죠?"

"제가 그리기 전에 꿈에서 먼저 봤어요. 아니 꿈에서는 그 그림의 여인이 바로 저였으니까요. 몇 달 동안 계속해서 같은 꿈을 꿨어요. 제가 황금나무 아래서 누구를 애타게 기다리며 울고 있다가 깨어나는 꿈이요. 전 그 사람이……."

마야는 말을 잇지 못하고 시선을 창밖에 두고 혼잣말로 "어, 비가 그쳤네"라며 가만히 있었다. 턱을 괴고 생각에 잠겨 고즈넉한 분위기를 자아내는 모습은 혜진을 너무도 닮았다. 난 그녀가 말을 다시 꺼내기 전까지 가슴을 도려내고 있었다.

"진수 씨는 첫사랑을 아직도 간직하고 계신가요?"

여전히 턱을 괴고 창밖을 보고 있는 그녀는 나지막한 목소리로 말했다. 습도가 높은 공기 속을 느릿하게 걸어 내 귀에 도착했을 때 그 목소리는 공허하게 들렸지만, 가슴에 도달했을 땐 애잔함이 묻어 있는 슬픔으로 다가왔다.

"……."

난 아무 말도 못 하고 와인잔을 들어 입술을 적셨다. 혜진을 아직 잊지 못하고 있는 것이 집착인지 사랑인지 그 아릿한 여운의 느낌을 어떻게 설명해야 할지 망설이고 있을 때, 그녀가 고개를 돌려 내 눈을 똑바로 바라보더니 입을 열었다.

"아픔이군요."

땅! 머릿속이 하얗게 됐다. 마야의 '아픔'이란 말은 쇠망치가 돼 내 머리를 내리친 후 화살촉이 돼 가슴 깊이 박혔다. 그래 맞아. 사랑이 아니라 아픔을 간직하고 있던 거다. 혜진에 대한 배신감과 사랑이 뒤섞여 머리와 가슴을 오가며 울부짖다 지쳐 쓰러져 아픔이란 감정에 안주한 것이리라.

"네. 아픈 첫사랑이죠. 그렇지만 늘 가슴을 짓누르고 있는 이 간절함은 뭐라고 설명해야 할지 모르겠습니다."

"혹시, 그리움 아닐까요? 미워하지만 그 사랑과 함께하고픈."

"제 마음속에 들어와 앉아 있는 것 같군요."

"후후. 아마도."

와인으로 가슴을 적시고 시선을 창가로 돌렸지만 마야의 '아마도'란 단어가 뇌리에서 계속 맴돌았다. 그녀에게 벽화를 그리며 느낀 감정이나 꿈속에서 기다리던 사람이 누구냐고 물었지만, 대답 대신 커다란 눈망울로 나를 응시한 후 새로운 레드와인 한 병을 천천히 다 비울 때까지 말이 없었다.

"부탁 하나 할게요. 내일 올라가실 때 님프도 함께 데려가 주세요. 제가 서울 직장으로 발령받기 전까지 이곳에서 님프와 함께 있으려고 했지만 일이 생겨서요. 곧 올라갈게요. 혹시 님프가 말 안 했죠?"

"네."

"할머닌 병 치료 때문에 한 달 전 미국으로 가셨어요. 혼자서 학교 다니느라 무척 힘들었나 봐요. 제가 할머니 집으로 올라갈 때까지 잘 부탁할게요. 그리고 음……."

무슨 말을 할 듯했던 마야는 끝내 입을 열지 않았다. 다음날 며칠만 나와 있으라는 마야의 말에 님프는 아무 반응도 하지 않았고, 아침 식사 후 서울로 향하는 내내 즐거운 표정이었지만, 자신이 한국에 혼자 있었다는 말은 끝내 하지 않았다.

4장
가슴 시린 감정들

검은 중절모의 빨간 스카프

1.

오후 늦게 집에 도착한 즉시 각자의 방을 꾸미기 시작했다. 2층에 있는 두 개의 긴 소파 중 한 개를 1층으로 옮겨와 침대 옆에 놓고, 1층에 있는 하얀 원목의자 네 개를 2층으로 옮겼다. 2층에 있는 긴 소파와 테이블을 책장 앞쪽으로 옮긴 다음, 침대 대용으로 활용하기 위해 연한 갈색의 두꺼운 천을 씌웠다. 테이블 옆에 원목의자 네 개를 나란히 붙이고 양쪽 끝 두 의자엔 화분을, 가운데 두 의자엔 자주 보는 광고, 언론, 철학, 정치사회 관련 서적들을 올려놓았다. 테이블은 유리판 위에 붉은 천을 씌워 노트북과 필기구를 놓으니 근사한 앉은뱅이책상이 됐다.

님프가 스탠드 등을 갖고 2층으로 올라오더니 집들이를 하자고 한다.

"집들이?"

"아저씨가 2층으로 이사했으니 집들이를 해야지."

"아하하하. 그래 맞다. 이사할 땐 짜장면이 최고지."

"짜장면? 왜 그걸 먹는데?"

"글쎄! 드라마나 영화를 보면 꽤 맛있어 보이던데! 우리 확인하러 가자."

"집들이는?"

"우리나라에선 이사할 때 짜장면을 먹어 주는 것이 전통이야. 우선 짜장면을 간단히 먹고, 집들이를 하는 거야."

"그래?"

해가 엷어진 저녁 시간이었지만 밖은 후덥지근했다. 때가 잔뜩 낀 간판이 걸린 중국집 앞에 멈춰 섰다. 들어가지 않으려는 님프의 손을 잡고 안으로 이끌었다. 안은 밖에서 본 것과 달리 나름대로 깨끗한 편이었지만 낡은 나무테이블과 의자, 시원찮은 에어컨에 '탈탈탈' 선풍기 소리가 요란했다.

의자에 엉덩이를 살짝 걸친 님프는 내가 먹는 것을 구경만 하겠다고 한다. 짜장면 곱빼기 하나를 시켜 잘 비빈 다음 접시에다 조금 덜어 님프에게 내밀었다. 인상을 찌푸리며 젓가락으로 이리저리 들춰보던 님프는 "딱 한 젓가락만"이란 나의 간청에 마지못해 한 가닥을 집어 입으로 가져갔다. 고개를 들고 시선은 허공을 향한 채 입술을 오물오물 움직여 꿀걱 삼킨 님프는 말없이 고개를 숙여 한 접시를 다 비웠다.

"어때?"

"맛있어. 이렇게 지저분한 집에서 어떻게 이런 맛이 나오지?"

"쉿. 주인아저씨 듣겠다. 이 집은 40년 전통을 자랑하는 유명한 곳이야. 이 의자 테이블도 다 옛날 것 그대로야."

"새것으로 바꾸면 손님이 더 많이 올 텐데."

"지금은 식사시간이 지나서 손님이 별로 없지만, 점심때 짜장면 하나 먹으려면 30분 이상 기다려야 돼."

"정말?"

"일종의 향수마케팅 기법이라고 할 수 있지. 이런 식당이 시설을 더 크게 늘리거나 깔끔하게 하면 오히려 손님들이 줄어드는 수가 많아. 적당히 곳곳에 때가, 그러니까 전통이 묻어 있게 하고 적당히 손님을 기다리게 해서 식욕을 돋우게 하는 거야."

"아! 마케팅! 그래서 이사할 때 짜장면을 먹는구나!"

2.

베이커리가 딸린 슈퍼에서 님프는 캔으로 된 홍차와 오렌지를, 난 캔맥주를 골랐다. 그리고 오렌지, 배, 우유, 모카 빵, 콜라, 생수, 김치, 군만두, 레드와인 등을 구입했다.

우린 2층에 자리를 잡고 테이블 위에 배, 오렌지 껍질을 예쁘게 벗겨 파란 접시에 담았다. 스탠드 조명을 은은하게 밝히고 촛불도 켰다.

"이사한 것 축하해!"

"고마워. 님프도 당분간이지만 이사한 거 축하해. 님프는 1층, 난 2층이니 우린 친구이자 이웃이 됐네."

캔맥주와 홍차 마개를 딴 다음 건배했다.

"아저씨는 고민 같은 거 없지?"

"많지."

"어른인데?"

님프가 눈을 동그랗게 뜨고 의아해하는 표정을 짓는다.

"나이가 들수록, 세상의 때가 묻어갈수록 고민도 늘어. 님프가 고민이 있나 보구나."

"아저씨부터 이야기해 봐."

"음! 간혹 나 자신이 낯설 때가 있어. 꽃은 남을 흉내 내거나 비교하지 않아. 매화는 매화, 라일락은 라일락, 장미는 장미, 국화는 국화로서의 자태와 빛깔, 향기와 이미지 등을 발산하지만, 난 내가 누구인지 몰라. 분명 그 어떤 사람이 되고자 했다면, 달리다가 갈래길이 나와도 자연스레 오른쪽이든 왼쪽이든 가야 할 텐데. 그때마다 발걸음이 멈춰지고 생각에 잠기게 돼. 생각이 시작되면 내가 누구인지 알 수가 없어. 그래서 난 지금 인생이란 길에서 벗어나 생각의 늪에 빠진 것 같아. 아마도 나 자신의 자태와 빛깔, 향기와 이미지를 잃어버린 것 같아."

님프는 잠시 생각에 빠져 배를 한쪽 집어 사각사각 소리를 내어 먹더니 말문을 열었다.

"난 인형 같아. 마음은 그게 아닌데 사람들과 대화가 통하지 않아. 그럴 때마다 속상하기보다는 아파. 마음이 시리고 아파."

우린 한동안 말없이 님프는 주스, 난 맥주를 마셨다.

"그러고 보니 아저씨나 나나 자신을 잘 모르네!"

님프는 물끄러미 나를 바라보더니 피곤하다며 1층으로 내려갔다. 전등을 끄고 한동안 소파에 책상다리를 하고 앉아 흔들리는 촛불을 바라봤다.

3.

누군가 어깨를 흔들고 있다. 귀찮은 듯 손을 내젓곤 몸을 반대편으로 돌려 누웠다. 다시 잠이 살짝 든 순간 누군가 또 어깨를 흔든다. 졸린 눈을 가늘게 떴다. 가벼운 어둠만이 보일 뿐 아무도 없다. 어둠은 검다기보다 은회색 어둠이다. 내가 잘못 느낀 걸까? 얼굴을 소파에 묻고 잠을 청하려다 일어나 앉았다. 주변을 둘러봤지만 아무도 없다. 의자에 놓인 시계를 보니 새벽 2시다. 주위는 온통 엷은 먹구름에 투영된 달빛 그림자가 드리워진 듯한 분위기를 자아내고 있었다.

"신선한 컬러로군!"

난 속으로 중얼거렸다. 무거운 뇌 속엔 졸음이 가득하다. 책상다리 자세 그대로 쓰러져 눈을 감으려는 순간 뒷골이 서늘해져 옴을 느꼈다. 고개를 돌려 책들이 수북이 쌓인 틈 사이로 희미하지만 가늘게 반짝이는 두 개의 빛이 스쳐 지나갔다. 극도로 팽팽한 긴장감이 등줄기를 타고 온몸의 신경조직으로 치달으면서 공포가 엄습해 왔다. 소파 등받이를 두 손으로 잡고 얼굴만 내민 채 한동안 그 틈에 익숙해질 때까지 뚫어져라 봤다. 그곳은 고밀도의 검은 어둠으로 가려져 있었다. 1초, 2초, 3초? 아니 10분, 20분, 30분이던가? 검은 어둠이 움직였다.

"누구세요?"

대답이 없다. 양 손아귀에 힘이 꽉 들어갔다. 재차 누구냐고 물었을 때, 검은 어둠이 은회색 어둠으로 나왔다. 머리카락이 쭈뼛 서는 것과 동시에 머리와 손바닥에 땀이 나고 극도로 팽팽해진 신경조직에 공포감이 더해지면서 온몸이 굳어 버렸다. 검은 망토를 두르고 검은 중절모를 쓴 물체는 더 이상 다가오지 않고, 나를 한동안 바라보더니 몸을 돌려 검은 어둠 속으로 걸음을 옮겼다.

그와 동시에 내 몸이 저절로 움직이기 시작했다. 손가락 하나 까닥하기 힘들 정도로 굳었던 몸이 어둠보다 더 짙은 검은 물체 뒤를 따라가기 시작했다. 한참을 걷다 발소리가 들리지 않고 있다는 것을 알았다. 분명 걸음을 옮길 때마다 바닥에 닿는 감각이 전해져 오고, 앞서 걷고 있는 검은 물체의 망토 끝자락이 이리저리 휘날리지만 소리는 물론 청각의 느낌마저 흡수한 고요만이 어둠을 지배하고 있을 뿐이다.

지금 걷고 있는 이 길도 책장과 책장의 틈 사이로 들어온 이후 좌우 방향전환 없이 앞으로만 뻗어 있다. 2시간, 아니 3시간이 흐른 것 같다. 그러면 길이가 10킬로미터가 넘는 공간 속을 난 지금 걷고 있는 것이다. 서울 시내, 아니 우리나라에 이토록 긴 로비나 복도를 가진 건물은 없다. 그리고 졸음이 아직 나를 끌어 잡아당기고 있다. 그렇다면 이건 꿈이다!

그럼에도 난 검은 물체에 이끌려 걷고 있다. 이건 꿈인데? 왜 판단력이 인지되지? 다시금 공포가 밀려왔다. 어디로 가는 것이냐 소리쳤지만 고요하다. 앞서 걷는 검은 물체를 따라잡으려 뛰어도 간격은 항상 일정하다. 다리가 저려 주저앉고 싶어도 누군가 센서를 부착해 리모컨으로 조정하는 것처럼 그럴 수 없었다.

갑자기 검은 어둠이 'ㄷ' 자로 새어 나왔다. 검은 물체가 문을 열고 문 안으로 들어가라는 고갯짓을 한다. 안을 들여다보니 아무것도 보이지 않는다. 발을 들여놓자 문이 스르르 닫혔다. 한동안 가만히 서 있었다. 비릿하고 짠 냄새가 묻어 있는 바람이 불어왔다. 앞으로 나아갈수록 바람이 점점 거세졌다. 머리카락이 휘날리고 셔츠가 퍼덕인다. 짙은 은회색 어둠도 옅은 회색으로 변해 갔다.

저 앞쪽에 사람 형상의 실루엣이 보인다. 헉, 클럽에서 나에게 권총을 겨누었던 그다. 검은 중절모에 검은 양복을 입고 왼쪽 가슴에 빨간 스카프를 꽂고 있던. 거리가 10여 미터 정도 됐을 때 그는 손을 들어 나의 걸음을 멈추게 했다.

"자네가 여긴 웬일인가? 아직 죽을 때는 아닌 것 같은데, 그깟 실연? 젊은 사람이. 쯔쯔!"

저음 목소리는 위압적이다. 내가 죽으러? 실연? 혜진과의 관계를 말하는 건가? 난 단지 보이지 않는 어떤 힘에 의해 끌려 왔을 뿐인데.

"저 무슨 말씀이신지?"

"여기 오면서 무슨 생각했나?"

"생각? 아무것도."

"뭐?"

그의 날카로운 외마디 음성이 회색 어둠을 가로질러 가슴에 꽂혔다. 두려움에 찬 전율이 머리부터 발끝까지 온몸을 휘감았다. 몇 시간을 걸어오면서 내 머릿속은 두려움으로 가득 차 있을 뿐이었다.

살아 있는 사람이라면 당연한 거 아닌가! 그런데 생각을 말해 보라고? 당혹스러웠다. 생각의 종류에 따라 어떤 무시무시한 형벌이 가해지는 건가? 모자챙을 톡톡 두들기며 잠시 생각에 잠겨 있는 그의 모습은 재판관 같았고 난 죄인이 된 것처럼 엄숙해졌다.

"아무 생각도 안 했다……. 그럼 죽기 직전 자신의 내면을 보러 온 것이 아니란 말인가!"

그가 중절모를 위로 올리자 그의 눈동자가 또렷하게 보였다. 순간, 숨이 멎으며 온몸에서 기가 빠져나가는 것을 느꼈다.

"죽는 느낌이 이런 거구나!"

눈을 감았다. 시간이 멈추고 생각이 지워지며, 귀가 멍한 상태에서 나의 육체가 어둠 저편으로 사라져 가는 것 같았다.

"눈을 뜨게."

눈을 뜨자 나를 무섭게 노려봤던 눈동자는 한결 부드러워져 있었다. 아직 살아 있는 건가! 당연히 어둠 속으로 사라졌으리라 생각한 내가 전과 다름없이 그 자리에 서 있었다. 앞으로 나가기 위해 발을 움직이려 했지만 감각이 없다. 회색 어둠이 나를 붙잡고 있음을 느낀 것은 그때였다. 그가 손으로 나의 움직임을 저지한 순간부터 난 단 한 발자국도 옮기질 못 하고 있는 것이다. 그의 오른쪽 눈초리가 약간 올라갔다.

"여긴 어디고 선생님은 누구시죠?"

"난 자네 생각 속 존재라네."

"전 선생님 같은 분을 생각해 본 적이 없습니다."

"우린 구면인 것 같은데. 자네가 나를 재즈클럽으로 초대하지 않았나? 죽여 달라고 간청할 때는 언제고 막상 권총을 들이대니 도망가더군. 나도 손에 피를 묻히기 싫어하는 타입이라 내심 반가웠지만 말이야. 허나 자네 같이 의지가 약한 사람은 세상 살기가 힘들 거야. 물론 지금은 자네 스스로 온 것이 아닌 것 같지만."

"지금 매우 혼란스럽습니다. 생각지도 않은 생각이 있을 수도 있습니까?"

"자네 내면에 깊이 잠들어 있던 잠재의식이 깨어난 것이겠지."

"제가 모르는 잠재의식도 있을 수 있습니까? 설령 그렇다 해도 선생님을 단 한 번도 상상해 본 적이 없습니다."

"자네가 한때 꿈꾸었던 달콤한 세계와 현실의 갭이 너무 광대해 시간이 흐르면서 저절로 잊었거나, 스스로 내면 깊숙이 봉인해 버리고 기억장치를 제거해 버렸을 수도 있겠지. 어찌했건 지금 자네가 잠재의식세계로 들어와 있다는 것은 틀림없는 사실이네."

"제가 꿈을 꾸고 있는 것이 아니라, 의식세계에 들어와 있다고요?"

"흐음! 그게 그거 아닌가? 그건 그렇고 자살을 꿈꾸던 자네가 여기 왔다는 것은, 자네 무슨 간절한 소망이 있나?"

"없습니다. 아니, 모르겠습니다."

"모른다? 그렇다면 내 충고하나 하지. 자네에게 나약한 감정은 어울리지 않아. 사랑? 그따위 건 던져 버려."

"전 나약하지 않습니다."

"그래! 죽고 싶진 않나 보군. 나약하다 말했다면 자넬 죽였을 텐데.

영혼조차 의식세계에서 사라질 정도로 아주 비참하게. 그러면 자네를 알던 사람들이 자네가 이 세상에 존재했었다는 사실조차 다 잊어버리게 될 거야. 죽은 자에게 내려지는 가장 가혹한 형벌이지. 가만! 자살을 꿈꾸던 자에게도 일말의 희망은 있다는 건가? 흠! 이러면 곤란한데. 누가 자네에게 희망을 불어넣었는가?"

"모든 인간은 자신의 의지대로 살고 싶어 합니다."

"호오! 그런가? 이거 완전히 다른 사람이 됐구먼. 혹시 누군가를 만나지 않았나? 이쪽 세계든 저쪽 세계든 말이야."

"……."

"누군가 만났군. 어쨌거나 자네의 미래나 신상 변화에 대한 과거의 것을 알려고 하지 말게. 난 자네의 파괴, 분노, 증오, 죄의식 등에 대해선 너무도 잘 알지. 원한다면 언제든 자네의 영혼을 파괴해 줄 수 있어. 매혹적이지 않나?"

그의 눈동자가 빨갛게 변했다. 머리가 쭈뼛 서면서 온 신경이 공포로 떨기 시작했다. 내 기운이 그의 눈동자로 빨려들어 가는 것을 느꼈다. 시선을 피하기 위해 두 주먹을 불끈 쥐고 사력을 다해 고개를 돌렸다. 그의 음성이 웅장하게 어둠 속에 울려 퍼졌다.

"지금처럼 계속해서 누굴 미워하고 증오하며, 그런 자신을 학대하며 살기 바라네. 그래야 나의 힘이 점점 더 강해져 자네의 소원을 신속하게 해결해 줄 수 있지 않겠나? 아니, 그러지 말고 내면 깊이 꿈틀거리는 배신감과 좌절의 한을 갚을 마음은 없나? 아주 간단한데."

난 침묵을 꼭 부여잡고 그의 말을 무시했다.

"아직은 아닌 것 같군. 나와 손을 잡고 싶으면 언제든 부르게. 아주 처절하고 고통스러운 모습들을 맘껏 즐기도록 해 주지. 자살하고 싶으면 언제든 부르게. 아주 신속하게 죽여 주지 깔끔하게 말이야. 흐흐흐!"

그의 웃음소리가 점점 작아지더니 고요만이 남았다. 바람처럼 '훅' 하고 사라진 것이다.

흔들리는 구름

1.

눈꺼풀이 하얗다. 꼭 계란 껍데기 속에 들어 앉아 있는 느낌이다. 실눈을 뜨니 햇살이 쏟아져 들어온다. 욱! 햇빛이 너무 강해 고개를 돌렸다. 매미가 합창을 하고, 새들이 나무들 사이를 오가며 지저귀는 평온한 아침이다. 소파에 우두커니 앉아 있으려니 모든 사람들이 우주 어디론가 이사를 가고 나만이 덩그러니 남겨져 있는 느낌이다.

창을 활짝 열었다. 신선한 바람이 아침 햇살을 타고 거실 안 곳곳으로 침투했다. 장마 기간 내내 먹구름을 몰고 다니며 가공할 힘과 무서움을 과시하듯 번개를 몰아치고 세찬 빗줄기를 연이어 퍼붓던 하늘, 그 하늘이 언제 그랬냐는 듯 뭉게구름으로 얼굴을 톡톡 단장한 싱그러운 8월의 아침이다. 이런 날은 감정이 이성을 잠재우고 달아오르던 정열도 식혀 버려 마음과 몸이 추욱 늘어져 책상 위로 널브러진다.

7시다. 아래로 내려와 샤워 후 주방에서 아침상을 차리기 시작했다. 침대에서 님프가 아직 곤히 자고 있다. 조심조심 쌀을 씻어 전기압력밥솥에 앉혔다. 참치김치찌개를 만들어 가스레인지에 올리고 계란프라이를 부친 다음 상을 차렸다. 달그락거리는 소리에 깼는지 님프가 졸음도 가시지 않은 부스스한 얼굴로 일어나 앉았다.

"어! 미안. 난 약속이 있어서 먼저 나갈게. 밥 꼭 챙겨 먹고."

님프는 졸음이 가득한 미소를 지으며 손을 흔들었다.

2.

밖은 말 그대로 푹푹 쪘다. 지루한 장마를 빠져나가려는 8월의 바람은 후덥지근하다. 아지랑이들은 쉴 새 없이 아스팔트를 이글이글 지지고, 가로수와 사람들 표정은 익어 있다. 그럼에도 하늘은 왜 이리도 푸르고 맑은지!

충무로에서 광고기획사를 운영하는 친구 사무실에 도착했다. 섬진강 카페를 다녀오는 동안 기획안대로 패션광고 포스터와 팸플릿 레이아웃이 완성돼 있었다. 사진과 일러스트를 중심으로 헤드카피와 바디카피를 뽑아 디자이너에게 건넸다. 디자이너들이 카피들을 사진과 일러스트에 배치하고, 난 다시 교정을 보고 오케이를 하고 나서야 팽팽하던 긴장감이 풀렸다. 디자이너들이 타이포그래픽과 컬러 등을 사진과 카피에 맞춰 다시 수정하고 최종적으로 마무리 작업에 들어갈 즈음 베란다로 나와 앞에 보이는 남산을 보며 커피를 한 모금 마셨다.

남산의 푸르름이 공기 속으로 짙게 배어 나온다. 새파란 하늘과 하얀 뭉게구름, 색상대비만으로도 상큼한 기분이 드는 풍경이다. 세상사엔 관심 없는 듯 눈길 한번 주지 않고 무심히 흘러가는 뭉게구름에 마음을 빼앗겼다. 청춘의 색깔이 한여름의 포플러 잎사귀나 하늘처럼 푸르다면, 나는 무슨 빛깔일까?

지금껏 살아온 인생이란 행로에서 가장 최악은 혜진이 떠남으로 인해서 나 자신을 스스로 죽였다는 것이다. 5년 전 당시는 생애 최악의 상태로 앞이 보이질 않았다. 한 가닥 희망이 있다면 '안 좋은 일은 한꺼번에 밀려오며, 그 안 좋은 일들이 지나가면 꼭 좋은 일이 생긴다'는 신념뿐이었다. 그때부터 지금까지 나의 색깔은 없었다. 차라리 희든가 검든가 무채색이라도 있다면 좋으련만, 그조차 용납하지 않았다. 사랑을 잃어버린 죄인이란 굴레를 스스로 뒤집어쓰고, 그 어떤 색깔도 부여받지 못하는 어둡고 침침한 암굴로 걸어 들어가 나 자신을 가둬 버렸다.

작년 1월인가? 새벽 2~3시경, 입가에 허연 김을 내뿜으며 남산에 오른 적이 있었다. 답답한 마음을 달래려고 말이다. 당시 나 자신의 최대 화두는 '왜 살아가는가'였다. 혜진에게 입은 믿음에 대한 상처가 또다시 도진 것이다. '그녀에게 무슨 피치 못할 변화가 생겼을까?'라는 물음에도 가슴이 아팠다. 남산 주위로 내려앉은 칠흑 같은 어둠이 꼭 내 가슴 속 같았다. 그런 가운데 산 아래 펼쳐진 도시는 잿더미 속에서도 희망의 불씨를 태우고 있었다. 탄성이 나올 정도로 세상이 아름답다는 생각을 했었다. 그리고 그 아름다운 광경을 가슴 곳곳에 촘촘히 새겼다. 초롱초롱하던 밤하늘의 별들이 하나둘 집으로 돌아갈 때까지.

"뭐해? 안 들어오고. 지금 클라이언트에게 브리핑 준비하고 있는데."

광고기획사를 하는 친구가 내 등을 툭 쳤다.

"내 할 일은 다 끝난 것 같은데? 직원들에게 부담 주기 싫다."

"넌 그게 문제야. 여기 네게 뭐라 할 사람 아무도 없다. 자리 잡기 전까지 계속해서 나와. 그리고 네가 이번 프로젝트 기획자이자 카피라이터인데 기획 끝났다고 뒤로 빠지면 안 되지. 클라이언트의 오케이가 날 때까지 좀 봐주라."

"고맙다. 날 위해서 애써 주는 거 나도 알아. 경기가 침체 돼서 더 이상 그런 아르바이트 건이 없다는 거. 이번 건도 기획하고 카피 비용이 캔슬 됐다며?"

"신경 쓰지 마라. 내가 알아서 다른 항목에 조금씩 추가시켜 받아낼 테니까. 자식들이 말이야 기획이나 카피가 얼마나 중요한데 사진하고 인쇄비만 인정하려고 든단 말이야. 무식한 것들. 그래도 디자인 비용을 인정하는 것 보니까 옛날보다는 많이 좋아졌어! 예전엔 디자인도 서비스로 해 달라고 할 정도였다니까. 하하하!"

친구의 웃음소리가 경쾌하게 들려온다. 그의 말투는 투박하지만 늘 긍정적이어서 사람의 기분을 업그레이드시키는 마력을 지녔다. 갑자기 바다가 보고 싶어졌다. 바다 특유의 비릿하고 짠내가 섞인 내음과 탁 트인 공간에 갈매기가 날고 푸르른 바닷물이 끝없이 출렁이며 하얀 파도가 밀려왔다 밀려가는.

가끔 현재의 장소에서 생각의 장소로 이동했으면 좋겠다.

회의실은 긴장감의 연속이다. 커피를 한 모금 물었다. 컬컬하고 향긋한 액체가 입안을 풍요롭게 한다. 클라이언트의 몇 번에 걸친 요구사항에 따라 수정에 수정이 가해지고 나서야 회의가 끝나고, 최종 작업 교정지를 뽑아서 내일 오후 2시에 다시 최종 미팅을 갖기로 했다. 시계는 저녁때를 훌쩍 넘긴 저녁 10시를 가리키고 있었다. 다 함께 저녁 식사를 마치고 나서 친구의 '맥주 한잔하자' 소리를 뒤로하고 집에 돌아왔을 땐 자정이 넘었다.

님프가 불을 켜 놓고 책을 머리맡에 펼쳐 놓은 채 자고 있었다. 책을 정리하고 님프의 얼굴을 물끄러미 바라봤다. 평화로운 모습이지만, 가슴이 애잔하다. 곱디고운 천사의 얼굴 뒤엔 외로움과 근심이 감춰져 있다. 엷은 이불을 어깨까지 올려 주고 불을 껐다. 침대 주위로 커튼을 두른 다음 2층으로 올라왔다.

3.

아침 햇살에 눈을 떴다. 8시다. 10시까지 사무실로 가서 최종 교정을 봐야 한다. 샤워를 마치고 나왔을 때 님프가 활짝 웃으며 토스토와 따끈한 우유 앞에 앉아 있었다.

"오늘도 나가?"

"응."

"그래?"

창 쪽으로 고개를 돌린 님프는 잠시 생각에 잠겨 있는 듯했다. 어색한 침묵이 흐르는 가운데 와와대는 매미들에게 대항하는 새들의 노랫소리가 더욱 높아졌다. 참새 두 마리가 창틀에 내려앉아 눈망울을 이리저리 굴리며 재잘재잘댄다. 한동안 바라보던 님프가 나를 보더니 씨익 웃는다.

"오늘 비가 왔음 좋겠다. 너무 더워. 나무들도 축 늘어졌어. 그런데 어제 하루 종일 고양이가 안 보였어."

"학원 안 갔어?"

"오늘 가야지."

무관심한 듯 내뱉곤 토스트를 한 입 베어 무는 님프의 모습에 어리둥절해 하는 나를 보고 킥킥 웃는다.

"학원 빼먹지 마."

"꼭 아빠 같아."

"친구로서 말하는 거야."

"알았어."

사무실에 도착했을 때 교정지가 나와 있었다. 전체적인 구도와 사진, 일러스트, 타이포그래프, 컬러 등을 점검했다. 애초 의도했던 콘셉트와 많이 벗어난 헤드라인과 그리드, 컬러의 매치가 마음에 들지는 않았지만, 뭐 클라이언트 측에서 요구하는 대로 수십 번 수정한 관계로 우린 그대로 가기로 했다.

점심 식사를 마치고 잠시 커피 타임을 갖고 있을 때 클라이언트 쪽 팀장과 담당 세 명이 도착했다. 포스터, 팸플릿 교정지들이 그들 앞에 놓였다. 이미 제작에 관한 프레젠테이션을 어제 가졌고, 클라이언트 측에서 요구하는 대로 수정에 수정을 가해서 최종 오케이는 쉽게 날 것으로 생각했지만, 꼼꼼히 살펴보던 그들은 30분이 넘도록 오케이를 내지 못하고 있다. 그들의 표정을 살피고 있던 친구가 내 옆구리를 쿡 찌른다. 우린 화장실 간다며 양해를 구하고 복도로 나왔다.

"호호호. 고소하지?"

"뭐가?"

"자식들 똥줄 탈 거다. 뭣도 모르는 책임자 모시느라. 호호호. 자기들이 내뱉은 말이 있으니 주워담을 수도 없고, 또 수정을 요구하면 금액을 추가시키기로 약속했으니 이러지도 저러지도 못할걸. 아휴! 그동안 이리저리 끌려다니느라 고생한 거 생각하면."

"한 번 더 수정해 주지 그래. 네가 봐도 콘셉트와 이미지가 영 아니잖아."

"나도 그럴 작정이야. 하지만 그들이 간절하게 요청하면 못 이기는 척하고 해 줄 생각이야."

친구의 입가에서 웃음이 떠나질 않는다.

"그나저나 오늘 저녁에는 인쇄 들어가야 하는데 저러고들 있으니. 나 참 한심해서."

회의실로 돌아왔을 때, 디자이너 담당이 조심스레 입을 열었다.

"저 죄송한데요. 한 번만 더 부탁해요. 실장님 말씀대로 헤드라인과 전체적인 컬러가 매치 되질 않네요. 바탕을 모노톤으로 바꾸기로 하죠. 네?"

디자이너 담당자 눈빛엔 미안함이 가득했다. 팀장과 다른 담당자들의 표정도 그랬다. 이 기획사의 오너이지만 실장 직함을 사용하는 친구는 한동안 대답이 없었다. 팀장이 자리에서 일어나더니 밖으로 나갔다. 디자이너 담당자가 다시 부탁했지만 친구는 팔짱을 낀 채 옆에 있던 직원 디자이너에게 물었다.

"이거 4시까지 수정할 수 있어? 4시에 필름 작업 들어가야 인쇄시간에 맞출 수 있어."

시계는 3시가 넘어가고 있었다. 직원 디자이너가 포스터뿐만 아니라 팸플릿과 책자 표지까지 수정하려면 최소한 하루가 소요된다고 하자, 클라이언트 측 담당자들의 표정이 어두워졌다. 그들도 그 정도는 알고 있었다. 팀장이 음료수와 과일을 양손 가득 들고 땀을 뻘뻘 흘리며 들어왔다.

"실장님 부탁합시다. 한 번만 더 수정합시다. 내일 오전 11시까지 하늘이 두 쪽 나도 전시장까지 인쇄물이 도착해야 합니다. 우리 이사님이 실력이 없니 어쩌니 한 말은 내가 대신 사과할 테니 한 번만……. 그분이 미국 경영학 박사 출신이라 실무에 대해선 잘 몰라요. 실장님도 그건 잘 알잖습니까. 이런 일이 뭐 한두 번도 아니잖아요. 이번에 우리가 심했다는 거 알아요. 내 얼굴 봐서라도, 네?"

친구는 시선을 천정에 잠시 고정시켰다가 자신을 응시하고 있는 팀장과 디자인 담당자의 얼굴을 스쳐 내 얼굴에 고정시키더니 심각한 표정으로 입을 열었다.

"좋습니다. 내 팀장님과 고생하시는 담당자분들을 봐서라도 밤샘작업 하죠. 그러나 이번이 마지막입니다."

그들은 연신 고맙다며 교정지에 수정할 컬러코드 번호와 오케이사인을 하고는 돌아갔다. 다시 작업실은 전쟁터를 방불케 했다. 인쇄소에 연락해서 새벽 2시까지는 필름을 넘길 테니 스탠바이를 부탁했다. 물론 야근수당으로 추가 가격 10%를 부담하기로 했다.

저녁 시간엔 두 명씩 교대로 식사를 했다. 수정이 끝나고 필름 출력에 들어갔을 때는 12시가 지났고, 새벽 2시가 돼서야 필름 교정이 끝났다. 친구는 직원들을 다 퇴근시키고 나와 인쇄소로 향했다. 필름이 도착하자마자 하리꼬미(판 배치 작업), 소부(판 작업), 인쇄기에 판 고정, 잉크 조합, 그리고 견본 수십 장이 출력되기까지 긴장의 연속이었다. 드디어 본격적인 인쇄가 돌아가기 시작했을 때는 새벽 4시로 새벽이 밝아 오고 있었다.

아침 6시부터 팀장에게서 30분 간격으로 확인 전화가 걸려오기 시작했다. 오전 10시, 전시장으로 배달차가 출발하고 나서야 긴장이 풀렸다. 해장국집에서 아침을 먹고 나올 때 팀장으로부터 고맙다는 전화가 왔다. 인쇄물이 도착한 모양이다.

4.

집은 새들의 재잘거림과 간간이 불어오는 실바람에 흔들리는 나뭇잎 소리로 조용했다. 단, 저음 불가를 고집하는 매미들의 고래고래 노래를 빼고는. 님프는 학원에 간 모양이다. 눈꺼풀이 잠을 재촉한다. 샤워 후 청바지에 하얀 와이셔츠를 걸치고 맨발로 마당에 나가 잔디 위에 드러누웠다. 매미들이 더욱 요란스럽게 악을 써댄다. 참 별난 놈들이다.

푹푹 찌는 오후의 나른함이 뭉게구름을 타고 여행을 떠나려 하나 보다. 쪽빛 바람이 와이셔츠를 들추고 배꼽과 목덜미를 쓰다듬는다.

조막만 한 포플러 잎사귀들이 나를 내려다보면서 뭐가 그리 즐거운지 재잘재잘 수다를 떤다. 한계에 다다른 눈꺼풀이 드디어 항복하고 만다.

들국화가 만발한 광활한 초원을 내가 걷고 있다. 최근 꿈을 꾸지 않던 평화로움이 깨지는 건가? 또 꿈을 꾼다. 어느새 창공을 날고 있는 하얀 구름 위로 나의 시선이 옮겨졌다. 그 구름 아래로 연초록빛 풀들과 하얀 들국화 꽃들이 축제를 벌이고 있다. 저 멀리 언덕에 팔베개를 하고 고이 잠든 소녀의 모습이 보인다. 싱그러운 실바람이 목덜미를 스치고 새털구름들을 노 저어가는 평화로운 초원의 풍경이다. 좀 더 시선이 아래로 내려가자 혜진이 보인다. 입가엔 미소를 띠고 있지만 눈가엔 눈물이 흐르고 있었다. 왜 우느냐고 물었지만 대답이 없다. 울지 말라고 목이 터져라 외쳐 보지만, 혜진은 애처로운 눈빛으로 날 바라보며 눈물을 흘릴 뿐이다.

눈을 떴다. 머리가 띵하다. 왜 혜진은 소리 없이 흐느끼는 모습으로 나타났을까? 다정한 미소는 무슨 의미일까? 가슴에 무언가 놓여 있는 느낌이다. 고개를 드니 하얀 고양이가 웃음을 머금고 앉아 있다. 진이다. 고양이도 웃는가? 진이가 무슨 말을 전하려는 듯 고개를 왼쪽으로 약간 기울인 채 초롱초롱한 눈망울로 바라본다. 팔베개를 하고 진이에게 말을 걸었다.

"넌 어쩜 그리도 혜진을 닮았니. 넌 어떤 세계에 살고 있니? 아마 네가 사는 세계는 분명 평화롭고 아름다울 거야."

고개를 기울인 채 말없이 앉아 있는 진이의 표정은 꼭 그렇다고 답하는 것 같다. 커다란 눈망울엔 평화로움만 가득할 뿐 슬픔이란 털끝만큼도 엿볼 수 없다. 혹시 진이는 내가 방금 꾼 꿈에 대해 알고 있지 않을까.

"진이야 진짜 슬픔이 뭔지 알아? 자신이 꿈꾸는 세상이 너무도 달콤해서 현실에선 이룰 수 없는 것과 아릿한 사랑을 그대로 간직하며 살아가는 거야. 그 애처로움과 가슴 아픔을 넌 아니? 이 세상을 의미 없이 무미건조하게 살아가는 것이 얼마나 큰 슬픔인지."

진이가 하품하면서 기지개를 켜더니 집 안쪽으로 걸어간다. 나도 자리에서 일어나 뒤를 따랐다. 휴대폰 소리가 요란하다. 풍족하지만 외로운 친구로부터 오랜만에 온 연락이다. 우린 오후 8시 예술의 전당 앞 마노카페에서 만나기로 했다. 휴대폰을 내려놓자 님프가 샤워실에서 나왔다.

"어! 언제 왔어?"

"1시간 전에."

"나 못 봤어? 마당에 누워 있었는데."

"봤어."

"깨우지 그랬어."

"고양이와 너무 다정스럽게 자고 있어서."

"고양이가 잠을 자?"

"응. 아저씨 배 위에서 자던데. 그놈 참! 내 곁에는 오지도 않으면서."

"학원은 재밌어?"

"그저 그래. 우리 바람 쐬러 가자. 요즘 놀아 주지도 않고."

"잠시만."

주말이면 여행을 떠나는 후배에게 전화를 걸어 스케줄을 잡았다.

"내일 여행 가자."

"정말?"

"계곡을 흐르는 물길 따라 트레킹하는 것인데 아주 재밌어. 경치도 빼어나고 사람도 별로 없어 호젓한 곳이야."

"그럼 옷 다 젖겠네?"

"신날걸! 반바지와 티 하나만 걸치면 돼. 신발이 제일 중요한데 지금 사러 가자."

님프의 얼굴에 함박웃음이 피어났다. 결혼보다 여행을 더 사랑하는 후배는 아침가리계곡 트레킹을 추천했고, 마침 토요일이라 본인 외에 열 명 정도의 멤버를 구성해서 이미 스케줄을 잡아 놓고 있었다. 우리가 그 일행에 끼어들게 된 것이다.

햇살이 부드러워진 것을 보니 저녁때가 다 된 것 같다. 스포츠용품점에서 님프에게 어울리는 작은 배낭과 등산타월, 발가락보호대가 있는 스포츠 샌들, 모자, 고어텍스 기능이 있는 7부바지와 반바지, 그리고 방수기능이 있는 얇은 윈드재킷을 구입했다. 돌아오는 길에 슈퍼에서 귤, 배, 오이와 초콜릿 몇 개를 구입하고 외식을 한 다음 집에 도착해 배낭을 꾸렸다.

님프는 벌써부터 여행을 시작한 모양이다. 선글라스를 머리 위에 걸친 채 쇼핑한 옷들을 입어 보고 디카로 짐들을 늘어놓고 사진을 찍어 댔다. 나에게 팔짱을 끼더니 함께 포즈를 취하게 하고선 셔터를 누른다. LCD 모니터링을 하면서 뭐가 그리 우스운지 킥킥거리며 노트북을 켜서 아침가리계곡이 어떤 곳인지 검색하는 동안 입가에 흥얼거림이 떠나질 않는다. 2층에서 옷을 갈아입고 내려와 문을 열자 님프는 쳐다보지도 않고 손을 흔들며 내 등에다 외친다.

"늦지 않게 일찍 와. 내일 아침 10시에 출발해야 하니까."

집을 나서며 친구에게 30분 정도 늦겠다고 연락했다.

5.

문을 열고 들어서자 희진 씨가 얼굴 가득 웃음을 머금고 반갑게 맞이한다. 테이블바에 자리한 외로운 친구는 벌써 치즈와 크래커, 야채, 과일, 땅콩 등이 어우러진 안주를 곁들여 잭다니엘 반병을 비우고 있었다. 검은 정장에 하얀 와이셔츠, 넥타이를 풀어헤친 그는 잭콕을 즐긴다.

테이블바 앞에 서 있던 하늘 씨가 가볍게 목례를 하고, 난 눈을 마주치고 빙긋 웃음을 지었다. 자리에 앉자 외로운 친구는 가볍게 내 손바닥을 친 후 글라스에 잭다니엘을 사 분의 일, 콜라를 사 분의 이쯤 채워 내게 밀었다. 입술을 적신 다음 안부를 물었지만, 그는 빙긋이 웃곤 말없이 술잔을 기울였다.

난 기네스를 주문해 목이 긴 글라스에 거품이 풍부하게 나도록 따르고 얼음 세 조각을 넣었다. 시원한 맥주가 메마른 식도를 적시며 짜릿함을 선사한다. 잔을 내려놓으며 하늘 씨에게 물었다.

"이 친구 온 지 오래됐나요?"

"6시 조금 넘어서 오셨어요. 오늘도 여전히 별말씀 없이 술만 드시네요."

작은 여행용 가방이 옆에 놓인 것을 보니 귀국하자마자 사무실에 큰 짐만 내려놓고 곧바로 이곳으로 온 것 같다. 그는 의류 무역업을 하는 CEO다. 그 이상은 모른다. 그를 처음 만난 것은 3년 전 화창한 봄날 산수유와 매화마을, 섬진강 줄기 트레킹에서다. 저녁 늦게 산수유마을 민박집에 도착한 이십여 명의 트레킹 멤버들 중 헤드헌터인 여자 후배, 친구, 나, 셋은 먼동이 틀 때까지 담소를 나눴다. 지금 생각하면 무슨 이야기들이 오고 갔는지 모를 정도로 소소한 것들이었지만, 기분이 매우 좋았고 취할 정도로 술을 마셨다. 뜬눈으로 아침을 맞이한 우리는 트레킹 내내 함께했다.

주량이 맥주 한 병인 나, 와인 한 병인 여자 후배, 잭콕 한 병인 친구. 이렇게 우리 셋은 한 달에 한 번꼴로 2년간 와인과 잭콕을 즐겼다. 주로 이야기는 후배가 리드했고, 그 친구와 나는 듣는 편에 속했다. 여자 후배에게 결혼할 남자친구가 생기자 얼굴 보기가 힘들어졌고, 그 후 우리 둘은 한 달에 한 번꼴로 만났으나 서로의 신상에 관해서는 동갑내기인 것과 무슨 일을 하고 있는지에 대해서만 알뿐, 가족관계나 개인적인 소소한 일들에 관해서는 서로 묻지 않았다. 누군가 말을 걸어오지 않으면 하루 종일 말이 없고, 질문하지 않는 전형적인 스타일의 두 사람을 보고는 당시 여자 후배는 매우 신기해했다.

자주 가던 와인바나 이곳 마노카페에서도 마찬가지다. 언제나 테이블바에 앉아 말없이 2~3시간가량 음악을 들으며 와인바의 냄새, 사람들의 정겨운 담소, 그리고 그 모든 것들이 묘하게 어우러진 분위기를 즐겼다. 잭다니엘 한 병이 다 비워질 때면 어김없이 외로운 친구는 바에 엎드려 1시간가량 잠을 잤다. 그리고 깨어나면 우린 일어났다. 늘 그런 식의 만남이었다.

외로운 친구는 1년에 반을 하늘에 떠 있다. 그는 지구를 떠돌아다니다 귀국하면 와인바에 들려 자신의 감정을 잭콕으로 다스린 후 집으로 간다. 그리고 그 주말엔 꼭 산행을 떠난다. 언젠가 외로운 친구는 "전 세계를 누비며 달러를 버는 것은 잭콕과 산행을 즐기기 위해서야"라고 졸음 가득한 목소리로 말한 적이 있다. 시계가 밤 10시를 지나갔다. 잭콕 한 병을 다 비운 외로운 친구는 또 한 병을 주문했다.

"오늘은 주무시지 않네요?"

하늘 씨가 미소 지으며 말을 건네자, 눈이 반쯤 감긴 외로운 친구는 고개 들어 웃음으로 답했다. 화사한 웃음을 지으며 다가온 희진 씨는 나에게 커피를 권한다.

"커피 드시겠어요? 우리가 마시려고 지금 막 내렸는데 향기가 좋아요."

알코올에 약한 난 취기가 오르면 언제나 크림 가득한 커피를 부탁했다. 물론 그 커피는 서비스다. 추가한 잭다니엘이 나오면서 콜라가 담긴 목이 긴 글라스와 얼음통, 약간의 치즈와 크래커, 커피 향이 모락모락 피어나는 연하늘색 머그잔으로 테이블은 다시 세팅됐다. 또

한 그녀들의 소곤소곤한 일상의 이야기로 외로운 친구와 나의 얼굴은 생기를 되찾았다.

그 친구와 난 어쩌면 와인이나 대화를 나누러 이 카페에 오는 것이 아닐지도 모른다. 이곳을 찾는 사람들의 소곤거림, 운영자인 그녀들의 친절한 서비스, 허전한 가슴을 대변하는 음률, 술이 잔에 따라지는 소리, 크리스털 잔이 부딪치는 소리, 어스름한 조명과 흔들리는 양초, 특히 그와 나의 침묵을 즐기러 오는 것일지도 모른다.

차분하면서도 생기발랄한 이 카페 분위기는 일상에 쫓기며 대인관계에 지친 마음을 릴렉스 하게 해 주고, 왜 살아 숨 쉬는 것이 아름다운지 느끼게 해 준다. 물론 왜 살아가는지에 대한 속 시원한 정의를 내리기는 힘들지만, 외로움이 배어 버린 나와 외로움을 간직하고 있는 그는 자매들과 나누는 소소한 이야기를 통해 잠시 외로움에서 벗어나곤 했다.

손님들이 몰려들자 그녀들은 자리에서 일어났고 우리는 다시 침묵의 세계에 빠졌다. 그렇게 1시간여 동안 말없이 카페 분위기를 감상하다 삼 분의 이쯤 남은 술을 키핑하고 일어났다.

"어! 가시게요? 아직 12시도 안 됐는데. 오늘은 졸지도 않으시고."

그녀들의 배웅을 뒤로하고 외로운 친구와 난 각자 집으로 향했다. 그 친구와의 만남은 언제나 좋다. 신상에 관한 질문도 없고, 어떤 사안을 꺼내놓고 자신의 생각을 강요하거나 직업과 일에 대해 묻지 않아서 좋다. 만나서 몇 마디의 안부 인사만을 나눌 뿐이지만, 가슴속을 떠돌던 수많은 생각들이 정리되고 마음이 차분해지면서 평온함을 느낀다. 우린 분명 침묵의 대화를 즐기고 있는 것이 분명했다. 자정이 다 돼서야 집 앞에 이르렀다.

어쩌지 못하는 감정의 찌꺼기들

1.

마야가 와 있었다. 님프 옆에 앉아 잠이 든 그녀의 무릎 위에 책이 펼쳐져 있다. 조심조심 마야를 누이고 얇은 이불을 덮어 준 후 머리맡에 놓인 책상용 스탠드 등을 껐다. 2층으로 올라가 청바지에 티를 걸친 후 화장실로 가 양치질과 세수를 하고 올라와 여행 준비물을 다시 꼼꼼히 챙겼다. 님프를 위한 여분의 샌들과 아웃도어 운동화, 티와 가벼운 방수방풍재킷, 수건, 세면도구, 티슈 등.

순간 등골이 서늘해졌다. 2층 입구 쪽 어둠 속에서 누군가 나를 노려보고 있는 느낌이다. 내가 잠든 건가? 이젠 현실과 꿈도 구별하지 못할 정도로 머릿속 센서가 망가졌나 보다. 죽이는 것은 물론 영혼까지 소멸시킨다던 검은 중절모의 음성이 떠올랐다. 배낭을 채우려던 두 손을 멈추고 최대한 호흡을 가다듬은 후 나지막한 목소리로 어둠 속 시선에 말을 건네려는 순간 친숙한 목소리가 들려왔다.

"진수 씨!"

마야다. 순간 긴장감이 풀리며 털썩 주저앉았다. 마야가 다가와 얼굴을 살피더니 하얀 손으로 내 이마를 짚었다. 연초록 계열의 체크무늬 바지와 소매가 긴 흰 블라우스 차림에 머리를 뒤로 동여맨 그녀에게서 향긋한 냄새가 났다. 향기는 코를 타고 뇌를 강하게 자극한 다음 가슴은 물론 모든 혈관과 세포 곳곳에 아릿함을 가득 채웠다. 섬진강변 카페에서 함께 차를 마실 때 마음을 릴렉스 하게 만든 마야만의 향기다. 일어서려다 그녀와 눈이 마주쳤다. 혜진을 닮은 눈동자는 나를 다시 굳게 만들었다.

"안 좋은 일이 있었나 봐요? 매우 피곤해 보여요. 차 한잔하려고 했는데……."

"아! 아닙니다. 제가 커피를 타오죠."

난 일어서려는 마야를 제지하고 급히 아래층으로 내려갔다. 님프가 평화로운 얼굴로 자고 있다. 주방에 있는 커피메이커에 스위치를 켜고 새 종이필터에 블루마운틴을 내렸다. 에어컨과 냉장고 모터 소리가 들려왔다. 낮에는 들리지 않던 소리다. 냉장고에서 오렌지 두 개를 꺼내 쟁반에 담고, 식탁에 턱을 괴고 앉아 마야가 왜 이곳에 왔을지 생각하다가 '님프가 있어서'라고 결론지었다. 블루마운틴 향이 퍼지면서 유리포트 가득 향긋한 커피가 담겼다.

유리포트와 머그컵, 오렌지가 담긴 쟁반을 들고 2층으로 올라와 테이블 위에 내려놓으며, 바닥에 앉아 있던 마야에게 방석을 권했다. 챠르륵! 머그컵에 커피를 따르는 동안 마야는 오렌지 껍질을 벗겼다. 입안 그득 감싸는 커피 향과 톡 터져 퍼지는 오렌지 향이 머리를 맑게 했다.

"여행가신다면서요?"

"네."

"저도 가면 안 될까요?"

트레킹에 필요한 준비물을 이야기하자 마야의 얼굴에 웃음이 번져 나간다. 그녀는 이미 모든 준비를 한 상태였다.

조심스레 섬진강변 카페에 있던 벽화에 대해 물었다. 그녀는 말없이 커피잔을 내려놓더니 1층으로 내려갔다. 혹시 실수했나? 불안했다. 벽화에 대한 물음은 님프에게도 매우 조심스러운 문제다. 그리고 카페에서도 말을 돌렸던 그녀다. 마야가 왼손에 레드와인 한 병과 오른손에 통이 넓은 글라스 두 개를 들고 올라왔다.

"당황하는 모습이 재밌어요. 마음이 얼굴에 그대로 묻어나는 사춘기 소년 같아요. 거짓말은 못 하시겠어요?"

마야는 와인을 조금 따라 내게 건네고, 다른 잔에 사 분의 일쯤 채워 내가 들고 있는 잔에 '통' 부딪힌 후 단숨에 들이켰다.

"제가 벽화와 관련된 꿈 이야기를 했던가요?"

"네. 조금."

"그 그림 제가 그리긴 했지만 전혀 생각지도 못하게 어느 날 갑자기 '짠' 하고 나타난 거예요. 그림에 몰두한 제 모습을 떠올려 보면, 누군가 제 영혼으로 들어와 그린 것 같아요."

"그 여인은……?"

난 말끝을 흐렸다. 그녀는 대답 대신 내 얼굴을 물끄러미 보더니 눈을 감았다. 한동안 침묵이 흘렀고 그 무게로 인해 가슴이 미어졌다. 와인으로 입술을 적신 후 커피를 한 모금 마시고 오렌지 한 조각으로 가슴을 축였다. 그래도 가슴은 적셔지지 않았고 황량한 벌판처럼 갈라지고 있었다. 아픔이다. 그녀도 내가 '혜진'이란 단어를 들을 때처럼 '벽화'라는 단어를 들을 때마다 아픔을 느끼는 것이다.

"카페가 고즈넉하더군요."

분위기를 전환시키려고 말을 꺼냈다. 이에 마야는 책상다리로 자세를 고치고는 차분한 목소리로 말문을 열었다.

"벽화에 대한 이야기는 시간이 걸려요. 말을 꺼내기가 힘들거든요. 저에게는 비밀상자 같은 것이죠. 상처가 아물지 않아 조심스러운. 님 프에게 조차도요."

그녀의 상처를 건드린 것 같아 숨소리조차 내지 못하고 가슴을 졸였다. 가슴이 터져 나가기 직전 마야는 나를 바라보며 이야기가 길어도 끝까지 들어 줄 수 있느냐고 물었다. 숨통이 트였다. 난 고개를 끄덕였다.

2.

"제가 대학을 졸업해서 들어간 첫 직장에서 한 남자를 만났어요. 정말 멋진 남자를요. 한눈에 필이 꽂혔다는 표현이 맞을 거예요. 10살 연상인 그 선배는 제게 조금도 관심이 없었는데 저 혼자 좋아한 거죠. 아마 그 사람이 한국 사람이라 더 끌렸는지도 모르겠어요. 그렇게 짝사랑하다 부서 이동으로 그 사람과 함께 일을 하게 됐어요. 전 당시 막 수습을 마치고 지면 배정을 받은 지 얼마 되지 않았거든요. 입사 1년 차인 초보가 알면 얼마나 알겠어요. 전 최선을 다해 디자인 작업을 했지만 번번이 팀장에게 캔슬을 당했고, 그러면 밤을 새워 다시 작업했어요. 마감 시간이 촉박한 때였거든요. 어느 날 제가 자리를 비운 사이 팀장이 마음대로 컬러를 바꿔버린 거예요. 얼마나 속상하던지. 그 팀장은 이탈리아계 아빠와 멕시코 계통의 엄마 사이에서 태어난 미국인 여자였어요. 화는 났지만 참았어요.

다음 날 자리를 비운 사이 또 말도 없이 사진배치를 바꿨어요. 아무 말도 못 하고 화장실에 가서 울었어요. 그 모습을 선배가 봤나 봐요. 얼마나 창피하던지. 회사 근처 레스토랑으로 절 불러 내더니 위로와 격려를 해 주는데 눈물이 핑 돌 정도였어요. 말없이 웃는 그의 모습은 모든 것을 알고 있다는 표정이었죠. 입사부터 저를 지켜본 모양이에요. 전 어디서 그런 용기가 났는지 선배에게 팀장이 저지른 일을 빠짐없이 말했어요. 제 속상함을 알아주리라 믿었던 거죠."

마야의 눈동자에 수줍음이 배어 나왔다. 지금 그녀는 기억이 저장돼 있는 마음의 성문을 열고 들어가 행복이란 추억의 마차를 불러내 과거의 행성을 여행하고 있는 것이다. 마야는 추억에 잠겨 선배와의 첫 만남 이야기를, 당시 상황을 현실처럼 들려줬다. 선배는 마야에게 예전에 자신의 후배가 겪었던 일을 말했다.

"마야 씨. 예전에 프랑스에 있는 모 패션잡지 디자이너였던 후배가 있었답니다. 제가 프랑스 유학 시절 알게 된 여자 후배였어요. 술을 잘 못 하던 그녀가 어느 날 과음을 하는 등 매우 힘들어했어요. 그 연유를 물었더니 직장 상사가 자기를 무시한대요."

마야는 선배 말에 귀를 쫑긋 세우고 커피잔만 만지작거리고 있었다고 한다.

"선배 이럴 수 있어! 내가 열심히 한 작품을 누군가 계속 바꾸는 거야. 그것도 내가 자릴 비운 사이에. 처음엔 그냥 그러려니 해서 넘어갔는데, 며칠 전 거래처에 갔다 온 사이에 누군가 또 바꿔 놓았어. 옆에 있는 친구에게 물었더니 팀장이 수정했다는 거야. 얼마나 기가 막히는지. 디자인이 잘못됐으면 아니, 잘못된 것은 없어. 마음에 들지 않으면 직접 수정 지시를 하면 되잖아. 그리고 수정했으면 나중에라도 말해 주면 안 돼? 이거 나 무시하는 거 아냐? 동료들도 있는데 왜 내 것만 손대냐고. 아! 자존심 상해. 아무리 부하 직원 작품이 마음에 들지 않는다 해도 창작품은 스스로 고치게 하는 것이 '룰' 아냐?"

선배는 여자 후배가 다니는 회사 사정을 잘 몰라 화풀이성 이야기만 들어 주는 분위기였다고 한다. 게다가 직장상사가 같은 여자라서 더 화가 난 것 같다고도 했다. 선배는 당시 학생 신분이라 회사 조직에 대해선 잘 모르지만 상식적으로 생각해도 그건 아니다 싶어 여자 후배 말에 동조하고 싶었지만 참았다고 한다. 무작정 편을 들었다간 내일 아침 꼭 무슨 일이 벌어질 것 같아서다. 그래서 선배는 여자 후배에게 조심스레 말했다.

"팀장이 너의 잠재능력을 높이 평가해서 간접적으로 뭘 가르쳐 주려고 한 것은 아닌지 생각해 봐. 그리고 팀장은 예술과 상업 사이에서 고민을 가장 많이 하는 위치니까 속상해하지 말고 직접 물어봐. 겸손하게 예의를 갖추고 '이유가 뭐냐'고 묻지 말고 '팀장님 덕분에 제 작품이 더 살아난 것 같다'고 말해 봐. 덧붙여 '다음부터는 팀장님이 수고하는 일이 없도록 하겠다'며 미리 지적해 주시면 직접 수정하겠노라고 정중하게 요청해 봐. 그리고 팀장의 시각이나 콘셉트를 넌지시 알아보고 배워. 팀장은 네가 걸어온 길을 이미 경험하고, 그 길 위에서 고뇌를 한 선배야."

"그래도 팀장이 자꾸 그러면?"

"그것은 너의 생계와 인격을 무시하는 것이니 정중하게 항의해."

여자 후배는 대응책에도 화가 안 풀렸는지 씩씩거리며 집으로 돌아갔다. 선배는 혹시 홧김에 팀장과 대판 싸우고 사표나 안 던졌는지 며칠간 불안했다고 한다. 선배가 후배 불만에 동승해서 팀장을 욕하기보다 이성적 대응책을 제시한 것은, 이직 문제가 아닌 살아가면서 해결해야 할 수많은 테스트 중 하나라고 생각했기 때문이라고 했다. 며칠 후 여자 후배는 생글생글 웃으며 나타났다.

"선배, 팀장과 사이좋게 됐어. 속은 좀 쓰렸지만 커피 한잔 뽑아 팀장님께 면담을 요청했지. 내가 먼저 보잘것없는 작품 다듬어 줘서 고맙다고 말했어. 또한 염려를 끼쳐드려 죄송하다고 사과도 드렸어. 그랬더니 팀장은 내가 고집이 세서 말해도 들을 것 같지 않아 그랬다는 거야. 나 참! 그게 말이 돼? 아마 평소 내가 미웠던 게지. 그래도 꾹 참고 웃으면서 '다음부턴 팀장님께 심려를 끼쳐드리지 않을 테니 미리 지적해 주시면 시정하겠다'고 했더니 미안하다며 웃더라구. 알고 봤더니 팀장도 예전에 직장상사에게 당한 적이 있었나 봐. 그것도 남자 상사에게. 그때 화장실에서 울었다나. 마음 약한 사람이더라구."

쪼르륵. 선배가 컵에 물을 따랐다. 물을 마시며 잠시 생각에 잠긴 선배의 모습을 본 마야는 가슴이 뛰었다 한다. 선배는 마야의 눈을 보며 말을 이었다.

"전 그 여자 후배가 얼마나 대견하고 예쁜지 꼭 안아 주고 싶었어요. 말이 쉽지 그렇게 행동하기가 어렵잖아요. 속은 부글부글 끓는데도 얼굴에 미소를 띠고 상대방 자존심을 배려하며 자신의 의견을 내세우기가 얼마나 힘든지 아시죠? 마야 씨도 잘 해결하리라 믿어요. 직장상사와의 부딪침은 장차 큰 인물이 될 경륜을 쌓는 데 있어 하나의 테스트에 지나지 않아요. 화를 내 봤자 자신 성격만 버려요. 잘 아시죠?"

첫사랑 선배 이야기를 하는 마야의 홍조 띤 얼굴에 배시시 미소가 묻어 나왔다.

"전 선배의 그 말에 아예 푹 빠져 버렸어요. 그 후 제 감정을 솔직히 표현했고, 선배는 당황해하면서도 저를 무척 소중한 사람으로 대해 주셨어요. 결국 우린 함께 살게 됐어요. 비록 23살로 어렸지만 선배의 자상하고 푸근한 사랑으로 정말 행복했어요. 집에서는 알지 못했지만, 몇몇 친한 직장동료들은 우리의 사랑을 부러운 눈으로 바라볼 정도로 축하해 줬죠. 아름답고 행복한 사랑에 빠져 시간 가는 줄 몰랐어요. 1년쯤 지나자 우리 사랑을 하늘이 시기했는지 그 사람에게 여자가 생겼어요. 아니, 저처럼 짝사랑했던 동료 여직원의 일방적인 사랑이었지만……."

마야의 목소리에 약간의 떨림이 느껴졌다. 그녀는 손을 뻗어 소파 옆 스탠드 등을 껐다. 어둠이 모든 빛을 삼켰다.

3.

그녀의 어깨가 소리죽여 흐느끼고 있다. 밝은 어둠을 타고 전해져 오는 그녀의 슬픔이 가슴을 파고들었다. 창문을 넘어 흐르는 달빛에 그녀의 흔들림이 점차 약해지더니 멈췄다. 조심스럽게 커피를 마시는 소리가 들려왔다.

"그 사람, 처음엔 그 친구를 거들떠보지도 않았어요. 오직 저뿐이었죠. 그러나 부서가 변경되면서 귀가시간이 늦어지는 거예요. 외박할 때도 있었어요. 친구를 만났다고는 하지만 전 느낌이 이상했어요. 평소 가깝게 지내던 동료가 그 여자와 그 사람 간의 사이가 수상하다며 저에게 알려 줬지만 그래도 전 그 사람을 믿었어요. 외박한 날, 가깝게 지내던 동료는 그 사람과 그 여자가 함께 잤다고 했지만, 전 그럴 리 없다고 했어요. 그 사람에게 늦게 귀가한 이유를 물었더니 철야 작업을 했다며 정색하더군요. 사랑에 빠져 있던 전 그런 줄만 알았어요."

그녀가 고개를 창가로 돌렸다. 달빛에 반짝이는 이마와 긴 속눈썹, 오뚝한 콧날, 도톰한 입술과 가녀린 턱 실루엣이 마음을 애잔하게 한다. 난 내 의지와 관계없이 달빛이 이끄는 대로 그녀 앞에 놓인 잔에 와인을 따랐다.

쵸르르륵! 적막한 어둠을 타고 흐르는 소리에 마야는 나를 응시했다. 난 도둑질하다 들킨 사람처럼 와인 병을 든 채 굳어 버렸다. 그녀가 와인 병을 잡더니 내 앞에 놓인 잔에 와인을 따랐다. 그리곤 잔을 들어 내 손에 쥐어 주곤 자신의 잔을 들어 '통' 부딪혔다. 목을 축인 마야는 다시 입을 열었다.

"회사 근처에서 우연히 그 여자와 다정하게 팔짱을 끼고 걷고 있는 그 사람을 봤어요. 저한테는 친구를 만난다고 해 놓고선…… 그녀가 그 사람 애칭을 부르더군요. 눈앞이 캄캄해지며 한동안 그 자리에 굳어 버렸어요. 그 애칭은 그와 저의 연결고리였거든요. 집까지 어떻게 왔는지 모르겠지만 제 손에 알 수 없는 영수증 한 장이 들려 있었어요. 한참 생각해 보니 슈퍼에서 무슨 물건을 사긴 산 것 같은데 그냥 놓고 온 거예요. 정신이 나간 거죠. 그날 밤 얼마나 울었는지……."

마야가 와인잔을 들어 달빛에 비춘 후 입술로 가져갔다.

"그 사람 집에 들어오지 않았어요. 며칠 후 그 사람으로부터 연락이 왔는데 일방적 통보였어요. 제가 그냥 싫어졌대요. 그게 마지막이었죠. 후에 들은 이야기지만 결혼한 그 여자 아빠가 회사 사장이었어요. 전 아무에게도 알리지 못하고 혼자 그 힘든 시기를 겪었어요. 회사도 옮기고 주위 친구들도 만나지 않고 1년간 회사와 집만 오가며 일에 매달렸어요. 부모님은 그냥 남자친구와 연애하다 헤어진 것으로 알고 계세요."

마야가 조용히 쓴웃음을 짓는다.

"지금 생각해 보면 어떻게 숨을 쉬고 걸어 다녔는지 모르겠어요. 1년간 살아있어도 살아 있는 것이 아닌 정신병자처럼 살았어요."

그때가 24살, 마야는 가슴 깊이 박힌 첫사랑의 자국을 도저히 지울 수가 없었다고 한다. 5년이란 시간이 흐른 지금도 그 사람과 함께

한 장소, 음악, 음식, 심지어 비슷한 분위기만 느껴도 가슴이 저려 온다. 이상한 것은 이별 몇 개월 후, 그는 블랙홀로 빨려 들어간 것처럼 훅하고 사라졌다. 그 사람 행방에 대해 동료들이나 주변에서도 아는 사람이 한 명도 없었다고 한다.

4.

마야가 꿈 이야기를 꺼냈다.

"제가 맨발로 황량한 들판에 서 있는 거예요. 한동안 멍하니 서 있는데 첫사랑인 그 사람이 제 앞을 스쳐 지나가요. 아주 슬픈 표정을 하고서요. 그 사람을 향해서 이름을 부르며 달려가 보지만 언제나 거리가 좁혀지지 않아요. 어느 날은 안개가 자욱한 길 한복판에 그가 서 있었어요. 축 처진 어깨를 하고 저에게 손짓하는데 그 모습이 얼마나 애처롭던지…… . 달려가 와락 안으려 하면 사라졌어요. 그 사람 이름을 부르다 지쳐 쓰러질 정도가 되면 잠에서 깨어났어요."

마야는 잠시 숨을 고르더니 이야기를 이어갔다.

"그렇게 꿈꾸기를 1년이 채 안 돼, 이젠 제가 강이 내려다보이는 황금나무 앞에 서 있는 거예요. 그리고 지금의 카페를 봤어요. 그 사람이 2층으로 올라가는 것을 보고 따라가 문을 열자 검은 어둠이 저를 삼켰어요. 잠시 후 문이 열리고 회색빛 어둠 속에 3층으로 올라가는 그 사람을 봤어요. 전 끝내 3층은 못 오르고 발버둥 치다 깨어났어요. 그 같은 꿈이 며칠 간격으로 한 달간 지속돼 너무도 생생했어요."

가슴이 저려 온다. 내가 이런데 마야는 얼마나 아플까! 목이 메어 오는 것을 간신히 참았다.

마야는 꿈속 집을 한국에 있는 친구를 통해 수소문했다. 몇 달 후 친구로부터 연락이 오자마자 마야는 즉시 한국으로 날아와 이 집을 본 순간 너무도 똑같아 놀랐다고 한다. 아빠의 도움으로 집을 구입해서 1층은 기존의 내부를 현대식으로 바꿨고, 2층은 카페로 만들었지만, 3층은 어떻게 꾸며야 할지 몰라 고민하던 차에 마야는 꿈을 꾸게 됐다.

"제가 텅 빈 마룻바닥에 서서 하얀 벽에다 그림을 그리고 있는 거예요. 그림이 완성되자 제가 그림 속으로 걸어 들어가 휙 돌아서더니 저를 바라봤어요. 제가 그림 속의 저와 그림을 바라보고 있는 저를 보고 있는 상황이 된 거죠. 그림 속의 제가 그림 밖 저를 보고 그러는 거예요. '사랑하라'고. 전 그럴 수 없다고 했지만 그림 속의 저는 '사랑하라'고만 반복할 뿐이었어요. 화가 나서 벽화 속의 저를 붓으로 문질렀지만 지워지지가 않았어요. 전 그 사람에게 배신감, 증오심, 애착 등이 남아 있었거든요. 미운 감정과 사랑의 감정이 뒤죽박죽 섞여 있는 감정 말이에요. 화난 목소리로 '왜 그런 인간 같지 않은 사람을 사랑해야 하느냐'고 소리치자 그림 속의 저는 눈물만 흘렸어요."

뭔가에 홀린 듯 쉼 없이 말을 이어가던 마야는 가슴에 묻었던 상처를 다독이듯 천천히, 그리고 차분하게 긴 숨을 몰아쉰 다음 창밖 달빛을 보며 와인으로 목을 축였다. 나도 와인을 한 모금 들이켰다.

그래야 할 것만 같았다.

"전 3층을 화실로 꾸미고 밤낮을 미친 듯이 그림을 그렸어요. 그림을 그리다 잠이 들면 또 그 꿈을 꾸고, 꿈에서 깨어나면 그리고. 하루라도 빨리 완성해 그림 속 저에게 '왜 사랑해야 하는지', '누굴 사랑해야 하는지' 물어보기로 했어요. 마침내 그림이 완성됐을 때 그림 속 저는 말이 없었어요. 아니 할 수가 없었던 거죠. 그림이니까요."

"하얀 고양이는 어떻게 그리게 된 거죠?"

난 조심스레 입을 열었다.

"아! 미안해요. 제 이야기만 해서."

"아뇨, 오히려 제가 마야 씨의 아픈 곳을 건드린 것 같아 죄송해요."

"고양이는 저도 모르겠어요. 어느 날 그림이 거의 완성돼 가는 날 피곤해서 잠이 들었다 깨어나 보니 그려져 있었어요. 아마 제가 그리고도 잊어버린 것 같아요. 그러나 뜻밖이에요. 아직도 고양이가 왜 그림 속 제 옆에 있는지 모르겠어요."

"흠! 마야 씨가 그리지 않았다면 누가?"

"아마 제가 그렸을 거예요. 올봄인가! 정원에 그 사람과 님프가 다정하게 앉아 이야기를 나누고 있는데 꼭 연인 같았어요. 제가 그 사람에게 다가가는 느낌이었지만, 다가가는 것은 제 모습이 아닌 그림 속 고양이었어요. 제가 꿈에서 고양이가 된 거죠. 그 사람이 고양이를 안으려 하자 님프가 쫓아 버렸어요. 그리곤 잠에서 깨어났는데, 너무도 생생한 느낌이에요. 그런데 기분이 묘했어요. 애잔하고 살짝 아프다고나 할까! 뭐 그런! 아마 님프가 절 거부했기 때문이라 생각했어요. 님프는 제가 이 세상에서 제일 사랑하는 사람이거든요."

"혹시, 제가 그분과 닮았나요?"

"네! 처음엔 무척 놀랐어요. 처음 진수 씨를 보는 순간 저도 모르게 가까이 다가가 한참 봤어요. 너무도 닮았더군요. 그때 진수 씨는 악몽을 꾸는지 매우 힘들어하다 깨어났어요. 진수 씨도 저를 보고 매우 놀라던 눈치던데."

"아! 갑자기 낯선 사람이 나타나서 그랬나 봐요."

거짓말을 했다. 난 그녀를 볼 때마다 '마야는 혜진을 닮지 않았다'고 세뇌시키고 있는 중이다. 여하튼 화제가 바뀌자 어둠의 무게에 짓눌려 있던 분위기가 가벼워졌다. 그녀가 불을 켰다. 시곗바늘이 새벽 3시 경계선을 넘어가고 있었다.

마야가 나의 첫사랑에 대해 물었지만 지금은 말하고 싶지 않았다. 마야에게 즐거운 여행을 위해 잠을 청하자 했다. 그녀가 내려간 뒤에도 한동안 뒤척였다. 벽화 여인이 마야라니⋯⋯. 나는 왜 그녀의 슬프고도 아름다운 눈동자와 님프의 눈동자를 가슴에 담게 됐을까!

소중한 시간

1.

내리쬐는 아침 햇살에 눈이 부셔 돌아누웠다. 누군가 등을 툭툭 친다. 몸을 더 웅크리고 이불로 머리를 덮었다.

"퍽!"

"윽!"

허리에 통증이 왔다. 누군가 세게 걷어찬 것이다. 눈을 뜨고 돌아 앉았다. 창을 등지고 선 님프가 쏟아져 들어오는 햇살을 받으며 허리춤에 양손을 얹고 서 있다.

"어제 무슨 일 있었어?"

단단히 화가 난 님프는 나를 쏘아 보며 말했다.

"무슨?"

"언니도 그렇고, 아저씨도 일어날 생각을 안 하잖아! 지금이 몇 신 줄 알아? 9시야 9시. 출발 시간이 10시야. 고속버스터미널까지 가려 면 지금 나가야 하는데 뭐야?"

난 급히 후배에게 전화를 걸어 30분 정도 늦는다는 양해를 구하 고, 간단 세면 후 배낭을 챙겨 아래층으로 내려왔다. 님프와 마야는 이미 준비를 끝내고 나를 기다리고 있었다.

집결지인 잠원역에 도착했을 때 여행 동료 10명과 노란색의 15인승 이스타나가 우리를 반가이 맞았다. 노란색 이스타나는 가끔 우리를 위해 운전해 주는 여행 동지이자 후배의 차다. 중간 좌석 창가 쪽에 마야가 앉고 님프와 내가 앉았다.

"좋은 날씨?"

님프에게 말을 걸어봤지만, 고개를 창 쪽으로 돌린 채 말이 없다. 아직 졸음이 가득한 난 잠을 청했다.

차가 멈춰 섰다. 시계를 보니 3시간이나 지났다. 점심 식사를 하기 위해 조경동 진입로 부근 손두부 집에 도착한 것이다. 님프는 팔짱을 낀 채 여전히 창밖 풍경을 바라보고 있었고, 마야는 잠을 자다 일어난 듯했다. 어제 여행을 간다고 기뻐하던 님프의 해맑은 모습은 사라지고, 얼굴에 먹구름이 잔뜩 끼어 있는 것으로 봐 밤새 무슨 문제가 생긴 것이 분명했다.

허름한 기와집 내부를 개조해 식당으로 꾸민 손두부 집은 담이 없고 파, 들깨, 배추 등이 심어져 있는 텃밭으로 둘러싸인 전형적인 시골집이었다. 음식 맛은 물론 푸근한 인심이 정겨운 집이다. 테이블마다 솥뚜껑에 들기름을 두르고 투박하게 자른 손두부들을 올렸다. 소위 '손두부전'이다. 추가로 칼칼한 두부전골 요리에 직접 담근 컬컬한 막걸리도 곁들였다. 김치도 맛깔나고 싱그러운 각종 산나물의 새콤달콤 고소함이 어우러진 맛에 모두들 탄성을 질렀다.

우린 식사 후 오후 햇살이 따사롭게 내리쬐는 나른한 툇마루에 걸터앉아 커피를 마셨다. 툇마루 앞에는 몽글몽글한 작은 돌멩이들이 깔린 마당으로 펌프와 대추나무, 둘레엔 코스모스 등 꽃들이 피어

있다. 커다란 플라타너스 두 그루가 그림자를 짙게 드리운 식당 앞
마당 왼쪽은 공터로 승용차 다섯 대가 주차해 있다. 마당 앞쪽은 2
차선 국도로, 건너편 너머엔 논과 밭이 1킬로미터 이상 펼쳐지고, 그
끝자락은 웅장한 산들이 턱 하니 어깨동무를 하고 있다. 파란 하늘
에는 뭉게구름이 유유자적 흘러가는 가운데 참매미들의 합창이 울
려 퍼지는 한가로운 전원풍경이다.

님프가 음료수 잔을 들고 내 옆에 와 앉았다.

"무슨 일 있어?"

"없어!"

나지막이 들리는 님프의 말에선 나른함이 배어 나왔다. 님프가 내
얼굴을 찬찬히 살펴보더니 입가에 씩 미소를 지었다. 그 미소는 꼭
내가 무슨 죄를 지은 것에 대한 용서의 느낌이 들게 했다.

2.

아침가리계곡 중간지점 폐교에 도착했다. 학교 입구(그 경계선이 모
호하지만) 양쪽에 버티고 선 느티나무가 손바닥만 한 교정에 그림자
를 짙게 드리우고 있었다. 교정이라야 전체가 칠백여 평 남짓의 큰
집 정원 같다. 교정 주위는 각종 나무로 울창하고, 나무 사이사이에
작은 나무와 이름 모를 꽃들이 울타리를 형성하고 있었다.

"야호! 정말 끝내준다. 아! 이 맑은 공기, 새소리, 물소리, 바람 소
리 정말 좋다!"

님프가 차에서 내리자마자 두 팔 벌려 환호성을 질렀다. 후배와

나를 제외하곤 다들 이곳이 처음이라 님프와 마찬가지로 감탄사를 연발했다.

이곳은 초미니 학교 샘플 같은 풍경이다. 텔레비전 드라마 세트장을 연상케 하는 목조 건물로 교실이라야 달랑 한 개뿐이고, 그 대각선 맞은편에 교무실로 이용했을 것 작은 방이 하나 있다. 바로 그 옆이 재래식 화장실로 문 대신 합판을 세워 임시방편으로 가렸다. 교실 끝에는 신기하게도 돌에서 물이 솟아오르는 샘이 있었는데, 그 양이 수돗물보다 많았다. 돌 웅덩이 가득 넘쳐흐른 물은 교정입구 반대편 아침가리계곡 쪽으로 흘렀다.

이곳은 폐교를 휘감아 도는 아침가리계곡의 중간지점이다. 계곡은 총 길이 20킬로미터에 평균 넓이가 10여 미터, 깊이는 무릎 정도지만 제일 깊은 곳은 사람 키를 훌쩍 넘는다. 말이 계곡이지 사실 산세를 따라 이리저리 휘돌아 흐르는 큰 시냇물이란 표현이 더 적절할 것이다.

우리가 이리저리 교정을 구경하고 있을 동안 후배는 계속 통화를 했다. 그렇게 10여 분이 지나자 폐교를 가꾸고 지켜나가는 털보아저씨가 도착했다. 우리를 반갑게 맞아 주시며 하룻밤 묵을 교실로 안내했다. 교실 복도를 따라 우측엔 수돗가가 길게 늘어서 있었다.

"특별한 경우가 아니면 교실을 개방하지 않지만 예쁜 손님들이 많아 특별히 빌려주는 겁니다."

여성들은 예쁘다는 말에 함박웃음을 지었다. 사실 이 폐교는 자연환경을 소중히 가꾸는 사람들에게만 민박을 허용하고 있다. 우린 여행을 사랑하는 후배 덕을 톡톡히 본 것이다. 교실 한가운데는 장작을 지필 수 있는 난로가 연통을 이고 있고, 벽장엔 이불과 매트리스가 깔끔하게 정돈돼 있었다.

우리는 미리 장을 본 식재료들과 짐을 풀고 저녁 식사를 준비했다. 시계가 오후 7시를 지나며 해도 기울었다. 쌀을 올리고, 찌개를 끓이고, 과일과 야채를 씻는 등 모두의 얼굴엔 즐거움이 가득하다. 난 장작을 구해 와 난로에 불을 지피고 교실마루 바닥에 신문지를 깔았다. 바람 한 점 없이 후덥지근한 한여름에도 숲은 해가 일찍 기울고 찬 기운이 돈다. 더욱이 이곳은 계곡 부근이라 더 춥다. 좋은 점은 날씨가 추워 모기가 거의 없다는 것이다. 교실 밖 수돗가에서 식기와 야채를 씻는 친구들은 간간이 부는 서늘한 바람에 윈드재킷 등 겉옷을 걸쳤다. 이제 밖은 손전등을 밝힐 정도로 짙은 어둠으로 물들어 갔다.

식사 준비가 끝나자 빙 둘러앉아 신문지 위에 세팅된 밥과 찌개, 각종 반찬 등을 곁들여 휴대용 가스버너에 삼겹살을 구워 상추에 싸서 맛있게 식사했다. 식사 후 설거지와 교실 정리를 하고 나서 남은 삼겹살과 찌개, 오징어, 과일, 야채, 과자 등 안줏거리와 맥주, 소주, 백세주, 와인 및 음료수 등을 쫙 펼쳤다.

님프가 내 옆구리를 툭툭 치더니 화장실에 간단다. 일행과 즐거운 대화를 하던 마야가 일어서려고 하자 님프가 계속 이야기하라며 앉힌다. 님프에게 랜턴을 쥐여 주고 따라나섰다. 달님이 방긋 웃는 교정은 그래도 어스름하게 보이지만, 나무가 무성한 교정 밖은 금방이라도 호랑이가 튀어나올 것 같은 어둠이다. 각종 풀벌레와 부엉이, 그리고 물이 흐르는 소리가 크게 들렸다.

님프는 나를 화장실 문 앞에서 멀리 떨어진 곳에다 보초를 세웠다. 밤하늘엔 수많은 별들이 우수수 쏟아질 것처럼 촘촘히 박혀 반짝이고 있었다. 님프가 모닥불을 피워 놓고 별들을 구경하고 싶어 했다. 교실로 들어가 두꺼운 겉옷을 걸치고 간이 의자와 음료수, 맥주, 안줏거리 몇 가지를 들고 마야와 함께 나왔다. 교정 한가운데 장작을 모아 불을 붙이자, 교실에 있던 동료들도 먹을 것과 마실 것을 들고 모닥불 주위로 빙 둘러앉았다. 검은색보다 더 새카만 밤하늘에 별들이 은하수를 이루고, 초승달 주위로 둥근 달무리가 형성됐다. 다들 정겨운 담소를 나누며 모닥불과 별님, 달님의 아름다움에 흠뻑 취해 갔다.

후배와 함께 교실로 들어가 코펠에 물을 끓이고 맥심커피 스무 봉지를 한꺼번에 탔다. 모두에게 종이컵을 나눠 주곤 커피를 분배했다. 커피 향이 교정 가득 퍼진다. 님프에게 커피를 건네자 눈을 동그랗게 뜨고 마야를 바라본다. 마야는 말없이 커피를 한 모금 마셨다. 님프가 다시 나를 봤을 때 미소를 지으며 커피가 담긴 종이컵을 쥐여 줬다.

"숲 속에서의 커피는 상상하지 못할 정도로 오묘해. 사막에서 길을 잃고 헤매다 지쳐 쓰러져 다 죽어가는 사람이 생애 마지막으로 맛보는 한 모금의 물맛이랄까! 게다가 숲 속에서의 커피 향은 우아하면서도 여유로운 사치를 선사하지. 숲에서 커피를 마시는 사람은 누구나 그 순간은 시인이 된다는 말씀."

님프는 커피가 든 종이컵을 두 손으로 꼭 쥔 채 입가로 가져갔다.

"아저씨! 별 떨어진다. 어 저기! 저기도!"

"저 별이 땅에 떨어지기 전에 소원을 빌어봐. 그럼 이뤄질 거야."

"정말? 언제?"

"언젠가 진심으로 강렬히 원하는 순간에."

님프가 본 이후에도 수십 개의 별똥별이 떨어지고, 모두는 말없이 숲 속의 평화로움을 만끽했다. 밤 11시가 지나자 모두는 교실로 들어가 잠을 청했다. 교실이 넓어 각자 편리한 대로 자리를 잡고 침구를 폈다. 내 왼쪽에 님프와 마야가 매트리스를 깔더니 누웠다. 피곤했는지 둘은 이내 잠이 들었지만, 난 한동안 뒤척이다 잠이 들었다.

3.

재잘재잘 지저귀는 새들 소리에 잠이 깼다. 아직 해는 뜨지 않았지만, 시계가 7시를 막 지나가는 어둠이 가신 아침이다. 님프가 내 등의 옷자락을 두 손으로 움켜잡고 자고 있다. 조심스레 천천히 남방을 벗어 놓고, 윈드재킷과 세면도구를 챙겼다.

한여름 이른 아침의 숲과 교정은 10여 미터 앞을 볼 수 없을 정도로 안개가 자욱했다. 낮에 햇살이 좋을수록 안개의 농도는 더욱 짙다. 샘물은 손이 시릴 정도로 차다. 세면을 한 후 계곡으로 들어가 바위에 걸터앉았다. 습기를 머금은 시원한 공기가 가슴을 상쾌하게 만든다. 바위 사이로 '콸콸' 흐르는 물과 '찌르찌르', '쪼로롱 휘익' 풀벌레와 새들이 먼저 나와 고즈넉한 분위기를 즐기고 있었다.

"야! 물안개다. 아저씨 뭐해?"

님프다. 말끔히 세수까지 하고 어제와는 달리 밝은 표정이다.

"아름답지? 가만히 숲에서 들려오는 소리들을 들어 봐."

님프가 곁에 앉더니 풀벌레와 새들이 지저귀는 소리에 귀를 기울였다.

"새소리 정말 좋다. 여긴 너무 깨끗하고 맑아."

우린 잠시 자연이 숨 쉬는 소리에 마음을 열었다.

"내가 가까이 와도 모르고. 무슨 생각했어?"

"고즈넉한 분위기에 취했나 봐. 릴렉스 하지 않아?"

"이런 곳은 처음이야. 정말 좋다. 아저씨 요즘 무슨 고민 있어? 말해 봐. 내가 해결해 줄게."

"없어."

"에이 거짓말."

님프가 내 얼굴을 빤히 들여다본다. 눈망울이 참 맑다. 혜진도 마야도 내 눈동자를 보곤 마음을 콕 집어냈었다. 요즘 고민에 빠져 있는 걸까? 하긴 꿈도 이상하고. 그렇다면 그녀들이 생각하는 나의 고민이 무엇일까.

"좋은 친구가 돼 줘서 정말 고마워."

"뭐? 내가?"

"그래 님프는 참 좋은 친구야. 복 많이 받을 거야."

님프 얼굴에 해맑은 웃음이 가득하다. 늘 지금 이 모습 그대로 살아가 쥤으면.

"아저씨 나 좋아하는구나. 그렇지?"

"당연하지 좋은 친군데."

윈드재킷을 벗어 님프 어깨에 걸쳤다.

"앞으로 살아가면서 그 무엇과도 바꿀 수 없는 님프만의 소중한 시간들이 온 우주에 펼쳐질 거야. 님프는 그 신나고 행복한 순간들을 맘껏 즐기면 돼. 그건 권리이자 의무야."

"고마워 그렇게. 그런데 아저씨는 힘들 때 어떻게 해? 왜 내 힘으로는 어쩌지 못할 때 있잖아."

"음! 그런 일이 있어서는 안 되겠지만, 만일, 만일 말이야 세상이 님프를 버린 것 같고, 원하는 것을 갖지 못하는 안타까운 시간이 다가오더라도, 그 시간을 버리거나 부끄럽다 감추지 말고, 있는 그대로의 시간을 포근히 감싸고 다독거리며 소중한 나만의 시간으로 만들어 봐. 비록 화려하지 않고 초라해도 그것은 님프 자신만의 시간인 거야."

"어렵다. 내가 어쩌지 못하는데 어떻게 나를 다독거리고 소중한 시간으로 만들 수 있어? 난 그럴 힘이 없는데."

"그럴 땐 가슴에 손을 얹고 곰곰이 생각해 봐. 그리고 마음이 움직이는 대로 하는 거야. 어쩌지 못하는 그 무엇이 마음을 안타깝게 하거나 아프게 할지라도 그것에 결코 굴복하거나 피하지 말고, 당당하게 님프가 결정한 대로 하는 거야. 님프는 매우 소중하고 아름답거든?"

"······."

잠시 침묵이 흘렀다.

"어! 여기들 있었네. 한참 찾았어요. 이곳 너무 좋아요. 주변을 산책했는데 공기도 신선하고, 새소리도 즐겁고. 진수 씨 후배가 식사 준비해야 한다고 하던데."

마야다. 시계가 8시를 지나고 있었다. 아침 식사 후 이스타나를 몰고 온 후배가 차를 몰아 도착지점으로 먼저 출발했다. 결혼보다 여행을 더 사랑하는 후배가 이곳 지킴이 털보아저씨께 답례로 담배 한 보루와 여분의 음식과 고기를 남겼다. 털보아저씨는 돈보다 인정이 담긴 것을 더 좋아하기 때문이다. 우리는 주변을 말끔하게 정리하고 트레킹 출발지점인 다리를 향해 출발했다.

우리가 걷는 오솔길은 폭 2미터 정도로 양쪽엔 포플러, 아카시아, 오동나무, 상수리나무 등이 죽 이어져 있고, 그 사이사이 무성한 풀과 이름 모를 꽃들이 피어 있었다. 모두들 콧노래를 흥얼거리며 자연이 선물한 신선한 공기와 아름다운 정취에 흠뻑 빠졌다. 20여 분을 걸어서 아침가리계곡 출발지점에 도착했다.

4.

드디어 출발. 맨 앞에 님프, 나, 마야, 이어 동료들, 맨 뒤에는 결혼보다 여행을 사랑하는 후배가 보조를 맞췄다. 처음엔 대부분 물속보다는 물가 쪽 모래변이나 돌 위로만 걸었지만, 길이 없는 곳을 건너야 하는 상황이 잦아지면서 물속을 걷는 것을 더 즐겼다. 청정지역이라 물속을 헤엄치는 송사리와 피라미 등 물고기가 훤히 들여다보일 정도다.

30분을 채 가기도 전에 뒤쪽의 사람들과 간격이 점차 벌어졌다. 후배는 선두에게 속도를 늦춰달라고 요청했다. 다들 원시림 광경에 흠뻑 취했는지, 아니면 힘이 들어 그런 것인지 말없이 앞만 보고 걷기만 한다. 흐르는 물길을 따라 걷는 동안 적막감이 자연과의 일체감을 느끼게 한다. 오로지 물소리와 새소리뿐, 대화조차 소곤거리게 만드는 분위기는 성스러움을 자아냈다.

출발 2시간 후 선두는 후미가 도착할 때까지 휴식을 취했다. 님프가 마야와 나에게 물을 뿌렸다. 별 반응을 보이지 않자 님프는 모자에 물을 담아 내 목덜미에 부었다. 웃으며 도망치는 님프의 모습이 매우 행복해 보였다. 우리가 걸터앉은 넓은 바위는 한쪽이 적당히 패여 물이 흐르고 있었다. 우린 그곳을 미끄럼틀 삼아 물속으로 뛰어들었다.

님프와 난 허리 깊이의 물속에 몸을 담그고 울창한 나뭇잎들로 인해 그림자가 드리워진 하늘을 향해 누웠다. 초록 물이 금방이라도 주르륵 흐를 듯한 나뭇잎 사이로 햇살이 좍 펼쳐진다. 청정의 푸르름에 눈이 시리다. 파란 물빛을 닮은 하늘엔 각양각색의 물고기들이 떠간다. 내 곁으로 다가온 님프가 물속 바닥을 들여다봤다.

"참 맑다! 물속이 다 들여다보여. 물이 나를 막 부르는 것 같아. 야! 물고기 좀 봐!"

님프는 어린아이처럼 함박웃음을 가득 머금고 물장구를 친다. 잠시 후 후미가 도착했다. 오이와 오렌지를 꺼내 지친 세포에 활력을 불어넣었다. 물에 젖은 몸을 따사로운 햇빛에 노출시켜보지만 계곡 바람은 차다. 쉬는 동안 체온을 유지하기 위해 겉옷을 하나씩 더 걸쳤다. 나른함이 감돌기 시작하기 전에 다시 출발했다.

갈수록 계곡의 숲은 울창한 초록빛을 더한다. 계곡은 점점 더 깊어가고 산은 높아만 간다. 트레킹 3시간이 지나자 지친 기색을 보이는 친구 몇 명이 보이기 시작했다. 님프와 마야는 지친 기색이 없고 오히려 얼굴 가득 즐거움이 넘쳐흐른다. 오후 1시가 조금 지나 식사 후 긴 휴식을 취했다. 숲에서 박새, 황조롱이, 소쩍새, 곤줄박이, 뻐꾸기 등이 합창을 하고, 물속에는 열목어, 어름치, 갈겨니, 퉁가리, 쉬리 등이 유유히 거닐고 있다. 하늘이 숲으로 둘러싸여 꼭 호수 같다. 1시간가량 휴식을 취한 다음 다시 출발했다.

맑고 차가운 바람이 가슴을 상쾌하게 해 주는 계곡은 넓을 뿐 아니라 깊고도 깊어, 들어갈수록 신비로운 광경을 펼쳐 보인다. 산세가 점점 약해지고 그림자가 옅어질 무렵 드디어 도로가 보였다. 또 다른 물줄기와 합쳐지는 종착점에 도착했을 때, 노란색의 이스타나가 우리를 반긴다. 시골 구멍가게 옆 수돗가 창고에서 교대로 젖은 옷을 갈아입고, 지친 체력을 보충하기 위해 토종닭 식당을 향해 출발했다. 차 안은 식당에 도착할 때까지 조용했다. 다들 피곤해서 꿈나라로 여행을 간 것이다. 또한 저녁 식사 후 서울로 향하는 차 안도 조용했다. 집에 도착했을 때는 밤 12시가 막 지나고 있었다.

5장

버려진 자의 슬픔

재미없는 세상을 재미있게

1.

샤워 후 소파에 앉았다. 님프와 마야는 도착하자마자 씻기가 무섭게 꿈나라로 여행을 떠났다. 창 너머로 보이는 밤하늘에 새털구름이 달빛에 고요하다. 8월의 끝자락이 아쉬운지 매미들의 합창 소리가 더욱 높아져 가는 이 밤, 세상 모든 사람들도 잠든 듯 너무도 적막하다.

지금 호주의 블루마운틴 숲을 혼자 걸어가고 있는 느낌이다. 하늘을 찌를 듯한 높이 100여 미터의 위용을 뽐내는 유칼립투스. 그 유칼립투스가 뿜어내는 푸른 안개로 뒤덮인 산. 공룡이 즐겨 먹던 소나무가 2억 년이 지난 지금에도 유유히 숨을 쉬고 있는 곳. 지금 그곳에 나 홀로 1천 미터의 절벽 위에 위태롭게 서 있는 느낌이다. 숨이 막혀 온다. 이대로 있다간 질식해 죽을 것 같다. 주방으로 내려가 커피메이커와 블루마운틴을 들고 올라와 커피 향을 피웠다.

갑자기 혜진이 보고 싶었다. 6년 전 모두가 잠든 고요한 밤, 향긋한 커피 향을 피워 놓고 밤새도록 소소한 이야기를 나누던 생각이 났다. 무슨 이야기를 주고받았는지 세세한 생각은 나지 않지만 매우 행복했던 시간들이었다. 오늘 밤 그 6년 전으로 돌아가 가슴 깊이 묻혀 있던 아릿함을 깨웠다. 아픔이 담긴 추억은 지우려 할수록 점차 미화되고 더욱더 강렬한 아름다움으로 가슴에 새겨지나 보다. 그래, 아름답고 행복했던 시간들만 기억하자. 미움과 사랑이 혼합된 감정에서 나 자신을 건져내 사랑했던 혜진만을 기억하자. 혜진에 대한 기억이 아릿한 안타까움으로 변해 내 영혼의 일부가 돼 심장을 갉아먹는다 해도.

휴! 이럴 때마다 손가락 하나 움직이질 못하는 텅 빈 공허함에 사로잡힌다. 생각하면 할수록 다른 세계의 블랙홀로 빨려 들어가 다시는 이 아름다운 밤하늘과 커피 향을 맛보지 못할 것 같다. 가슴에 응어리진 아릿함에 너무 집착하는 것은 아닌지……

창을 열고 창턱에 걸터앉았다. 후덥지근한 공기가 살갗을 파고든다. 이러다 세상에서 지워지는 존재가 되는 것은 아닐까! 가슴에 날카로운 비수를 꽂고 떠났으면 모든 것을 잊고 행복하게 잘 살 일이지 일기장을 왜? 혜진도 나처럼 가슴에 지우지 못하는 감정을 움켜쥐고 있나 보다. 그 감정이 나와 같지 않기를 또한 '사랑의 추억'이라는 명분으로 간직하고 있지 않길 바랄 뿐이다.

미움과 아픔과 미안함이 뒤엉킨 사랑의 추억이란 놈은 가슴에 짝 달라붙어 떨어질 줄 모른다. 한때 그 찌꺼기를 제거하고 싶어 술에 취해 보기도 하고, 목 놓아 울어 보기도 하고, 방황의 늪에 빠져 나를 잃어버린 적도 있었지만, 그때마다 나를 다시금 일으켜 세워 준 것이 바로 그 찌꺼기 같은 감정이었다.

실연의 늪에 빠져 있던 3년 전 어느 눈 내리는 새벽, 그 감정의 찌꺼기를 죽여 버리기 위해 어둠 속에 허연 입김을 내뿜으며 남산 정상에 올라 소리 없이 목 놓아 울었다. 그러면 그 감정이 사라질 것으로 믿었다. 얼마나 울었을까! 눈물 사이로 작은 불씨들이 곳곳에서 깜빡이고 있는 모습이 들어왔다. 회색 어둠에 잠긴 그 거대한 도시의 야경은 흡사 악마가 입을 크게 벌리고 희망을 집어삼키고 있는 것 같았다.

울음소리가 키잉키잉 금속성으로 변해 갈 즈음, 결국 그 감정은 나에게 등을 돌려 산 아래로 몸을 날렸다. 악마는 입을 더욱 크게 벌리고 나를 맛있게 집어삼켰다. 밀려드는 공포감에 맞서기 위해 두 손을 꽉 쥐었지만 온몸이 사시나무 떨듯 떨렸다. 얼마나 떨었는지 머릿속이 하얘지면서 정신을 잃었다.

죽는다는 것이 이런 것인가! 그때 난, 그 감정을 악마에게 선사하고 세상과 이별을 한 줄 알았다. 기뻤다. 그러나 누군가 나를 흔들어 깨웠다. 혜진을 꼭 닮은 어린 소녀였다. 그 아이는 울면서 내 가슴을 열더니 악마에게 주었던 감정의 찌꺼기를 도로 집어넣고는 자물쇠로 채운 후 내 손목을 잡아끌어 자신의 가슴으로 가져갔다. 얼음처럼 차다. 소녀의 몸이 얼음으로 변하면서 내 몸도 얼음으로 변해갔다.

내가 나를 보다니! 내가 얼음이 된 또 다른 나를 보고 있었다. 자살을 한 나를 보면 기쁠 줄 알았는데 슬펐다.

"그 아인 당신의 영혼이에요."

무섭도록 아름다운 눈동자다. 그녀는 얼음으로 변한 나에게서 소녀를 떼어 내 보듬고 흐느꼈다.

"어째서 죽였죠? 당신의 영혼은 당신 것이 아니야. 당신 마음대로 죽일 수 있는 권리가 당신에겐 없단 말이야."

그녀의 외침에 귀가 찢어질 듯이 아팠다. 무섭도록 아름다운 눈동자가 빨갛게 물들었다. 눈을 깜빡이자 빨간 눈물 한 방울이 얼음으로 변한 나에게로 튀었다. 동시에 내 몸이 산산이 부서져 허공으로 흩어졌다. 난 기절하고 말았다.

몇 년간 그 일을 까맣게 잊고 지냈다. 단지 그때 남산에 올라 잠시 잠을 자다 내려온 것으로 기억하고 있다. 다시 그 장면(꿈인지 현실인지는 몰라도)이 생각난 것은 자유로 와인바에서 무섭도록 아름다운 눈동자를 만나고부터다. 그 꿈속의 여인이 바로 무섭도록 아름다운 눈동자인 것이다. 그 이후로 고즈넉한 분위기만 형성되면 혜진에 대한 아릿한 감정이 미움보다 아픔으로 다가왔다. 기억의 끈을 몸에 칭칭 감고 세상을 등진 채 음울한 동굴에 들어 앉아 있는 기분이다. 그럴 때마다 따스한 눈빛으로 커피 향을 피우고 가슴을 달래보지만 가슴은 아리다.

2.

참새가 재잘재잘대는 아침이 밝아 왔다. 꼬박 밤을 지새운 것이다. 아래층으로 내려오니 님프는 학원, 마야는 잡지사로 출근할 준비를 끝내고 있었다. 열흘 후면 개학이라 님프는 할머니도 모셔 올 겸 내일 오후 미국으로 출국한다고 한다.

그녀들이 집을 나선 후 대청소를 했다. 밀린 빨래를 세탁하고 뒤뜰에 넌 다음 정원 흔들의자에 몸을 뉘었다. 뜨거운 햇살이지만 바람들이 휴식을 취하는 나무그늘 아래는 시원하다. 푸른 하늘과 구름, 바람과 나뭇잎 스치는 소리, 새들과 매미들의 대합창, 그리고 화창한 공기에 마음을 빼앗기면 나 자신을 잃어버릴 것 같아 빨래가 다 마를 때까지 책을 읽기로 했다. 홀로 남겨진 자가 꿈꾸기에 정말 딱 좋은 날씨다.

2층 서재로 올라가 수많은 책들 중에 리처드 바크의 《환상: 어느 메시아의 모험》을 빼 들었다. 대학 신입생 때 미래의 두려움으로 인해 방황할 때 심취했던 책이다. 그동안 주위나 기억에서 완전히 지워진 것이 어떻게 근 10년이 지나서야 눈에 띄게 됐는지 잘 모르겠다. 이삿짐을 정리할 때도 보지 못했었다. 가슴이 설 다. 풋풋하고 순수했던 그 시절의 감정을 엿볼 수 있을까!

정원으로 나와 흔들의자에 앉아 책을 들었다. 친근함에 마음이 설 다. 비닐이 씌어 있는 검은 책장을 넘기자 건조한 종이 냄새가 코끝을 자극한다. 당시에도 출판된 지 오래돼 빛이 좀 바랬지만, 그때보다 더 누렇게 변한 종이 위에 9포인트 정도의 조그맣고 까만 글씨들이 질서정연하게 누워 있다. '1977년 출판', '가격 1,000원'. 책장을 넘기자 군데군데 관심 대목에 밑줄이 그어져 있고, 습기가 침투한 흔적을 보여 주듯 번져 있었다.

하품과 동시에 기지개를 켜자, 한바탕 바람이 불어와 포플러가 심하게 흔들렸다. 순간, 주위의 모든 것이 사라지고 지평선이 펼쳐진 초원이 나타났다. 이어 '보옹' 소리와 함께 구식 트래블 쌍 날개 비행기 한 대가 뭉게구름을 뚫고 나왔다.

부우웅! 여름 끝자락을 몰고 다니는 바람결과 함께 들려오는 비행기 소리는 평화로움 그 자체였다. 쪽빛 하늘에 황금색과 백색의 낡은 트래블 4000기 한 대가 멋지게 공중선회를 하더니 레몬빛과 에메랄드빛이 섞인 건초 위에 미끄러지듯 소리 없이 착륙했다.

비행사인 도날드 쉬모다가 정중하게 나를 비행기에 태우곤 구름을 뚫고 서서히 창공 속으로 올라가더니 뒤집기, 크게 공중선회하기 등의 묘기를 부린다. 집이 성냥갑처럼 보였다. 기수를 아래로 향하자 어디서 나타났는지 진이가 우물가 뒤에서 앞다리를 쭉 펴고 기지개를 켠다.

도날드 쉬모다가 뭐라고 외쳤지만 바람 소리에 묻혀 버렸다. 몸이 붕 떠오르는 느낌이 들면서 비행기는 구름을 뚫고 급상승하기 시작했다. 두 눈 질끈 감고 손잡이를 단단하게 쥐었다. 온몸이 꽉 조여지면서 숨이 막혀온다. '씨이잉' 헬멧을 썼어도 바람 소리가 굉장하다. 이러다 내 몸이 산산이 부서지는 것이 아닌지……. 갑자기 바람 소리가 멎더니 비행기가 정지했다.

눈을 뜬 순간, 몸이 아래로 곤두박질치기 시작했다. 집이 점점 커져 와도 비행기는 멈출 줄 모르고 계속 아래로 아래로 질주한다. '와앙' 엔진 소리가 요란하다. 거리를 오가는 사람들이 우리를 볼까 조마조마했지만 그들은 전혀 우리를 알아채지 못했다.

진이가 피할 생각도 않고 정원 한가운데 버티고 서서 우릴 쳐다보고 있다. 비행기가 땅에 닿을 듯 스치자 도날드 쉬모다는 진이를 안아 올려 비행기에 태웠다. 그리곤 천천히, 아주 천천히 하늘을 날아 올랐다.

"이토록 느릿느릿하게 날면 떨어지는 거 아닐까?"

진이가 고글 안경을 쓰고 하얀 털을 휘날리며 태연하게 위쪽 날개 한가운데 앉아 세상을 내려다본다.

"와우!"

탄성이 절로 나왔다. 산과 강을 넘고, 바다 위를 한 바퀴 돌아 레몬 빛과 에메랄드빛이 섞인 건초 위에 미끄러지듯 소리 없이 착륙했다. 3달러를 지불하자, 그는 모자를 벗어 정중히 허리 굽혀 인사를 하곤 다시 비행기를 몰고 구름 속으로 사라졌다.

3.

눈을 떴다. 진이가 무릎 위에서 졸고 있고, 그림자는 더욱 짙어졌다. 예전에 정성 들여 읽은 책을 예상치 못한 곳에서 발견하면 오랜 친구를 만난 것처럼 즐겁다. 그렇지만 한 번 읽은 책을 다시 정독해서 읽는다는 것은 따분할 수도 있다. 물론 읽을 때마다 새로운 느낌을 받는 것은 사실이지만 추억으로 남겨진 책을 다시 읽으려면 과거의 느낌을 희생해야만 한다. 당시의 나를 지금의 기억으로 재현할 수 없기 때문이다.

또한 기억이란 놈은 늘 제멋대로여서 당시 밤새워 그 책을 읽으며 새로운 세계를 접했던 감명을 지워버릴 수도 있다. 그 느낌은 생각의 우주를 벗어나 두렵고 신비로운 세상을 여행하는 모험심과도 같다. 지금 이 책을 다시 펼친다는 것은 그만큼 작은 용기가 필요했다. 진이가 깨지 않도록 조심스레 책장을 넘겼다.

"……들판은 고요했다. 고요하고 드넓은 풀밭이 하늘 끝까지 펼쳐 있었다. 가까스로 들을 수 있던 소리라고는 작은 개울물 소리뿐이다. 다시 고독했다. 인간은 홀로 있는 것에 익숙해질 수 있지만, 단 하루라도 홀로 있는 일을 깨어버리게 되면 처음부터 다시 홀로 있는 일에 익숙해져야만 하는 것이다. …… 세상은 너의 연습장이다. 그 위에 너는 계산을 한다. 그건 실재가 아니다. 너는 네가 원할 경우 거기에 실재를 표현할 수도 있다. 너는 또한 무의미, 거짓말을 써도 그만이며 페이지를 찢어버려도 그만이다. …… 여기에 당신의 지상에서의 임무가 끝났는지를 알아보는 시험이 있다. 만일 당신이 살아있으면 끝나지 않은 것이다. …… 자유롭고 행복하게 살기 위해서는 권태를 감수하지 않으면 안 된다."

고독과 권태, 세상은 내 연습장, 자유롭고 행복한 삶이라……. 나도 리처드 바크처럼 도날드 쉬모다란 메시아를 만나 "너는 네가 하고자 하는 것은 무엇이든 해도 좋다. 너는 죽을 수도 없고 스스로 상처를 입을 수도 없다. 모든 것은 환상일 뿐이다"란 말을 듣고 싶다. 비록 이 책장 끝 부분에 적힌 것처럼 그 말이 전부 틀릴지라도.

4.

"뭐해? 어! 고양이도 있네. 진, 안녕!"

"언제 왔어?"

"좀 전에. 이거 무슨 책이야? 아주 오래된 것 같네."

"학원은?"

"아저씨 보고 싶어 빼먹었지."

입가에 웃음을 머금은 님프가 진이를 꼭 껴안아 머리를 쥐고 흔든다. 진이가 귀찮다는 듯 '냐아옹' 소리를 내며 님프의 품을 벗어나려 버둥거린다. 내가 걱정스러운 눈빛으로 바라보자 님프는 한심하다는 듯 진이를 내려놓으며 말한다.

"지금 몇 신 줄 알아? 4시야. 나 학원 3시에 끝나잖아."

그러고 보니 그림자가 옅어지고 바람결도 부드러워졌다.

"밥은? 안 먹었지?"

그러고 보니 아침과 점심을 건너뛰었는데도 배가 고프지 않다. 메시아가 강림하셨나! 혼자 중얼거린 말에 님프는 무슨 뜻이냐고 물었고, 난 말을 돌렸다.

"날씨 참 좋지?"

"그러게. 이렇게 좋은 날씨를 즐기지 않는 것은 죄야."

우린 똑같이 청바지에 하얀 셔츠를 걸치고 검정 샌들을 신었다. 단, 님프는 챙이 달린 옅은 하늘색 모자와 선글라스를 더 걸쳤다.

"좋은데. 꼭 연인 같다."

"이상하지 않아? 똑같이 입고 밖을 나선다는 게 좀……."

"뭐가? 난 선글라스와 모자를 썼고, 아저씨는 안 썼잖아. 뭐가 같다 그래."

"그래도……."

"나 참! 이 콘셉트는 아저씨가 즐겨 하는 것이잖아. 우리가 경복궁에서 처음 만났을 때도 이렇게 입었었잖아. 내가 아저씨 스타일에 한 번 맞춰 준다는데, 엄청 양보한 거다. 길에 나가서 나처럼 젊은 애들한테 물어봐. 누가 아저씨 스타일을……. 아마 억만금을 줘도 입지 않을걸! 안 그래요 아저씨?"

내 엉덩이를 툭툭 치는 님프의 얼굴엔 장난기가 가득하다. 평소 즐겨 하는 스타일이지만 오늘은 이상하게 어색했다.

무작정 밖을 나섰다. 거리는 더웠지만 가로수 아래는 시원하다. 건조한 날씨 탓에 그늘진 곳은 뽀송뽀송한 느낌이 들 정도로 화창한 늦여름의 오후다. 경복궁 돌담길을 지나 광화문 네거리에 위치한 교보생명 정문에 도착했을 땐 이마와 콧잔등에 땀방울이 송골송골 맺혔다. 손수건을 건네자 님프는 양손을 호주머니에 넣고 얼굴을 들이밀었다. 난 님프의 이마와 콧잔등을 가볍게 톡톡 두들겼다. 님프는 나지막이 콧노래를 부르며 교보문고로 들어갔다.

책 냄새는 늘 마음을 풍요롭고도 릴렉스 하게 해 준다. 우린 유람이라도 하듯 정치, 경제, 광고, 비즈니스, 비소설, 소설, 매거진 코너 등을 여행했다. 내일 미국으로 가는 님프에게 책을 하나 선물해 주고 싶었다. 《아무도 네 인생을 대신 살아주지 않는다》와 《매거진+현대편집 디자인》, 《매스미디어 정치경제학》, 《광고기획론》 및 《기업전략과 광고디자인의 원리》 다섯 권을 구입했다. 내가 책을 늘어놓고 이것저것 비교하면서 고를 동안 보이지 않던 님프도 어느 코너에선가 구입한 작은 쇼핑백을 들고 왔다. 시곗바늘이 절도 있게 6시를 지나가고 있었다.

프라자호텔 레스토랑에 들어선 우리는 시청 앞 광장과 덕수궁 전경이 잘 보이는 창가에 앉았다. 님프가 모자를 벗어 의자 위에 놓았다. 뷔페 코너로 가서 스테이크 한 조각과 야채를 담자, 님프도 나를 따라서 스테이크 한 조각과 야채를 담았다. 스테이크를 먹기 좋게 잘라 머스터드에 찍어 입으로 가져갔다. 어느 정도 포만감을 느꼈을 때 주스와 커피를 가져와 창 너머가 내려다보이는 거리의 정겨움을 감상하며 잠시 침묵을 즐겼다. 서점에서 구입한 책을 님프에게 내밀었다.

"비행기에서 봐."

"선물이야? 하나도 아니고 다섯이나! 이거 다 읽으려면 지구 몇 바퀴는 돌아야겠네. 고마워. 흐흐흐!"

님프는 입가에 함박웃음을 머금고 책들을 훑어보더니 눈을 동그랗게 뜨고 물었다.

"이걸 비행기에서 보라고? 뇌가 흔들리겠다. 이 디자인 책은 그래도 그림이 많아 볼 수 있겠네."

"뭔가 선물은 하고 싶은데 잘 몰라서 님프가 개인교습 받은 분야에서 골라 봤어. 앞으로 공부를 미국에서 할지 한국에서 할지, 대학 전공도 어느 분야를 생각하고 있는지 몰라서."

"내일 집에 가면 아빠 엄마가 분명 미국으로 다시 들어오라고 하실 텐데 어떻게 해야 할지 모르겠어. 사실 아빠가 호출해서 가는 거야. 분명 대학 문제일 거야."

"미국에서 살고 싶어 하는 사람들이 많은데 왜 한국에서 살려고 하지? 그리고 교육여건이나 시스템, 게다가 님프가 하고 싶은 일을 수준 높게 만끽할 사회적 인프라가 세계에서 가장 잘 갖춰져 있는 곳일 텐데."

"아빠가 미국에서 대학공부를 하라고 하시지만, 난 한국에서 살고 싶어. 언니가 한국에서 살 거고 할머니도 돌봐 드려야 해서. 아저씨 는 어떻게 생각해?"

"님프가 무엇을 하게 되든, 하고 싶은 것을 했으면 해."

"그래 그게 문제야. 과연 내가 무엇을 하고 싶을까?"

님프는 턱을 괴고 시선을 창 너머로 향했다. 어둠이 내리기 시작 하면서 가로등과 자동차는 빛을 밝히기 시작했다. 아직 8시가 되지 도 않았는데 계절은 짧아지고 있었다. 가을을 실은 마차의 종소리가 들려오는 듯했다. 조명이 옅어지고 테이블마다 양초가 불을 밝히기 시작했다.

님프는 모자를 만지작거리며 한동안 말이 없었다. 서른을 훌쩍 넘 긴 나도 지금 어디를 향해 걷고 있는지, 어느 길을 선택해서 무엇을 해야 할지 모르는데 하물며 님프는……. 분위기가 어색할 정도로 님 프의 표정은 심각했다. 늘 밝고 쾌활하던 아이였다. 나지막이 흐르는 클래식 음률도 점점 무거워지는 공기를 어쩌지 못해 밖으로 나왔다.

밖은 더웠지만 공기는 상쾌했다. 택시를 타고 집 근처에 내려 슈 퍼에서 아이스크림과 포도 주스, 초콜릿, 캔맥주, 우유 등을 샀다. 님 프는 내가 물건값을 치를 때 아이스크림 한 개를 들고 먼저 밖으로 나가 천천히 걸어가고 있었다. 난 오른손엔 책이 든 쇼핑백, 왼손엔 슈퍼에서 구입한 물건이 든 비닐봉지를 들고 뒤를 따랐다. 땅을 보고 걷는 님프의 어깨가 가냘파 보였다.

님프를 지나쳐 뒤로 돌았다. 여전히 생각에 잠긴 님프를 바라보며 난 뒤로 걷기 시작했다. 조덕배의 〈그대 내 맘에 들어오면은〉을 흥얼거리며.

"아저씨 조심해!"

엉덩이와 등에 타격이 오는 동시에 하늘이 노랗게 보였다. 차량과 오토바이 진입차단 턱에 걸려 넘어진 것이다. 아프기보다는 웃음이 터졌다. 내친김에 땅바닥에 드러누워 하늘을 봤다.

"하늘에 별이 별로 없네. 달님이 너무 밝아서 그런가?"

님프는 허리 숙여 내 표정을 살피더니 근심스레 입을 열었다.

"괜찮아? 어디 아픈 데 없어?"

"아니 편해. 덕분에 정말 오랜만에 편안함을 맛보고 있는 걸."

흩어진 책과 물건들을 주워 담은 님프가 나를 부축해 일으켰다.

"무슨 고민 있어?"

"없어."

옷에 묻은 흙을 툭툭 털고 쇼핑백과 비닐봉지를 양손에 들었다. 님프가 미소를 지으며 내 팔을 잡곤 팔짱을 꼈다.

"고민 있는 거 맞지? 이야기해 봐. 내가 들어 줄게."

눈망울이 맑다. 맑고 깨끗한 느낌을 담고 있는 그 아이의 눈을 들여다보면 가슴이 따스해져 온다.

"어느 날 화창했던 날씨가 갑자기 흐려지면서 '후두둑 쏴아' 소나기가 퍼붓는 거야. 비를 피하려고 이리저리 뛰었지. 머리카락에서 빗방울이 뚝뚝 떨어지고 옷이 반쯤 젖었을 때 처마 밑으로 피할 수 있었지. 소나기여서 곧 그칠까 싶었지만 더 쏟아지는 거야. 바로 전 나처럼 비를 피해 이리저리 뛰는 사람들이 시야에 들어왔어. 웃으면 안 되는데 자꾸 웃음이 나는 거야. 비를 피해 이리저리 허둥대던 내 모습이 상상되더군. 비참한 기분이 들었어. 하늘이 내려 주시는 아름다운 빗방울조차 두려워 숨을 곳을 찾다니. 살갗에 달라붙은 옷은 또 얼마나 불편하던지. 분명 내가 아닌 또 다른 내가 나를 조정하는 기분이었어. 그래서 또 다른 나를 씻어 버리기 위해 빗속으로 걸어 나왔지. 온몸은 흠뻑 젖었지만 마음은 날아갈 듯 상쾌하더라고."

"나도 비가 내릴 때 우산 없이 걸어볼까?"

"안 돼! 요즘은 산성비라 머리카락이 다 빠진대요. 아니다. 님프는 대머리가 돼도 예쁠 거야. 아하하하!"

팔을 잡은 님프의 손에 힘이 꽉 들어갔다.

"이렇게 걸으니까 꼭 연인 같다 그치? 그 노래 가르쳐 줘. 나중에 나도 활용해야지."

님프의 목소리가 밝아졌다.

5.

집에 도착하자 휴대폰이 울렸다. 마야다.

"회식이 길어져서요. 12시가 넘어야 끝날 것 같은데, 죄송하지만 마중 나와 줄 수 있죠? 집에 거의 도착할 때쯤 다시 연락할게요."

10시 30분이 지나고 있었다. 음악 볼륨을 최대한 낮췄다. 커피메이커에 전원을 연결한 다음 블루마운틴을 내리고, 님프에게 선물할 책마다 첫 장에 친필로 '재미있는 세상을 더 즐겁게'라는 문구 아래 이름과 날짜를 적었다. 커피 향이 에어컨의 냉기를 타고 은은하게 퍼져나간다.

연푸른 잠옷 차림의 님프가 수박과 포도 주스를 쟁반에 담아 올라왔다.

"아저씨 뭐 해? 수박 먹자."

"짐은 다 꾸렸어?"

"응. 음, 멋지게 살아라. 좋은데!"

앉은뱅이책상 앞에 앉아 각 책장을 들춰 보던 님프는 입가에 씨익 웃음을 짓더니 주머니에서 뭔가를 꺼냈다.

"선물."

님프는 초록색 넝쿨 종이로 예쁘게 포장한 손바닥만 한 크기의 물건 두 개를 책상 위에 올려놓았다.

"하나만 골라."

"하나만?"

"하나만."

왼쪽에 있는 것을 집어 정성스레 포장지를 벗겼다. 공방에서 만든 통가죽 지갑이다. 앞은 새 그림, 뒤는 '님프&진수' 글씨가 음각으로 새겨져 있었다. 지갑 한쪽은 카드 여러 장을 꼽을 수 있게 돼 있고 다른 쪽은 지퍼가 달려 동전 등을 넣을 수 있다.

"역시. 뭔가 통하네."

다른 것도 똑같은 새 그림의 통가죽 지갑으로 뒤쪽엔 '진수&님프'가 새겨져 있었다.

"이건 내가 영원히 간직할 거니까. 그건 아저씨가 영원히 간직해."

수박은 시원하고 달콤했다. 또 한 조각을 집으려다 손을 멈춘 님프가 입을 열었다.

"아저씨가 보기엔 내가 어떤 존재 같아? 내가 뭘 했으면 좋겠어? 언제쯤이면 이런 고민에서 자유롭게 될까?"

"존재라! 님프는 그 무엇이나 그 어떤 것에 의해 가치가 주어지는 존재가 아니라 실존하는 존재라고 생각해."

"실존? 카뮈나 사르트르 할아버지?"

"어! 읽어 봤구나. 그래 신이나 누군가에 의해 자신의 운명이 결정지어진 것이 아닌, 스스로 자신을 소중한 존재가치로 키워 가고 만들어 가는 실존."

"아빠는 내가 의대에 갔으면 하나 봐. 겉으로는 내가 하고 싶은 것을 하라 하시지만, 은근히 의사가 되면 노후까지 생활이 보장된다는 말을 흘려. 아마 내가 여자라서 아빠 눈에는 엄마처럼 약하게만 보이나 봐. 언니가 미국에서 직장생활을 하면서 인종 차별 때문에 힘들어하는 모습을 본 적이 있거든. 아무리 아빠가 도와준다고 해도 언니 생활의 즐거움까진 줄 수가 없어. 나도 나를 소중하고 가치 있는 사람으로 키워 가고 싶어. 하지만 내가 어떤 사람이 되고 싶은지,

그 어떤 사람이 되기 위해선 어떻게 해야 하는지 생각만 해도 머리가 아파. 지금은 아빠 말이 옳은 거 알아. 옳은 것을 하려면 미국에서 의대를 가야만 해. 하지만 내가 하고 싶은 것은 아냐. 그렇다고 하고 싶은 것이 무엇인지 분명하지도 않고."

"님프의 인생은 이제부터 되고 싶은 사람과 그 사람이 되고자 하는 노력의 중간 과정의 연속이 될 거야. 그 노력의 과정엔 온갖 고통과 슬픔이 깔려 있지. 님프가 한 단계 오르려고 할 때마다 그것들은 자신을 은폐시키고 있다가 보이지 않는 힘으로 용기를 빼앗고, 부정적인 감정을 갖도록 마술을 부려. 간혹 자신의 모습을 나타내기도 하지만 극히 드물지. 그럴 때는 상대가 매우 약해져 있을 때야. 왜냐하면 그 고통과 슬픔은 겁이 많고 나약해서 항상 숨어서 상대방의 뒤를 공격해야만 하거든. 그러니까 어떤 사람이 되고자 노력할 때는 용기가 필요해. 그래야만 님프의 노력을 파괴하려는 고통과 슬픔을 이길 수 있어. 용기란 남에게 자신의 힘을 과시하거나 약자를 돕거나 좌절의 늪에서 어둠을 헤치고 나오는 것이 아니라, 님프가 꼭 되고자 하는 것을 이루기 위해 단 하루라도 님프의 모든 것을 다 받쳐 실행하는 것이란다."

커피 한 모금 마시며 들릴 듯 말듯 귓전에 머무는 음악에 귀를 열었다. 맨하탄스(Manhattans)의 〈Kiss And Say Goodbye(키스로 안녕을)〉다. 다른 노래들은 잘 들리지 않더니……. 님프가 수박 한 조각을 나에게 권하고 자신도 한 입 베어 물었다.

"지금의 나를 바꿔야 할까? 지금의 난 너무 용기가 없는 것 같아.

내 마음을 잘 돌봐 주고 아껴 줘야 하는데 아픔만 주는 것 같아. 나를 또 다른 나로 어떻게 바꿔야 할지 모르겠어. 지금의 내 모습 말고는 생각이 안 나."

"아저씨가 보기에는 지금 그대로의 모습이 가장 아름다워. 님프는 분명 이 세상 그 무엇보다도 자신을 사랑하고 소중히 여길 거야. 지금은 여러 갈래 길에서 어느 길로 가야 할지 고민하고 있겠지만, 곧 결정하면 자신의 꿈을 이루기 위해 님프가 영향을 미치는 모든 영역의 지식이나 지혜 등을 배낭에 집어넣고 휘파람 불며 여행을 떠날 거야."

"여행?"

"그래 여행. 여행을 하다 보면 깊은 강과 골짜기와 험준한 산도 만나겠지. 되고자 하는 사람이 되기 위한 노력도 결국 그런 여행의 한 과정이야. 그래야 인생이 스릴 있고 즐겁지 않겠어? 인상을 찡그리고 부정적으로만 세상을 대한다면 얼마나 비참한 인생이겠어. 생각만 해도 끔찍하다. 아하하하!"

"인생을 즐겁게 여행하라?"

"그래 그거야. 그냥 즐거운 것이 아니라 자신이 되고자 하는 사람이 되기 위해 노력하는 과정을 즐기라는 거지. 자신을 사랑하는 마음으로 인한 고민과 갈등은 인간의 특권이야. 인간이 자신의 존재 가치를 높이려고 노력하는 것은 아름다운 거고. 고로 현재의 님프 모습이 가장 아름다운 거야."

나도 예상하지 못한 말들을 님프에게 했다. 아무리 생각해도 내 기억의 창고엔 이런 말들이 저장된 적이 없다. 어쩌면 님프가 아니라 나 자신에게 말하고 있는 것인지도 모른다. 늘 가슴 한편에 찌꺼기처럼 들러붙어 있는 혜진에 대한 생각과 그로 인해 마음을 안타깝게 하는 것에 대해 도도하고 냉정할 필요가 있지만, 그러지 못하고 있는 나 자신이다. 시퍼렇게 날이 선 칼날 위를 걷는 듯한 아릿한 감정에 짓눌려 자신을 포기하려고 한 자가 아름답고 순진무구한 감성을 지닌 님프에게 이런 말을 하다니. 내가 너무 가식적인 가면을 쓰고 있다고 생각했다. 님프가 책상을 탁 쳤다.

"무슨 생각해?"

"어! 미안. 뭐라 그랬어?"

"아저씨는 어떤 사람이 되려고 했냐고."

"글쎄! 한마디로 단정할 순 없지만 무슨 일이든, 무엇에건 목숨을 거는 사람. 내가 어떤 분야에서 일할지는 몰라도 그 분야에서 최고의 사람."

"그래서 최고가 됐어?"

"신문이나 잡지 편집 분야에선 최고라고 생각해. 남들이 인정을 해 주진 않아도 지인 몇몇은 인정해 주거든."

"그래? 그럼 지금의 아저씨는 만족해?"

"그게 문제야. 즐거운 여행을 하려면 만족감이 동반돼야 하는데 말이야. 아마 난 자기 철학사상이 엷은 것 같아. 최고의 자리에 올라가려면 자기 철학이 있어야 하는데 아직 나만의 철학 세계를 만들지 못한 것 같아. 어떤 영역이든 일가를 이룬 사람들은 자기 철학을 통해 세상을 볼 수 있는 안목과 사상을 지니고 있거든."

"음! 역시 고민이 있는 게 분명해. 내 고민을 잘 들어 주고 설명도 잘하는 것 보니까 아저씨 문제도 곧 해결되리라 믿어. 아저씬 어떤 사람이 좋아?"

"어렵군. 지각 안 하고 일 잘하고 성실하며 매사에 깔끔하고 실수도 안 하는 사람보다는 약간 실수도 하고 가끔 지각도 하며 좀 모자라 보여도 함께 일하면 즐거운 사람."

"맞아. 나도 그렇게 생각하지만 일을 같이 안 해도 함께 있으면 즐거운 사람도 좋아. 아저씨가 날 좋아하는 거 보면, 우리 둘 다 그런 부류? 호호호!"

님프는 뭐가 그리 즐거운지 눈을 흘기며 내 오른손을 쥐고 흔들어 댔다. 휴대폰이 울렸다. 마야다. 시간이 새벽 12시 25분을 알리고 있었다.

매미 울음소리가 더위를 식히는 골목길 끝 가로수 벤치에서 마야를 기다렸다.

"아까 고마워. 그렇게 진지한 말을 해 준 사람은 아저씨가 처음이야. 나중에, 아주 나중에 내가 어른이 되더라도 아저씨가 지금처럼 이야기해 주면 좋겠다."

택시 한 대가 우리 앞에서 멈췄다. 님프가 달려가 마야의 품에 안긴다. 활짝 웃으며 꼭 끌어안는 마야의 모습이 꼭 엄마 같다.

"그대 내 맘에 들어오면은……."

콧노래를 부르며 저만치 앞서 가던 님프가 뒤돌아서더니 랜턴으로 하늘을 비추며 빨리 오라고 손짓한다. 가는 여름을 아쉬워하는 매미 울음소리가 애처로이 울려 퍼지는 평화로운 8월 말의 한여름 밤이다.

잊혀진 또 다른 사랑

1.

공항에서 님프는 영원한 이별을 하는 것처럼 내 가슴에 얼굴을 묻곤 눈물을 흘렸다. 주위 사람들 시선은 아랑곳하지 않고 인천공항 대기실에서 탑승방송이 나오기 전까지 10여 분간 그랬다. 방송이 나오자 손수건을 꺼내 눈물을 닦고 마야와 포옹한 다음 언제 울었느냐는 듯 활짝 웃으며 탑승구 안으로 들어갔다. 마야와 난 서로 마주보고 소리 없이 웃음을 터뜨렸다.

마야는 님프의 짐들을 서울 본가로 옮겼다. 다음날 수요일, 눈을 뜨니 오전 11시다. 딱히 갈 곳도 할 것도 없어 그런가! 이런 상황에 놓이면 의지보다 몸이 먼저 아나 보다. 님프가 있을 때나 직장에 다닐 때는 정확히 아침 6시 30분에서 7시 사이에는 눈이 떠졌었다. 아래층으로 내려가 음악을 크게 틀어 놓고 샤워를 한 다음 토스트에 딸기잼을 듬뿍 발라 아침 겸 점심을 해결했다.

아래층에 있는 창이란 창은 다 열어젖혔다. 까치, 참새, 이름 모를 새 등이 눈부신 햇살을 찬양하듯 지저귀는 가운데 방충망에 곤충들이 당당하게 붙어 있다. 목이 터져라 악을 쓰던 매미들이 소풍을 갔는지 조용하다. 바람에 실려 오는 풀냄새가 향긋하다. 무더운 여름 한낮, 뭉게구름을 몰고 다니다 지친 바람이 잠시 나뭇가지에 걸터앉아 쉬나 보다. '샤르르' 나뭇잎 소리가 한가로운 날씨를 더욱 한가롭게 만드는 세상, 모든 사람들이 소풍을 간 듯 고요하다. 블루마운틴을 머그컵에 담아 머리맡에 놓고 침대에 큰대자로 누웠다.

"오늘부터 침대에서 잘까!"

창을 넘어 들어온 노란 바람이 에어컨의 파란 바람을 타고 나의 머리카락과 살갗을 실크감촉으로 휘감았다. 지그시 감긴 눈은 한동안 햇살을 거부했다.

"이러다 영원히 잠드는 거 아냐?"

벌떡 일어났다. 이럴 땐 진이라도 나타났으면 좋으련만. 하루 내내 휴대폰은 침묵을 지키고, 텅 빈 집은 무료한 여름날의 오후를 나에게 선사하고 있었다. 정원은 푸르름으로 가득하고, 강렬하게 내리쬐는 햇살에 잎사귀들은 보란 듯이 더욱 강렬하게 푸른 기운을 뿜어내며 콧대를 세웠다. 뒷짐을 지고 천천히 우물가를 한 바퀴 돌아 뒤뜰로 갔다. 무성한 잎들 사이로 빨간 장미들이 담장 아래서 고개를 살짝 숙이고 배시시 미소를 짓고 있었다.

"지금껏 이 장미를 왜 보지 못했을까?"

초록 바탕에 점점이 박힌 장미는 핏빛보다 더 진했다. 이 푸른 나무들과 장미는 누가 봐 주거나 불러 주지 않아도 스스로 자신을 정성껏 가꾸고 있었다.

2.

8월 마지막 한 주의 난, 이 세상에서 완전히 잊혀진 존재로서 악몽조차 찾아오지 않았다. 친구, 선후배, 님프, 마야, 들고양이, 휴대폰조차도 나를 잊었다. 단지 빵과 우유를 사기 위해 슈퍼에 갔을 때, 점원이 내가 살아 있음을 상기시켰을 뿐이다. 차라리 무섭도록 아름다운 눈동자라도 만났으면 하고 바랄 정도로 외로움과 고독감에 사로잡혀 있었다.

9월이 왔다. 일주일 동안 집에서 꼼짝 않고 소설이랍시고 되지도 않는 글만 써 댔다. 뭐라도 하지 않으면 미쳐 버릴 것만 같기도 하지만, 느닷없이 스치는 잔상들이 너무도 많은 여운을 남기기 때문에 기록을 하고 있는지도 모른다. 기억이란 놈은 늘 제멋대로여서 시간이 흐른 뒤엔 지금의 나를 완전히 다른 괴물로 만들어 놓을 수도 있다. 그러면 슬플 것이다. 지금의 난, 시간이 흘러도 지금의 나로 남겨 두고 싶다.

누군가 말했었다. 길을 걷거나 담소를 나누거나 혹은 사색을 하다 스치는 잔상들이 여운을 남길 때 어떤 사람은 그냥 흘려보내고, 어떤 사람은 가슴에, 어떤 사람은 일기장에, 어떤 사람은 카메라에, 어떤 사람은 악보에, 어떤 사람은 원고지에, 어떤 사람은 화폭에 담는다. 그리고 필름, 악보, 원고지, 화폭에 담긴 그 잔상들은 많은 사람들로 하여금 가슴 벅찬 여운으로 기억돼 행복한 얼굴로 내일을 맞게 한다고.

혜진은 어디서 뭘 하고 있을까! 갑자기 혜진의 함박웃음이 떠올랐다. 그럴 때마다 지독한 불면증에 시달렸다. 혜진의 얼굴을 지우려고 애쓰던 3년 전 어느 날 밤. 일기장을 펼치고 혜진과 사랑에 빠져 있던 과거의 나를 불렀었다. 정확히 혜진이 떠나고 2년간 방황의 늪에서 허우적거리다 막 빠져나온 어느 겨울날이었다. 혜진과 사랑에 빠져 있어 행복함이 그득한 과거의 나와 실연에 빠져 퀭한 몰골을 한 3년 전의 난, 커피 향이 공간을 꽉 채울 동안 말없이 마주 앉아 있었다. 얼마간의 시간이 흐르자 3년 전 내가 창을 열어젖혔다. 그러자 어둠 속에 웅크리고 있던 차디찬 바람이 기다렸다는 듯 머리카락을 헤치고 두 볼을 감싸고 돌았다.

"겨울인가! 그렇다면 내가 너를 부른 것이 아니라, 과거의 네가 나를 끌어들인 건가?"

혜진과 사랑에 빠져 있던 과거의 난, 대답 대신 3년 전의 나를 이끌고 검은 눈으로 뒤덮인 남산 위에 올랐다. 당시 발아래로 보이는 세상은 거대한 어둠의 침묵 속에 잠겨 있었다. 귓가엔 '쌩쌩' 바람 소리와 입가에선 허연 입김이 흘러나오지만 잠옷 차림에 맨발이었던 3년 전의 난, 전혀 춥지 않았다.

온 세상을 어둠 속에 가둬 놓을 것처럼 검은 눈송이가 하나둘 내리기 시작하더니 이내 펑펑 쏟아졌다. 순간, 검은 눈발 사이로 길게 늘어져 질주하는 불빛 선이 희미하게 보였다. 어둠이 온 우주를 집어삼키는 가운데서도 그 불빛들은 격렬히 저항하고 있었다. 3년 전의 난, 온 우주가 까만 어둠에 포근히 먹혀들어가는 광경을 바라보면서 평화롭다는 생각을 했다. 검은 눈이 머리에 쌓여 가는 만큼 그 느낌은 점점 더 강렬하게 가슴을 점령해 들어갔고, 눈꺼풀은 점점 클로징 돼 갔다. 아! 이 검은 평화가 지속될 수 있기를…….

검은 허공에 빨간 벼락이 '번쩍' 하더니 곧이어 천둥소리가 온 천지를 뒤흔들며 혜진이 나타났다. 그러자 혜진과 사랑에 빠져 있던 과거의 내가 권총을 꺼내 3년 전 나에게 불을 뿜었다. 가슴이 터지고 핏방울들이 사방에 둥실 떴다. 뒤뜰에서 보았던 빨간 장미 더미가 생각났다. 허공에 촘촘히 박혀 정지한 핏방울 중 하나를 손으로 잡으려 하자, 모든 핏방울들이 화살처럼 일제히 나를 향해 돌진했다.

3.

눈을 떴다. 온몸이 땀으로 흥건하다. 눈이 부시다. 햇살이 창을 뚫고 들어와 집 구석구석을 샅샅이 수색하고 있는 가운데, 매미들이 일제히 고래고래 소릴 지르며 귀청을 두들기기 시작했다. 내 귀가 자기들 북인 줄 아는 모양이다. 몸을 일으키려고 했지만 손가락 하나 까닥할 수가 없다. 눈망울만 슬금슬금 움직일 뿐 한동안 자리에서 일어나지 못했다.

찬물로 샤워를 하면서도 방금 꾼 꿈의 여운이 뇌리 한 곳에 웅크리고 앉아 공포스러운 느낌을 톡톡 던지고 있다. 아직 허공에 촘촘히 떠 있는 빨간 선홍빛 핏방울들이 눈앞에 있는 것 같다. 샤워기에서 핏방울이 쏟아지면 어쩌나 하는 두려움에 서둘러 나왔다.

왜 그런 느낌, 전혀 경험해 보지 않았어도 알 것 같은, 그런 애매모호함. 과연 그 느낌은 무엇이며, 그 공포감은 어떻게 과거의 회상을 통해 지금의 나에게 찾아왔을까? 가슴이 터져 나갈 것 같다. 혜진과 사랑에 빠져 있던 과거의 나와 3년 전의 난 꿈속에서 어떻게 됐을까? 그리고 혜진은? 불과 5년과 3년 전의 나, 그리고 지금 나와의 간격이 수백 광년이나 멀어진 느낌이다. 그 느낌의 공간에 수천 톤의 공허함이 쿵 하고 내려앉았다.

문득 과거의 내가 가지 않은 길을 여행하고 싶어졌다. 냉장고에서 캔맥주를 꺼내 입에 쏟아 부었다. 차디찬 액체가 식도를 타고 흘러내리며 뒤쪽 뇌를 자극한다. 그 자극은 따뜻한 집에 있다 영하 20도의 거리로 나오자마자 '훅' 하고 뇌를 자극하는 느낌과 비슷하다. 전에도 이런 자극을 받은 적이 있다. 난 이런 감각적인 느낌을 간혹 즐기나 보다. 이제는 지금의 나를 잘 모르겠다. 하물며 과거의 나나, 미래의 나는…….

지금의 나를 세포 하나하나마다 꼼꼼히 각인시켜야겠다. 그리고 기억이란 놈이 제멋대로 기록을 왜곡하지 못하도록 잔상이 스칠 때마다 나와 나 이외의 모든 것과 눈에 보이는 것뿐만 아니라 그 여운까지 기록해 둬야겠다. 비록 다음날, 그다음 날이 돼서도 나 자신에게 왜 살아가는지에 대한 답을 주지 못해도 말이다.

9월 둘째 날. 여느 때와 마찬가지로 오전 11시쯤 일어나 샤워를 한 다음 유리그릇에 계란을 풀어 파와 양파를 잘게 썰어 넣고 후추, 설탕, 소금도 적당히 쳐서 잘 섞었다. 프라이팬에 버터를 두르고 조심스럽게 부었다. 미리 노릇하게 구운 샌드위치 빵에 계란프라이를 올리고 우유도 따끈하게 데웠다. 동시에 비타민 보충을 위해 슈퍼에서 구입한 토마토를 두께 1센티미터 정도로 썰어 접시에 예쁘게 담아 설탕을 뿌렸다.

식탁에 앉아 최대한 품위 있게 식사했다. 혼자 식사할 때면 샌드위치든 과일이든 최대한 격조 있게 먹으려고 애썼다. 비록 늦긴 했지만 세상이 나를 잊어버리거나 무시해도 난, 나 자신을 가치 있고 소중한 본질로서 대접해 줘야 할 의무와 권리가 있다고 다짐했기 때문이다.

4.

드디어 휴대폰이 울렸다. 꼭 열흘만이다. 너무도 기쁘고, 한편으론 어색한 나머지 휴대폰을 귀에 대고도 한동안 말을 잇지 못했다. 꼭 망망대해 무인도에서 표류하다 그곳의 생활에 익숙해질 무렵 지나가는 배를 발견한 기분이다.

"여보세요! 여보세요! 선배. 진수 선배. 아닌가? 이 번호가 맞는데!"

휴대폰이 끊겼다. 이 당혹감이란! 세상과 연결된 마지막 실이 뚝 끊겨 깊은 벼랑 아래로 떨어지는 기분이다. 한동안 멍하니 서서 초점 없는 시선으로 휴대폰을 애처로이 쳐다봤지만, 휴대폰은 다소곳이 눈을 내리깔고 점잔만 뺏다. 온몸에서 기운이 쭉 빠졌다.

링링링! 링링링! 다시 휴대폰이 울렸다.

"저, 혹시 진수 선배 아니세요?"

신문사 후배 '전천후'였다. 그녀는 기자생활을 하다 그만두고 출판사를 경영하면서 프리랜서로 대필 작가 겸 광고 카피라이터로 활동 중이다. 전천후는 정치, 경제, 사회, 문화, 연예 등 어느 부서에서도 취재가 가능하고, 게다가 편집기자도 수행할 수 있는, 말 그대로 올라운드 플레이어라 붙여진 닉네임이다.

이 친구는 내가 현재 쉬고 있다는 소식을 선배에게 듣고 광고 기획과 카피를 파트타임으로 부탁하려고 연락을 한 것이다. 그 일은 본인이 직접 처리할 수도 있고, 설령 다른 프로젝트와 겹쳐도 회사 직원들에게 맡기고 자신이 컨트롤만 해 주면 충분하다. 자신에게 들어 온 일을 나에게 밀어주려고 한 것 같아 정중히 사양했다.

"선배 왜 그래. 페이가 적어서 그래? 그 정도면 A급 수준인데."

"아니! 과분하지. 갑자기 일이 생겨서. 다음에 건수 생기면 연락 줘. 그보다도 오랜만에 연결됐으니 차나 한잔하자."

청바지에 흰 티셔츠, 검정 샌들을 신고 약속장소로 나섰다. 도산 공원 옆, 녹음이 우거진 노천카페에 도착했을 때 약속시간보다 30분 먼저 도착했다는 것을 알았다. 갑자기 '느긋한 시간'이란 서비스를 받은 기분이다. 그림자가 옅어지는 나른한 늦여름 오후, 모카커피와 이코노미스트 매거진, 빨간 장미 한 다발을 테이블 위에 놓았다. 그리곤 내리쬐는 햇빛과 매미 소리를 배경 삼아 의자에 몸을 깊숙이 맡기고 두 다리를 쭉 뻗은 채, 지그시 눈을 감고 기다림의 기쁨을 만끽해 보기로 했다.

후배는 회사동료로 나의 첫사랑과 실연, 그리고 방황을 옆에서 지켜본 친구다. 당시 후배는 나의 방황을 보다 못해 커플 반지를 빼앗아 없애 버렸다. 내가 반지를 돌려달라고 할 때마다 한강에 버렸으니 잊으라고 했다. 1년 반이 흐른 후, 내가 어느 정도 현실에 적응하기 시작하고 표정이 밝아졌을 때 후배는 그 반지를 돌려주면서 "선배가 처리해야 할 것 같아서"라고 했다.

지금 난, 잊고 싶은 나의 슬픈 과거를 속속들이 알고 있는 사람을 기다리고 있는 중이다. 그녀에게 고마움을 전해야만 할 것 같아 인근 꽃집에서 장미 열 송이를 샀다. 얼마 만에 부려 보는 사치인지…….

지그시 눈을 감고 바람결에 느낌을 맡겼다. 그때는 깨닫지 못했지만 예전에 혜진이 나에게 선사한 기다림의 기쁨이 얼마나 소중하고 고마운 것인지 실감하고 있는 순간이다. 지금 이 순간 가슴에 담긴 이야기를 나눌 수 있는 사람을 기다리는 것이 사치스럽게 느껴지지만 밀려드는 행복감은 도저히 뿌리칠 수가 없다.

얼굴에 그림자가 아른거렸다. 어! 커다란 선글라스로 얼굴을 반쯤 가린 여성이 내 얼굴을 내려다보고 있다. 그녀 얼굴 너머 나뭇잎 사이로 보이는 푸른 하늘엔 하얀 구름이 하품을 하며 걷고 있다.

"여전하네. 3년만인가? 선배는 예전이나 지금이나 학생 같아. 아직도 이십 대 중반으로 보이다니 억울한데? 나만 늙어가고 말이야. 아! 향기 좋다. 이거 나 주는 거야? 고마워!"

후배는 장미꽃을 테이블에 내려놓으며 맞은편에 앉아 모카커피를 주문했다. 왼손에 샤넬 가죽 손지갑, 게스 청바지에 하얀 반팔 블라우스, 중간 높이의 검정 힐을 신고 있었다.

"여전하군. 잘 지내?"

"잘 지내. 선배는?"

"나야 뭐."

"아직?"

"그렇지 뭐."

"어떻게 평생 한 여자만 가슴에 담고 있을 수 있어? 나도 선배같이 나만을 사랑하는 놈이 나타나면 당장이라도 결혼할 텐데."

"넌?"

후배는 대답 대신 커피를 한 모금 마시고 씩 웃었다. 그녀는 성격이 활달하고 외모 또한 시선을 끌 정도여서 꽤 괜찮은 놈들이 늘 접근해 왔다. 당시 일주일이 멀다 하고 화려한 꽃다발이 그녀 발아래 무릎을 꿇었다. 집안 좋고 경제력도 탄탄한 그녀가 32살이 됐음에도 아직 혼자다. 뭐 다들 저마다의 사정이라는 것이 있듯이 그녀도 그랬다. 당시에도 결혼보다 혼자 사는 것이 좋다고 노래를 부르고 다녔다. 그러면서도 늘 달콤한 사랑을 꿈꾸며 결혼한 친구들을 부러워했다.

"넌 사랑이 뭐라고 생각해?"

뜬금없는 질문에 후배는 피식 웃으며 자신만을 소중히 아껴 주는 것이라 한다.

"그럼 선배는?"

"몰라."

"어! 그런 게 어딨어? 난 대답했는데. 그렇게 지독한 사랑을 한 사람이 그것도 몰라? 그것도 6년간 한 여자만을 가슴에 품고 사는 사람이?"

"정말 뭔지 모르겠어. 그래서 혼자 있는 것이 편한 건지도 모르겠다."

"그럼 이젠 지워 버린 거야?"

"내가 그렇게 쿨했으면 좋겠다."

사랑에 대한 진지한 생각과 가벼운 생각이 교차하는 늦여름의 늦은 오후, 그림자가 옅게 물들어 가고 있었다. 난 아이스커피 두 잔을 추가했다.

"난 됐어."

"너 아이스커피 좋아했잖아. 그냥 마셔."

"왜?"

"고마워서 그런다."

"뭐가?"

"뭐, 예전의 일도 그렇고……."

후배는 천천히 선글라스를 위로 들어 올리고 잠시 내 얼굴을 바라보다 미소를 지었다.

"그래, 선배는 내게 고마워해야 할 거야. 내가 선배 때문에 얼마나 힘들었는지 알아?"

"그러길래 반지는 왜? 그냥 버렸으면 됐잖아."

"표정 하나 안 변하네. 일에 집중도 못 하게 매일 불쌍한 눈빛으로 청승맞게 반지를 찾던 사람이 누군데."

"청승? 나 말고 누구 또 있었어? 누구야 우리 전천후 집중도 못 하게 한 놈이. 아니지 축하해야 할 일이지. 어떤 놈팡인지 얼굴이나 보여 줘.”

　후배는 엄지손가락을 치켜세워 내 가슴을 겨냥한 후 방아쇠를 당겼다.

　“나? 청승? 내 기억엔 없는데.”

　“늘 그런 식이야. 사람이 가까이 다가가면 다정하게 안아도 주고 그래 봐. 내가 왜 주위 사람들에게 독신주의를 고집했는지 알아?”

　“미안하다. 당시엔 연애란 단어의 느낌조차 떠오르지 않을 정도로 가슴이 삭막했어.”

　“지금은 뭔지 알고? 어쩌다 이런 사람을 좋아하게 됐는지, 참!”

　자리를 옮겨 저녁 식사를 하는 내내 후배는 웃는 얼굴로 장미꽃을 왼쪽 가슴에 안고 있었다. 주위 사람들이 쳐다보면 더 도도하게 고개를 들고는 식사했다. 이처럼 그녀는 자신의 감정을 소중히 하는 사람이다. 식사를 마치고 밖으로 나왔을 땐 거리에 어둠이 내리고 가로등이 불을 밝히고 있었다. 이번엔 자신이 커피를 사는 거니까 꼭 마셔야 한다며 커피숍으로 나를 끌고 들어간 후배는 30여 분 동안 사색에 잠겼다.

　“선배! 다음부턴 내가 뭘 부탁하면 들어 줘. 그리고 누군가 진실로 다가오면 미리 마음의 창을 닫아 놓은 상태에서 그 사람을 보려고 하지 말고, 마음을 연 상태에서 봐. 그 사람은 선배에게 다가가기 전까지 수많은 밤을 지새우며 생각에 생각을 거듭한 끝에 다가가는 거니까. 그리고 그 사람 입장에서 생각해 본 후 정말 아니다 싶으면 처음부터 단호하게 마음을 전해. 표현하지 않고 계속 잘 해주면, 그 사람은 선배가 자기를 좋아하는 줄 안단 말이야. 처음에 받은 상처는 눈 깜짝할 새에 아물지만, 좋아하는 감정이 깊어진 다음에 받는 상처는 영원히 가슴에 새겨져 치유하기가 정말 힘들어. 선배는 사람이 좋은 것이 탈이야. 그거 좋은 거 아니다. 아니면 아니라고 직접 말을 하란 말이야."

아무 말도 할 수가 없었다. 죄인처럼 고개를 떨구고 머그잔만 만지작거렸다. 공기의 밀도가 점점 높아져 머리가 바윗덩어리처럼 무거워졌다. 고개를 들다 후배와 눈이 마주쳤다. 난 화들짝 놀라 고개를 창밖으로 돌렸다. 그녀가 테이블 위에 턱을 괴고 그 큰 눈으로 나를 빤히 바라봤다.

"후후후! 여전히 눈이 마주치면 부끄럼 타는구나."

그녀의 눈가엔 눈물을 훔친 자욱이 남아 있었다.

5.

집으로 돌아오는 길에 가슴과 발목에 쇠뭉치가 매달려 있는 것 같았다. 그동안 그녀를 잊고 있었다. 내가 방황의 늪에 빠졌을 때 늘 위로해 주고 걱정했던 사람인데도 늘 '전 기자' 아니면 '전천후'라는 닉네임이 입에 배어 만나는 동안 후배의 이름이 잘 생각이 나지 않았다. 그래도 그렇지 어떻게 대학후배인 그녀의 이름이 떠오르지 않았을까? 나 자신이 참 무심한 사람이란 생각이 든다.

후배 이름은 박단희다. 실은 신문 쪽은 그녀가 선배다. 군 복무로 대학을 3년 늦게 졸업했으니 내가 1년 후배가 된다. 회사에서는 대학 선후배에다 동성이라 다른 여자 후배들보다는 친구처럼 편하게 지냈다. 단희는 신문 쪽보다 다른 일을 하고 싶다며 3년 전 홀쩍 잠 적했다. 선배들이 단희의 근황을 알려 주며 연락해 보라고 했지만 난, 혜진과 조금이라도 연이 닿아 있는 사람들과는 일체 연락을 끊고 지냈다.

단희가 준 메모지들이 생각났다. 깊은 슬럼프에 빠져 일에 손에 잡히지 않을 때마다 건네준 메모지다. 대부분 스윽 보고 휴지통에 버려 내용은 생각나지 않지만, 메모지들 중 혜진과 관련된 것은 추억상자에 넣어 두었었다. 이사할 때 분명히 챙겨왔는데 어디다 뒀는지 생각나지 않는다. 침대 주변, 2층 소파와 책장 주위를 샅샅이 뒤졌지만 찾지 못했다. 편지지 두 장을 펼쳐놓은 크기에 7센티미터 높이의 고급 목재로 만들어진 그 상자에는 혜진과 주고받은 편지와 내 인생에 있어 기억하고 싶은 편지와 엽서들을 담아 자물쇠로 채워 뒀다.

추억상자는 살아가면서 가슴에 여운이 새겨질 때마다 그 각각의 소중함을 매듭지어, 훗날 내 기억이 잊어버려도 다시 찾을 수 있도록 한 일종의 타임머신 같은 존재다. 내가 뚜껑을 열면 상자는 기다렸다는 듯 나를 그때 그 시간으로 데려가 소중한 사람들을 만날 수 있도록 해 준다. 여운의 대부분은 가슴을 아릿하게 만들지만…….

세상이 나를 잊어버린 것과 마찬가지로 나도 단희를 잊어버렸었다. 단희에게서 연락이 오지 않았더라면, 그녀는 내 기억의 저장창고에서 영원히 재생되지 못했을지도 모른다. 누구나 좋아하는 사람과 헤어져 멀리 떨어져 있더라도 그 사람의 기억에 남아 있길 바랄 것이다. 단희의 희미한 눈물 자국은 아마도 자신이 잊혀진 존재가 됐었다는 것에 대한 아픔일 것이다. 나에게 전혀 관심이 없는 세상으로부터 잊혀진 것도 괴로운데, 하물며 자신이 좋아하는 사람에게 잊혀진 존재가 되었다면, 그 아픔은 오죽하겠는가!

나이 든 아이와 나이 어린 어른

1.

2층 어둠 속에서 맥주 한 캔을 비우고 벌써 두 캔째다. 평소 같으면 머리가 아프고 숨이 가빠 그대로 쓰러졌어야 했는데 정신이 말짱하다. 단희가 나를 좋아하고 있다는 것을 알면서도 그 감정을 받아들이질 못한 나는 뭔가? 또 혜진의 결별 선언 후 지속된 나의 감정은 또 뭔가? 하나의 운명과 또 다른 운명이 구름처럼 흘러가다 스치면 인연이 되고, 계속 같은 방향으로 함께 흐르면 필연이 된다고 믿었었다. 어찌 보면 혜진과의 인연은 짧은 만남이었지만, 단희와의 인연은 더 긴 시간 동안 흐르고 있었다. 이 상황을 어떻게 해석해야 할지 모르겠다.

2년 가까이 단희의 감정을 알면서도 마음을 열지 못했다. 사랑에 대한 두려움 때문에 다가서지 못하는 나 자신에게 화가 났다. 그 화는 가슴에 남겨진 혜진에 대한 감정을 향해 분풀이를 했고, 그 분풀이는 적개심이 돼 나를 죽이려 달려들었다. 그리하여 남겨진 사랑의 감정을 산산이 부숴 허공에 날려 버렸다. 그러면 그 적개심도 함께 날아갈 것이라 믿었다.

그러나 난 불행히도 신이 부여한 가장 잔인한 형벌을 받고 있었다. 그것은 사랑하는 사람에게 배신감, 적개심, 증오심을 품고 살아가는 것이었다. 마음이 모질지 못한 사람은 감정의 형체는 사라지게 할 수 있어도 사랑의 여운만은 차마 없애지 못하고 아련한 느낌으로 자신도 모르는 장소에 숨겨 두는 법이다. 신은 거의 다 죽어 가던 이 아련한 느낌에 '반 증오, 반 사랑'이란 감정을 불어넣어 회생시킨 다음, 나를 증오와 사랑 사이를 오가게 한 것이다.

혜진에 대한 감정으로 고통스러워할 때 중대 결심을 했었다. 사랑을 선택하고 증오심을 용암이 부글부글 끓는 계곡 아래로 떨어뜨린 것이다. 증오보다 사랑을 택하면 행복해진다는 세상 사람들의 말을 믿고, 그럼 편할 줄 알았다. 그러나 남겨진 사랑은 아픔이었다. 아픔을 잊기 위해 과거의 혜진과 나를 불러 둘 중 누구라도 가슴에 남겨진 여운마저 가져가 달라 절규하고 애원하고 협박도 해 봤지만, 그들은 눈썹 하나 깜짝하지 않았다. 그로 인해 난 그 누구도 사랑하지 않게 됐다.

5년간 시퍼렇게 날이 선 채로 가슴에 꽂혀 있는 비수를 덮어 버릴 수 있도록 눈이 펑펑 쏟아졌으면 좋겠다. 4년 전 단희는 그 비수를 뽑아 버리라고 했지만, 살짝만 건드려도 선홍색의 피가 흘러내려 차마 뽑을 수가 없었다. 아픔은 참을 수 있지만 흉터가 남으면 영원히 지울 수 없을 것 같아 그 비수가 저절로 사라지길 소망했다. 차라리 보지 않으면 잊어버릴 수 있을 것 같아 겨울엔 흰 눈송이, 여름엔 하얀 뭉게구름, 가을엔 핏빛 낙엽, 봄엔 연초록 새싹과 하얗고 노란 꽃잎들로 가려 봤지만 소용없었다. 이젠 그 시도조차 지긋지긋한 번뇌의 허상으로 남아버렸지만……

책상 위에 놓인 커피 향이 진하다. 습도가 높아서일까? 가슴에 비가 내리거나 눈이 흩날리면 습도가 높아져 커피 향도 진해진다. 가슴 깊은 곳에 가둬 둔 혜진의 여운을 누군가 자유롭게 풀어 주면 좋겠다. 가을 기운을 가득 실은 마차 소리가 희미하게 들려 온다. 어떻게 하면 남겨진 사랑의 모든 찌꺼기들을 그 마차에 태워 망각의 세계로 보낼 수 있을까.

휴대폰이 울렸다. 충무로 친구가 다시 사무실로 나오라는 연락이다. 한 달 전 제출한 제안서가 통과돼 큰 오더가 떨어진 것이다. 머리가 무겁다. 밤새 거의 잠을 이루지 못하고 뒤척이다 새벽녘이 돼서야 잠이 든 모양이다. 말끔하게 면도하고 검은 정장에 넥타이까지 매고 친구 사무실로 향했다. 전에 있던 내 책상이 말끔하게 정리정돈 돼 있었다. 퇴근 무렵, 마야로부터 전화가 왔다. 님프가 귀국했다.

2.

토요일 아침, 전날 새벽까지 일을 한 탓에 마야와 님프가 집에 들어와 깨울 때까지 일어나지 못했다. 문밖 골목에 하얀색 소나타가 대기하고 있었다. 졸음을 완전히 이기지 못한 난, 경부고속도로에서 호남고속도로를 지날 때마다 들른 휴게소 외에는 거의 뒤쪽에서 잠을 잤고, 국도로 접어들어서야 잠에서 빠져나올 수 있었다.

높고 청명한 하늘은 가을 문턱을 넘어섰음을 알려 주고 있었다. 우리는 강가를 따라 흐르는 산자락을 끼고 몇 번이나 돌고 돌아 산중턱에 자리 잡은 마을 입구에 도착했다. 길가 한쪽에 차를 세운 후,

셋은 나란히 차 범퍼에 엉덩이를 대고 팔짱을 낀 채 산자락을 휘돌아 흐르는 강줄기를 바라보며 감상에 젖었다.

"언제 봐도 아름다운 풍경이야!"

님프가 앞장서서 언덕 위 마을을 향해 걷기 시작했다. 산등성이에 태연하게 자리 잡은 청기와와 홍기와집 돌담길을 몇 번이나 끼고 돌자 마을 끝이 보였다. 담쟁이덩굴과 이끼가 무성한 돌담 끝을 지나, 숲길을 따라 10여 분 더 올라간 우린 〈황금나무 아래서〉 간판이 걸린 플라타너스 앞에 섰다. 마야는 팔짱 끼고 나무를 올려다보며 잠시 생각에 빠졌다.

"아이구! 왔으면 들어올 일이지 문 앞에들 서 있어. 때마침 점심준비를 끝냈는데 잘됐네. 일찍 온다고 해서 얼마나 서둘렀는데."

할머니 할아버지께서 함빡 웃으며 우리를 맞이한다. 식사를 마치고 2층 카페 창가에 앉아 과일과 커피, 싱그러운 바람결과 일렁이는 나뭇잎 소리로 후식을 즐긴 후 섬진강변으로 드라이브를 나갔다.

9월의 중순을 보내는 산과 들은 여름의 마지막 푸르름을 발산하며 곧 가을을 맞이할 채비를 하고 있었다. 바람도 기세가 한풀 꺾여 가장자리엔 시원함을 달고 있었고, 하늘도 점점 더 파래지고 키도 부쩍 큰 것 같다. 불과 며칠 전만 해도 오후 3시면 숨이 턱턱 막힐 정도의 더위를 바람이 몰고 다녔었다. 석양에 붉게 물든 노을이 회색빛으로 변할 무렵 카페로 돌아왔다.

3.

저녁 식사를 마치고 2층 카페에서 재즈를 나지막이 틀어 놓고 차를 마셨다. 마야가 초에 성냥불을 붙이며 대학진로 문제에 대해 입을 열었다.

"어떻게 하기로 했어?"

"디자인과 경영학을 공부하기로 했어."

님프는 미국에서 디자인경영학을 공부한 다음, 한국에서 광고대행사 및 제품디자인 회사를 차리기로 했다.

"엄마 아빠께서 승낙하셨어?"

"응."

"그렇게 쉽게? 더군다나 한국에 회사를 차리겠다고 했으면 아빠가 승낙했을 리 없는데?"

"언니와 함께 일하고 싶다고 했어."

"그 정도로는 약한데?"

"미국에 살면서 정체성 때문에 혼란스러웠던 아픔을 겪지 않기 위해 한국에 뿌리를 두고, 전 세계를 상대로 광고디자인경영을 펼치고 싶다고 했더니 그러라고 하셨어. 그리고 한국 친구들은 나를 미국사람 아닌 미국사람으로, 미국 친구들은 나를 한국사람 아닌 한국사람으로 바라보는 시선이 싫어. 꼭 왕따 당하는 느낌이야. 나 한국 국적도 취득할 거다. 그래서 한국사람도 되고 미국사람도 될 거야. 아니 더 한국사람이 되고 싶어."

마야가 님프를 와락 껴안았다.

"고마워. 언니도 님프와 함께 일하고 싶어. 나 열심히 할게."

님프는 미국에서 본격적으로 광고디자인경영학을 공부하기로 했다. 님프가 여행의 진로를 결정한 것에 대해 축배를 들기로 했다. 마야가 아래층으로 내려가더니 레드와인과 땅콩, 치즈 등 먹거리를 갖고 왔다. 먼저 님프의 잔에 와인을 따르고, 다른 두 잔에 와인을 채웠다. 님프가 외쳤다.

"재밌는 세상을 더 즐겁게!"

"야. 그거 멋진데. 재밌는 세상을 더 즐겁게라! 나도 써먹어야지."

"아저씨가 만든 거야."

"혹시? 대학도 코치한 거 아냐?"

"뭐! 조금은."

마야가 눈을 가늘게 뜨고 내게로 시선을 돌렸다. 난 두 손을 내저으며 웃었다.

"님프! 이 언니와는 한마디 상의도 없이. 서운하려다가 진수 씨가 아니라고 해서 봐줬다. 그런데 '조금은'이라니 무슨 뜻이지?"

"아! 아저씨가 책을 선물해 줬어."

"그게 이유야?"

"덧붙여 내가 하고 싶은 것을 하면서 세상을 즐겁고 멋지게 살라고 했어. 그리고 가장 중요한 것은 언니와 함께 일을 하고 싶고, 아저씨가 있는 한국에 살고 싶어."

"그래 잘할 거야. 누구 동생인데. 그럼!"

마야가 님프의 등을 툭 치고 의자 위로 올라가 와인잔을 눈높이로 들고 외쳤다.

"님프의 멋진 미래를 위하여!"

약속이나 한 듯 님프와 나도 의자 위로 올라가 팔을 쭉 뻗어 잔을 눈높이로 쳐들며 동시에 외쳤다.

"재밌는 세상을 더 즐겁게!"

와인을 단숨에 비웠다. 우린 꼭 전쟁터로 나가는 용사들같이 턱을 쳐들고 비장한 눈빛으로 님프에게 파이팅을 주문했다.

"그렇지만 두려워. 지금 다 컸다고 생각은 하지만, 가끔 내가 너무 어린 것은 아닌가 싶어. 세상이 무섭기도 하고. 빨리 어른이 되면 그렇지 않으려나?"

"사실은 나도 그래. 누가 봐도 난 어른인데, 나 자신은 아직 아닌 것 같아."

"정말? 지금 나, 언니와 친구가 된 거 같아. 아저씨도 그래?"

"그래. 아저씨도 가끔은 몸만 어른이고, 정신은 아직도 어린아이가 아닌가 싶을 때가 있어. 그래서 친군가!"

"후후, 진수 씨와 님프가 친구면, 난 진수 씨 누나네. 나도 친구 하고 싶은데."

"나이는 많지만 어린 아저씨와 나이는 어리지만 어른스러운 소녀, 그리고 나이도 적당하고 어리기도 하고 어른스럽기도 한 아가씨라 좋은데! 그럼 우리 셋은 친구 하기로 합니다. 님프는 어때?"

"음! 내가 손해 보는 것 같지만, 뭐 나한테 언니는 언니지만 친구일 때도 있고, 아저씨와 언니가 친구가 된다니까 좋아!"

우린 마야의 선창에 다시 한번 건배했다.

"친구를 위하여!"

"재밌는 세상을 더 즐겁게!"

와인을 한 모금 입에 머금고 고개를 창 쪽으로 돌렸다. 갑자기 주변의 채도가 높아졌다. 짙은 회색이던 창밖 나무들이 초록으로 변하더니 우리의 이야기를 자세히 엿들으려 몸을 이리저리 흔들며 귀를 유리창에 바짝 기울인다. 내가 보든 말든 나무들은 박수 치고, 배를 부여잡고 깔깔대며 자신의 잎사귀들을 창가에 가까이 대려고 난리다.

4.

최근 집에서 아웃사이더로 지내는 동안 많은 생각을 했다. 특히 정체성을 지키며 일을 해 왔지만 사랑도 직장도 결론은 실패였다. 과연 세상이 옳은 건지 아니면 내가 틀렸는지 시간이 흐를수록 영혼은 내게서 점점 멀어져만 가는 것 같다. 나이가 들고 어른이 되면 지식이 쌓이고 지혜도 충만해져, 그 충만함이 영혼의 원동력이 돼 저 파란 창공을 맘껏 날아다닐 줄 알았다. 그러나 어찌 된 일인지 나이가 들수록 세상이 전하는 바람의 이야기에 가슴은 점점 무거워져 갔고, 동력을 잃은 영혼은 더 이상 하늘 날기를 포기하게 됐다.

영혼이 슬픔에 잠기자 바람이 전하는 세상의 아름다운 이야기가 줄어들고, 아픔과 슬픔을 전하는 비율이 점점 높아져 갔다. 투명하던 바람의 색깔도 회색으로 변하고, 달콤했던 바람의 향기도 맡을 수가 없게 됐다. 게다가 어른이 된 내가 어렸을 때보다 헤쳐나가지 못하는 일들이 점점 늘어가자 나의 영혼을 일깨워 주던 바람도 색깔과 향기를 잃고 깊은 암굴에 스스로를 가둬 버렸다. 그러자 마음은 의지와의 고리를 풀고 한동안 슬픔의 숲으로 여행을 떠났다.

홀로 남겨진 의지는 아름다움, 기쁨, 행복과 관련된 언어를 표현하지 못하는 부분 기억상실증에 걸렸다. 그 모든 것이 '실연'이란 비수에 가슴이 살해됐을 때부터 시작됐다. 혜진이 등을 돌리자, 난 얼굴에 가면을 썼다. 그리고 입과 눈가에 마네킹 미소를 그려 넣고, 그 가면을 벗지 못했다. 그러나 님프를 만난 후부터 그 가면은 저절로 사라졌다.

5.
"아저씨. 무슨 생각해?"
"어! 응. 아니 그냥."
"그냥? 같이 있어도 가끔 다른 곳에 있는 사람 같다니까!"
"미안. 뭐라고 했지?"
"아저씨가 내 나이일 때 미래에 대해 어떤 생각을 했는지 물었어."
"창피하지만, 솔직히 말하면 님프 나이일 때 아무 생각 없이 살았고 대학 졸업 후, 그러니까 7년 전엔 온 세상이 나의 손아귀에 있는 듯 날뛰었지. 지나가면 다시 찾을 수 없고, 결코 다시는 누리지 못할 소중한 시간들이라 생각하고 온 우주에 퍼져 있는 나의 기운이 다할 때까지 열정적으로 살고자 했어. 비록 실패하거나 쓰러져도 나 자신에게만은 부끄럽지 않은 존재가 되자는 생각에서 그랬어."

테이블 위에 놓인 촛불이 흔들렸다. 한줄기 바람이 창틈을 타고 들어온 모양이다. 잠시 이야기를 중단하고 시선을 창밖으로 돌렸다. 초록빛이던 나뭇잎들이 검은 그림자로 변해 있었다. 님프와 마야는 말없이 크고 맑은 눈동자를 동그랗게 뜨고 다음 이야기를 기다리고 있었다.

"님프에겐 앞으로 살아가면서 그 무엇과도 바꿀 수 없는 님프만의 시간들이 온 우주에 펼쳐질 거야. 설령 세상사 흐름에 내팽개쳐지고, 의미를 부여받지 못하고, 원망을 살지도 모르는 불쌍하고 안타까운 시간이 있다 해도 그 시간들을 버리지 말고, 부끄럽다고 감추지 말고, 있는 그대로의 시간들을 포근히 감싸고 다독거리며 소중한 자신만의 시간으로 만들어 봐. 비록 초라한 것이라도 그것은 님프 자신만의 시간인 거야. 화려하고 호사스런 인생은 아닐지라도 하늘과 자신의 영혼에 부끄럽지 않은 보람된 시간이었노라고, 정말 열심히 살아왔노라고 맑은 미소를 지으며 당당히 말할 수 있는 님프가 됐으면 해."

"나 졸려. 굿나잇!"

님프가 손을 흔들며 아래층으로 내려갔다.

"제가 무슨 실수를 했나요?"

"아뇨. 버릇이에요. 자신이 생각지도 못한 부분에서 자신을 정확히 말하거나, 어떤 말이나 행동에 감동을 받으면 자리를 피해요. 잠시 생각할 시간을 갖기 위해서죠. 그런 버릇 때문에 오해를 받기도 하지만, 그게 그 아이의 장점인걸요. 남들은 보통 곧 잊어버리지만 님프는 깊이 새겨 둔답니다. 잠시 님프의 잠자리를 봐 주고 올 테니 기다리세요. 저와 술 한잔 더해요. 괜찮죠?"

마야가 내려가자마자 카페에 머물러 있던 온기도 사라지고, 그 텅 빈 공간에 공허감이 스며들기 시작했다.

남겨진 사랑의 슬픔

1.

　두 눈을 지그시 감고 몸을 의자 뒤로 젖혔다. 창을 두드리는 나뭇잎 소리 외에는 너무도 고요하다. 그 소리도 점점 사라져 갈 때 세상은 참 아름답다는 생각이 들었다. 눈물 나도록 말이다. 하나를 잃으면 새로운 하나를 얻고, 하나를 얻기 위해선 다른 하나를 잃는다는 말처럼 혜진이 떠나고 단희가 다가왔다. 그리고 단희가 멀어진 후 님프와 마야가 나타났다. 지금 내 눈에 세상이 아름답게 보이는 것은 두 자매 때문인가! 아니면?

　가끔 생각의 실타래가 엉키어 정리가 안 될 때 가슴을 쫙 펴고 하늘을 향해 '후' 하고 숨을 길게 내쉬고 싶을 때가 있다. 지금이 그때인가! 하는 일은 진척이 없고 꿈과 현실을 혼동하며, 어제의 거리가 전혀 다른 느낌으로 다가왔을 때, 그 당혹감이란! 이 복잡하고 아름답고 냉혹한 멋진 세상에서 아웃사이더가 된 느낌이다. 길을 걸어도 방향이 없고 물건을 사도 왜 사야 하는지 생각의 피드백이 되지 않는 요즘이다. 세상이 즐겁고 아름답게 보이지만 난 어울리지 못하고 있는 것이다.

2.

레드와인 한 병과 커다란 머그컵에 헤이즐넛커피 두 잔을 들고 올라온 마야는 파란색 바탕에 들국화가 점점이 박혀 있는 머그컵을 테이블 가운데 세팅했다. 은은하게 풍기는 헤이즐넛 향이 마음을 릴렉스 하게 만든다. 커피를 마시기보다는 향기를 피우기 위해 갖고 온 것이다. 예전에 혜진과 대화를 나눌 때 자주 즐겨 하던 콘셉트다.

"커피는 왜 가운데 두셨죠?"

"향기를 맡으려고요. 마음이 편해지잖아요."

"아! 자주 그러시나요?"

"후후 아뇨. 이번이 처음이에요. 님프가 가르쳐 주더군요. 가끔 진수 씨가 커피를 마시지 않고 그냥 바라만 보고 있어 '그럴 거면 커피는 왜 타냐'고 했더니 마음이 느긋해진다고 했다면서요?"

"네. 특히 비가 오거나 눈이 오는 날은 커피 향이 더 진하죠."

"님프는 진수 씨의 그런 모습이 좋았나 봐요. 저도 자주 커피 향을 즐기려고요. 진수 씨는 늘 밝은 표정이라서 고민이 없는 사람으로 생각했는데. 물론 첫사랑에 대한 아픔은 알고 있고요."

"제가 고민?"

"가끔 대화 중에 깊은 생각에 잠겨 있거나 커피 향을 피우고 멍하니 있는 것을 보면 그래요."

난 말없이 웃음을 지어 보이며 와인으로 가슴을 적셨다. 마야는 내게 와인을 따라 주고는 좀 더 일찍 님프와 이런 대화를 나누지 못한 것에 대해 아쉬워했다.

"그동안 님프가 얼마나 외로워하고 방황했는지 짐작이 가요. 저도 사춘기 때 얼마나 힘들고 외로웠는지 몰라요. 아빠와 엄마는 늘 바빠서 심정을 터놓고 이야기할 사람이 없어 혼자 운 적도 많았거든요. 친구들은 많지만 제가 자존심이 강해서인지 나약한 모습을 보이지 않으려고 무척 애를 썼어요."

마야의 입가에 쓸쓸한 미소가 그려졌다. 촛불 때문인지는 몰라도 얼굴이 전보다 더 붉어졌다.

"혹시 사랑하지 않는 여자와 자본 적 있나요?"

"……."

"다른 뜻은 없어요. 첫사랑과 헤어진 후 자본 적이 있느냐는 거예요."

뭐라 말을 해야 할지 난감했다. 잠시 침묵이 흘렀다. 여전히 음악은 나지막이 흐르고 창밖 검은 나뭇잎은 바람과 대화를 나누고 있다.

"전 있어요."

"……."

"전 있었다구요."

"네!"

마야는 자신의 가슴에 깊이 묻어 둔 이야기를 조심스럽게 꺼내고 있다. 누군가 가슴에 담긴 이야기를 진지하게 말하면 난 어쩔 줄 모른다. 고개를 숙이고 와인잔을 만지작거렸다. 공기가 갑자기 무겁게 느껴졌다.

"첫사랑과 헤어지고 방황할 때 학교선배가 다정하게 다가왔어요. 저의 아픔을 알고는 위로와 격려도 많이 해 줬죠. 삼십 대 초반에 중견기업 간부가 될 정도로 성공한 사람이었어요. 외모도 준수하고 예의 바르고, 전 그 사람에게 기대게 됐어요. 아마 첫사랑의 아픔을 빨리 지워버리고 싶었나 봐요. 그는 저를 사랑하고 있다고 했어요. 결국 그와 잠자리를 같이 하게 됐지만, 술에 취해 있던 저는 그와의 잠자리가 매우 불쾌했다는 기억밖에 없어요."

마야는 와인을 한 모금 마신 후 테이블에 엎드려 얼굴을 두 팔로 감쌌다.

"괜찮아요?"

"네."

고개를 든 그녀의 눈가엔 눈물이 고여 있었다. 손수건을 꺼내 건네자 그녀는 눈가를 가볍게 누른 다음 말을 이었다.

"고마워요. 그는 저를 이용했어요. 아빠의 힘이 필요했던 거죠. 당시 실연에 빠져 있어 이성적 판단을 제대로 할 수 없었던 점을 노려 계획적으로 접근해선 온갖 달콤한 말로 저를 위로했어요. 차라리 유혹을 했더라면 넘어가지 않았을 거예요. 그와 새로운 사랑을 꿈꾸며 사귄 지 한 달 정도 지났을 때 주식과 부동산에 투자를 같이하자고 하더군요. 돈이 없다고 하자 아빠에게 소개시켜 주면 자신이 알아서 하겠다고 졸랐지만, 끝까지 소개하지 않았어요."

"그가 직접 찾아갔나요?"

"아뇨. 그는 영리했어요. 자신이 직접 찾아가도 소용없다는 것을 알고 있었어요. 아빠 비즈니스든 대인 관계든 신용과 사람의 됨됨이를 가장 중요하게 생각하시거든요. 그 룰에 저도 예외는 아니죠. 그런데 제가 소개도 하지 않았는데 본인의 입으로 저를 팔아 봐야 소용없다는 것을 안 거죠. 만일 직접 찾아갔다면 그는 간신히 붙잡고 있던 직장에서 쫓겨났을 거예요. 3개월 가까이 그에게 시달렸어요.”

“육체적 학대는 없었나요?”

“아뇨. 그는 저와 잠자리를 하면 매우 정성을 들였어요. 처음엔 나를 소중히 여기는구나 생각했는데 두세 번 지나자 사랑하는 사람과의 관계가 아니라 마치 정형화된, 왜 있잖아요. 봉사를 받는다는 느낌. 소름이 쫙 돋았어요. 그건 사랑이 아니라 목적을 위한 관계였어요. 전 색을 밝히는 여자가 아니거든요. 그가 잘못 판단한 거죠. 제가 그렇게 보이나요?”

“네? 전 좋은 친구로만…….”

마야의 입가에 미소가 지어졌다. 그녀는 차가워진 헤이즐넛을 한 모금 입에 담고 오물거렸다.

“그 사람 뒤를 캐보니 겉으로는 성공한 사람으로 보이지만, 속은 곪아 터지기 직전이었어요. 무리한 주식과 부동산 투자로 빚을 지게 되자 대출받은 은행이자만 월 1만 불에 달했어요. 그래도 모자랐는지 주변 사람들에게 접근해 그가 소유한 땅을 내세워 자신의 사업에 투자하면 큰돈을 벌 수 있다며 돈을 끌어들였어요. 그 사업이라는 것이 대박을 노린 것이지만, 사람들이 의심하면 자신의 땅을 시세보다 싸게 내놓았으니 팔리면 우선적으로 원금을 돌려준다고 큰

소리쳤죠. 그를 모르는 사람들은 그의 경력과 직책만 믿고 투자했나 봐요. 사업은 계획만 거창하게 벌여 놓고 실행될 기미는 안 보이고, 그 좋다던 땅이 1년이 지나도 팔리지 않자 투자한 사람들이 돈을 갚으라고 재촉하기 시작했어요. 저에게 접근한 때가 바로 그 무렵이죠. 처음엔 그를 몰랐지만 곧 생각이 나더라구요. 대학 시절, 그가 박사 과정을 밟고 있을 때 저에게 몇 번 말을 건 적이 있었어요. 그는 여학생들에게 인기가 꽤 높은 편이었지만, 매너가 의식적으로 깍듯한 남자는 제 스타일이 아니라서 관심을 두지 않았죠."

"땅을 팔 생각이 없었군요."

"어떻게 아셨어요? 그래요. 그는 땅이 팔리면 곤란한 상황이었어요. 말로는 시세라고 하지만 적정가격보다 높게 내놓았어요. 그것도 부동산에는 내놓지 않고 주변 사람들에게 구두로만. 은행대출금만 해도 그 땅의 적정가격 정도 될 거예요. 헤어지고 난 후 알았지만, 그 땅을 핑계로 주변 사람들로부터 끌어들인 돈이 땅값을 몇 배나 초과한 상태라 돈을 빌려준 사람들이 서로 그 사실을 알 수 없게끔 했어요. 그는 한마디로 인간쓰레기였죠. 저 말고 여러 명의 여자를 울렸더군요. 파산해서 자살을 기도한 여성도 있을 정도였어요. 돌아서면 탄로 날 거짓말을 서슴없이 하고, 자신에게 조금이라도 손실이 오면 끝까지 따져 가며 성질을 부리고, 타인에게 끼친 피해는 남에게 떠넘기거나 변명에 변명을 늘어놓는, 한 마디로 자신에게 조금이라도 손해가 되면 헌법도 잘못됐다는 스타일이었어요. 기생충 같은? 생각만 해도 화가 치밀어 올라요. 화가 나는 것은 그 인간보다 그런 인간에게 속아 넘어간 저 자신이에요. 아무리 실연의 고통에 빠져 있었다 해도 사람을 판단하는 눈이 그렇게나 멍청했을까 하고 말이죠."

"잊어버리세요."

"잊고 안 잊고는 중요하지 않아요. 두 번의 아픔으로 인해 어쩌면, 전 영원히 사람을 믿지 못할지도 몰라요. 그것이 두려워요."

마야는 창가로 가 창문을 열었다. 어둠을 잔뜩 머금은 시원한 바람이 그녀의 머리카락을 스치고 카페 안을 한 바퀴 돌아 내 코끝에 그녀의 향기를 얹어 놓곤 지나갔다. 그녀가 창가에 선 채로 나지막이 말했다.

"그 아이에게 있어선 사랑이에요."

"네?"

"님프, 진수 씨를 사랑하고 있어요. 성인들의 시각에선 사춘기 때 품을 수 있는 감정일 수도 있지만. 제가 무슨 말 하는지 아시죠?"

"네."

"님프가 갖고 있는 감정은 진수 씨를 아빠나 오빠, 그리고 연인 등이 뒤섞인 형태의 감정, 즉 이성에게 갖는 감정이라기보다는 보호자이자 친구라 할까요? 그러나 현재의 님프는 누굴 좋아하는 감정이 사랑이라고 판단할 수도 있다는 거죠."

"네."

"그렇지만 진수 씨 이건 여자의 예감이지만, 그 아이의 마음은 단순한 사춘기를 넘어 진심일 거예요."

"……."

난 마야에게 '네'라거나 '아닐 겁니다'란 말 중 그 어느 것도 할 수 없었다.

"전 그래서 님프가 부러워요. 누군가를 믿을 수 있고, 누군가를 좋아할 수 있는 그 순수한 감정을요. 진수 씨는 제 물음에 아직 답변하지 않았네요."

"진심일지도……."

"그 답변이 아닌데요. 우린 친구잖아요."

"아! 예전에 친구와 사랑하던 여자 후배가 있었어요. 저와 절친한 친구는 회사에서 본사근무 발령이 나자, 그 후배를 국내에 남겨 놓고 미국으로 가 버렸어요. 둘의 첫 만남부터 함께 자리를 했던 우리 셋은 어느 정도 친구처럼 지내던 터라 그녀와 전, 미국으로 간 그 친구의 일 때문에 몇 번 만났어요. 세 번째던가? 아마 제가 첫사랑과 헤어지고 1년쯤 됐을 겁니다. 친구가 갖고 있던 그녀의 물건들을 돌려주기 위해 청담동 와인바에서 만났습니다. 왜 그녀에게 직접 보내지 않고 저를 통해서 전해 주려고 했는지는 모르겠지만, 그 만남이 그녀를 본 마지막 날이었습니다.

그녀는 그 친구와 만나는 동안 자신이 데코레이션 같다는 느낌이 들었다고 하더군요. 자신을 좋아하는 것은 알지만, 사랑이 아니라 남에게 보여 주기 위한 인형 같았다고나 할까! 그녀의 표현에 따르면 그랬어요. 그녀는 대학 시절 미국에 간 친구를 소개팅으로 만났어요. 첫 데이트 때부터 제가 자리에 참석하게 됐는데, 그녀는 그것이 불편했었나 봐요. 아마 남자친구의 절친한 친구니까 예의상 친구처럼 대했던 거죠.

그녀는 미국에 간 친구와 관련된 이야기를 이것저것하고 난 후 술 한잔하고 싶다고 하더군요. 그리고 담배를 피워도 되냐고 해서 전 놀랐지만 내색하지 않았어요. 대학 시절부터 그날까지 그녀는 저에 겐 천사였어요. 항상 만나면 친구와 제가 대화를 주로 하고 다소곳 이 앉아 청순하고 단아한 미소로 우리의 이야기를 듣기만 했거든요. 아마 그녀도 제가 그녀를 천사처럼 생각한다는 느낌을 갖고 있었을 겁니다. 그녀가 그러더군요. '저 이런 모습 보여 주기 싫었는데 놀랐 죠? 저도 요즘 저한테 놀라고 있어요'라고. 그래서 전 친구와의 아픔 때문에 그런가 보다 했는데 오히려 홀가분하다고 하더군요.

어제 그 친구로부터 헤어지자는 연락이 왔대요. 순간 가슴이 무너 졌지만, 한편으론 '이제서야 인형 역할에서 벗어나는구나' 하는 생각 에 오히려 마음이 편해졌다고 했습니다. 저는 그 친구가 그녀와 결 혼하는 것을 당연하게 생각하고 있었는데 헤어진다니 가슴이 아파 오더군요. 서로 떨어져 있어 잠시 냉각기를 갖고 있구나 생각했었는 데. 그녀는 못 하는 담배를 피우고, 잘 마시지도 못하는 술을 마시며 직장에서 일어난 속상한 일들을 시시콜콜하게 늘어놓다 잠이 들었 어요. 1시간 정도 지나자 깨어나더니 저에게 기대 소리 죽여 울더군 요."

"혹시 그녀와 잤나요?"

"그녀는 저의 천사로 남았습니다. 그녀가 절 사랑하진 않았으니까 요. 아마 첫사랑인 혜진을 만나지 않았다면, 그녀에게로 향한 감정을 사랑이라고 확신했을지도 몰라요. 그러나 혜진의 결혼소식을 듣고 자살할 정도의 감정이라면, 그녀에게 느끼는 감정은 사랑이 아니라 좋아하는 것뿐이라고 생각했습니다. 이게 남겨진 자의 슬픔이 아닌가 해요.”

“아마 진수 씨는 그녀를 사랑했을 거예요. 단지 혜진 씨와 비교가 됐을 뿐이죠. 천사같이 좋아한다는 감정, 그것은 그녀에게로 향한 또 다른 형태의 사랑이라고 생각해요.”

“그럴지도……”

“우린 남겨진 사랑의 슬픔을 공유하고 있군요. 어쩌면 사랑의 장애자일지도 모르죠.”

마야가 와인을 따르더니 자신의 잔을 내 잔에 부딪치곤, 창가로 가서 잔을 비웠다. 희미하지만 마야의 눈가가 약간 젖어 있음을 느꼈다. 가슴이 공허해졌다. 마야는 얼마간의 침묵이 흐르도록 창가에 선 채로 있었다.

3.

새벽 3시다. 1층으로 내려와 잠자리에 들었지만 잠이 오질 않는다. 혜진에 대한 나의 사랑이 혹시 중독은 아닌지……. 혜진과 함께 만든 우리만의 우주에서 사랑의 나래를 펴고 맘껏 활개 치며 웃던 모습들이 떠올랐다. 그녀는 나에게 온 세상을 여유롭고 아름답게 포용할 수 있는 너그러움과 그 어떤 역경과 두려움도 헤쳐나갈 수 있는 힘을 부여했었다. 이 세상 그 누구, 그 어떤 것도, 아니 신조차 우리를 갈라놓거나 억압할 수 없었던 기쁨과 행복, 그리고 슬픔조차 아름답게 누릴 자유를 가졌었다. 그러나 그것들은 혜진이 내 곁을 떠나가자 함께 가버렸다.

아니, 어쩌면 혜진은 나의 마음에 마법을 걸어 놓고 갔는지도 모른다. 그녀와 함께했던 감정과 느낌에서 벗어날 수 없도록 말이다. 이제 그녀와 함께한 우주에서 벗어나, 그녀가 없는 곳으로 훨훨 날아갈 수도 있지만, 그녀가 없는 경계선을 벗어나자마자 추락하고 말 것 같은 느낌이다. 그런 자신이 싫어 내 기억에 남겨진 아릿한 감정의 찌꺼기들을 예리한 칼로 도려냈지만, 가슴에 박힌 그녀의 아릿함은 도려낼 수가 없다. 오랫동안, 아주 오랫동안 눈물을 머금고 살아가야 할 나 자신을 다독일 수밖에…….

언젠가 단희가 말했었다.

"선배. 사랑의 아픔은 소중한 추억일 뿐이야. 모든 이야기에는 끝이 있지만, 인생에 있어서 모든 끝은 새로운 시작을 의미해. 그러니까 새로운 세상을 향해 훨훨 날아갈 자유라는 날개를 스스로 달아 줘."

그리고 또 말했었다.

"선배 이젠 눈물을 닦고 추억이란 상자 뚜껑을 닫아. 제발!"

6장
어둠의 저편

동력을 잃은 영혼

1.

황금나무 카페에서 돌아온 다음 날 저녁, 충무로 사무실에서 돌아
와 보니 마야와 님프가 짐을 풀다 활짝 웃으며 반긴다.

"할머니 건강이 회복되지 않아서요. 잡지 리디자인 때문에 열흘
정도는 야근해야 하고, 리디자인이 끝나면 곧 마감이라 님프가 혼자
있는 것이 걱정돼서요. 이곳에서 당분간 지내도 되죠?"

"아저씬 계속해서 2층 소파에서 지냈나 봐?"

"그랬나 봐."

"왜?"

"게을러서. 책도 갖고 내려와야 하고, 소파와 침대도 정리해야 하
는데, 그냥 그대로가 편해."

"내가 다시 올 것을 알았구나. 흐흐흐!"

우린 다시 한지붕 아래서 살게 됐다.

다음날, 충무로 사무실에서 바쁘게 일을 하고 있을 때 단희로부터
저녁 식사를 함께하자는 연락이 왔다. 친구에게 10시까지 저녁 식사
를 하고 오겠다며 양해를 구했다. 내일 오전까지 1차로 넘겨 줄 시안
때문에 새벽까지 일을 해야 한다. 오후 5시 청담동에 위치한 클라이
언트사에 들려 1시간 30분 정도 디자인 미팅을 갖고 결과를 웹하드

에 올린 다음 약속장소로 이동했다.

저녁 7시, 압구정 퓨전레스토랑에 들어서니 단희가 손을 흔든다. 이곳은 바 형식의 고상한 분위기를 풍기는 카페식 퓨전레스토랑이다. 오십 평 정도의 탁 트인 공간에 원목 테이블, 가죽 의자, 주방 앞의 긴 스탠드바, 벽과 천장도 모두 검은색 계통이다. 테이블마다 촛불과 소스를 담은 하얀 병들이 눈길을 끈다. 출입문 맞은편엔 두 개의 별도의 룸, 그 우측은 화장실로 가는 복도다. 초호화 대리석으로 치장한 화장실은 세면대 옆에 간이 정원을 꾸며 고급스러움을 더했다. 또 각 테이블 사이마다 미니 대나무를 심고 싸리나무로 아담하게 엮어 만든 초미니 시골 울타리도 만들었다.

퓨전 음식 맛은 별 세 개(다섯 개 만점) 정도로 그저 그랬지만 차별화 면에서는 별 다섯 개를 줄 정도로 독특했다. 단희가 주문한 퓨전 음식은 이곳 주방장이 직접 개발한 간편 코스요리로 야채와 과일 샐러드, 양파와 마늘을 듬뿍 넣은 스테이크, 새우와 조개류 볶음이다. 내 입엔 소스 맛이 강하고 대체적으로 시고 짜다. 우린 서로의 안부를 묻곤 별 말없이 요리를 맛보고 있었다. 마지막 세 번째 요리가 나오자 단희가 상체를 일으켜 얼굴을 가까이 디밀곤 눈을 크게 떴다.

"음……. 눈빛이 죽었군."

새우를 집은 상태에서 멍하니 있는 나를 보고 단희는 씩 웃었다. 난 졸지에 그냥 죽은 눈을 가진 인간이 돼 버렸다. 단희는 내게 하우스 와인을 주문하라고 말하고는 화장실 쪽을 향해 걸어갔다. 유독 와인을 즐겨 하는 단희라 한 병을 시켰다. 자리로 돌아온 단희가 갑자기 목소리를 깔았다.

"선배 돈 많구나. 요즘 실업자 신세라며? 그런데 왜 한 병씩이나 시켰어. 선배는 게으르고, 의지도 약하고, 돈도 못 벌고, 실천력도 약해. 게다가 첫사랑 실패에 대한 변명이 너무 많아. 적어도 난 노후에 대한 준비를 착실히 하고 있다구. 첫사랑? 그런 건 나도 해 봐서 아는데, 다 자기 자신 때문에 실패하는 거더라구."

이거 오늘 복수의 날을 단단히 세운 모양이다. 표정 하나 없는 단희의 얼굴이 낯설게 느껴졌다. 어쨌거나 난 또 졸지에 적어도 나보다 부지런하고, 의지도 강하고, 돈도 잘 버는 그녀 앞에 무례하게도 마주앉은 무능하고, 나약하고, 보잘것없는 놈이 돼 버렸다. 단희의 어깨를 툭 치곤 미소를 지으며 화장실로 향했다. 거울에 비친 얼굴을 찬찬히 뜯어보니 정말 눈이 죽어 흐리멍덩한 데다 얼굴엔 어둠의 그림자가 잔뜩 껴 있었다. 자리로 돌아와 그녀가 따라 놓은 와인 한 모금을 마시곤 입을 열었다.

"너의 말이 사실이더군. 미안하다."

단희는 와인을 입에도 대지 않고 자리에서 일어났다. 내가 먼저 카운터로 가 주머니에 있던 현금을 모두 꺼내 계산대 위에 올려놓았다. 요리 5만 원, 와인 5만 원, 합계 10만 원이 나왔다. 내가 꺼낸 10만7천 원 중, 7천 원을 도로 집었다. 뒤쫓아 온 단희가 종업원에게서 돈을 확 빼앗아 내 손에 강제로 쥐여 주곤 자신의 카드로 계산해 버렸다. 난 돈을 손에 쥔 채 굳어 버렸다. 그 무안함이란······.

레스토랑 문을 나가자마자 단희가 '휙' 돌아서서 움찔해 있는 내 얼굴을 찬찬히 훑어보더니 아주 낮은 톤의 음성으로 말했다.

"흐음……. 긴장이 덜 됐어. 긴장이!"

"……."

잘 가라는 인사도 없이 단희는 앞서 가 버렸다. 고개를 떨구고 압구정역 쪽을 향해 발걸음을 옮겼다. 마음도 버거운데 발걸음은 왜 또 그리 무거운지.

"선배 뭐해. 빨리 타지 않고. 충무로에 가야 한다며?"

그녀가 택시를 잡아 세워 놓고 나를 불렀다. 한남대교를 지날 때까지 말없이 차창 밖을 바라보고 있던 단희가 입을 열었다.

"선배, 내일 여행사에서 연락 오면 무조건 오케이 해야 돼."

대답 대신 궁금증 가득한 눈빛으로 단희를 바라봤다.

"아! 마음 비우기 좋은 곳이니까 무조건 가는 거야. 준비할 거 없어. 자세한 내용은 여행사가 말해 줄 거고, 이번 주말 출발이니까 시간 비워 둬."

"요즘 바쁜데."

"오늘 나한테 미안할걸?"

"알았다."

단희의 집은 서초동이다. 나를 충무로에 내려 주고 다시 한강을 건너갔다.

2.

단희를 보면 슬픈 혜진 생각이 난다. 혜진과 헤어진 후 방황의 늪에서 허우적거릴 때 단희는 나의 친구이자 누나이자 여동생 역할을 해 줬다. 당시 혜진은 나의 가슴에 비수를 꽂은 악마이자 사랑스러운 천사, 두 얼굴을 한 존재였다. 그런 혜진을 나의 가슴에 천사로 남게 한 장본인이 바로 단희다. 포장마차에서 실연의 아픔을 이기지 못하고 과음으로 쓰러져 있을 때, 단희는 내 등을 두드리며 말했었다.

"선배! 지나간 사랑 아니, 앞으로 10년 20년이 지나도 지속되는 사랑이 있어. 그건 한쪽의 일방적인 단절이나 절교에 의해 사라지는 것이 아니야. 누군가의 기억 속에, 그리고 사진이나 편지에 의해 한 번 형성된 사랑의 기운은 영원히 남아. 설령 사랑의 대상이었던 연인이 죽는다 해도 영원히 기억되는 그런 사랑 말이야. 목숨보다 더 간절했던 사랑이 이뤄지지 못했을 때는 그 남겨진 여운이 사라지지 않도록 요정들이 갖고 가서 보관하나 봐. 아마 선배의 사랑도 요정이 보관하고 있을 거야. 내가 요정이 있는 곳을 알면 찾아가서 수단과 방법 가리지 않고 없애 버릴 텐데……."

혜진의 이미지와 비슷한 사람들을 볼 때마다 가슴이 뛰고 아려 온다. 혜진도 이제 몸매도, 풍기는 이미지도 많이 달라졌을 것이다. 그럼에도 아직 5년 전에 형성된 혜진의 이미지가 세포 곳곳에 저장돼 비슷한 여인을 볼 때마다 일제히 깨어나 가슴을 콕콕 찌른다.

3.

님프에게 전화를 걸었다.

"오늘 밤새 일하고 내일 들어갈 거니까 문단속 잘하고 아침 꼭 챙겨 먹어야 돼?"

"꼭 아빠 같다니까. 내 걱정 말고 아저씨나 잘해."

"친구로서 부탁하는 거야. 님프가 건강해야 내가 편하지. 그렇다고 이기적인 사람이라고 생각하지 않았으면 고맙겠네."

대답이 없다.

"왜 그래. 무슨 일 있는 거야?"

"아냐. 나 공부해야 돼. 이만 끊을게."

님프의 말끝이 흐려졌다. 마야는 새벽 1시쯤 파김치가 돼 들어 올 것이다. 사무실로 들어와 일은 하고 있지만 마음이 심란했다. 단희의 말처럼 난 아직 세상을 대하는 면에 있어서 긴장이 덜 돼 있는 건가? 찌꺼기 하나 청소하지 못하고 나약한 모습을 들키다니. 전철에서 나를 바라보던 님프의 젖은 눈동자가 떠올랐다. 슬픔을 가득 머금고 바라보던 그 눈동자에 가슴이 아려왔다.

커피 뽑던 것을 멈추고 복도로 나와 남산을 바라봤다. 어둠 속 남산타워는 자신의 몸을 밝게 드러내며 우뚝 서 있었다. 친구가 무슨 일 있느냐며 머그컵을 건넨다. 커피 향이 좋다.

"곧 눈이 부시도록 핏빛 가득한 단풍이 온 산하를 뒤덮겠지. 그리고 흘러간 젊은 날의 화려한 시절을 슬퍼하듯 낙화가 순식간에 일어날 거야. 가을비가 내리면 작별의식을 하듯 자신의 생명을 검은 대지 위에 흩뿌리곤 우리들의 가슴을 난도질하겠지."

"무슨 소리야?"

"그러면 난 블루마운틴, 음악과 함께 상념에 빠져야 하나! 언제쯤이면 엉켜버린 시간의 매듭들을 남김없이 풀어 버리고 세상을 신비한 듯 바라보던 그 눈망울로 다시금 세상을 보게 될까?"

"넌 학창시절부터 생각을 너무 많이 해. 난 그런 너의 독특한 세계가 좋았지만."

친구의 말에 난 머그컵을 부딪치고 눈높이로 치켜든 다음 목을 축였다.

"길가에 들국화처럼 살고 싶었던 청춘. 이상과 사랑이란 이름으로 처절하게 난도질당한 풋풋했던 가슴. 치유하기엔 너무나 상처가 깊었던 그 나날들. 지금 내 가슴엔 그 나날들이 벚꽃처럼 흩날린다. 이대로 두면 나의 영혼은 동력을 잃게 되고, 곧 추락하고 말 거야. 당분간 가슴을 치유하러 여행을 떠나야겠다."

"그거였어! 어디 가려고? 바쁜 것 안 보여?"

"흐흐. 걱정 마라. 금요일 저녁까지 내가 맡은 일은 다 끝내고 갈 테니. 다음 작업은 아직 클라이언트로부터 기획안이 넘어오지 않았으니 내가 할 일은 당분간 없을 거야."

슬픈 가슴을 가진 아이

1.

눈을 떴다. 시계가 오후 2시를 가리키고 있다. 급히 샤워 후 옷을 갈아입고 충무로 사무실로 갔다. 맑던 하늘이 흐려지면서 옅은 먹구름이 하나둘씩 끼기 시작했다. 비가 오려나? 일을 하다 잠시 복도에서 커피를 마실 때 휴대폰이 울렸다.

"여보세요! 박진수 씨죠? 희망여행사인데요. 이번 주 토요일 사승봉도 가실 거죠?"

약간은 허스키한 목소리의 젊은 여성이었다.

"네?"

"박단희 씨가 예약하셨습니다. 확인전화 드리는 겁니다."

"내일 결정해도 됩니까?"

"그러세요. 다시 알려드리지만 내일은 금요일이고, 박진수 씨는 이미 예약되셨어요."

의외로 간략한 전화였다. 대부분의 권유전화는 목적 달성을 위해 장황한 설명을 늘어놓기 때문이다. 7시, 친구를 비롯해서 회사직원들과 저녁 식사를 할 때 비가 부슬부슬 내리기 시작하더니, 식사를 마치고 사무실로 들어오자마자 소낙비가 돼 쏟아졌다. 천둥 번개가 치고, 빗물은 순식간에 도로 위로 흘러넘쳤다.

오늘은 조금 일찍 퇴근한다고 나선 것이 11시가 다 돼서야 집에 도착했다. 나뭇잎을 두들기는 빗소리가 요란하다. 집 안에 들어서니 전등이란 전등은 모두 켜져 있었다. 집에 냉기가 돈다. 스탠드 등이 켜져 있고, 님프의 머리맡엔 책과 노트가 펼쳐져 있다. 님프는 이불에 얼굴을 폭 파묻고 웅크린 채 잠들어 있다. 옷도 갈아입지 않고 청바지에 티, 양말을 그대로 신고 있다.

보일러 온도를 높였다. 주방은 식사 흔적 하나 없이 깨끗하다. 샤워 후 옷을 갈아입고 내려와 얼굴을 덮고 있는 이불을 걷어내려다 멈췄다. 님프가 이불을 꽉 쥐고 있었기 때문이다. 님프를 흔들어 깨웠다. 번개 빛이 커튼 사이로 번쩍하더니 곧 집이 무너질 듯 천둥소리가 요란하게 울려 퍼졌다. 님프가 와락 품에 쓰러졌다.

"배를 덮고 자야 배탈이 안 나지. 그리고 씻지 않고 자면 건강에 안 좋아. 밥은 먹었어?"

님프는 고개를 가로젓곤 아무 말 없이 샤워실로 갔다. 눈가에 눈물 자국이 보였다. 님프가 천둥 번개를 무서워한다는 마야의 말이 생각났다. 발라드풍에 비트가 강한 음악을 은은하게 틀었다. 냉장고에서 라면과 햄, 계란, 파, 김치, 양상추, 파슬리, 상추, 미나리, 사과, 배, 방울토마토, 오이를 꺼내 식탁에 늘어놓았다. 라면 2개 분량의 물을 가스레인지에 올리고, 채소를 씻고 과일 껍질을 벗겨 적당한 크기로 썰어 유리그릇에 담은 다음 보기 좋게 드레싱을 뿌렸다.

"냉장고 청소해? 이걸 다 먹으라구?"

"샐러드부터 먹고 있어. 라면 맛있게 끓여 줄게."

"라면까지? 살찌면 안 되는데."

"나도 먹고."

"아직 안 먹었어?"

"일하다 보니 그렇게 됐어."

맛나게 식사 후 설거지를 했다. 세제로 그릇을 닦아 건네면 님프는 흐르는 물에 헹궈서 식기건조기에 넣었다. 번쩍! 서늘한 느낌의 파란 빛이 집안을 비추더니 '쫘르릉 꽝' 천둥소리가 온 천지를 강타하자 유리창이 일제히 흔들렸다. 님프가 양손으로 귀를 틀어막고 그 자리에 주저앉았다 일어나 나에게 기댔다. 얼굴빛이 창백하다. 님프를 들어 안아 침대에 눕히고 유리그릇에 물을 받아 얼음과 수건을 담아 침대로 왔다. 님프가 일어나 앉아 웃는다.

"나 괜찮아."

님프는 걱정스러운 듯한 내 얼굴을 양손으로 잡아 좌우로 살짝 흔들곤 침대에서 일어났다. 얼음 그릇을 싱크대로 가져가더니 블루마운틴 두 잔을 갖고 왔다. 그리고 스탠드 등만 남기고 모두 소등했다. 님프가 직접 커피 마시는 것을 본 것은 처음이다. 음악 볼륨을 약간 낮추고 님프는 침대, 난 의자에 앉았다. 쏴아 후두두둑! 나뭇잎을 두드리는 빗줄기 소리가 요란하다.

"어때? 빗소리가 꼭 오케스트라 연주 같지 않아?"

"그렇게 말하니까 그런 것 같네."

"비를 왜 무서워해? 아저씨는 좋은데."

"비는 좋아하지만, 천둥과 번개가 무서워."

"천둥은 큰 북소리. 번개는 음, 멋있잖아."

"됐어."

님프가 힘없이 웃었다.

2.

"나 어렸을 때 혼자 있을 때가 많았다. 아빠는 아빠대로 엄마는 엄마대로 나를 사랑하셨지만, 아빠 엄마는 늘 말이 없고 집은 썰렁했어. 비가 많이 오던 어느 날, 유치원에서 돌아왔는데 아무도 없는 거야. 천둥 번개가 번쩍이며 나를 잡아먹으려는 것 같아 아빠 방에 있는 이불장에 들어가 꼼짝도 안 했어. 얼마나 무서운지 울다가 지쳐 쓰러졌는데 눈을 뜨니까 병원이야. 나중에 할머니가 그러는데 내가 죽은 줄 알았대. 엄마는 모임에서 저녁 늦게, 아빠는 새벽에 들어오셨어. 다음 날 아침이 돼서야 내가 없어진 걸 알고는 하루 종일 난리가 났나 봐. 저녁때쯤인가? 할머니가 기절해 있는 나를 발견하곤 병원으로 옮겼어. 그 일로 아빠 엄마가 이혼하시게 됐지만, 다 나 때문이야. 그 후로 천둥 번개가 치면 이상하게 몸이 굳어지고 무서워.

지금의 아빠는 내가 나약하게 보였는지 초등학교 때부터 태권도를 가르치셨어. 거기다가 음악, 미술, 정치, 경제, 광고디자인 등등. 어휴! 머리가 터져 나갈 정도야. 학교보다 집에서 공부하는 시간이 훨씬 더 많았으니까. 특히 한국말은 하루도 빠지는 법이 없었어. 그런 내가 불쌍했는지 언니는 나를 매우 사랑했어. 가정교사 선생님을 속이고 나와 함께 도망쳐 놀러 가기도 하고, 비 오는 날이면 항상 내 옆에 있어 주고. 꼭 엄마 같았으니까.”

님프는 하던 말을 잠시 멈추고 비 내리는 창밖으로 시선을 옮겼다.

“아저씨는 뭘 물어보지 않아서 좋아. 이것저것 캐묻지도 않고. 그냥 내 말을 가만히 들어 주고. 또 전철에서 내가 왜 울면서 전화했는지 묻지도 않고, 손수건을 돌려 달라 하지도 않고.”

책상다리로 앉아 창밖을 바라보며 말하는 님프의 눈동자가 흔들렸다. ‘후두두둑’ 나뭇잎을 두드리는 소리가 공기를 맑게 했지만 잠시 어색한 침묵이 흘렀다.

“나한테 왜 잘해 주는 건데?”

여전히 창 쪽으로 시선을 고정시킨 채 님프가 나지막이 물었다.

“죽고 싶을 정도로 외로웠을 때가 있었어. 그 날도 밤새 뒤척였어. 이 세상에 나 혼자만이 있는 것 같은 새벽이었지. 잠결에 누군가 속삭이는 소리가 들리는 거야. 그 소곤거리는 정체를 알려고 했으나 졸음이 착 달라붙어 눈을 뜰 수가 없었어. 몸을 반대로 뒤척여 다시 잠이 들었던 것 같은데, 누군가 소곤거리는 소리가 다시 들려오는 거야. 잠결이려니 하고 무시하려 했으나 찬바람이 볼에 스윽 스치는 순간 등골이 서늘했어. 8월의 한여름이었거든. 눈을 떴지. 어둠 속에 비가 내리고 있었어. 나뭇잎을 두들기는 소리가 누군가의 소곤거림으로 들렸나 봐. 창문을 활짝 열고 한동안 우두커니 창밖을 내다보다 빗줄기에 가슴을 던져 놓았지. 그리고 주방으로 가 조용조용 물을 끓여 커피를 타고, 비에 흠뻑 젖은 가슴을 건져내 다시 어둠이 깔린 방으로 돌아와 앉았어. 한여름인데도 이상하게 차가운 바람이 온 방을 휘저었어. 커피 향도 신이 났는지 바람에 몸을 싣고 온 방 안을 날아다니며 환호성을 질렀지. 난 창가에 앉아 죽고 싶을 정도로 외로운 가슴을 바람에 실어 비 내리는 하늘로 날려 보냈어. 내 마음을 가만히 들어 줄 사람이 이 세상에 단 한 명이라도 있길 바라면서 말이야. 그랬더니 요정이 나타난 거야. 그리고 친구가 돼 주겠다며 손을 내밀었어. 눈물이 핑 돌았지. 그래서 곧 하느님께 감사의 기도를 드렸어.”

가만히 이야기를 듣고 있던 님프가 천천히 고개를 돌려 얼굴을 바짝 들이밀었다.

“그 요정이 누구야?”

“님프.”

님프는 활짝 웃으며 나를 꽉 껴안았다.

“그냥 친구라도 좋으니까 내 곁에서 떠나지 마!”

“……”

“떠나지 않겠다고 약속해.”

“약속하마.”

“고마워. 내가 선물한 거 잘 갖고 있지?”

“늘 지니고 다녀.”

“그것도 고마워. 그리고 전에 나한테 말해 준 것도 고마워. 아저씨 말대로 아무리 내가 초라하더라도 나 자신을 소중히 하고 사랑할게. 그리고 천둥 번개도 이겨 볼 거야. 언니와 아저씨가 힘들지 않게. 나

잔다."

님프는 잠이 들 때까지 내 손을 꼭 잡고 있었다. 천둥 번개가 몇 번이나 몰아쳤지만 님프의 잠든 얼굴은 평온했다.

"님프야. 살아가면서 어딘가에 미치고 싶을 때가 올 거야. 영혼과 목숨을 걸고서 말이야. 그것이 일이든 뭐든 그럴 때가 있어. 그럴 땐 모든 걸 걸고 한번 미쳐 봐. 실패를 두려워 말고 두 눈 부릅뜨고. 그래야 이 아름다운 세상, 눈물 나도록 이 아름다운 세상의 참된 이면의 모습을 볼 수 있으니까."

내 손을 잡은 님프의 손에 힘이 들어갔다. 이 아이는 나와 닮았다. 사내대장부는 눈물을 흘리면 안 된다 하지만, 그냥 눈물이 흐를 때가 있다. 아프지도 않고, 하나도 슬프지 않은데 눈물이 흐를 때가 있다. 정말 그럴 때가 있다. 그럴 때 외치고 싶다.

"거기 누구 없어요?"

그렇게 외치고 싶을 때 님프가 나에게 다가와 친구가 돼 주었고, 님프가 외치고 싶을 때, 난 님프의 친구가 된 것이다. 님프에게도 나에게도 언젠가는 이 아름다운 세상이 정말 아름다웠노라고 노래할 날이 오겠지…….

동화 속 섬을 가다

1.

일이 한창 바쁠 때 휴대폰이 울렸다. 그 허스키한 음성의 여성이다.

"내일 사슴봉도 가실 거죠?"

"몇 시 출발이죠?"

"2시까지 인천연안여객터미널로 오시면 됩니다."

"내일 오전 10시까지 결정해도 됩니까?"

"…… 그러세요."

저녁때 내가 배낭을 꾸리고 있는 것을 지켜보던 님프가 자신도 가겠다고 나섰다.

"학교는?"

"아프다고 하지 뭐."

"좋아. 언니가 오케이 하면 같이 가도록 하지."

내가 휴대폰 다이얼을 누르기도 전에 님프는 배낭을 꾸리기 시작했다.

"안 된다고 하면 어쩌려고 짐을."

"ㅎㅎㅎ 걱정 마."

요즘 계속해서 밤늦게까지 야근하고 있는 마야다. 그녀에게 전화를 걸어 내일 님프가 학교를 못 갈지도 모르겠다고 했더니, 이유도 묻지 않고 선뜻 그렇게 하란다. 내가 말을 잇지 못하자, 잘 처리하겠으니 염려 말란다.

"그런데 무슨 일 생겼어요?"

"참 빨리도 물어보시네요. 학생이 학교를 안 간다는데 걱정도 안 되세요?"

"진수 씨는 님프가 걱정되는 일이 생기면 먼저 해결부터 하지 않고 저한테 떠넘기실 거예요?"

"아니! 그런 게 아니라⋯⋯."

"됐고요. 얼마나 좋은 일이 생겼길래 학교를 빼먹는데요?"

두 자매간의 믿음에 대해 적잖이 놀랐다. 섬에 1박 2일로 여행을 가게 된 자초지종을 설명하자 자신도 결근하고 함께 가면 안 되겠냐고 되묻는다. 예약이 끝났다는 핑계로 간신히 만류했다.

"같이 간다고 안 해?"

"나 참! 졌다!"

내가 두 손을 번쩍 들자 까르르 웃는다. 왜 님프가 마야를 친구 같은 언니라고 하는지 알 것 같았다. 토요일 오전 식사 후, 정원에서 느긋한 티타임을 갖고 있을 때 허스키한 음성의 그녀에게서 전화가 또 왔다. 시계를 보니 어김없이 오전 10시 정각이다.

"사슴봉도 가시는 거죠? 진수 씨가 안 가시면 이번 여행은 취소됩니다."

난감했다. 이번 여행은 정규 프로그램이 아닌, 단희가 팀을 구성해서 여행사에 특별히 부탁해 별도로 만든 것이란다.

"저 만일 제가 간다고 하면 한 사람 더 추가할 수 있습니까?"

"……."

약 10초간의 침묵이 흘렀다. 이 10초간의 침묵이 나에겐 무언의 위압(혹은 달콤한 유혹)으로 다가왔다.

"부탁합니다."

"크크. 만일 진수 씨가 거절했다면 단희 씨가 크게 실망했을 거예요. 무슨 수를 내서라도 티켓을 구해 놓을 테니 2시까지 꼭 함께 오세요."

"그러죠."

"그럼 인천연안여객터미널에 꼭 2시까지 오세요. 늦지 마시고요."

2.

선배에게 빌린 지프를 몰아 눈이 약간 부실 정도로 햇볕이 내리쬐는 인천연안여객터미널에 도착했다. 탁 트인 바다와 수평선, 그리고 유유히 날고 있는 갈매기들을 보니 가슴이 뻥 뚫렸다. 님프와 난, 하얀 티셔츠에 청반바지, 검정 스포츠 샌들에 검은 선글라스를 착용하고, 그리 넓지도 작지도 않은 터미널 안으로 들어섰다. 물론 님프는 연초록 챙모자를 썼다.

약 사십여 명의 사람들이 여기저기 의자에 기대 앉아 있었다. 대부분은 텔레비전을 보고 있었고, 몇 명은 일행을 기다리는지 연신 시계를 들여다보며 밖을 내다보고 있었다.

"저, 박진수 씨죠?"

휴대폰 너머의 목소리가 등 뒤에서 들려 왔다. 이십 대 중반쯤의 그녀는 회색 톤의 티셔츠와 사파리 여행용 반바지, 챙이 넓은 모자를 쓴 깔끔한 차림이다. 통화 시 건조하던 음성과 단조로운 대화로 인해 느꼈던 터프한 인상과는 정 반대다.

"반갑습니다. 반바지를 입으셨군요. 이번 여행의 스태프입니다. 터미널 내에 반바지를 입은 사람이 저 밖에 없더라구요. 전 수영복도 가져왔는데."

그녀는 악수를 청하면서 머쓱한 표정으로 해맑게 웃고는 님프의 엉덩이를 '툭툭' 치며 듣는 사람이 무안할 정도로 약간의 오버액션을 곁들여 예쁘다며 칭찬에 칭찬을 했다. 님프가 곁으로 바짝 다가오더니 귓속말로 소곤거렸다.

"저 스태프 언니 이상해."

"아하하하!"

난 그만 참고 있던 웃음을 소리 내어 터뜨리고 말았다. 스태프는 터미널에 걸린 전신 거울에 자신의 모습을 비춰 보면서 뭐가 묻지는 않았는지 이리저리 훑어보곤 옷매무새를 가다듬고 아무 일 없었다는 듯 점잖게 팔짱을 끼고 기다림 모드에 돌입했다. 님프와 난 소리 죽여 킥킥 웃었다. 우린 그녀를 '이상한 미녀 스태프'라 부르기로 했다.

약속시간이 20여 분이나 지나도 도착 회원은 님프와 나뿐이다.

"제가 좀 빨리 오라고 했죠? 배 출항시간이 3시거든요. 다른 분들은 2시 40분까지 오라고 했어요."

왜 그랬느냐고 묻자, 그냥 그래야 될 것 같아서란다. 할 말이 없다. 그녀에게 식사를 권하자 생각 없으니 짐을 놔두고 갔다 오라 한다. 역내 오픈식당에서 간단하게 라면을 먹고 있는 중에 단희에게서 출발 10분 전이니 빨리 오라는 연락이 왔다.

"누구야?"

"후배."

"그래!"

님프의 눈초리가 위로 올라갔다. 짐을 놓아 뒀던 곳에 돌아오니 회원들이 다 모여 있었다. 다섯 살 남아와 두 살 여아를 안고 있는 삼십 대 초반의 다정한 부부. 무뚝뚝해 보이는 삼십 대 초반의 남성, 이상한 미녀 스태프, 그리고 단희. 우리 아홉 명은 3시발 쾌속선 파라다이스호에 승선했다.

배는 약 1시간 20분 동안 평화로운 물결을 헤치고 세 개 섬을 돌아 승봉도에 도착했다. 그곳엔 사승봉도로 떠날 통통배가 시동을 걸고 우리를 기다리고 있었다. 통통배는 '통통통통' 고동을 울리며 사승봉도로 향했다.

푸른 바닷물이 뱃전에 하얀 포말로 부서지며 뒤로, 뒤로 달려간다. 님프와 단희가 허리를 숙여 바닷물에 손을 적신다. 머리 위론 흰 갈매기들이 날고 싱그러운 바람은 목덜미를 감싼다. 모두의 얼굴엔 신나는 섬 여행에 대한 호기심이 가득 차 있다. 바로 눈앞에 보이던 사승봉도는 승봉도에서 20여 분이나 걸렸다. 그 섬은 소설(혹은 동화) 속에서나 등장하는 보물섬 같았다. 도착 후 우리는 사다리를 해안가에 내리자마자 함성을 내지르며 짐들을 옮겼다. 님프의 얼굴엔 즐거움이 가득했다.

3.

이 섬엔 선착장으로부터 50여 미터 위쪽에 아래채가 있고, 그 아래채에는 섬 주인인 노부부와 셰퍼드 두 마리가 살고 있다. 30여 미터 더 위엔 민박집 한 채가 있다. 위채인 민박집은 맨 왼쪽에 큰 방과 아궁이가 딸린 부엌, 그리고 부엌을 끼고 'ㄱ' 자 형태로 작은방세 개가 나란히 이어져 있다. 화장실도 위채, 아래채 각 한 개씩이다. 집 옆엔 약 25제곱미터 정도의 대나무밭이 있고, 좌우로 나 있는 길을 따라 섬 등성이를 넘어가면 각각 모래 해변이 펼쳐진다. 이곳은 9월 중순이지만 밤이 되면 두꺼운 겉옷을 걸쳐야 할 정도로 추워 큰방에 딸린 아궁이엔 소나무 장작이 불타고 있었다.

섬을 구경하기로 했다. 4인 가족을 남겨두고 우측 산등성이를 넘어 해변가로 갔다. 좌우 길이가 300여 미터 정도의 모래사장이 펼쳐졌다. 밤에 피울 모닥불을 위해 모래사장에 떠내려온 나무들을 주워 모았다. 땔감 나무는 토막부터 전봇대까지 무궁무진했다. 님프는 땔감 나무를 해변가에서 줍는 것이 신기한지 어린아이마냥 이곳저곳 뛰어다니며 한아름씩 주워 왔다.

단란한 4인 가족도 해변가로 내려왔다. 엄마와 아빠 품을 떠난 두 아이는 괴성을 지르고, 까르르 웃으며 뒤뚱뒤뚱 뛰어다닌다. 모두가 일상에서 탈출한 행복감을 만끽하고 있는 외딴섬의 오후다. 꼭 천국에 온 느낌이다.

이 섬은 서해안의 깊고 깊은 바다에 활처럼 휘어져 있어, 간단하게 한 바퀴 도는 데 약 40분이 소요됐다. 섬을 산책할 때 님프는 학생으로 나의 외조카, 단희는 신문사 후배라고 인사시켰지만, 님프와 단희는 각자 나에게 접선하듯 속삭이며 솔직히 어떤 사이냐고 캐묻는다. 난 대답 대신 웃음을 지었다. 님프가 단희에게 잠시 실례를 구하고 나를 10여 미터 옆길로 끌고 갔다.

"왜 친구라고 소개하지 않았어?"

"조카로 행동하는 것이 편할 거야. 친구라고 소개하면 사람들은 의심의 눈초리와 함께 귀찮을 정도로 꼬치꼬치 캐물을 거야. 그렇게 되면 님프가 말하기 싫은 사생활을 침해받을 수도 있어."

잠시 생각에 잠겼던 님프가 씩 웃었다. 백사장에 누워 파도소리를 들으며 황금노을을 기대했던 우리는 아쉬운 발길을 돌려야만 했다. 섬에 들어오고 나서부터 날씨가 흐렸기 때문이다. 저녁을 준비하기 위해 민가로 돌아와 남자들은 먹을 물을 아래채에서 길어오고, 여성들은 저녁을 준비했다.

해가 저물고 주위는 점점 어두워져 갔다. 발전기 돌아가는 소리가 들리고 전구에 불이 들어왔다. 식탁 대용으로 펼쳐 놓은 신문지 주위를 빙 둘러앉아 삼겹살부터 구웠다. 맥주를 한 잔씩 돌리며 간략한(이름만 말하는 정말 간략한) 자기소개가 끝났다. 식사를 하는 내내 여자아기는 엄마 품에서 우유병을 입에 물고 조막만 한 손으로 자그마한 발을 잡고 흔든다. 사람들이 북적거려 흥이 난 모양이다.

식사 후 설거지를 끝내고 님프, 단희와 함께 부뚜막 장작불 앞에 앉았다. 단희가 팔뚝만 한 장작을 아궁이에 밀어 넣었다.

"선배하고 동행취재 갔을 때 말이야. 그 김 감독인가, 정 감독인가? 아 왜 우리더러 꼭 연인 같다던. 선배 기억 안 나?"

"글쎄! 생각이 나는 것도 같고."

"아줌마! 저 아저씨와 함께 살아요."

단희의 두 눈이 휘둥그레지면서 그게 사실이냐고 묻는다. 님프는 고개를 끄덕였다.

"아니, 외조카라면서 아저씨?"

"외삼촌이란 호칭보다 아저씨가 편하대. 그게 더 친근하다나? 나도 그게 듣기 좋고 해서 말이야."

"그런데 같이 사는 거 맞아?"

"가족이 미국에 있어서 잠시."

"참, 님프 너. 아줌마라니. 나 언니야 언니."

팔짱을 낀 님프가 단호한 얼굴로 입술을 굳게 다물었다.

"님프야. 미국은 어떨지 모르지만 우리나라에선 결혼 안 한 아가씨한텐 언니라고 불러주는 게 예의야."

"나이가 많아도?"

"많아? 나 이제 서른두 살밖에 안 됐어."

"그럼 만약 조카가 아니었다면, 아저씨한텐 뭐라고 해야 돼? 오빠? 에이! 크크크 이상하다. 그러니까 아줌마가 맞지."

"나 참. 선배!"

"음! 님프 말이 맞지만, 여우도 칭찬해 주면 춤을 춘다고 하잖니? 세상을 편안하게 살려면 상대방이 좋아하는 말을 해 주는 것도 요령 중 하나야."

님프의 입가에 야릇한 미소가 번졌다.

"언니! 저 아저씨하고 행복하게 살고 있어요."

단희가 입가에 웃음을 띠며 님프의 두 손을 꼭 잡고 흔들었다.

"그래, 나 언니야 언니. 우리 서로 친하게 잘 지내보자."

님프가 난처한 표정으로 나를 본다.

"아하하하! 서로 잘 지내봐."

어둠 속을 뚫고 강렬한 불빛이 움직였다. 스태프다.

"어디 갔다 왔어?

근심스러운 단희의 물음에 그녀는 씩 웃으며 말했다.

"산 너머에 오두막집이 있어요. 해변가도 넓고, 저 오늘 밤 거기서 텐트 치고 잘 건데 잘 사람 없어요?"

"그곳엔 다 허물어진 텐트밖에 없던데?"

"아뇨. 낮에 올라갔던 반대쪽으로 길이 또 있어요. 전에 MBC에서 '일상탈출'이란 생존게임을 촬영한 오두막집인데 아주 좋아요."

4.

아이들 때문에 단란 가족을 제외한 우리는 아래채에 있는 개집을 끼고 우로 꺾인 오솔길을 따라 올라갔다. 모래로 덮여 있는 오솔길을 따라 맨 앞에 삼십 대 초반 남, 그 뒤에 랜턴을 든 님프, 나, 단희, 그리고 맨 뒤에 랜턴을 든 스태프 순으로 나란히 걸었다.

언덕 위에 오르자 귓전이 '윙윙'거릴 정도로 바람이 거세게 불었다. 우린 몸을 웅크린 채 옷깃을 단단히 부여잡고 걸어야만 했다. 바위를 때리는 파도소리가 요란하다. 검은 바다가 세상을 집어삼키는 소리 같다. 잠시 뒤돌아서서 저 멀리 수평선에 걸린 인천항의 불빛들을 바라봤다.

"아름답군!"

10여 분을 걸어 오두막집에 도착했다. 통나무로 지어진 오두막집 안은 아늑해 보였고, 이미 스태프가 쳐 놓은 텐트가 삼 분의 이가량을 차지했다. 바다 쪽을 향해 랜턴을 비춰봤지만 해안가 끝이 보이질 않는다. 바람이 심하게 불어 움푹 들어간 오두막집 앞에 모여 앉아 모래를 깊게 파내고 낮에 모아 놓은 땔감으로 모닥불을 폈다.

밤하늘엔 별이 총총하고 주위 공간은 모닥불로 인해 좁아졌다. 불빛에 아른거리는 님프의 얼굴에 호기심과 즐거움이 가득하다. 우리가 재잘재잘 까르르 이야기꽃을 피우는 가운데도 칠흑 같은 어둠 속은 성난 파도와 귓전을 때리는 바람 소리가 요동을 치고 있었다.

"정말 여기서 자려고요?"

"넵!"

스태프의 단호한 말엔 즐거움이 듬뿍 배어 있다. 춥거나 불안하면 넘어오라는 우리의 걱정에 그녀는 아무렇지 않다는 듯 삼십 대 초반 남에게 해안가 끝까지 가 보자며 랜턴을 들었다. 두 사람은 우리에게 손을 흔들어 보이며 어둠 속으로 유유히 사라졌다. 우린 돌아오는 길에 장작을 두 개씩 들고 들어와 아궁이에 불을 지피고 잠자리에 들었다. 단란 가족은 이미 깊은 잠에 빠져 있었다. 조심조심 이부자리를 펴고 문 쪽에 나, 님프, 단희가 누웠다.

바람이 지붕을 날려 버릴 기세로 점점 더 거세게 불어 닥쳤다. '오두막집이 날아가지는 않을까', '내일 이 섬에서 나갈 수는 있을까' 하는 생각에 좀처럼 잠이 오질 않는다. 부엌으로 나와 아궁이에 장작을 하나 더 넣었다. 밖으로 나오니 몸이 날아갈 듯 바람이 세차게 불고 소름이 돋을 정도로 춥다. 인천항의 불빛들도 잠이 들었는지 바다는 온통 검은색이다. 바위에 부딪히는 파도만이 별빛에 희미하게 보일 뿐이다.

5.

다음날, 아침 식사 후 스태프가 아래채에서 뛰어올라 왔다.

"폭풍 경보가 내려 오늘 못 나갈 것 같아요. 인천항에 전화했는데 내일 오후에나 풀릴 예정이지만 어쩌면 며칠 더 걸릴 수도 있대요."

우린 내일 일은 내일 걱정하기로 하고 조개나 게를 잡기 위해 오두막집이 있는 해변으로 가기로 했다. 오두막집은 두 채였다. 어젯밤엔 어두워 한 채가 보이지 않았던 것이다. 한쪽은 사람이 들어갈 수 없을 정도로 내부가 엉망이다. 오두막집은 MBC에서 촬영을 위해 튼튼하게 통나무를 섞어 지어졌다. 그 두 채 사이에 빨간 지붕의 나무 우체통이 앙증맞게 서 있다. 우리는 우체통을 중심으로 기념사진을 찍었다.

갑자기 단희가 함성을 질렀다.

"와! 삼각지다."

바닷물이 빠른 속도로 삼각형을 유지한 채 계속 뒤로 물러나고 있었다. 좌우는 이 섬의 끝자락에 걸려 있고 바다 한가운데 꼭짓점을 향해 뒤로 뒤로만 물이 빠지고 있었다. 꼭 영화 〈십계〉를 보는 것 같다. 땅과 바닷물 경계선은 거센 물거품으로 아우성이다. 그 모습은 흡사 지옥의 아비규환을 방불케 했다. 마치 물속에 끌려들어 가는 것이 생의 마지막인 것처럼 물거품은 그렇게 처절하게 몸부림을 치고 있었다.

물이 빠져 허옇게 변한 백사장은 사막 같다. 우린 신발을 벗어 파도에 떠내려온 나무둥치 밑에 나란히 끼워 놓고 걷기 시작했다. 해변의 모래는 딱딱한 데다 잔물결 형상으로 걸을수록 발바닥이 아팠다. 게다가 모래바람이 종아리를 무수히 때린다. 종아리를 손으로 문지르던 님프가 내 팔을 잡고 아픈 표정을 짓는다. 난 님프의 샌들을 다시 갖고 와 신겼다.

좌측 해변가를 따라 섬 쪽으로 걸었다. 님프가 손바닥만 한 주꾸미를 발견했다. 수많은 갈매기가 융단폭격을 하듯 공중을 선회하는 가운데 용케 살아남은 놈이다. 단희가 주꾸미 요리가 얼마나 맛있는지 설명하는 가운데, 님프는 그 주꾸미를 모래로 덮었다. 단희가 나를 보더니 머쓱해 한다. 물이 빠지는 가장자리에 가까이 갈수록 파도소리가 요란하다. 키만큼 낮게 뜬 갈매기가 바다를 향해 날개를 힘차게 퍼덕이지만 제자리다. 맞바람이다. 허공에 뜬 갈매기를 보는 순간 온 세상이 정지한 느낌이다.

민가로 돌아오자마자 단희와 님프가 세 번째 빈방에 매트리스를 깔고 낮잠을 청했다. 이곳은 지상에서 가장 전망 좋은 곳 중 하나일 것이다. 방마다 창문을 열면 탁 트인 광활한 바다가 눈앞에 펼쳐진다. 빈방엔 엄지손가락만 한 거미와 돈벌레, 무당벌레, 나방, 그리고 이름 모를 곤충들이 천장과 벽지, 방바닥에 기거하고 있었다. 아이들은 벌레를 보고 기겁하길 여러 번, 그럴 때마다 엄마 아빠한테 매달려 울음을 터뜨렸다. 님프도 만만찮게 놀라며 내 등 뒤로 숨어들자 단희가 등을 토닥여 줬다. 그 후로 님프는 소리는 내지 않고 슬그머니 내 팔을 꽉 잡고 참는 눈치다.

저녁 식사 후 하늘이 흐려지기 시작했다. 어제 그 초롱초롱하던 별빛도 보이지 않는다. 오늘 밤은 어제보다 더 칠흑 같은 밤이 될 것 같다. 게다가 바람은 더욱 거세지고 비가 올 태세다. 드디어 이슥한 밤이 찾아오고 불이 들어왔다. 단희, 님프와 함께 아래채로 내려갔을 때 스태프가 있었다. 곧이어 단란가족 남편도 내려오고, 단희와 그는 밝지 않은 표정으로 집과 직장 동료에게 전화를 걸었다.

"그런데 우리 아빠는 딸이 걱정도 안 되나 봐? 선배하고 같이 있다고 하니까 아예 여기서 살래. ㅎㅎㅎ!"

님프가 수화기를 건네준다. 마야다.

"부럽네요. 그런 천재지변 나도 당해 봤으면 좋겠네. 아! 나도 갔어야 하는 건데. 님프는 걱정 말아요. 알아서 잘 처리할 테니 즐겁게 놀다 오세요. 되도록 님프에게 즐거운 추억이 되도록 해 주세요."

위채로 돌아가는 길에 님프가 팔짱을 끼더니 나를 뒤로 잡아당겼다.

"솔직히 말해. 저 아줌마 하곤 어떤 사이야?"

"선후배. 그리고 아줌마 아냐. 언니라고 해 줘. 그래야 우리가 편할걸!"

"그런데 왜 그 아줌마 아빠가 아저씨와 살래."

"아하하하! 그건 농담이야."

내가 웃는 소리에 앞서 가던 단희가 뒤를 돌아보며 무슨 일이냐고 묻는다.

"아, 님프가 너보고 예쁘대."

"그래! 고맙다 님프야."

님프의 째려보는 시선을 뒤로한 채 난 돌아서서 한동안 파도소리 요란한 어둠 속을 바라보고 있었다. 별도 달도 어둠이 삼켜 버린 모양이다. 님프가 등을 툭툭 친다.

"빨리 들어가자. 이러다 감기 걸리겠다."

우린 부엌 아궁이 앞에 앉아 장작 하나를 더 밀어 넣었다. '타닥타닥' 장작 타는 소리가 정겹다. 문이 없는 부엌 밖 어둠 속은 여전히 풀과 나무를 후려치는 바람 소리로 요란하다.

"선배. 두 사람 정말 친척이야? 삼촌과 조카로 보기엔 너무 다정하단 말이야."

"다정한 것도 이상한가. 님프는 너하고 내가 꼭 연인 같다고 꼬치

꼬치 캐묻던데.”

“정말? 야! 님프 눈썰미 하나 끝내주는데. 맞아 우리 연인 사이야. 근데 그게 문제야. 흠!”

단희가 심각한 표정으로 나를 쳐다보자 님프가 눈을 흘겼다. 바람이 거세게 불자 창문이 덜컹덜컹 흔들리고, 어둠에 휩싸인 부엌 너머 대나무들이 ‘휘이잉 싸라락’ 소리를 냈다. 방으로 들어온 우린 매트리스를 깔고 침낭 속으로 들어갔다. 님프는 곧 잠이 들었지만 난 잠을 이룰 수가 없었다.

또 다른 희망

1.

누군가 나를 흔든다. 귀찮아 돌아누웠다. 몸이 더욱 흔들린다. 눈을 떴다. 스태프다. 아직 촛불이 흔들리고 있는 어두운 밤이다.

"일어나요. 갈 곳이 있어요."

"어디?"

"따라와 보면 알아요. 다들 먼저 갔어요."

주위를 둘러보니 님프와 단희가 안 보인다. 그녀가 상냥하게 웃으며 손을 잡고 이끈다. 밖으로 나오니 하늘에 별이 총총 떠 있다.

"어! 날씨가 갠 모양이네….'

별들이 하나, 둘, 셋……. 불꽃 터지듯 별이 점점 더 기하급수적으로 늘어난다. 손을 뻗으면 닿을 수 있을 정도로 별들이 가득하다. 그녀가 말없이 바다를 가리켰다. 달빛에 비친 그녀의 옆모습에 흠칫 놀랐다. 우수에 젖은 눈빛과 오뚝한 콧날, 빨간 입술. 혜진을 닮았다. 지금껏 스태프의 옆모습을 이렇게 자세히 보기는 처음이다. 그녀가 가리키는 쪽으로 고개를 돌리자 해안가에 통통배가 떠 있었다. 갑판 위 검은 물체가 랜턴을 비췄다. 그곳으로 그녀를 따라 내려갔다. 파도가 잠잠하다.

"집으로 돌아가는 겁니까?"

그녀는 고개를 끄덕이곤 나 보고 먼저 배에 올라타라는 시늉을 했다. 사다리를 기어오르니 삼십 대 초반 남이 서 있었다.

"다들 어디 갔어요?"

그는 말없이 빙긋이 웃기만 했다. 그녀가 배에 올라 사다리를 해안으로 밀어젖히자 그는 기관실로 들어갔다. '통통통' 배가 섬에서 멀어져 가자 바닷바람이 머리카락을 흔든다. 포근한 바람이다. 어둠 속을 달린 지 30분 정도 흘렀을까? 그녀가 오라는 손짓을 한다. 랜턴을 비추는 수면을 보곤 깜짝 놀랐다. 시커먼 바닷물이 소용돌이치고 있었다. 역방향으로 흐르는가 하면 군데군데 샘처럼 솟아오르기도 하고 밭고랑처럼 물결이 일렁거리기도 했다. 그러나 이상하게도 배는 요동 하나 없다. 두려움에 눈을 질끈 감았다. 그녀가 내 등을 탁 쳤다.

"내리세요."

배는 어느새 낯선 해안가에 도착했다. 랜턴을 든 삼십 대 초반 남이 앞서 길잡이를 하고, 그녀는 내 뒤에서 걸었다. 산속 오솔길을 따라 숲을 헤치고 산등성이에 올라서자 삼십 대 초반 남이 손으로 구름 너머를 가리킨다. 거대한 궁전이다. 구름에 가려 자세히는 보이지 않지만 틀림없다. 조금만 가면 도착할 것 같았던 그 궁전을 향해 걸은 지 1시간이나 지났지만 마을이나 성 입구는 나타날 기미조차 보이지 않는다. 계속 침묵만이 흘렀다. 다시 돌아갈까 생각했지만, 내 발은 그들을 계속 따라만 가고 있다.

황금문이다. 빛을 발하지 않는 것이 오묘하다. 꿈인가? 다리를 꼬

집었지만 아프다. 분명 현실인데 어째서? 꿈과 현실이 연결돼 있나? 문 앞에 다가서자 랜턴을 껐다. 높이가 100여 미터, 너비 50여 미터는 족히 될 것 같은 문의 중간 높이에 돌출된 턱이 보인다.

스태프가 문을 규칙적인 리듬으로 '톡 톡 톡톡 톡톡톡' 두드리자 그 거대한 황금문이 소리 없이 스르륵 양쪽으로 열렸다. 문 안쪽은 한 치 앞도 보이지 않을 정도로 캄캄했다. 그녀는 내 손을 이끌고 어둠 속을 향해 걸어나갔다. 여기가 어디냐고 물었지만 대답이 없다. 그녀가 멈춰 서자 주변이 은회색으로 변했다. 저편에서 문이 열리는 소리가 희미하게 들려 왔다. 갑자기 그녀가 휙 돌아서더니 나를 포옹했다. 커다란 눈동자에 눈물을 그득 머금은 그녀가 손을 풀더니 눈앞에서 연기처럼 사라졌다. 그리곤 문 닫히는 소리가 들렸다. 아주 작게.

"쿵!"

주변은 다시 칠흑 같은 어둠에 휩싸였다. 두 손을 꽉 쥐고 무작정 소리가 난 쪽으로 발걸음을 옮겼다. 희미하게 벽이 보이기 시작했다. 벽은 사방 1미터나 되는 돌들로 촘촘히 박혀 있었다. 통로 폭은 넓이가 약 2미터, 높이는 아직 보이지 않는다. 얼마나 걸었을까? 어느 정도 어둠에 익숙해 지면서 전방 30여 미터 앞이 보이기 시작하며, 전방은 중간 톤 회색으로 변했다. 계단이 나타났고 오르기 시작하자 또 다른 문에 도달했다. 문에 손을 대자마자 저절로 스르륵 열렸다.

2.

헉! 공포감에 얼어붙었다. 무섭도록 아름다운 눈동자의 상체가 내 키의 세 배나 됐다. 허리 아래는 바닥에 묻혀 보이지 않는다. 희고 깨끗한 피부, 오똑한 콧날에 선홍빛 입술, 컬링웨이브 스타일의 까만 머릿결을 휘날리며 한동안 말없이 아름답고 커다란 눈동자로 나를 내려다보고 있었다.

정신을 가다듬고 손을 들어 멋쩍게 흔들었다. 하지만 굳게 다문 입술과 표정 없는 검은 눈동자, 얼굴을 가렸다 말았다 하는 머리카락의 휘날림은 두려움을 느끼게 했다. 바람의 느낌조차 없는 이 공간에 그녀의 검은 머리카락만 휘날린다. 위쪽에만 바람이 불고 있는 건가? 내 의지와는 관계없이 다리가 후들거렸다. 회색 공간의 적막감과 숨 막히는 공기의 밀도도 공포감을 더한다. 무표정한 까만 눈동자를 피하려 했지만 피할 수가 없다. 그녀의 깊은 눈동자 속으로 빨려들어 갈 것만 같다. 눈이 시리다. 왼쪽 눈에서 주르르 눈물이 흘렀다. 이윽고 그녀의 아름다운 입술이 움직였다.

"여긴 어떻게 왔죠? 당신이 올 수 있는 곳이 아닌데."

그녀의 음성은 의외로 다정다감했다. 마음을 가다듬고 여기까지 오게 된 경위를 간략히 설명했다. 그녀는 눈을 감고 잠시 생각에 잠겼다 눈을 뜨곤 물었다.

"아직도 마음속에 미움, 절망, 분노, 좌절, 증오 등이 남아 있나요?"

"솔직히 말하면 남아 있는 것 같습니다. 그렇지만 그건 여운일 뿐이지 그것들이 삶이나 의지에 영향을 미칠 정도는 아닙니다."

"당신은 너무나 이기적이어서 주변 사람들에게 아픔을 주고 있군요."

그녀의 눈동자가 빨갛게 달아오르며 커다란 상체가 나에게로 향했다. 난 급히 그녀의 행동을 제지했다.

"잠시만. 잠시만요. 네! 제가 이기적인 것은 인정합니다. 그러나 주변 사람들에게 아픔을 주다뇨? 전 제 자신을 죽이면 죽였지 주변 사람들에게 아픔을 끼치면서까지 이득을 취하는 파렴치한 인간이 아닙니다."

"변명이 지나치군. 물론 그렇겠지. 부탁이나 아쉬운 소리는 절대 못 하는 자. 아프면 아프다, 슬프면 슬프다, 도움이 필요하니 도와 달라 절대 말 안 하는 이기적인 자. 상대방이 먼저 마음을 열고 손을 내밀어도 도망가고, 마음의 상처를 함께하자고 해도 모른 체하는 당신은 겁쟁이야."

그녀의 목소리는 고막을 때릴 정도로 쩌렁쩌렁 울려 퍼졌다. 오금이 저려 왔다.

"단희를 말씀하는 겁니까? 그 착한 친구에게 제 슬픔을 겪게 할 순 없습니다. 또한 그 친구 주변엔 저보다 좋은 사람들이 많습니다."

"그녀를 아끼는가?"

"그렇다고 아픔을 함께하고 싶진 않습니다."

"좋아하면 상대방의 아픔을 함께할 수도 있지 않나?"

"할 수도 있겠죠. 그렇다고 그 아픔이 치유되진 않습니다. 오히려 제 아픔으로 인해 그 사람의 마음이 다칠 수도 있습니다. 스스로 잊

거나 사라지도록 극복해야 하는 아픔도 있기 때문입니다. 저의 아픔
은 스스로 보듬어야 할 아픔입니다."

"호, 그래? 애매하지만 듣기엔 그럴듯하군. 상대는 당신의 아픔까
지 사랑한다는데, 겁나나 보군."

"그럴 수도 있지만 그녀는 저보다 더 좋은 사람을 만날 수 있습니
다."

빨갛게 달아오른 눈동자가 서서히 아름답게 되돌아오더니 음성도
부드러워졌다.

"음…… 진짜 아픔이군."

말이 끝나기 무섭게 그녀는 연기처럼 '훅' 하고 사라졌다. 회색 공
간이 다시 짙은 어둠으로 변하더니 문이 열리는 소리가 들렸다. 앞
에는 새까만 어둠이 소용돌이치고 있었다. 엄청난 힘이다. 그곳은 온
몸이 날아갈 정도로 바람이 거세게 몰아치고 있었다. 그러나 '휘이
잉' 소리만 요란할 뿐 내가 서 있는 곳은 옷깃 하나 날리지 않는다.
등 뒤로 식은땀이 주르륵 흐르며 다리가 후들거렸다. 누군가 뒤에서
나를 확 밀었다.

"아아악!"

3.

버둥거리다 눈을 떴다. 창밖으로 햇빛이 보인다. 님프는 보이지 않
고 단희와 스태프가 자고 있다. 휴! 또 꿈이다. 이마에 땀이 흥건하
다. 앞뜰로 나오니 언제 그랬냐는 듯 바다가 잠잠하다. 후읍! 길게 숨

을 들이마시면서 두 주먹 불끈 쥐고, 아직 개운치 않은 꿈자리를 떨쳐 버리려고 애썼다.

해변가를 거닐면서 물수제비도 뜨고, 예쁜 돌도 주우며, 아직 뇌리에 강하게 남아 있는 꿈의 잔영을 지우려고 애썼다. 갯바위엔 손가락만 한 작은 굴들이 다다닥 붙어 있었다. 제법 큰놈을 골라 돌로 톡톡 치니 떨어졌다. 님프가 다가와 그게 뭐냐고 묻는다. 나는 굴 하나를 돌로 깨서 님프에게 내밀었다. 한입에 쏙 넣곤 오물거린다. 입 안에 넣으면 짭짤하고 상큼한 맛이 가슴을 시원하게 만든다.

위채 앞뜰에서 스태프가 뭐라 뭐라 소리치며 두 손을 번쩍 치켜들고 빨리 올라오라는 신호를 보내고 있다. 아침밥이 벌써 다 됐나? 올라가 보니 모두들 피난 가듯 짐들을 황급히 챙기고 있었다.

"30분 내로 배가 들어온대요. 제가 직접 전화를 받았어요. 인천항에서 오전에 딱 한 척만 띄우고 오후엔 다시 폭풍경보래요. 빨리 서둘러야 돼요."

정신없이 짐을 챙기고 있는데 20분이 채 지나지 않아 통통배가 벌써 해안가를 맴돌고 있었다. 우리는 서둘러 뛰어 내려갔다. 들어올 때 타고 온 배는 아니지만, 그날 우리를 태우고 온 선장님과 또 다른 선장님이 우리를 데리러 왔다. 섬을 떠난 지 30여 분만에 배가 무사히 선착장에 도착하자, 쾌속선이 저 멀리서 다가오는 것이 보였다.

4.

정원으로 나와 난 감독의자에 몸을 누이고, 님프는 이젤에 그림을 그리며, 모처럼의 초가을 정취를 만끽하고 있는 중이다. 님프와 나 사이엔 하얀 원목의자가 놓여 있고, 그 위에는 과일과 포도 주스, 커피 등이 놓여 있다.

정원에서 올려다보면 하늘이 네모나게 보인다. 그 파란 도화지에 흩뿌려진 새털구름은 님프가 하얀 붓으로 터치한 것 같다. 목덜미를 스친 뽀송뽀송한 바람이 나뭇잎들을 '샤르르' 흔들며 느긋함을 선사한다. 지그시 눈을 감았다.

님프가 붓을 놓고 집 안으로 들어갔다. 이어 음률과 함께 정원으로 사뿐히 걸어 나왔다. 러시아 민요인 안나 게르만(Anna German)의 〈Ja Vais Seul Sur Ia Route(나 홀로 길을 가네)〉, 존 바에즈(Joan Baez)의 〈The River In The Pines(솔밭 사이로 강물은 흐르고)〉, 첼로 독주곡인 카미유 생상스(Camille Saint-Saens)의 〈The Swan(백조)〉, 조지 윈스턴(George Winston)의 〈Thanksgiving(추수감사절)〉, 그리고 프라하(Praha)의 〈With A Leap Of My Heart(가슴을 설레며)〉에 이르러 느긋함은 절정에 다다랐다.

지그시 눈을 떴다. 네모난 하늘은 점점 더 높아져 가고, 푸른빛은 점점 더 깊어만 갔다. 어느새 님프가 감독의자에 깊숙이 몸을 맡기고 잠이 들었다. 그렇게 님프와 난 청명한 가을 하늘 아래 느긋함을 만끽하며, 오후 내내 달콤한 낮잠을 즐겼다.

7장
텅 빈 하늘

님프의 첫사랑

1.

10월이 되자마자 난 취직을 하게 됐고, 님프와 마야는 미국에서 할머니가 돌아오셔서 다시 서초동 집으로 돌아갔다. 또다시 직장생활이 쳇바퀴 돌듯 돌아가는 가운데 님프, 마야와 함께하는 시간을 갖기 힘들어졌다. 특집이다 뭐다 해서 주말과 휴일도 없이 늘 늦게 들어오는 탓도 있지만, 님프는 입시시험 준비로, 마야도 퇴근 후에 사진을 배우느라 학원에 다니기 때문이다.

새로운 직장생활에 젖어들기 시작한 11월 중순도 지나가고 있었지만, 가끔 꿈을 통해 찾아오던 무섭도록 아름다운 눈동자조차 나타나지 않았다. 게다가 단희, 님프, 마야 그 어느 누구도 나를 찾을 기미조차 보이지 않았다.

그녀들이 돌아간 뒤에도 여전히 2층에서 생활하는 난, 소파에서 잠을 자다가도 몇 번이나 깨어나 달과 별빛 아래 음악을 틀어놓고 밤을 지새운 적이 여러 날이다. 이상한 것은 혜진에 대한 생각을 그 기간 동안 까맣게 잊고 지냈다는 것이다. 아마 혜진에 대한 아릿함이 옅어지거나, 아픔이 조금은 치유된 것인지도 모르겠다.

12월 첫째 금요일, 출근길 하늘은 잔뜩 흐려 있었다. 점심 식사를 하려고 막 나가려다 단희의 전화를 받았다.

"선배, 창밖 보고 있어?"

"아니."

"첫눈이야. 특별한 일 없으면 저녁 하자."

"그러지 뭐. 7시 정도에 끝나니까 8시 명동에서 보자."

한창 마감으로 바쁜 오후 6시 휴대폰이 울렸다. 님프다.

"아저씨 오랜만이다. 그동안 왜 전화 안 했어?"

"바빠서."

"난 또, 날 잊은 줄 알았네. 이따 영화 보고 저녁도 사줘."

"약속이……."

"7시에 어디로 갈까?"

"저…, 내일 하면 안 될까?"

"안 돼."

"식사하고 영화 보려면 시간이 늦을 텐데."

"7시 30분 거 보고, 저녁은 9시 좀 넘어서 하면 되잖아."

"알았다. 지하철 3호선 타고 종로 3가에서 5호선으로 갈아타. 그리고 서대문역에서 내려 경향신문사 쪽으로 나오면 돼. 경향신문사 건물 영화관 1층에서 봐."

단희에게 전화를 걸었다.

"퇴근 무렵에 취소하는 예의는 뭐야? 2개월 만의 데이트 신청인데 심하다."

"미안하다. 그렇게 됐어. 다음에 단단히 쏠게."

단희는 무슨 일이냐고 꼬치꼬치 캐물었고, 난 갑자기 사건이 터져

현장에 가야 한다는 핑계로 얼버무렸다. 수화기를 내려놓는 순간 '아차' 했지만 이미 일은 벌어졌다. 편집기자 현장출동은 말이 안 된다. 차라리 특종 비상대기라고 할 것을 그랬다. 그 핑계도 단희는 눈치를 챌 것임에 틀림없다. 오늘 당직이 아니라고 이미 말했기 때문이다. 급히 극장에 전화를 걸어 7시 20분 걸로 예약했다.

2.

회사를 나오자 가로등 불 아래 흰 눈송이가 흩날리고 있었다. 차들이 엉금엉금 기면서 교통이 밀리자 퇴근길은 바빠졌다.

극장도 사람들로 붐볐다. 7시다. 줄 서서 예약해 놓은 티켓을 끊고 극장 입구로 다시 나오니 함박눈이 펑펑 쏟아지기 시작했다. 첫눈치곤 제법 쌓인다. 20분이 다 돼서 님프가 활짝 웃는 얼굴로 도착했다. 님프가 내 손을 꽉 잡고 크게 흔들었다.

영화관람 후 언덕에 위치한 이탈리안 레스토랑 2층 창가에 자리했다. 님프는 해물 모둠 스파게티, 난 닭가슴살 볶음밥에 콜라 두 잔을 주문했다.

"우리 내일 사진 찍으러 가자. 스튜디오. 예약했으니까 퇴근하고 서초동으로 와."

"토요일은 근무 안 해."

"그래? 그럼 나 오늘 아저씨 집에서 잘래. 그리고 내일 같이 가자."

"갑자기 사진은 왜? 언니는?"

"언니하곤 벌써 찍었지. 잠시만."

님프는 휴대폰을 들고 저쪽으로 가더니 통화를 했다.

"언니도 12시까지 아저씨 집으로 온대. 할머니도 OK 했어."

집에 도착해 옷을 갈아입고 내려와 세면을 하고 나오니 님프가 추리닝에 티를 걸치고 있었다.

"어! 어떻게 된 거야. 분명 외투 속에 청바지와 스웨터를 입고 있었던 것 같았는데."

"흐흐흐. 아저씨는 여전히 2층에서 지내는구나. 내가 올 줄 알고 침대에 있는 물건은 고이 모셔 놓고. 청소도 안 했지?"

"그게……."

"나 짐 놓고 갔잖아. 책하고 가방만 빼고. 봐 저기 이젤하고 팔레트와 붓도 있잖아."

"그랬었나?"

"나 참. 씻고 올 테니까 잠시 기다려."

님프는 그동안 나와 함께 지내면서 쓰던 물건들을 그대로 놓고 갔다. 옷장엔 마야의 옷도 그대로다. 그녀들이 떠난 뒤 1층 침대 룸은 커튼으로 둘러쳐 놓고 한 번도 들여다보질 않았다. 커피와 포도 주스를 들고 2층으로 올라가 스탠드와 촛불을 켜고 소파 테이블에 마주 앉았다.

"나 미국 가."

"축하해. 이젠 엄마 아빠도 외롭지 않으시겠네. 잘해 드려."

"엄마 아빤 늘 바빠 나한텐 관심도 없는데 뭐."

"그렇지 않아. 겉으로 표현하면 님프가 어린아이 취급한다 하실까 봐. 항상 가슴으로 사랑하고 계셔."

"혹시 저번에 통화할 때 아빠가 그러신 거야?"

"아저씨 부모님이 그래. 그리고 모든 부모님은 다 그러셔. 님프 대학 문제도 봐. 아빠께서 벌써 알아봐 주신 거 아냐. 엄청 바쁘시다며? 그 바쁜 시간을 쪼개 전국의 수많은 학교에 일일이 전화를 걸어 커리큘럼은 어떠냐부터 기숙사, 학비, 졸업생 진학률 등등을 다 물어보셨을 거 아냐."

"듣고 보니 그러네!"

"언제 가는데?"

"방학하면. 가서 이것저것 준비하고, 졸업식 때 다시 한국에 올 거야. 뭐 졸업장 때문에 오는 것은 아니고, 친구들과 언니하고 졸업사진 찍으려고. 아저씨도 원하면 끼워 줄게."

"내일 찍는데 뭘. 그날 할머니 기쁘게 해 드리고, 친구들과 좋은 추억 많이 만들어."

"흐흐흐. 역시 아저씨티가 나는군."

창가로 걸어가 커튼을 옆으로 걷었다. 눈이 펑펑 쏟아지고 있었다.

"나 미국 갈 때 마중 안 나와도 돼. 아저씨 바쁘잖아. 내가 큰 인심 쓰는……. 뭐야! 내가 말하고 있는데. 어딜 가?"

"잠시만 기다려."

3.

2층에서 정원까지 단숨에 달려 내려왔다. 현관문을 여는 순간 '훅'

하고 짜릿한 냉기가 가슴 속을 파고들었다. 정원은 온통 하얀 눈으로 뒤덮였고, 주위는 어둠에 잠겼다.

눈사람을 만들기 시작했다. 픽! 등에 눈뭉치가 날아왔다. 님프가 깔깔 웃으며 눈뭉치를 던진다. 뭐가 그리 즐거운지 입가에 웃음이 가득하다. 님프의 귓불과 볼, 코끝이 빨갛다.

"감기 걸리겠다. 파카라도 걸쳐."

"괜찮아. 시원한걸."

타임을 요청하고, 안으로 들어가 파카와 장갑을 들고나와 님프에게 건넸다.

고개 들어 하늘을 보니 하얀 눈송이 더미들이 빼곡하게 얼굴 위로 마구 쏟아진다. 님프는 허연 김이 나오는 입으로 연신 손을 호호 불어 가며 눈사람을 만들었다. 눈이 수북이 쌓인 우물 덮개 위에 눈사람 두 개를 나란히 올려놓고 소나무 가지를 꺾어다 눈, 코, 입, 손을 만들었다.

손이 꽁꽁 언 님프는 안으로 들어가자는 말에 춥지 않다며 발자국 만들기를 하자고 한다.

"아저씨가 추워서 그래."

"그래? 대신 나 업어 줘."

"너 춥구나. 몸이 몹시 찬데?"

"아 따뜻하다. 2층까지야."

님프는 내 목을 양손으로 꽉 껴안고 얼굴을 등에 푹 파묻었다. 2층으로 올라와 님프를 내려놓고 담요를 덮어 줬다.

"잠시 기다려."

주방으로 내려가 우유를 따끈하게 데워 코코아 가루와 설탕을 섞어 2층으로 올라왔다.

"자, 마셔. 감기 걸리면 어쩌지!"

"아저씨 걱정이나 하셔."

우유를 한 모금 마신 님프는 양손으로 따뜻한 우유가 든 머그컵을 꼭 감싸며 눈을 흘겼다.

"님프에게 추억 만들기 하려 한 건데."

"에게! 눈사람? 그 정돈 어림도 없다. 좀 더 기억에 오래 남는 추억을 선물해 봐."

"미국 가면 공부 열심히 하고, 그 분야에서 최고가 될 때까지 최선을 다해."

"훈계가 좋은 추억이야? 시시하게."

님프가 나를 응시하자 시선을 탁상시계 쪽으로 돌렸다. 분침이 11시 30분을 지나고 있었다. 잠시 내 얼굴을 바라보던 님프가 입을 열었다.

"나 한국에 다시 올 거야. 아저씨와 언니가 있는 곳이니까. 4년만 기다려. 내가 올 때까지."

"나? 어디 안 가. 우리나라에서 그냥 살 거야. 그러니까 언제든 와. 맛난 거 많이 사줄게."

"그게 아니라 4년 동안 그 누구와도 결혼하지 말라고."

"응? 농담이 심하다. 그럼 아저씨더러 평생 혼자 살라고? 너무했다. 빈말이라도 좋은 사람 만나 잘 살라고 해야지."

"약속해."

"뭘?"

"4년 후에 나와 결혼하겠다고."

"우린 친구잖아. 그리고 캠퍼스생활을 하다 보면 멋진 남자친구가 '짠' 하고 나타날 거야. 이 세상에는 아저씨보다 더 좋은 사람이 밤하늘의 별만큼이나 많아."

"늘 그런 식이야. 좋으면 좋다. 싫으면 싫다. 솔직해져 봐. 아저씨나 좋아하잖아."

"좋아하는 것과 결혼은 달라."

"설득하려고 하지 마. 난 이미 결정했어."

"그럼 좀 일찍 태어나지 그랬어."

"나 새벽 1시에 태어났다. 그보다 어떻게 더 일찍 태어나?"

"아하하하!"

웃기는 했지만, 팔짱을 끼고 똑 부러지게 내뱉는 님프의 말투와 단호한 얼굴 표정에 난 적잖이 당황했다.

"그 황당하다는 표정은 뭐야? 내가 사랑하고 있다는 것은 눈치채고 있었을 거 아냐. 아저씨도 날 사랑하잖아."

"그렇지만 그건 어디까지나 친구로서야."

"음……."

님프가 시선을 아래로 내리고 생각에 잠기자 공기가 갑자기 무거워졌다. 난 죄인처럼 고개를 숙이고 커피잔을 만지작거렸다. 채 1분도 지나지 않았음에도 세포들은 이곳저곳에서 뻐근하다고 아우성이다.

님프처럼 자존심 강한 친구는 자신의 속마음을 내보인다는 게 여간 힘든 게 아니다. 더구나 그것이 첫사랑이라면 수많은 밤을 지새우며 고민에 고민을 거듭했을 것이다. 사랑을 고백하기 전 가슴앓이는 누구보다도 나 자신이 잘 안다. 그 떨림과 설렘, 그리고 두려움. 게다가 사랑을 어렵게 고백한 그 자리에서 '넌 아냐'라고 단칼에 거절을 당했을 때의 그 슬픔과 아픔도.

"그럼 연애하는 것은 허락할게. 아저씨 말대로 4년 후엔 나도 내 마음을 장담할 수 없어. 단 4년 동안 결혼하지 않는다고 약속해. 나도 결혼 안 해."

역시 님프답다.

"좋아 약속할게."

"흐흐흐. 좋아 손가락 걸어. 아저씨 4년 동안 결혼 안 하기. 님프도 결혼 안 하기."

님프가 오른손 새끼손가락과 왼손 새끼손가락을 번갈아 걸었다.

"내가 선물한 거 줘 봐."

님프는 카드지갑을 나란히 테이블에 올려놓고는 안쪽에 매직펜으로 4년 후 날짜와 '님프와 진수'라고 적었다. 그리곤 나를 슥 보더니 씩 웃었다.

"사인해."

내가 사인하자 님프도 사인했다. 아래층에서 문 여는 소리가 들렸다. 머리와 양어깨에 하얀 눈을 이고 왼손엔 님프 책가방, 오른손엔 맥주, 음료수, 안줏거리 등이 든 봉지를 들고 마야가 함박웃음으로 인사를 한다.

"좋은 밤이에요."

4.

우린 님프의 출국기념파티를 열었다. 방금 전 '진지 모드' 님프는 어디 가고 천진난만한 소녀가 돼 마야와 함께 재잘재잘 까르르 시간 가는 줄 모른다. 마야가 권한 맥주 한 잔에 얼굴이 붉어진 님프는 졸리다며 먼저 1층으로 내려갔다.

"님프한테 다 들었죠? 미국으로 간다는."

"네."

"미국대학은 엄마 아빠 결정이었어요. 자신의 결정으로 만들기까지 계속 고민했었나 봐요. 아마 진수 씨 때문이었을 거예요. 어제 진수 씨를 만나 할 이야기가 있다며 저에게 오늘 늦게 오라고 하더군요. 무슨 비밀이야기 했어요?"

"……."

"저 피곤해서 그만 자야겠어요. 크리스마스엔 뭐 하세요?"

"뭐 딱히……."

"제가 미리 진수 씨 예약할게요. 기대하세요."

다음날 오후 학교를 마친 님프와 서초동에 있는 스튜디오에 가서 함께 사진을 찍고 예술의 전당에서 뮤지컬을 감상했다.

슬픈 영화

1.

일요일, 여의도는 순복음교회 차량으로 장사진을 이룬다. 또한 연일 계속되는 집회시위가 휴식을 갖는 요일이기도 하다. 아직 눈이 곳곳에 쌓여 있는 거리를 지나 회사에 출근, 단희에게 저녁 약속 전화를 하고 하루 종일 일에 매달렸다. 늘 확성기 소리로 요란했던 도시가 휴식을 취하는 오늘 같은 날에는 사무실에 앉아 편집기로 들어오는 기사와 씨름하다 보면 시간 가는 줄 모른다.

편집마감 판을 넘기고 한잔하자는 동료들의 권유를 뒤로하고 거리로 나섰다. 을씨년스런 거리는 하늘을 찌를 듯한 잿빛 빌딩들로 즐비하고, 그 빌딩들은 나를 물끄러미 내려다보고 있었다. 코트 깃을 세우고 호주머니의 따스함을 느끼면서 국회의사당 쪽에서 여의도역을 향해 발걸음을 옮겼다. 거리는 드문드문 지나가는 차량뿐 사람은 거의 보이지 않고, 죽 늘어선 희미한 가로등만이 어둠이 내린 거리를 말없이 지키고 서 있었다.

냉기를 품은 바람이 코트 깃을 파고들자 걸음을 멈추고 고개를 들었다. 잔뜩 흐린 하늘이 어둠 속에 몸을 숨기고 뭔가를 감추고 있다. 또 눈이 오려나!

이 거리엔 수많은 직장인들의 꿈이 담겨 있다. 은행원, 증권사 직원, 벤처가, 정치인, 국회의원, 연예인, 방송인, 사무원 등등. 그리고 그들보다 이 거리를 더 사랑하는 구두닦이 아저씨, 식당 아주머니, 퀵 배달원, 포장마차 아저씨와 아주머니, 잡화상의 꿈들도 배어 있다.

평일 점심때면 여의도 거리는 사람들로 인산인해를 이루며 각종 이벤트가 펼쳐지는 곳이기도 하다. 식사를 하려고 거리로 쏟아져 나오는 직장인들을 상대로 잡화상들의 목청은 높아지고, 유흥업소 종업원들은 공짜 커피와 라이터, 담배를 매개로 한 손님 유치 홍보전으로 전쟁터를 방불케 한다. 저녁이 되면 각 술집과 포장마차엔 직장인들의 애환과 스트레스가 봇물 터지듯 쏟아진다. 정체된 욕망의 분출이든, 아니면 내일을 위한 에너지 충전이든, 분명한 것은 각자의 가슴에 담겨 있는 꿈을 향해 달리고 있다는 거다.

하늘을 찌를 듯 기세등등한 빌딩들이 사람들을 토해 내고 다시 집어삼키는 모습이 영상처럼 스쳐 지나갔다. 지금은 어둠 속에 잠을 자고 있지만, 그 각 빌딩엔 저마다의 꿈을 이루기 위한 공간들이 빼곡히 들어차 있다. 내일이면 저 잿빛 빌딩들도 잠에서 깨어나 화려한 몸단장을 하고 직장인들을 맞이할 것이다. 나 또한 이 거리를 오가며 생계를 해결하며 불확실하지만 꿈을 만들어 내고 있는 것이다.

그처럼 복잡 다양한 꿈의 거리에서 퇴출된다면, 그 고통은 꿈을 강탈당한 듯한 아픔일 것이다. 또한 세상에서 아웃사이더가 된 기분으로 우울한 적막감에 휩싸여 자신을 학대하기도 한다. 그래서 직장인들은 어떻게든, 이 거리에서 퇴출되지 않으려고 자신의 욕망을 정체시켜 권위와 권력에 도전하지 않으려 한다. 오히려 권위와 권력에 도전하려는 동료를 경계하고 시기하며, 어떤 이는 그 동료를 온갖 음모와 협잡으로 몰아내 자신의 자리를 지키려 한다. 물론 소수의 꿈들이 그 권위와 권력에 과감히 도전장을 내밀어 새로운 거리를 만들기도 하지만 말이다. 이처럼 이 거리는 직장인들의 애환과 땀, 슬픔이 서려 있는 곳이다.

2.

저녁 8시 압구정에 위치한 카페식 퓨전레스토랑에 도착했다. 창가 쪽으로 까만 정장에 하얀 블라우스의 단희가 눈에 들어왔다. 오늘 뭐 좋은 일이 있나? 평소엔 청바지에 하얀 티를 즐겨 입던 그녀다. 단희가 손을 흔든다.

"선배 이쪽."

단희는 벌써 치즈, 크래커, 멸치, 땅콩 등을 곁들여 레드와인을 반 병이나 마셨다.

자리에 앉자마자 웨이트리스가 둥글고 큰 레드와인 글라스와 레몬즙이 가미된 얼음물을 갖고 왔다.

"선배 좋아하는 스테이크 시켰어. 머스터드도 부탁했고. 자 한잔해."

"식사는?"

"생각 없어."

단희가 와인을 삼 분의 일쯤 따른 다음 잔을 부딪쳤다. 난 한 모금 입에 물고 잠시 표정을 살폈다. 밝고 명랑함의 상징이던 그녀의 이미지가 오늘따라 엄숙했다.

곧 요리가 나오고 식사를 하는데 단희는 턱을 괴고 말없이 내가 먹는 모습을 지켜봤다. 식사를 마치자 단희는 장미 한 송이를 내밀었다.

"우리 결혼하자."

"……."

단희의 진지한 태도에 난 적잖이 당황했다. 예전에 단희가 결혼하자는 말을 수없이 했지만, 그때는 농담 반, 진담 반이었다.

"역시 대답이 없군. 5년 전부터 내 마음을 잘 알고 있으면서……."

장미를 든 그녀의 하얀 손이 흔들렸다. 난 말없이 와인잔만 만지작거렸다. 우린 그렇게 한동안 말없이 어둠에 잠긴 창밖을 보고 있었다. 단희가 와인잔을 비우더니 다시 채우곤 마셨다. 그리고 다시 한 병을 주문해 잔에 따르곤 단숨에 비웠다.

"언젠가 선배가 말했었지. 인생은 영화와도 같다고."

그녀 얼굴이 발그레해지고 목소리에도 약간의 취기가 묻어났다.

"5년? 4년 전인가! 아무튼 그 혜진인가 뭔가 하는 여자 때문에 괴로워할 때 영화를 본 적이 있었어. 제목은 생각이 안 나지만 끝내 사랑을 이루지 못하는 멜로영화였을 거야."

단희는 와인을 따르더니 눈높이로 든 다음 입술만 축였다.

"그때 선배 무척 울었다. 엔딩신이 다 끝날 때까지. 남자가 눈물은."

"네 어깨가 얼마나 고마웠는지 몰라. 아마 너 없었으면 정말 힘들었을 거야. 그리고 나 너 좋아해. 하지만 결혼은 나보다 더 좋은 사람 만났으면 해."

"후후. 역시 선배답다니까. 내가 저 모습에 반했지. 내가 결혼하자고 하자마자 '그래' 그러면 선배도 아니지."

단희는 나에게 와인을 권했다. 웨이트리스가 다가와 얼음물을 가득 채웠다.

"커피숍에서 우린 영화의 주인공처럼 되지 말고 결혼해서 행복하게 잘 살자고 했더니, 선배는 뜬금없이 '인생은 영화 한 편과 같다'고 했어."

"……."

"엔딩신 자막에 나오는 사람들(캐스트), 만든 사람들(스태프), 협찬, 촬영 지원, 장소 협찬, 도움 주신 분들을 예로 들며, 우리네 인생도 영화를 제작하는 것처럼 각 분야의 사람들이 필요하다고 했어. 난 선배의 영화에 '캐스트'가 아니라 '도움 주신 분'이라고 한 것 생각나?"

"그래. 넌 나에게 있어 정말 소중한 친구야. 그것도 내가 많은 도움을 받은. 그런데 캐스트는 왜?"

"나도 선배 영화에 조연으로라도 출연해서 연애도 하고, 사랑의 슬픈 연기도 해 보고 결국 결혼해서 해피엔딩 작품을 만들고 싶거든. 그런데 선배는 블루엔딩 영화 한 편 찍어 놓고 자신의 인생영화 주인공은 혜진인가 뭔가 하는 나쁜 여자라며? 선배 작품엔 어떻게 출연자가 딱 두 명이야. 그 외 사람들은 모두 협찬, 촬영 지원, 장소 협찬, 아니면 만든 사람들이나 도움 주신 분들이야. 어떻게 내가 도움 주신 분이야. 그리고 첫사랑을 앗아간 그 남자를 포함해서 두 주인공이 만나게 되고 헤어지게 한 주요 사람들은 어떻게 전부 다 첫사랑의 고통을 만든 사람들이야. 선배 그 좁은 세계에서 좀 벗어나 봐. 나를 좀 보라고. 내 영화엔 선배는 물론, 사승봉도에 같이 간 님프와 회원들도 다 캐스트야. 무슨 뜻인지 알아?”

단희의 눈동자가 젖어 있었다. 눈가가 시큰해져 왔다.

“미안하다.”

“뭐가 미안한데? 이제 혜진이란 주인공이 중도탈락했는데, 혼자 영화 찍을 거야? 선배의 인생은 더 이상 영화가 아니라, 이젠 모노드라마일 뿐이야. 그것도 지지리 궁상떠는.”

단희가 테이블 위로 쓰러졌다. 술이 과했던 모양이다. 그녀를 집으로 데려다주는 택시 안에서 ‘왜 그녀를 좋아하면서도 결혼하지 못하는 걸까’ 하는 생각에 가슴이 아렸다. 고개를 돌려 내 어깨에 머리를 기대고 잠들어 있는 단희 얼굴을 보니 눈가에 눈물이 맺혀 있다. 그녀는 항상 깔끔한 모습을 나에게 보여 주려 한다. 호주머니에서 손수건을 꺼내 눈가에 맺힌 눈물을 살포시 닦아냈다. 그녀를 좋아하면서도 거리를 두고 있는 나 자신을 나도 잘 모르겠다.

단희를 업고 아파트 엘리베이터를 이용해 현관 앞에 도착했다. 그녀의 핸드백에서 열쇠를 꺼내 문을 열고 들어가 불을 켰다. 깔끔하게 잘 정돈된 거실 중앙엔 작은 소파, 오디오, PDP TV, 거실 벽을 따라 난초와 주목나무 분재, 그리고 각종 선인장과 허브 화분들이 빙 둘러앉아 있었다.

침대에 단희를 눕히고 구두를 벗겨 현관 입구에 갖다 놓고, 정장 윗옷은 티테이블에 올려놨다. 이불을 덮으려는 순간 단희가 눈을 감은 채로 내 손을 잡아끌어 입술을 열었다.

"언제든 날 가져도 좋아. 하지만, 사랑하지 않으면 그러지 마."

단희가 나를 힘껏 껴안았다. 얼마의 시간이 흘렀을까. 그녀의 팔이 느슨해지고, 새근새근 콧소리가 들렸다. 단희를 눕힌 후 한동안 잠든 모습을 지켜보며 조용히 말했다.

"미안해! 내 아픔을 겪게 할 순 없어. 넌 좋은 남자 만나 행복했으면 좋겠어."

사랑의 찌꺼기

1.

12월 중순도 지나고 어느덧 님프가 미국으로 출국하는 날이 3일 앞으로 다가왔다. 님프의 휴대폰이 꺼져 있어 마야에게 연락했더니 오늘 오전에 출국했단다.

"그 아이 진수 씨를 보면 발걸음이 떨어지지 않았을 거예요. 그래서 예정보다 일찍 출국했나 봐요. 내일이 크리스마스이브라서 함께 보내자고 해봤지만, 그냥 가겠다며 모른 척해 달라고 부탁하더군요. 생각이 너무 깊은 아이죠."

휴대폰에서 흘러나온 마야의 답변은 나를 어둠의 저편으로 옮겨 놓았다. 님프를 다시는 보지 못할 것 같은 생각이 들었다. 크리스마스에 맛있는 요리와 선물을 사달라고 했던 님프다.

"진수 씨! 진수 씨 듣고 있어요?"

"아 죄송해요. 뭐라고 하셨나요?"

"크리스마스이브에 식사를 어디서 하면 좋을까요? 술은 제가 낼게요."

"전통 한국음식 어때요? 충무로에 '진고개'라는 한식집이 있는데 음식이 정갈하고 깊은 맛으로 정평이 나 있어요."

"좋아요. 그럼 저녁 6시에 뵐게요."

"저 혹시 님프에게 우리 내일 만난다고 이야기하셨나요?"

"그럼요. 즐거운 시간 되라고 한걸요."

오늘 같은 날은 누군가와 시원한 맥주를 마시고 싶다. 단희가 생각났다. 그녀의 가슴에 눈물을 흘리게 만든 지 2주일이 지났지만 통화를 못 하고 있다. 가슴이 답답했다. 이럴 때 속 시원히 내 이야기를 말없이 들어 줄 친구가 필요하다. 외로운 친구에게 문자를 보냈다.

"8시 마노에서 술 한잔합시다."

1시간 후 한참 기사편집에 열중하고 있을 때 답장 메시지가 들어왔다.

"OK."

2.

문을 열고 들어서자 희진 씨가 함박웃음을 머금고 반갑게 맞이한다.

"오랜만이네요."

카운터 테이블에 앉아 있던 외로운 친구가 말없이 오른 손바닥을 펴서 인사를 한다. 카운터 테이블을 마주하고 그와 담소를 나누고 있던 하늘 씨도 가볍게 목례를 건넨다.

"오늘은 손님이 없네요?"

"그러게요. 두 분이 오시는 걸 다들 알았나 보죠."

나의 멋없는 인사말에 하늘 씨가 씩 웃으며 화답한다. 테이블 위엔 잭다니엘, 콜라가 담긴 목이 긴 글라스, 얼음통, 치즈와 오이와 크래커를 곁들인 안주세트, 멸치, 땅콩, 그리고 얼음이 든 유리컵과 양주잔이 세팅돼 있었다. 난 기네스를 주문하고, 유리잔에 얼음 세 조각을 넣고 기네스를 채웠다.

"박 형이 술을 먼저 하자고 문자도 보내고 무슨 일 있어?"

"무슨 일은. 외로운 친구끼리 그냥 한잔하자는 거지."

우린 말없이 술잔을 기울였다. 줄리 런던의 〈Fly Me To The Moon〉이 흘렀다.

"진수 씨를 위해 틀었어요."

입가에 미소를 지으며 희진 씨와 하늘 씨가 우리와 마주했다. 난 외투를 벗어 옆에 있는 의자에 올려놓으며 말했다.

"정말 손님이 없나 보네요. 두 분이 우리 말동무가 돼 주기로 한 것을 보면."

"그러네요. 눈이 펑펑 쏟아지려나? 그러고 보니 우리 모두 하얀색 셔츠를 입고 있네. 후후. 꼭 동창회 같다."

자매는 청바지에 하얀 블라우스, 친구와 난 검은 정장에 노타이 차림의 하얀 와이셔츠를 입고 있었다.

우동볶음을 주문했다. 이 집의 우동은 굵은 면발에 각종 야채와 쇠고기를 잘게 썰어 넣고, 양념소스를 두른 다음 청양고추를 가미해 매콤달콤하게 볶아 투박한 사각 도기 접시에 담겨 나온다. 와인과 곁들이면 안주 대용으로도 제격인 요리다.

우린 삶의 소소한 이야기와 외로운 친구의 사업 무용담을 들으며 아늑한 시간을 보내고 있었다.

"눈이 오네!"

하늘 씨의 말에 모두의 시선이 두꺼운 통유리 너머로 향했다. 순환도로를 질주하는 헤드라이트와 가로등 불빛을 받으며 하얀 눈발이 휘날리고 있었다. 카페를 고즈넉하게 감싸던 재즈선율이 아다모(Adamo)의 〈Tombe La Neige(눈이 내리네)〉로 바뀌었다.

"내일이 크리스마스이브. 일주일이면 또 한 해가. 세월 참 빠르군!"

희진 씨가 카운터 테이블에 턱을 괴고 속삭이듯 말했다. 한동안 우린 캐럴을 들으며 말없이 펑펑 쏟아지는 눈의 향연을 감상했다. 외로운 친구는 손수 잔에 술을 따른 후 잔을 비우곤 다시 채웠다.

"두 분 왜 아직 결혼 안 하셨어요?"

희진 씨가 침묵을 깨듯 툭 던졌다. 외로운 친구와 난 서로 얼굴을 마주보고 미소를 지었다.

"글쎄요! 이 친구나 나나 결혼할 자격이 안 되나 봐요."

"결혼에도 자격이 있나요?"

"잘 모르겠어요. 어떻게 하다 보니 여기까지 왔어요. 그 잘 모르겠다는 것을 모르기 때문에 자격이 없다고 생각은 하지만."

눈이 반쯤 감긴 외로운 친구는 입가에 미소를 지으며 말했다.

"박 형! 털어놓지 그래. 나도 궁금해. 나야 뭐 한 번 실패해서 외로움을 껴안고 살아간다 치고, 당신은 아직 한 번도 해 보지 않았잖아. 결혼이 궁금하지도 않아?"

화사한 웃음을 지으며 하늘 씨도 거든다.

"사연이 있구나!"

"저 커피 한 잔 주시겠어요? 크림이 있는 걸로."

희진 씨가 커피 두 잔을 가져왔다.

"첫사랑을 잃어버린 후 사랑할 자격도 잃어버렸어요. 그녀를 아프게 했거든요."

"그게 다예요? 난 또 뭐 대단한 철학이나 애인 같은 여자친구가 있는 줄 알았네. 세상에 첫사랑에 아프지 않은 사람이 몇이나 되겠어요. 첫사랑과 헤어졌다고 결혼을 포기한 것은 좀 이상하게 들리네요."

하늘 씨가 나무라듯 말했다. 코멘트를 달 줄 알았던 외로운 친구는 무표정한 얼굴로 술잔을 기울였다. 난 한동안 눈 내리는 곳에 시선을 묻은 채 커피잔을 들고 있었다. 희진 씨가 화제를 바꿔 날씨 이야기와 일상사의 소소한 이야기를 꺼냈다.

캐럴이 재즈로 바뀌자 불쑥 외로운 친구가 내 어깨를 툭 치며 말했다.

"외로움이 배어 버린 탓이겠지."

두 여인은 그게 무슨 뜻이냐며 흥미 가득한 시선으로 친구를 바라봤다.

"외로움이 배어 버린 이 친구와 외로움을 간직하고 있는 난, 사랑하게 될 여인에게 이 외로움을 옮길까 봐 두려운 거야. 물론 사랑하는 사람과 함께하면 외로움이 덜어질 수도 있겠지만, 그렇지 않다면 그것은 더 이상 치유할 수 없는 고통일 거야."

"사랑하는 사람과 함께하는데 어떻게 외로움을 느껴요? 그건 사랑하는 사람에 대한 예의가 아니죠."

커다란 두 눈을 동그랗게 뜬 하늘 씨의 질문에 외로운 친구는 담배를 부탁했다. 사각 모양의 연하늘색 자기 접시에 세 개비가 놓여 왔다. 그는 천정을 향해 담배 연기를 길게 내뿜고 말을 이었다.

"찌꺼기를 버리지 못하고 있다면 그래요."

"찌꺼기라뇨?"

"추억의 집착이라고나 할까. 아! 그렇다고 예전의 사랑을 다시 만나야겠다는 것은 아닙니다. 말은 안 하지만, 아마 이 친구도 그 찌꺼기를 없애버리려고 꽤나 노력했을 걸요?"

두 여인의 시선이 나에게로 집중됐다. 난 지그시 눈을 감고 천천히 커피를 한 모금 마시며 생각했다.

사랑의 찌꺼기라! 그렇다면 그도 처절한 사랑을 했단 말인가! 갑자기 그 친구와 좀 더 가까워진 느낌이 들었다. 커피잔을 내려놓으며 눈을 떴을 때, 희진 씨가 내 얼굴을 빤히 바라보며 입을 열었다.

"전 아직 이십 대 후반이라 인생은 잘 몰라도 지나간 사랑 때문에 다가올 운명적인 사랑을 포기한다는 것은 어리석은 짓이라고 생각해요. 만약 그렇다면 다가올 사랑이 너무 슬프다고 생각지 않으세요?"

외로운 친구는 반쯤 감긴 눈을 크게 뜨고 자세를 고쳐 잡더니 내 앞의 커피를 한 모금 들이키곤 담배에 불을 붙이며 입을 열었다.

"박 형! 말 좀 해 봐. 다가올 사랑이 두려운 거지?"

"글쎄. 그런 건가? 난 그렇다 치고, 김 형은 왜 결혼 안 하지? 돈도 벌 만큼 벌었고 학벌에다 뭐 하나 모자랄 것도 없는 사람이."

"난 한 번 했잖아."

"또 하면 안 되나? 주변에 김 형을 좋아하는 여인들이 꽤 있는 것 같던데. 그리고 당신이 좋아하는 여인도 있잖아. 그 여인도 싫지 않은 눈치던데."

"아 그녀! 박 형도 알다시피 저녁 몇 번 같이 한 것밖에 없어. 결혼할 정도는 아냐. 그리고 난 한 번이면 됐어."

"김 형, 당당하게 프러포즈해 보라고. 술기운을 빌려 뜬금없이 '우리 결혼하면 어떨까?' 하는데 누가 '네' 하고 대답하겠어. 솔직하게 말해 봐. 다시 사랑을 만들어 가는 과정이 두렵고, 그 사랑이 다시 떠나갈까 봐 두려운 거지?"

"그녀가 그랬어? 좋아 난 그렇다고 치고, 박 형 속마음을 털어놔 봐. 이젠 그놈의 첫사랑 버릴 때도 된 것 같은데. 하긴 내 앞가림도 못 하면서 박 형의 사랑에 이러쿵저러쿵하는 것 자체가 모순이지."

외로운 친구는 무슨 말을 더 하려다 멈추고, 자신의 잔을 내 앞에 놓더니 잭다니엘로 채웠다. 우리 이야기를 조용히 듣고 있던 하늘 씨가 진지한 표정으로 입을 열었다.

"두 분, 떠나간 사랑 때문에 외로운 것이 아니라, 스스로에게 '난 외로운 존재다'라고 최면을 거는 것 같네요. 넌 어떻게 생각하니?"

희진 씨가 미소 지으며 고개를 끄덕였다.

"그렇지만 언니, 두 분에겐 상처가 꽤 심각한 것 같은데? 누구나 한 번쯤 사랑의 상처를 받지만, 어떤 사람은 훌훌 털어 버리고 새로운 사랑을 찾는가 하면, 어떤 사람은 헤어나지 못하고 자신의 세계에 갇혀 버려. 또 헤어나려고 발버둥 쳐서 간신히 잠시 벗어났다가 다시 빠져버리는 사람도 있어. 두 분이 어떤 스타일인지는 몰라도."

희진 씨 말에 하늘 씨가 친구와 나를 번갈아 봤다. 우린 뭐 좋은 방향으로 생각해 달라고 했지만 예상치 못한 각도에서 날아오는 견해에 대해 당황했다.

하늘 씨가 카운터 아래 있던 오렌지 주스를 목이 긴 글라스에 반쯤 채운 후 입술을 축인 후 말을 이었다.

"지금까지의 아픔은 새로운 사랑을 위한 회복 기간이었다 생각하세요. 그리고 자신에게 회복된 증거를 보여 주는 거예요."

"사랑에 회복된 증거라면 어떤?"

"우선 진수 씨는 사랑의 찌꺼기를 털어 버리는 거예요. 그리고 사랑하는 사람을 찾도록 노력해서 연애하고, 그다음은 행복한 결혼을 하는 거죠. 뭐 꼭 결혼을 안 해도 친구나 연인처럼 즐겁게 사는 것도 괜찮을 것 같고."

"언니는 어떻게 잘 알아?"

희진 씨의 말에 하늘 씨는 빙긋 웃으며 술을 따라 마셨다.

"전 사랑을 잘 몰라요. 특히 남자의 마음은 더더욱. 그러나 아픔에 멍든 외로움보다 새롭게 다가올 사랑이 더 아름답길 바라는 마음에서 말했던 거예요. 그 사랑이 늘 행복하도록. 제 말 무슨 뜻인지 알죠? 그리고 외로움을 사랑하신다면 여자도 한번 사랑해 보세요. 우선 삼각관계를 만들어 한번 붙는 거예요. 사내대장부시잖아요."

"말씀은 고맙지만, 사랑도 모르는 나 같은 놈이 무슨?"

"사랑의 소중함은 아시죠? 그럼 일단 자격은 되네요. 그러니 힘내세요. 꼭 아름다운 사랑하길 바랄게요. 파이팅. 아자!"

꼭 뒤통수를 얻어맞은 기분이다.

"어! 가시게요? 아직 12시도 안 됐는데. 후후. 미안해요. 오늘 좀 말이 많았죠?"

그녀들의 배웅을 받으며 밖을 나서니 여전히 눈이 펑펑 쏟아지고 있었다.

집에 도착해 2층 소파에 누웠지만 잠이 오질 않는다. 5년 동안 갈기갈기 찢긴 가슴을 간신히 보듬으며 지내온 내가 단희에게 그 같은 상처를 주다니…… 그 상처가 오래가지 않았으면 한다. 갑자기 '아저씨' 하며 환하게 웃는 님프의 얼굴이 보고 싶다. 난 한동안 커피 향을 피우고 소리 없이 내리는 눈을 멍하니 바라봤다. 눈이 감겨 온다. 이대로 영원히 잠들었으면…….

아릿한 아픔

1.

눈이 그쳤다. 창 너머 정원은 온통 백색 천지다. 오늘은 크리스마스이브, 오전 내내 집 청소를 했다. 세탁기를 돌리고 쌓인 눈을 치우기 위해 정원으로 나왔다. 우물 덮개 위가 유난히도 수북하다. 눈을 쓸어내리자 나란히 앉은 두 눈사람이 함박웃음을 짓고 있다. 눈 치우는 것을 그만두고 집안으로 들어왔다.

"말도 없이 미국으로 가다니……."

오후 5시 20분, 검은 정장에 하얀 와이셔츠를 받쳐 입고 코트를 걸쳤다. 하늘은 잔뜩 흐려 눈이 올 것 같았지만 사람들의 얼굴에선 여유로움과 행복이 묻어난다. 거리는 캐럴로 넘쳐 나고 빌딩 앞 대형 크리스마스트리는 발걸음을 흥겹게 했다. 종각, 롯데백화점, 명동성당을 지나 충무로로 접어들어 '진고개'에 도착했다.

2층에 자리 잡고 외투를 벗을 때 휴대폰이 울렸다. 충무로역에 도착했다는 마야의 전화다. 미리 갈비찜과 양념게장을 주문했다. 마야가 도착했을 때 함박눈이 내리기 시작했다.

마야는 원더풀을 외쳤다. 갈비찜과 양념게장, 밥 두 공기에 4만2천 원. 이곳 음식은 다른 음식점에 비하면 비싼 편이지만 재료비를 따져 보면 싸다는 느낌이 든다. 밑반찬인 김치를 보더라도 각종 한

약재와 비린내가 전혀 나지 않는 젓갈로 담아 담백하며 향긋하다. 김치도 그렇지만, 내가 제일 좋아하는 오이소박이는 맨입으로 먹어도 맛있다. 모든 음식 하나하나에 수많은 재료를 듬뿍 넣어서 그런지 깊고 풍부한 맛이 일품이다.

2.

식사 후 마야는 나를 청담동 고급 레스토랑으로 데려왔다. 백 평 정도의 홀을 중심으로 좌우측엔 룸들이 있고, 한쪽에 피아노가 놓인 무대에서 네 명의 남성과 여성 한 명으로 구성된 5인조 그룹이 라이브로 노래를 부르고 있었다.

우린 열 평 남짓한 룸에 자리했다. 룸은 호텔 커피숍을 연상케 하는 테이블로 세팅돼 있었고 대형스크린으로 무대의 공연을 볼 수 있었다. 곧 레드와인 한 병과 치즈 안주가 들어왔다. 마야에게 와인을 따르고 나에게도 삼 분의 일쯤 채운 다음 잔을 부딪쳤다.

우린 한동안 말없이 공연을 감상했다. 라이브가 끝나고 뮤직 DVD가 돌아갈 즈음 마야가 테이블 위에 놓인 초에 불을 붙인 후 입을 열었다.

"벽화에 대해서 말을 한 적 있을 거예요. 제가 그렸지만 제가 그린 그림이 아니라는 것도."

마야는 와인을 글라스에 삼 분의 일쯤 따른 다음 천천히 흔들더니 꿈꾸는 듯한 눈빛으로 글라스를 바라봤다.

"꿈을 꿨어요. 황량한 들판에 서 있는데 첫사랑 선배가 스윽 지나

치더니 안갯속으로 사라졌어요. 미친 듯 안갯속을 헤맨 끝에 가로수가 즐비한 곳에서 그를 찾았어요. 다가가려고 달렸지만 발걸음이 떨어지질 않는 거예요. 가슴이 터질 듯 답답해 힘껏 불렀지만 소리도 나지 않았어요. 그러다 그가 '훅' 하고 사라지는 거예요. 어찌나 가슴 아프던지 뜨거운 눈물이 하염없이 흘렀어요. 그 사람 이름을 부르다 지쳐 쓰러지면 잠에서 깼어요. 그렇게 며칠 간격으로 같은 꿈 꾸기를 여러 달. 참! 제가 정신병동에 입원한 이야기를 했던가요?"

"그랬어요? 많이 아팠군요."

"정신병동 입원은 두 번째 남자 때문이었어요. 별거 중인 본부인과 자녀가 있음에도 다른 여자들에게 접근해서 몸과 마음, 돈까지 뜯었다는 말은 했었죠? 전 그 대상 중 하나였어요. 제 자신의 못남에 치를 떨었죠. 스스로 자신을 학대하고, 원망하고, 그러다 우울증에 빠진 어느 날 저녁, 수면제를 다량으로 복용하고 세상과 이별을 고했어요. 그러나 눈을 뜨니 병원이었어요. 마침 회사동료가 제 집을 방문했다가 발견하곤 신고한 거죠. 저 참 못났죠?"

그녀의 아픔이 가슴을 찌른다.

"끈질기게 달라붙던 그 사람이 갑자기 '훅' 하고 사라졌어요. 나중에 우연히 알게 됐어요. 아빠가 개입하셨다는 것을. 그 사람 존재에 대해 집에선 몰랐거든요. 아빠는 지금까지 저에게 단 한마디도 않고 계시지만, 저로 인해 받았을 고통은 짐작하고도 남아요. 늘 환하게 웃는 아빠를 보면 가슴 아파요."

마야는 내 앞에 있는 글라스에 레드와인을 따랐다. 그리고 자신의 잔을 들어 건배를 요청하며 외쳤다.

"즐거운 세상을 더 재밌게!"

마야가 수화기를 들고 레드와인 한 병을 더 주문했다. 그리곤 빙긋 웃었다.

"괜찮겠어요?"

"걱정 말아요. 저 술 좀 해요. 오늘은 진수 씨에게 선물하는 거니까 맘껏 드세요. 또 좀 취하면 어때요. 친구끼리."

이인영의 〈Kiss to You(당신에게 키스를)〉가 들려왔다. 민소매의 까만 드레스를 입은 이십 대 중반의 여인이 가녀린 양손으로 마이크를 쥐고 심취한 듯 노래를 부르고, 같은 옷차림의 또 한 여인이 피아노 반주를 한다. 마야와 난, 의자에 몸을 깊이 누인 채 노래를 감상했다. 화장기 없는 하얀 얼굴에 머리를 뒤로 질끈 묶은 그녀가 이인영의 〈선인장〉을 부를 때 와인이 들어왔다. 웨이터에게 〈Fly Me to the Moon〉을 적은 메모지를 건넸다.

"잡티 하나 없는 깨끗한 음이군요."

"진수 씨는 저 여자분 같은 스타일을 좋아하시나 봐요?"

"……."

"아하하하! 술이 들어가서 그런가? 와인 한 잔에 진수 씨 얼굴이 붉어졌어요. 저 여자 님프 닮았죠?"

마야는 새 레드와인을 자신의 글라스에 삼 분의 일쯤 따랐다. 무대에서 그 여인이 〈Fly Me to the Moon〉을 부르기 시작했다.

"풀냄새 그윽한 초원에서 불어오는 들국화 향 느낌이네요."

"그렇죠? 님프도 그런 느낌이에요. 들국화 같은. 지금은 봄 냄새를 가득 담고 있지만, 대학을 졸업하면 가을 향기를 담고 있을지도 몰라요. 전 그 아이가 늘 봄 냄새를 담은, 정말 달콤한 인생을 살았으면 해요. 말은 안 하지만 가슴이 무척 여린 아이예요."

마야의 말끝이 흐려지더니 한동안 꿈꾸는 듯한 눈빛으로 여가수를 바라봤다. 난 와인잔을 든 채로 소파에 깊이 몸을 맡겼다.

달콤한 인생이라! 적절한 표현이군. 그러나 나 자신이 꿈꾸는 세상은 뭔가? 아무런 생각도 떠오르지 않는다. 혹시 그 꿈이 너무도 달콤해서 현실에선 볼 수 없어 그런가? 아니면? 흠 달콤한 인생이라……. 난 몇 번이고 그 '달콤한 인생'이란 말을 되뇌었다.

3.

"무슨 생각을 깊이 하세요?"

마야가 테이블에 엎드려서 나를 바라보고 있었다.

"아! 그냥요."

"그냥? 진수 씨는 간혹 다른 세계의 사람 같을 때가 있어요. 그런 점이 좋을 때도 있지만."

"벽화에 대해 좀 더……."

잠시 생각하던 마야가 와인을 한 모금 마셨다.

"꿈에서 깨어나도 너무나 생생해서 며칠 동안 머릿속을 떠나지 않아요. 그러다 시간이 흐르면 그 기억들은 현실과 혼동될 때가 있어요. 벽화 속 그녀가 그랬어요. 꼭 현실에서 만난 사람처럼. 벽화에 몰두하다 잠시 서울에 있는 친구를 만나러 왔을 때였을 거예요. 친구와 서초동에서 우연히 와인바에 들어갔는데, 재즈와 정말 잘 어울렸어요. 안락하고 자유로운 기분을 듬뿍 선사할 것 같은 분위기 말이죠."

"그곳이 어딘지 알 수 있어요?"

"글쎄요! 우연히 들린 곳이라. 다시 가 봤지만 와인바 자리에 식당이 들어섰더라구요. 친구와 함께 강남 압구정 청담동을 다 뒤져봤지만 찾지 못했어요. 하지만 이 세상 어딘가에는 꼭 있을 것 같은 느낌이 들어요. 왜 꼭 외롭고 지친 사람이 쉬고 싶을 때 '짠' 하고 나타나는. 그냥 그곳에 있는 것만으로도 가슴의 상처를 치유하고 릴렉스한 분위기를 만끽할 수 있을 것 같은, 그런 곳이었어요. 그만큼 저에겐 강렬했던 곳이죠."

붉은 와인이 출렁대는 잔을 들어 촛불에 비춰 보곤 입술을 적셨다. 마야도 와인잔을 들어 촛불에 비춰 보곤 단숨에 비웠다. 그리곤 나를 찬찬히 바라본 후 미소를 지으며 말을 이었다.

"그곳에서 와인을 마시다 잠시 잠이 들었는데, 누군가 저를 흔들어 깨우는 거예요. 눈을 떠보니 까만 연미복에 하얀 블라우스가 깔끔한 아가씨였어요. 그때 친구는 테이블에 엎드려 잠들어 있고, 주변 손님들은 관심도 없었어요. 그녀의 눈이 매혹적이라고 생각되는 순간, 제 영혼이 빨려들어 가는 듯했어요. 누구냐고 묻고 싶었지만, 꼭 마법사의 주술에 걸린 것처럼 꼼짝할 수가 없었어요. 그녀가 빙긋이 웃으며 다가오더니 하얗고 가녀린 두 손으로 제 얼굴을 감싸곤 응시하는 거예요. 그녀의 까만 눈동자가 점점 커지더니 주변이 어두워지면서 아무것도 보이지 않게 되자, 목소리도 나오지 않고 손가락도 움직일 수가 없었어요. 피가 거꾸로 치솟는 공포였죠. 얼마나 지났을까? 작은 블랙 포인트가 서서히 그레이 톤에서 화이트하게, 그리고 곧 눈을 뜰 수 없을 정도로 강렬한 빛이 새어 나왔어요. 조심스레 눈을 뜨니 제가 그린 벽화가 나타나 깜짝 놀랐어요. 벽화 속 여인이 바로 매혹적인 눈을 가진 그녀였어요."

마야는 레몬즙이 들어 있는 얼음물을 한 모금 마시곤 내 앞에 놓인 담배를 한 개비 집어 자연스럽게 불을 붙였다. 꼭 내 앞에서 늘 피우던 것처럼.

"아! 죄송해요. 담배 피우는 거 처음 보시죠? 저 가끔, 아주 가끔 피워요."

말없이 웃음 짓자 마야도 살포시 눈웃음을 지었다. 마야는 담배를 피웠지만 입담배였다. 노련하게 보이려고 애써 태연한 척했지만, 터져 나오는 기침은 어쩔 수 없었는지 멋쩍게 담뱃불을 껐다.

"오솔길 가운데 플라타너스 앞 여인은 바로 저예요. 그런데 저는 사라지고 대신 그녀가 서 있는 거예요. 뽀얀 맨발을 가지런히 모으고 슬픈 미소를 짓고 말이죠. 하얀 바탕에 연하늘과 연초록 꽃무늬가 수놓인 롱 치마와 하얀 블라우스가 정말 예뻤어요. 더 놀란 것은 그림 전체가 디테일하게 완성돼 있는 거예요. 당시 완성된 이미지를 좀처럼 떠올리지 못하고 있었거든요. 이상한 건 오솔길 양옆으로 쭉 뻗은 연초록 포플러들은 봄을 연상케 하는데, 그녀가 기대선 플라타너스만 단풍이 물든 늦가을이었어요.”

“네? 봄이요?”

“그래요. 봄!”

“전 매미와 각종 이름 모를 새들이 지저귀는 여름 느낌을 받았어요. 오솔길 나무들은 짙은 초록 빛깔을 한껏 내뿜으며 하늘을 뒤덮고 있었기 때문이죠.”

“참 이상하네요. 보는 사람마다 느낌이 확연히 다르다니. 벽화의 여자는 바로 저인데 언뜻 보면 님프를 많이 닮았어요. 진수 씨는 어떻게 생각해요?”

“글쎄요. 처음 봤을 땐, 제 첫사랑과 비슷하다고 느꼈지만, 두 번째 봤을 땐 마야 씨와 많이 닮았다고 생각했습니다만.”

“3년 전 제 모습인걸요.”

“님프는 아직 어린데.”

“가끔 그 아이가 어른스러울 때가 있잖아요. 무슨 생각에 골똘히 빠져 있는 모습을 보면 3년 전 저와 비슷해요.”

“역시 자매군요. 황금나무 카페 이름과 벽화는 연관이 있나요?”

“그해 늦가을 세상사 모든 것이 귀찮고 힘들 때, 집 앞 플라타너스가 황금색을 띠며 신비한 분위기를 연출하고 있었어요. 그때 저도 모르게 두 손 모으고 기도했어요. 살아갈 희망과 꿈을 달라고.”

“벽화에 나무를 그리기 전인가요, 후인가요?”

“그리기 전이었어요. 그러고 보니 영향을 받았나 봐요. 늘 꼬이기만 했던 일들이 벽화를 완성하고 나서 스무드하게 풀렸어요. 님프와 비밀 이야기도 나누게 되고, 첫사랑 아픔이 남아 있는 회사를 벗어나 한국으로 오게 되고, 진수 씨와 같은 친구도 만나게 되고. 생각해보니 님프 덕이 크네요. 후후!"

"아름다운 눈동자의 여인과는 어떻게?"

"벽화 속에 있던 그녀가 갑자기 눈물을 흘리는 거예요. 그것도 빨간 눈물을. 평소 같으면 그 광경을 보고 기절할 정도로 공포에 떨어야 하는데, 이상하게도 그녀가 애처롭게 보였어요. 꼭 커다란 아픔을 지니고 있는 사람처럼. 그녀가 두 팔을 벌리자 제가 그림 속으로 들어가 품에 안기는 거예요. 그녀는 제게 쓰레기더미를 뚫고 꿈과 사랑이 자라고 있으니 희망을 갖고 살라고 말했어요. 그리고 처참하게 파괴된 영혼의 세계를 아름답게 해 줄 거라며 저를 꼭 껴안더군요. 포근했어요."

마야는 와인을 잔에 조금 따라서 입술을 적셨다. 나도 와인으로 목을 축였다.

"그녀는 또 제가 누군가에게 힘과 용기를 줄 것이라고 말했어요. 그리고는 사랑하라고 몇 번이나 되풀이했죠. 그러다 눈을 떴는데, 그녀는 사라지고 친구는 여전히 졸고 있었어요. 시계를 보니 채 1분도 지나지 않았더군요."

잠시 침묵이 흘렀다. 무대에선 나지막이 캐럴이 흐르고 있었다. 고개를 들었을 때 마야가 바로 코앞에 있었다. 마야의 숨결이 내 후각으로 들어오고, 그녀의 부드러운 입술이 내 입술에 닿는 것이 느껴졌다. 눈을 감았다. 향긋한 봄 내음을 실은 바람이 불어왔다. 우린 그렇게 한동안 움직이지 못했다. 눈을 떴을 때 마야는 발그레한 미소로 조용히 말했다.

"메리 크리스마스!"

4.

올해의 마지막 날이 다가왔다. 사무실은 연말 분위기로 들떠 있지만, 난 마야의 꿈 이야기로 며칠째 머릿속이 복잡한 상태다. 점심 식사를 하고 있을 때 단희로부터 전화가 왔다.

"괜찮아?"

"뭘?"

단희의 목소리는 여전히 활기차고 쾌활했다.

"오늘 오후 시간 비워 줘. 내가 모시러 갈 테니까."

마야에게 전화를 걸어 새해 인사를 했다.

"저 지금 집이에요. 신년특집호 끝내고 휴가차 왔어요. 진수 씨 해피 뉴 이어! 잠시만요. 님프 바꿔드릴게요."

"아저씨 해피 뉴 이어! 미안해. 연락도 없이 사라져서. 잠시만."

움직이는 소리가 수화기 너머로 들리고, 이어 님프가 속삭이며 말했다.

"아저씨 사랑해."

"……."

"후후 부끄럼 타는구나. 곧 한국 갈 거야. 그때까지 잘 지내."

찰칵! 휴대폰 끊기는 소리와 동시에 가슴에 구멍이 뻥 뚫리고 차디찬 바람이 휙 지나간다.

종무식을 끝내고 밖으로 나오자 눈이 내리기 시작했다. 이번 겨울엔 눈이 유난히도 많이 내린다. 여의도 공원을 지나갈 때 마야로부터 여의도역 주유소에 파킹하고 있다는 연락이 왔다. 자선냄비 종소리가 울려 퍼지는 버스정류장엔 사람들로 붐볐고, 사람들 틈 사이로 빨간 소나타 차 앞에 기대선 단희가 시야에 들어왔다. 짧은 부츠에 청바지, 까만 재킷에 빨간 목도리를 한 그녀는 팔짱을 낀 채 눈 내리는 것을 감상하고 있었다.

걸음을 멈추고 단희를 잠시 바라봤다. 그녀를 만나면 무슨 말부터 해야 할지 이런저런 생각을 해도 적당한 말이 떠오르지 않는다. 단희가 나를 발견하곤 손을 흔든다.

차 안에서도 단희는 예전과 다름없이 출판사 이야기를 늘어놓는다. 얼마 전 그녀의 집에서 있었던 시간을 기억에서 소멸시키고 아무 일 없었다는 듯 자연스럽게.

우린 서초동에 위치한 레스토랑에서 스테이크를 주문하고, 식후 커피를 부탁했다. 식사하는 동안 단희는 말이 없었고, 커피가 테이블 위에 올려질 때까지도 말이 없었다. 좀 전의 쾌활 명랑 모습은 사라지고 숙연한 분위기를 자아내고 있었다. 커피를 한 모금 마신 난 입을 열었다.

"남을 위해 눈물을 흘릴 수 있는 넌 사랑할 자격과 받을 자격이 충분해. 나 같이 못난 놈과의 한 해 마지막 저녁은 너에게 안 어울려. 멋진 놈하고 데이트도 좀 하고 즐거운 시간을 가져 봐. 들개처럼 떠돌다 늙어 죽을 셈이야? 이왕 태어났으면 즐겁게 살아. 네가 죽으면 목 놓아 슬퍼해 줄 놈 하나 정도는 있어야지. 안 그래? 자신을 스스로 슬프게 하지 말았으면 해."

"선배, 난 지금 왜 살아가는지에 대한 속 시원한 정의를 다시금 내리고 싶은 심정이야. 나 사랑이 두렵다! 누군가 그러데. '사랑이 두렵다는 것은 사랑을 아는 것'이라고. 선배는 그냥 스쳐 지나가는 사람이었어야 해. 그렇지만 나를 선배 앞에 멈추게 한 것에 대해 고마워하고 있어. 나를 운명으로 묶지 않고 스치듯 지나가는 것도 일종의 선배만의 사랑 방식이라고 믿고 싶어.

그날 선배에게 술을 잔뜩 먹여 나 임신하려고 했다. 그리고 몇 년 동안 잠적한 다음, 어느 날 갑자기 나타나 선배 아일 보여 주려고 했어. 내가 선배를 얼마나 사랑하는지 증명하려고."

"미안하다!"

"한땐 선배를 미워도 했어. 자신에게 소중한 사랑을 지키는 데 무슨 이유가 필요할까 생각했지. 그날 집에서 선배는 날 받아들이길 거부했어. 그래서 진심을 알았지. 선배 마음속에 혜진 씨가 아직 살아 있거나, 아니면 또 다른 여인이 자리하고 있다는 것을. 그래서 내 감정을 정리했어. 다음에 만날 땐 확실히 추억으로 만들겠다고 말이야. 지금 난 선배를 추억으로 만들고 있는 중이야. 선배는 자신을 이 세상에 자유도 목표도 없는 한심한 인생을 사는 놈이라고 했지만, 꼭 기억해 둬. 선배는 성공한 인생을 산 거라고. 나 같이 멋진 여자를 만나는 인생이 뭐 그리 흔한 줄 알아? 이 행복에 겨운 사람아. 참 좋겠어. 선배는."

"미안하다. 너에게 아픔을 줘서. 그리고 고마워!"

"알았으면 됐고. 나 새로운 사랑 찾아 새 인생 살기로 했어."

"내가 이런 말 할 자격은 없지만 축하해! 정말 축하한다."

"초지일관하지 못하는 내 자신이 좀 한심하게 생각되긴 하지만, 그래도 난 나인데 뭐. 그리고 명심할 것은 나보다 보잘것없고 형편 없는 여자 만나면 용서치 않을 거야."

"이 보잘것없는 놈을 왜……. 처음 만났을 때 꼴이 말이 아니었을 텐데."

"나도 몰라. 선배를 처음 만났을 때 심장이 뛰기 시작했거든. 그런 느낌 처음이야. 저 사람과 사랑을 하고 싶다는 느낌? 호호호, 지금 생각해도 짜릿하네. 선배는 왜 웃어? 난 어쭙잖은 수많은 사랑보다 진실된 사랑 하나면 돼. 깊은 사랑을 할 상대가 없다는 것이 얼마나 비참한지 선배도 잘 알잖아. 그래서 지금껏 첫사랑을 잊지 못하는 것 아냐? 말 좀 해 봐."

"맞아. 혜진과의 사랑은 나에게 너무도 강렬한 사랑이었어. 사막에서 탈진상태로 발견한 샘물도 혜진과의 첫 키스보다 못할 거야. 그런 이상한 눈빛 하지 않아도 돼. 예를 들어 그렇다는 거니까. 비록 첫 사랑을 이루지는 못했지만, 가슴이 갈가리 찢겨 피를 토하고 죽는다 해도 원망이나 후회 따윈 하지 않아."

단희에게 이런 말을 하면서도 난 요즘 내가 변하고 있다는 것을 느끼고 있다. 죽을 때까지 벗어날 수 없을 것 같았던 혜진에 대한 아릿한 감정이 점점 흐릿해지고 있다. 나 자신을 잘 이해할 수 없는 요즘이다.

"그런 선배를 볼 때마다 가슴은 마구 뛰었어. 선배 귀에 내 가슴을 대고 얼마나 강렬하게 뛰는지 확인시켜 주고 싶을 정도였으니까. 오죽하면 주변의 그 많던 사람이 사라지고 고요한 적막감 가운데 선배만이 보였을까. 고통 속에 놓인 선배가 더 강해지리라 믿고 몇 년 동안 거리를 뒀었는데, 다시 만났을 땐 실망했어. 아픔을 훌훌 털고 나를 따뜻하게 감싸줄 줄 알았는데 변한 게 하나도 없더군. 지금 생각해 보면 오히려 고마워해야 하나? 선배의 암울한 세계에서 탈출하게 됐으니. 흐흐흐. 뭐 어쨌거나 지금은 편해졌어. 그래서 말인데 나를 울린 선배는 강하고 멋진 남자라야 돼. 지나간 사랑의 늪에 빠져 허우적거리지 말고 미래를 위해 힘차게 도약하는 모습을 보여줘 봐. 그게 선배를 죽도록 사랑한 사람에 대한 예우가 아닐까? 예우는 지켜야지. 안 그래?"

단희가 자리에서 일어났다.

"모처럼 부모님과 한 해의 마지막을 같이 보내려고. 몇 년 만인지 모르겠어. 엄마 아빠 집이 코앞인데. 집 앞까지 바래다줄 거지?"

밤 10시, 내 팔을 잡고 걷는 단희는 생각에 잠긴 듯 말이 없었다. 10여 분 정도 걸어 예술의 전당 건너편 신중초등학교 부근에 이르렀을 때 단희가 힘없이 말했다.

"나 한번 안아 주라."

그녀를 안았을 때, 그녀가 소리 없이 울고 있었다는 것을 알았다.

난 양손으로 단희의 어깨를 잡고 얼굴을 봤다. 가로등에 비친 얼굴엔 눈물이 홍건했다. 난 손수건을 꺼내 그녀의 눈물을 닦았다. 그리고 다시 한번 단희를 가슴에 안았다.

"새해 복 많이 받아."

"선배도 새해 복 많이 받아. 나 다시는 울지 않을 거야."

단희는 내 가슴에 얼굴을 묻고 한참이나 소리죽여 울었다. 하늘도 그녀의 슬픔을 아는지 흩날리던 눈발도 함박눈이 돼 펑펑 쏟아지기 시작했다.

5.

샤워 후 1층 마룻바닥에 눕자 2001년 제야의 종소리가 울려 퍼졌다. TV 화면은 보신각 타종에 환호하는 사람들의 행복한 표정으로 가득하다. 각 채널마다 새해 축하공연이 화려하게 펼쳐지는 이 밤은 바로 1분 전과 다를 것이 없는데, 완전히 새로운 세계에 와 있는 기분이다. 뉴 밀레니엄(새천년)을 시작하는 해라서 그런가? 그렇지만 단희의 흔들리는 어깨와 두 뺨으로 흐르던 눈물의 느낌은 한 해가 바뀌었어도 여전히 손과 뺨에 남아 있다. 가슴이 아려왔다.

파카를 걸치고 머플러를 목에 둘렀다. 냉장고에서 캔맥주 두 개를 꺼내 눈 내리는 정원으로 나왔다. 멀리 타종소리가 들려 온다. 우물 위에 수북이 쌓인 눈을 쓸어내리고 머플러를 벗어 나란히 앉아 있는 눈사람을 감싸 둘렀다. 님프와 내가 만든 눈사람 앞에 캔맥주 하나씩을 놓고 새해 인사를 했다.

"해피 뉴 이어! 님프와 마야도."

서 있던 자세 그대로 넘어져 펑펑 쏟아지는 눈을 맞았다. 온 세상이 눈에 묻혀 고요 속으로 빨려 들어간 것 같다. '사라락 사라락' 눈 내리는 소리는 나를 저승세계로 불러들이는 자장가 같다.

"아! 포근하다. 이대로 눈에 묻혀 영원히 잠들었으면……."

"야옹! 냐아옹!"

고양이 소리가 희미하게 들린다. 얼마의 시간이 흘렀을까? 온몸에 감각이 없다. 여긴 지옥인가? 누군가 내 배 위에서 눈을 파헤치는 날카로운 소리가 들렸다. 고양이 소리가 점점 크게 들리더니 이번엔 내 얼굴 쪽에서 눈을 파헤치는 소리가 들린다. 손에 힘을 줬지만 손가락조차 움직일 수 없었다. 숨이 막혀온다. 이러다 질식할 것 같다. 님프의 얼굴이 떠올랐다. 갑자기 손아귀에 힘이 꽉 들어갔다.

"나에게 힘을!"

소리 지르며 눈을 떴다. 고개를 들자 얼굴에 쌓였던 눈이 스르르 떨어져 나갔다.

"야옹!"

어! 들고양이 진이다. 그녀가 내 배 위에 앉아 눈웃음을 친다.

"하이, 진 안녕! 너 정말 오랜만이다. 너도 해피 뉴 이어!"

으! 춥다. 집안으로 들어와 참치통조림을 먹기 좋게 접시에 담아 마룻바닥에 내려놓았다. 진이가 맛있게 식사를 한다. 에취! 콧물이 흐르더니 점점 더 열이 심해지고 천장이 빙빙 돌기 시작했다. 2층 소파까지 갈 기운이 없어 침대에 누웠다. 눈이 감겨 왔다. 집안을 둘러

봤지만 진이가 보이지 않는다. 이젠 정말 저승으로 가는 건가······.

어스름한 초승달이 걸린 언덕 위에 누군가가 앉아 구슬피 울고 있다. 하늘은 잿빛 구름으로 가득하고, 주변은 어둠에 잠겨 아무것도 보이지 않았다. 내 몸이 둥실 떠오르더니 언덕 위 그녀 옆에 착지했다. 까마득한 아래는 시커먼 급류로 소용돌이치는 강물 소리로 요란하다. 이곳은 언덕이 아니라 천 길 낭떠러지 절벽이다.

울고 있는 그녀에게 손수건을 건넸다. 손수건을 받은 그녀는 울음을 멈추고 자리에서 일어나 품속에서 뭔가를 꺼냈다. 그때 달빛이 잿빛 구름을 뚫고 나와 그 무언가에 부딪혔다. 번쩍! 칼이다. 순간 파란빛이 튀며 그녀의 얼굴이 보였다.

헉! 단희다. 나를 뚫어져라 바라보는 단희의 눈에선 빨간 눈물이 주르륵 흐르며, 입가엔 슬픈 미소가 지어졌다. 가슴이 메어 온다. 조금도 주저함 없이 단희는 내 가슴을 푹 찔렀다. 새빨간 핏방울이 어둠 속 공간으로 흩어졌다. 이어 단희는 나를 낭떠러지 아래 시커먼 강물로 밀었다.

"아악!"

헉. 꿈이다. 휴우! 휴대폰이 내 귀에 확성기를 대고 고래고래 고함을 지르고 있다. 회사에서 온 전화다. 오전 마감 시간이 지났는데 아직 출근하지 않고 뭐하느냐는 동료의 전화다. 휴대폰을 보니 받지 못한 수신 전화가 이십여 통에 메시지도 다섯 통이다. 무려 하루 반나절을 꼬박 잠에 빠져 있었다. 평소엔 기침 한 번 하지 않던 내가 정초부터 드러눕다니! 단희를 가슴 아프게 한 죄인가? 땀으로 온몸이 흥건하다. 침대보와 이불을 세탁기에 돌린 다음 샤워를 하고 회사에 출근했지만, 아직 미열과 약간의 어지러움이 남아 있었다.

님프의 졸업

1.

다람쥐 쳇바퀴 돌듯 회사와 집을 오가는 가운데 1월이 가고 2월 초가 되자 님프에게서 전화가 왔다. 내일 졸업식이란다. 다음날 까만 정장, 하얀 와이셔츠에 회색 넥타이, 진갈색 오버코트를 걸치고 회사에 출근, 오전 마감을 끝내고 조퇴했다. 졸업식장으로 향하는 학교 진입로는 꽃들과 사람들로 장사진을 이루고 있었다. 꽃을 한 아름 들고 졸업식이 거행되는 체육관엔 들어가지 않고 밖에서 식이 끝나기를 기다렸다. 잠시 후 휴대폰이 울렸다.

"교실에 들려야 하니까 체육관 앞에서 꼼짝 말고 기다려."

사람들이 쏟아져 나올 체육관을 벗어나 교정을 한 눈에 볼 수 있는 운동장 스탠드에 앉았다. 역사가 오래된 여학교라 그런지 건물이 고풍스럽고 교정이 아름답게 꾸며져 있었다. 교정 곳곳엔 눈이 쌓여 있고, 햇볕이 든 운동장은 질척하다. 다시 휴대폰이 울렸다.

"아저씨 어디야? 체육관 앞으로 와."

님프가 함박웃음을 머금은 얼굴로 달려와 품에 안겼다. 졸업 축하 인사와 함께 꽃다발을 건넸다.

"졸업 축하해!"

"어! 이게 다야? 내가 이 졸업장 받으려고 얼마나 고생한 줄 알아?"

"아! 미안 미처 선물을 준비하지 못해 어쩌지……."

"호호호. 조크야 조크. 당황하는 모습 보면 꼭 어린아이 같다니까."

님프는 나를 체육관 실내 연단으로 끌고 올라가 옆 사람에게 카메라를 건네며 사진촬영을 부탁했다. 그리곤 졸업축하 플래카드 앞에서 내가 팔짱을 끼도록 포즈를 취한 다음 사진을 찍었다.

님프가 나를 데리고 교정 곳곳을 돌아다니며 추억의 사진을 찍고 있을 때 마야에게서 연락이 왔다. 체육관 앞이란다. 우리 셋은 다시 체육관 연단 앞에서 사진을 찍고, 마야가 예약한 호텔 뷔페식당에 도착했다. 님프는 음식을 가지러 갈 생각보다 디지털카메라 디스플레이를 보고 있다.

"언니 이것 봐. 잘 어울리지. 호호호……."

님프가 나에게 팔짱을 끼도록 하고 찍은 컷이다. 마야가 빙긋이 웃으며 내 얼굴을 본다.

"진수 씨는 좋겠어요. 후후후……."

"그런데 할머니께서는?"

"엄마 아빠는 바빠서 못 오시고, 할머니는 미국에 계셔. 대신 아저씨와 언니가 있잖아. 그럼 됐어. 오늘은 즐거운 날. 내가 이제 어른이 됐단 말씀."

음식을 접시에 담아 온 우리는 이런저런 대화로 즐거운 시간을 보냈다. 얼마 후 일이 있다며 마야가 먼저 일어났다. 나도 따라 일어서려 하자 님프가 내 옷자락을 잡아끌었다.

"아직 졸업축하 끝나지 않았어."

"그래요. 좀 더 계세요."

마야가 눈을 찡긋하며 좋은 시간 보내란다. 님프에게 언니를 잠시 배웅하겠다며 로비로 나왔다. 질문을 하기도 전에 마야가 웃으며 먼저 말을 꺼냈다.

"오늘 진수 씨 집에 가겠대요. 전 디자인기획 구상을 해야 할 것이 있어서 회사에 들어가 봐야 해요. 오늘 느끼셨을 거예요. 님프는 엄마 아빠와 함께 사진을 찍고 싶어 했어요. 외로운 아이죠. 부모님도 함께하고 싶었지만 중요한 프로젝트가 진행 중이라. 이해하시죠? 저도 12시 전에 진수 씨 집으로 갈게요."

2.

호텔을 나와 백화점에서 청바지, 하얀 티, 선글라스, 봄·가을용 연두색 재킷을 구입해 님프에게 선물했다. 그리고 레드와인과 치즈, 햄, 오렌지를 구입해 집으로 왔다. 오자마자 우린 청바지에 하얀 티, 파카를 걸쳤다. 님프는 겨울임에도 불구하고 커다란 선글라스를 썼다.

"영화 보러 가는데 선글라스?"

"저번처럼 데이트 기분 내 보려고."

"언제? 난 기억이 없는데."

"흥! 역시 감각이 아저씨야. 내가 처음 아저씨 아지트에 방문했을 때부터 지금까지 다 데이트한 거야. 영광으로 알라구."

"그런가?"

"아직 시간이……. 우선 북스토어 가자."

님프가 팔을 잡아끌었다. 경복궁서 광화문 네거리까지 걸어서 지하도를 통해 교보문고로 들어갔다. 입구에 들어서자마자 님프가 팔짱을 끼더니 당당하게 북적대는 사람들 사이를 걸어갔다. 팔을 빼려하면 더 꽉 잡았다. 종각 쪽 문을 통해 밖으로 나왔을 때 물었다.

"책도 사지 않을 거면서 왜 오자고 했어?"

"데이트 중이라고 그랬잖아. 책을 선택하려고 했지만 사람들이 너무 많아."

다시 지하도를 건너 조선일보사 앞을 지나 덕수궁 돌담길 초입에 접어들었다.

"이 길은 팔짱 끼면 안 돼."

덕수궁 돌담길을 지나 정동극장, 경향신문사까지 천천히 걸었다. 극장에 도착했을 때 서서히 내리던 어둠이 짙어지면서 가로등에 불이 들어왔다. 영화를 보고 나서 극장 옆 길 건너 언덕에 위치한 내·외벽 전체가 하얀 이탈리안 레스토랑에 들어섰다. 테이블, 의자, 식기도 하얀 이곳은 홀 한가운데 놓인 검은 난로와 창가에 놓인 초록 화분이 이채롭게 다가왔다.

2층으로 올라가자 난로 위 주전자가 하얀 김을 내뿜으며 분위기를 아늑하게 만들고 있었다. 님프가 피자와 콜라를 주문하곤 한동안 주전자가 내뿜는 김에 시선을 고정시켰다. 잠시 후 피자와 콜라가 테이블 위에 세팅되자 영화를 볼 때나 어둠이 내린 거리를 걸을 때도 벗지 않던 선글라스를 벗었다. 그리곤 내 눈을 보면서 말했다.

"아저씬 아니겠지만, 난 내가 태어나 첫 데이트 한 사람이 아저씨야. 영원히 기억해 둬."

집으로 돌아오는 버스와 골목길에서 님프는 뭐가 그리 즐거운지 나지막한 콧노래를 불렀다.

3.

집으로 돌아오자마자 님프가 나를 1층으로 초대했다. 2층에 있던 테이블을 침대 옆 마룻바닥에 옮겨 놓고, 그 위를 얼음통에 재운 레드와인, 레드와인잔, 향초, 포도 주스, 얇게 썬 치즈·햄·오이·레몬, 커피, 오렌지, 유리잔 등으로 세팅했다. 님프의 잔에 주스를 따르고, 내 잔에도 삼 분의 일쯤 와인을 채워 건배했다.

"즐거운 세상을 더 멋지게!"

"졸업 축하해!"

단숨에 잔을 비운 님프가 침대에 등을 기대더니 빙긋 웃으며 나지막이 말했다.

"아저씨 고마워."

잔을 만지작거리며 잠시 생각에 잠긴 듯한 님프의 표정이 어두워 보였다.

"무슨 고민 있는 거야?"

"사실 나 두려워. 엄마, 아빠, 언니와 아저씨한테까지 성공할 거라고 큰소리는 쳤지만. 대학에 가서 잘할 수 있을지, 또 사회에 나가 하고 싶은 일을 잘할 수 있을지 자신이 없어."

"아저씬 어른이지만 아직 미완성인 존재야. 그러니 님프도 당연히 미완성이지. 난 가끔 너무 완성된 것처럼 폼을 잡으려 했어. 분명 나 자신은 내가 모자란다는 것을 알면서도 남들 앞에서 완벽하려고 애를 쓰고, 슬프거나 아파도 안 그런 척 노력했어. 하지만 완성된 폼을 잡으려고 하면 할수록 인생이 재미없었어. 님프는 아저씨처럼 재미없는 인생을 살 필요가 없어. 님프는 지금 바람이 불어올 때를 기다리는 꽃씨와 같아. 험난한 골짜기에서 역경을 헤치고 스스로 자신을 가꾼 야생화는 포기라는 것을 몰라. 오로지 자신이 품고 있는 소중한 꽃씨들을 더 넓은 세상으로 날려 화려한 꽃을 피우는 것 외엔. 님프는 엄마 아빠의 도움보다 자신의 실력과 투지를 스스로 가꾸어 왔어. 그래서 당당하게 졸업도 했고. 지금 미래에 대해 두려움을 갖고 있다는 것은 님프에게 바람이 불기 시작했다는 증거야. 님프가 소중히 가꾸어 온 꽃씨를 더 넓은 세상에 뿌릴 수 있는 바람이."

"야생화가 나야?"

"그래. 엄마 아빠도 아닌 님프 자신."

"내가 씨앗이라며?"

"아저씨가 볼 때는 지금까지의 님프는 생명력이 강한 야생화였어. 난 님프를 단지 보기에 아름다운 야생화일 뿐이라고만 생각했어. 하지만 님프는 아무도 모르게 가슴속에 꿈이란 씨앗을 가꾸고 있다는 것을 알게 됐어."

"언제?"

"다시 학교에 다니겠다며 몇 달 동안 연락이 없을 때부터. 그리고 디자인을 경영하겠다고 밝히고, 다시 미국으로 가겠다고 말했을 때."

님프의 눈동자가 좀 더 커졌다.

"지금의 야생화는 곧 지겠지만, 그 씨앗은 새로운 매력으로 더 멋지게 태어날 거야. 씨앗이 땅에 떨어져 추운 겨울을 견디며 필요한 영양분을 흡수하고 마침내 꽃을 피우듯, 대학공부든 뭐든 원하는 지식이나 지혜를 하나하나 습득할 거야. 님프의 인생은 아직 미완성이기 때문에 미래의 삶은 재미있는 거야. 만약 지금의 님프가 미래에 대한 두려움도 없고, 설렘도 없는 완성된 존재라면, 미래의 님프가 불쌍하다고 생각되지 않아?"

"그럼 내가 어떤 사람이 되면 좋겠어?"

"님프."

"응?"

"님프."

"이름만 자꾸 부르지 말고 내가 어떤 사람이 되면 좋겠냐니까?"

"님프 같은 사람."

"무슨 소리야. 천둥소리에도 놀라는 겁쟁이에다 혼자서는 아무것도 할 수 없는 무능력한 존재라고. 난 변하고 싶어서 대학가는 거야."

"후후 지금 나에게 열정적으로 자신의 약점을 당당하게 말하며, 자신의 미래를 스스로의 힘으로 개척해 보겠다는 님프는 강한 의지의 투사 같은데? 님프가 어떤 사람이 되려 하든 그 사람이 되려고 하다 상처만 남아도 님프. 멋지게 성공해도 님프. 그것을 선택하는 것도 님프. 어떤 사람이 될지 결정할 사람도 님프 자신이지.”

“그렇지만 아직 나 자신을 잘 모르는데?”

“철학자 파스칼은 ‘인간은 우주보다 위대하다’고 했어. 우주는 단한 방울의 물로 인간을 죽일 수 있지만, 인간을 왜 죽이는지 몰라. 반면 인간은 자신이 왜 죽는지 아니까 위대하다는 거야. 그러니까 님프는 우주보다 소중하고 위대한 실존, 그 자체야. 앞으로 님프에겐멋진 세상이 펼쳐질 거야. 대학을 졸업하고, 직업을 갖고, 사랑하는남자와 결혼도 할 거야. 행복한 가정을 꾸리고, 님프가 하고 싶은 일도 해 가며 멋지게 잘 살 거라 믿어.”

“뭔 소리야. 아저씨와 결혼할 건데.”

“고맙구나. 변명 같지만 아저씨는 외톨이 인생이야. 사랑을 접고살아가잖아. 사랑에 빛과 그림자가 있다면 아저씬 그림자일 거야. 아하하하! 어른이라곤 하지만 아직 많이 부족해. 가진 것도 없이 열등감만 찬. 만일 나 같은 사람과 결혼하면 님프 인생도 뒤죽박죽돼 버릴 거야.”

“재미없어. 꼭 아빠께 설교 듣는 기분이잖아. 그래도 난 아저씨와결혼할 거야. 어리다고 사랑을 모른다고 말하지 마. 사랑은 아픔이란 전제를 달고 성장하는 것쯤은 나도 알아. 지금 아저씨에겐 누군가 뻥 뚫린 가슴의 구멍을 메워 줄 사람이 필요해. 사랑을 한다는 것은 서로의 마음을 빚어 꿈을 만들어 가는 거야. 서로의 꿈이 만들어지면 영원히 영혼의 세계에서 산대. 아저씬 어떨 땐 고루한 사람 같아. 새로운 사랑을 찾아 떠나간 그 언니한테서 왜 못 벗어나는데?

아저씨의 사랑을 차 버리고 떠났다면, 아저씨에겐 그 언니가 찾아 간 새로운 사랑을 이길 만한 매력이 없었던 거야. 돈? 그것도 있겠지 만, 처음엔 그 언니도 그걸 알면서 사랑했으니까, 돈이 아닌 것은 아 저씨도 잘 알잖아. 아저씬 자존심도 강하고 사랑에 대한 경외심도 있다고 생각하는데, 왜 한 번 실패한 사랑 때문에 가슴속의 순수한 사랑까지 추잡하게 만들면서까지 매달려? 그것은 용납을 할 수 없 어. 왜? 내가 아저씨를 사랑하니까."

"비밀 상자를 열어 봤구나. 아무리 찾아도 없더니. 어디 있는지 알 려 줄래?"

"약속해. 내가 미국 가면 열어 보겠다고. 그러면 알려 줄게."

"…… 약속하마."

"2층 두 번째 책장 맨 위에 있어. 우연히 보게 됐어. 그 일로 나한 테 화를 내려면 내도 돼."

4.

님프가 무슨 말을 더 하려는 것을 제지하고 자리에서 일어나 정원 으로 나왔다. 눈발이 흩날리고 있었다. 님프는 나에게 행복감을 가져 다준 천사 같은 소녀. 실연의 늪에서 허우적거리고 있을 때, 모든 조건을 초월한 아름다운 사랑이 있다는 것을 알게 해 준 아이다. 나 에겐 영원히 천사로서 남아야 할 님프가 한 여자로서 4년 후의 프러 포즈를 지금 하고 있다.

"여기서 뭐 해?"

"아! 잠시 바람 좀……."

님프가 정원으로 나오자마자 나를 꼭 껴안았다.

"아저씨가 처음이었어. 날 위해 울어 주겠다고 한 사람은. 나 자신도 믿을 수 없을 만큼 너무 기뻐 눈물이 났어. 난 주위 사람들에게 밝게 보이려고 늘 웃으며 대했어. 엄마 아빠는 물론, 나 자신에게조차 슬픔을 알지 못하도록. 그런데 아저씨는 슬픔이 가슴에 쌓이면 아프게 되니까 울고 싶으면 울라고 했어. 게다가 나에게 살아갈 희망을 선사했어. 나 살기 싫었거든. 그런 아저씨가 님프에게서 도망가려고 해. 나 살아가다 삶이 두렵거나 무서우면 누구한테 도와 달라고 말해? 아저씨로 인해 시작한 사랑이니까 마지막까지 책임을 져야 하는 게 도리 아닌가?"

님프의 목소리가 흔들렸다. 속으론 울고 있다. 지금 이 아이가 사랑이란 감정을 감당하기는 매우 힘겨울 것이다. 그걸 알면서도 자신의 모든 것을 불태우려 하고 있다. 예전의 혜진처럼…….

혜진은 사랑의 감정에 붙기 시작한 불을 스스로 컨트롤하지 못했다. 그 불길이 점점 더 거세지자 사랑 외적인 조건에까지 불길을 옮기기 시작하더니 결국, 조건이 좋은 사람에게까지 그 불길을 옮겼다.

하지만 님프는 자신의 감정을 철저히 컨트롤해 가며 착실하게 불씨를 지피고 있다. 혜진의 사랑 타입은 불완전연소로 검은 숯이 되는 경우가 있어 누군가 또 다른 불씨를 던지면 다시 불꽃을 피울 수 있지만, 님프의 사랑은 완전연소로 한 번 타면 하얗게 재가 되는 타입이다. 그래서 두렵다. 님프는 날 닮았다. 사랑을 하다 가슴에 상처가 남게 되면, 그 아픔으로 인해 새로운 사랑을 받아들이지 못하는 불쌍한 가슴을 지닌 아이다. 하필 나 같은 놈이 첫사랑이라니…….

"아저씨는 님프가 멋진 인생을 살기 바라며, 언젠가는 님프에게 어울리는 남자라고 인정받을 수 있는 사람이 될 거야. 하지만 이 세상에선 님프에게 어울리는 남자는 따로 있을 것 같구나."

포옹을 푼 님프는 내 눈동자를 똑바로 쳐다보면서 말했다.

"아저씨는 나에게 어울리는 남자야. 내가 인정하는데 무슨 소리야. 그리고 이 세상에선 안 된다니. 이 세상에 아저씨가 곁에 없다는 생각을 하면 머리가 하얗게 텅 비어 버린 느낌이 들어. 머리뿐만 아니라 가슴도 손도 발에도 커다란 구멍이 뻥 뚫려 찬바람이 휭휭 지나가는 것 같아."

"님프에게서 도망치는 것이 아냐. 님프가 좀 더 앞으로 나가길 바라서야. 그리고 언제나 지켜볼 거야. 님프도 말했듯, 이 아저씨는 가슴에 비수를 꽂고 떠난 옛사랑에 빠져 허우적거리는 못난 놈이야. 남아 있는 사랑이라곤 갈기갈기 찢기고 상처뿐이라서 님프의 순수하고 소중한 사랑을 받아 줄 여력이 없어. 나 자신을 사랑할 힘조차 없어 서 있기도 힘들 때가 많거든."

"그럼 내가 어디 가서 사랑에 상처 입고 비틀거리며 와야 받아 줄 거야? 그건 아니잖아. 아저씬 내 사랑을 받을 자격이 충분해. 뭐 당장 결혼하자는 것도 아니고, 4년 동안 다른 여자와의 연애도 허락한다는데 벌써부터 나를 밀어내려고 하면 어떡해?"

"님프는 진정한 자신에 대해 모르고 있을지도 몰라. 자신이 얼마나 매력적이고 멋진 여성인지를. 님프에겐 멋진 남자가 어울려.”

“뭐가 멋진 남자고, 뭐가 어울린다는 거야. 나의 진정한 모습을 알아주고 내가 좋아하면 어울리는 거 아냐? 나도 이제 대학생이야. 나이로는 22살로 어엿한 숙녀라구. 나의 매력을 몰라 주는 애송이 같은 놈한텐 눈길조차 주지 않는 깍쟁이기도 하고. 내가 아저씨를 사랑한다는데 그게 큰 잘못인가?”

님프는 단 한마디도 물러서지 않고 조곤조곤 차분하게 내 말을 받아쳤다. 님프의 코끝과 귓불이 빨개졌다.

“춥다. 들어가자.”

“싫어. 아저씨가 내 마음을 밀쳐내지 않는다고 약속하면 들어갈게.”

“이러다 감기 걸려.”

“흥! 내가 독감에 걸려 죽으면 아저씨도 편치 않을걸! 평생 후회하며 고통 속에 살아가겠지.”

“아저씨도 님프 사랑해. 우린 친구니까!”

“그럼 난 아저씨 같은 친구와 결혼해서 함께 살 거다.”

“남자하고 결혼해서 행복하게 살아야지. 아저씨 같은 친구는 아냐.”

“친구? 난 친구하고 함께 살 거야. 흐흐흐. 좋아 오늘은 여기까지. 다음에 더욱 여성스러워진 나를 보면 생각이 달라질걸? 대신 나 안아서 들어가. 발이 꽁꽁 얼어서 못 걷겠어.”

님프를 번쩍 들어 집 안으로 들어갔다. 님프는 두 팔로 내 목을 껴안고 볼에 입을 맞춘 후 소리쳤다.

"야 날씨 좋다. 눈 내리는 평화로운 밤이에요."

"이렇게 눈이 오는데 무슨 날씨가 좋다는 거야? 도로가 미끄러워 운전하느라 얼마나 힘들었는데. 그리고 아저씨 힘들게 그게 뭐야. 어서 내려."

마야다. 현관 앞에서 외투와 목도리를 벗어 눈을 털며 님프에게 눈을 흘긴다.

"아저씨가 안아 준 거야. 흐흐흐 부러우면 언니도 안아 달라고 해."

"제가 못하는 소리가 없네. 미안해요."

"괜찮습니다. 추울 텐데 어서 들어오세요."

님프를 침대 위에 내려놓고 이불을 덮어 줬다. 이어 주방으로 가 커피메이커에 블루마운틴을 내리고 우유를 따끈하게 데웠다. 쟁반에 커피 두 잔과 따끈하게 덥힌 우유 한 잔, 레드와인 한 잔을 들고 테이블로 왔다. 간단하게 세면을 하고 나온 마야가 테이블 앞에 앉자 님프도 침대에서 내려와 앉았다. 우린 와인을 마시며 님프의 간청으로 마야와 나의 대학생활 이야기를 하며 즐거운 시간을 가졌다.

님프가 침대에 기대앉아 꾸벅꾸벅 졸기 시작했다. 새벽 2시다. 밤새도록 이야기할 것이라며 눈을 부릅떠보지만, 님프는 이내 잠들었다. 그런 님프의 얼굴을 어루만지며 마야가 말했다.

"이 아이 얼굴 참 평화롭죠? 님프가 많이 변했어요. 진수 씨를 만나고 나서 감정도 풍부해지고 부드러워졌어요. 전엔 감정 없는 로봇일 때가 많았어요. 남들은 님프가 부유한 가정에서 자라 남부러울 것 없다고 말하지만, 실은 슬픈 아이예요."

님프의 몸이 마룻바닥으로 넘어지자, 님프를 들어 침대에 눕혔다. 한동안 님프의 얼굴을 바라보던 마야가 시선을 나에게로 돌렸다.

"우리 한 잔 더해요."

미소에 가려진 아픔

1.

1층 테이블을 그대로 2층으로 옮겨와 마야와 마주 앉았다. 난 조심스레 마야에게 물었다.

"혹시 님프가 한 이야기 들으셨나요?"

눈은 흩날릴 정도로 조금씩 오는데 마야의 머리와 어깨엔 눈이 쌓여 있었기 때문이다.

"네! 그 아이 진심일 거예요. 진수 씨를 만나고 나서 행동도 눈빛도 밝아지고, 무슨 일이든 열심히 하거든요. 아마 님프 마음에 뻥 뚫려 있던 구멍들을 진수 씨가 메워 줬나 봐요. 언니인 제가 메울 수 없었던 것까지."

"제가요?"

"님프가 진수 씨와 있을 땐 늘 편안한 얼굴이에요. 진수 씨도 그렇고. 님프가 대학을 졸업하면 결혼할 마음은 있으세요?"

"전 누군가의 사랑을 받을 만한 사람이 못 됩니다. 님프가 대학에 들어가면 멋진 남자친구들을 사귈 것이고, 또 사회에 진출해서 멋진 사람들이 많다는 것을 알게 되면 생각이 바뀔 겁니다."

"사람이란 참 신기해요. 항상 비슷한 타입의 사람을 좋아하거든요. 자길 좋아해 주는 상대의 타입도 그렇고. 만일 님프가 한때 사춘기 시절의 감정이라 생각하고 남자친구를 사귀어 봤지만, 그럴수록 진수 씨에 대한 감정이 더 쌓이면 어떡하죠? 그때 가서도 진수 씨가 님프의 감정을 거부하면, 그 아이는 더 큰 상처를 입고 평생 그 누구도 사랑하지 못할 거예요.”

“제가 님프에게 해 줄 수 있는 것은 4년간 님프가 하고 싶은 공부를 열심히 하도록 조용히 지켜보는 겁니다.”

“4년 동안 결혼도 안 하고 혼자 사시다가 님프가 결혼하자고 하면, 그때는 무슨 말로 거절하시겠어요?”

“님프는 현명하고 똑똑해서 생각이 바뀔 것이라 믿어요. 지금 님프가 느끼는 결혼의 의미는 자신이 대화를 나누고 싶을 때, 늘 곁에서 말벗 친구가 돼 달라는 뜻으로 받아들이고 싶습니다.”

“그런 의미로 말하는 것은 아닌 것 같던데.”

“님프는 사물을 꿰뚫어 보는 눈은 날카롭고 올바른 말은 잘해도 마음 전달은 서툴러요. 티끌 하나 묻지 않았죠. 전 그런 순수한 마음이 다치지 않으면서 스스로 강인해지길 바랄 뿐입니다.”

“진수 씨는 어떤 타입의 여잘 좋아하세요?”

“깔끔한 사람.”

“조금도 망설이지 않고 말하시네요. 그렇게 긴장하지 않으셔도 돼요. 전 제 꿈을 확실히 지탱해 줄 남자가 필요한데. 후후후. 조크예요.”

마야가 와인잔을 들고 창가로 갔다. 한동안 말없이 창밖을 바라보는 마야의 뒷모습이 쓸쓸하게 느껴졌다.

"사람은 누······."

"네?"

마야가 뭐라고 말하는 것 같은데 잘 들리지 않았다. 마야가 몸을 돌려 내게로 와 선 채로 말했다.

"사람은 누구나 미스터리한 부분이 있다고 했어요."

"그렇죠? 저 자신도 저를 잘 모르겠습니다. 수수께끼죠. 자신이 자신을 모른다니."

마야가 빙긋이 웃으며 님프의 이야기를 꺼냈다.

"진수 씨는 님프가 부족함 없이 행복한 생활을 해 왔다고 생각하고 있을 거예요. 처음 님프를 만났을 때 느낌이 어땠나요?"

"천사의 마음을 지닌 소녀."

"아아! 그런 면이 그 아이를 슬프게 한답니다. 엄마 아빠도 그 아이는 전혀 고민 없이 풍족한 가정에서 티 없이 맑고 밝게 공부하고 있다고 믿고 있어요."

마야는 와인을 한 모금 머금고 잠시 생각에 잠겼다 말을 이어 갔다.

"4년 전, 누구나 한 번쯤 겪는 깊은 우울증에 빠져 님프가 증발된 적이 있었어요. 가족은 님프가 없어졌다는 걸 일주일 만에 알게 됐어요. 그것도 학교에서 연락이 와서죠. 개인교사들도 님프가 스쿨캠핑을 간다고 해서 그런 줄 알았대요. 엄마는 몸져누우시고 아빠는 미국 전역을 바늘 찾듯 뒤졌어요. 보름 정도 됐을 때, 한국 할머니한테서 님프가 병원에 입원해 있다고 연락이 왔어요. 중학교 3학년 아이가 혼자서 할머니 집을 찾아간 거예요. 할머니는 자신이 보고 싶어 엄마 허락하에 한국에 온 줄로만 알았대요. 손녀를 늘 그리워하던 차에 마냥 기뻐하신 거죠. 예전엔 님프가 단 한 번도 거짓말을 한 적이 없었거든요. 한국에 간 이유는 누군가와 이야기를 하고 싶어서였대요. 가족들은 몰랐어요. 늘 밝고 상냥한 얼굴을 하고 있는 그 아이가 우울증에 빠져 있었다는 것을. 발칵 뒤집혔죠. 그 아이가 증발하기 전, 저에게 보고 싶다고 여러 차례 전화를 했었는데……."

고개를 위로 든 마야의 말끝엔 눈물이 맺혀 있었다. 잠시 호흡을 가다듬은 마야가 포도 주스로 입술을 축이고 다시 말을 이었다.

"업무가 바빠서 응해 주지 못했어요. 그러나 할머니도 님프의 우울증을 해소해 주진 못했죠. 그 아이는 너무 일찍 성숙해 버렸어요. 나는 누구인가, 왜 공부를 하고, 왜 살아가야 하는가, 아빠는 왜 죽어야만 했고, 엄마는 왜 재혼을 하지 않으면 안 되었는가 등 명쾌한 답을 내리지 못하는 인간존재 철학에 관한 질문들이었어요. 그 아이는 해답을 구하지 못했고 거리를 헤매다 나쁜 아이들을 만나게 됐어요. 처음엔 그 아이들과 노는 것이 좋았나 봐요. 님프 말로는 악마에게 자신의 미래를 저당 잡혀 놓고 인생을 탕진하는 아이들이래요. 님프는 그중 한 아이에게 폭행을 당하기 직전 도망쳐 나왔어요. 그것은 공포 그 자체로, 그 일로 인해 살아갈 의미를 잃어버렸어요. 그 후로 거의 일주일 동안 아무것도 먹지 않고 자기 방에 틀어박혀 있다 쓰러졌어요. 할머니가 님프를 병원에 입원시키고 나서야 집으로 연락을 하셨어요."

잠시 말을 중단한 마야가 가늘고 긴 한숨을 쉬었다.

"제가 전에 말했었죠. 님프와 비슷한 시기에 병원에 입원했었다는. 님프는 제가 자기처럼 아파했다고 생각했는지 황금나무 카페를 만들고 벽화를 그리고 있던 어느 날, 갑자기 저를 보러 한국에 왔어요. 처음엔 너무도 반가운 나머지 서로 부둥켜안고 기뻐했지만, 님프에게 그 사실을 듣곤 한참이나 울었어요. 폭행보다 어린아이가 황량한 이 세상에 혼자 덩그러니 내팽개쳐져 있었다는 것이 더 슬펐어요. 처음엔 다들 자살한 줄 알았대요. 님프 말로는 자살 아닌 자살이라고 설명하지만. 지금까지 그 사실을 저만 알고 있어요. 부모님은 공부가 하기 싫어 잠시 일상탈출한 것쯤으로 알고 계세요. 그냥 한때 사춘기의 호기쯤으로 생각하시는 거죠. 의사 말로는 일주일 동안 거의 아무것도 먹지 않았대요. 아니 못 했는지도 모르죠. 우리가 한국에 달려갔을 때 님프는 거의 죽음 직전까지 갔었거든요.

간신히 회복되긴 했지만, 깨어난 님프는 말하길 거부했어요. 자신의 세계에 갇혀 버린 거죠. 엄마가 곁에서 극진히 간호했지만 거의 한 달 동안 모든 것을 거부했어요. 그 와중에도 개인교습은 꾸준히 받았지만. 아마 그 물음들에 대한 해답을 스스로 찾으려고 한 것 같아요. 조금만 더 그 아이에게 관심을 가졌더라면……. 그래서인지 지금도 대인기피증이 있어요. 자기 또래의 아이들과 잘 어울리지 못하고, 그 누구에게도 속마음을 절대 말하지 않아요. 개인교사들에겐 이 질문 저 질문 잘 하면서도. 아마 그 교사들은 오랫동안 함께한 어른이라 그런가 봐요. 또래 아이들도 시간이 흐르면 어른이 되는데 말이에요. 제가 이 비밀을 왜 했는지 아세요? 님프를 행복하게 해 주세요. 그럼 좋은 꿈 꾸세요."

가슴이 저려 왔다.

2.

으! 춥다! 주위가 온통 눈으로 뒤덮인 벌판에 내가 서 있다. 헉! 이렇게 추운 곳에 청바지에 하얀 티, 검정샌들을 신고 있다. 이가 덜덜 떨리는 사이로 허연 입김이 새어 나오고, 온 신경조직이 마비되는 것 같다. 머리가 떵하며 눈꺼풀이 잠겨 온다. 그대로 눈 위로 쓰러졌다. 이대로 잠들면 안 되는데…….

얼마나 시간이 흘렀을까? 따뜻하다. 누군가 나를 다정스레 안고 있다. 그는 내 눈꺼풀을 엄지와 검지로 강제로 열었다. 님프다. 해맑은 미소가 아름답다. 이제 살았다고 생각하는 순간, 님프가 날개를 펴고 날아간다. 난 님프를 애처롭게 불러보지만 점점 더 멀어져만 간다.

쿵! 윽! 엉덩이가 아프다.

"뭐해! 빨리 일어나지 않고. 오늘 공항 가기 전에 놀이공원 가기로 했잖아."

잠옷 차림에 머리를 수건으로 동여맨 님프가 이불을 들고 어이없다는 표정으로 서 있었다.

"너무한 거 아냐? 얼어 죽는 나를 빤히 보고도 그냥 날아가 버리다니."

"뭔 소리야? 아저씨가 왜 얼어 죽어. 또 내가 어떻게 날아."

"꿈인가? 그렇군! 아무리 그래도 그렇지 어떻게 얼어 죽어 가는 나를 버리고 날아가?"

"나 참! 빨리 일어나라니까."

"왜 점점 더 춥지?"

"당연하잖아. 창문을 다 열어 놨는데."

일어나 앉아 주위를 빙 둘러 봤다. 살을 에는 듯한 찬바람이 활짝 열린 창문을 통해 신나게 들이닥치고 있었다.

"창……. 윽!"

창문을 닫아 달라고 말하려는 순간, 이불이 내 머리를 강타하고 동시에 베개가 얼굴을 향해 날아왔다.

"나이스. 언니!"

양손을 허리에 댄 마야가 계단 앞에서 소리쳤다.

"뭐해요? 지각하겠어요."

마야는 벌써 정장 차림이다. 시계가 빙긋 웃으며 8시를 가리키고 있었다. 난 부랴부랴 씻고 급히 서둘러 20분 만에 외출준비를 끝냈다. 님프와 난 청바지에 하얀 티, 간편한 점퍼를 걸치고 털장갑, 털목도리, 털모자, 선글라스를 준비했다.

마야는 회사에 도착하자마자 나에게 키를 넘겨주고 저녁에 도킹하기로 했다. 롯데월드에 도착한 님프와 난 차를 주차시키고, 부근 패밀리레스토랑에서 스파게티와 콜라를 주문했다. 님프는 여전히 커다란 선글라스를 착용하고 있다.

"늘 선글라스를 쓰는 이유가 있어?"

"없어."

"그래? 난 또 나와 함께 있는 것이 부끄러워 그런 줄 알았지."

"크크크. 누가 봐도 아저씨는 이십 대 중반으로 보여. 사람들이 보면 연인으로 알겠지. 이건 그냥 콘셉트야. 내가 이러고 있으면 사람들이 잘 접근하지 않아."

가슴이 철렁했다. 무의식중에도 사람들과 거리를 두고 있는 것이다. 4년 전 상처가 아직 남아 있는 걸까? 초기 한국 학교생활에 적응을 못 해 수업시간에도 선글라스를 착용했다고 한다. 님프가 상처를 받은 한국에 온 이유를 모르겠다.

"지금도 수업시간에?"

"복학하고 나서부터는 안 써."

스파게티가 나오고 우린 반 정도만 비웠다. 콜라를 마시던 님프가 질문했다.

"왜 모든 사람은 친절하고 젠틀하지 못할까? 그리고 음식은 왜 전부 고급이 아닐까?"

"글쎄! 세상 모든 음식과 상품이 고급과 명품만 있다면, 여유가 없는 사람은 굶어 죽거나 도둑질을 해야 할 거야. 그것보다 더 중요한 것은 유행이란 단어가 사라지고, 발전이 없는 단조로운 세상이 될 가능성이 커. 모든 사람이 명품만 걸치고 맛난 음식만 계속해서 먹는다고 생각해 봐. 재미없을걸? 그리고 사람은 처한 환경과 입장에 따라 기준이 다 달라. 지금 이 자리에서 선생님이나 아빠 같은 말만 님프에게 한다고 해 봐. 그것이 과연 젠틀한 것인지. 상대방을 이해하려는 자세가 중요한 거야."

"나도 그렇게 생각했어. 우리 놀러 가자."

님프는 별 반응을 보이지 않고 일어섰다. 우린 자이로스윙, 회전그네, 크레이지 범퍼카, 스페인 해적선, 월드모노레일, 풍선비행을 다 타고 싶었지만 민속박물관과 갤러리를 구경한 다음 공항으로 출발했다. 공항으로 가는 길 내내 뭐가 그리 즐거운지 님프는 음악을 크게 틀어 놓고 흥얼거리며 차창으로 보이는 경치를 즐겼다.

오후 4시 30분. 공항에 도착했을 때, 탑승시간까지 약 1시간 정도 여유가 있었다. 짐을 들고 공항 식당에 들러 식사 후 대기실 벤치에 기대앉았다. 토요일이라 그런지 해외로 나가는 여행객들이 꽤 많았다.

"친구가 사랑하는 사람이 생겼는데, 그 사람은 그 친구가 별론가 봐. 그냥 친구처럼 지내자고 한대."

"왜?"

"결혼하자고 해도 싫대. 친구한테 별 매력을 못 느끼나 봐."

"그래서?"

"그 친구도 그 사람에게 피해를 줄 수 있다는 생각에 적극적으로 밀어붙이진 못하나 봐."

"그래? 그 사람을 진정 사랑한다면, 그 사람의 세계로 들어갈 용기가 있어야 돼. 명심할 것은 사랑은 집착이나 소유가 아니라는 거야. 그리고 친구에게 전해 줘. 지금의 네 진가를 몰라보는 그런 놈은 차

버리라구. 그놈이 빠져나간 구멍은 너의 진가를 알아주는 사람이 틀림없이 나타나 채워 줄 거라는 말도 함께."

"눈감아 봐. 선물 샀단 말이야. 백에서 꺼내려고 하니까 눈감아. 빨리."

눈을 감자, 님프가 입맞춤을 했다. 난 아무 말도 못 하고 물끄러미 님프를 바라봤다.

"호호호. 많은 사람들 앞에서 키스했으니까 이제 아저씨는 날 영원히 잊지 못할 거야."

미국발 비행 탑승안내 방송이 흘러나오자 님프는 웃으며 나를 포옹한 후 게이트를 향해 걸어갔다. 그 뒷모습이 쓸쓸해 보였다. 가슴에 커다란 아픔을 담고 있으면서도 늘 나에게 따스한 미소를 지어 보이는 그 아이가 고마웠다. 님프를 불러 세우곤 다가가 와락 껴안았다.

"고맙다. 그리고 미안해. 하고 싶은 공부 맘껏 해."

"아저씨가 날 다 안아 주고 철들었네. 봤지? 오늘 아침. 그게 원래 모습이야. 언니는 보이시해. 3년 만에 느끼는 즐거움이었어. 우리 언니 잘 보살펴 주고, 내가 올 때까지 잘 지내. 한눈팔지 말고 알았지?"

님프가 갔다. 마음 한쪽이 허전해져 온다.

오지 않는 봄

1.

2월이 지나고 3월도 다 지나가고 있다. 거리는 봄기운이 완연하지만 마음 곳곳엔 아직 겨울의 흔적들이 남아 있었다. 님프는 실종된 사람처럼 연락이 없고, 이상하게 꿈도 꾸지 않았다. 예전엔 가끔 무섭도록 아름다운 눈동자가 나타나 혜진의 모습을 보여줬지만 요즘은 조용하다. 들고양이 진이도 통 나타나지 않고 있다. 그동안 일주일에 한 번 정도 마야와 저녁 식사, 영화, 연극, 갤러리, 고궁관람 등을 하면서 친구로서 약간은 가까운 사이가 됐다.

님프의 말대로 마야는 3년 전 실연의 아픔을 겪기 전 매우 활달한 성격의 소유자였다. 어렸을 땐 소문난 말괄량이였지만, 사람을 가려 사귀어 처음엔 접근하기가 매우 힘든 스타일이었다고 한다. 화창한 3월 말 토요일 오전, 마야로부터 전화가 왔다.

"저 내일 미국 가요. 잠시지만 본사로 파견근무 가게 됐거든요. 떠나기 전, 카페에 가고 싶은데 혼자 가기가……. 괜찮죠?"

"출발은 언제?"

"지금요."

"……."

마야와 난 청바지, 하얀 티, 윈드재킷에 선글라스를 걸치고 섬진강 카페를 향해 출발했다. 강가를 따라 흐르는 산자락을 끼고 몇 번이나 돌고 돌아 산 중턱에 자리 잡은 자그마한 마을 입구에 도착했다. 산언덕 마을 입구 한쪽에 차를 세우고 처음 이곳에 왔을 때처럼 차 범퍼에 엉덩이를 대고 팔짱을 낀 채, 선글라스 너머로 산 아래 풍경을 구경했다. 나의 행동을 지켜보던 마야가 차에서 내려 범퍼에 기대며 입을 열었다.

"이곳은 변함없이 아름답네!"

강은 산세를 따라 유유히 흐르고 붉고 파란색 기와집들로 이뤄진 촌락들은 목련, 철쭉, 매화꽃들을 흐드러지게 피우고 있었다. 또한 촌락들은 연초록 빛깔을 뿜어내는 무성한 나무들로 빙 둘러 보초를 세웠다. 좌르르. 조막만 한 나뭇잎들과 장난치던 봄바람이 머리카락을 쓰다듬고 지나간다.

"시원하다. 공기도 싱그럽고!"

한동안 말없이 산 아래 펼쳐진 아름다운 풍경을 바라보던 마야가 재킷을 벗어 허리에 동여매고 앞서서 언덕 위 마을을 향해 걷기 시작했다. 산등성이에 태연하게 자리 잡은 청기와와 홍기와집 돌담길을 몇 번이나 끼고 돌자 마을 끝이 보였다. 4월을 맞이하는 나른한 기운이 후덥지근하게 느껴질 무렵, 마야가 뒤돌아보며 생긋 웃었다.

님프? 고개를 좌우로 흔들었다. 마야가 돌담길 끝을 돌고 있다. 방금 전 마야를 님프로 착각했다. 콧잔등에 땀방울이 송골송골 맺힐 무렵, 〈황금나무 아래서〉 간판을 매달고 있는 플라타너스 앞에 섰다. 간판은 여전히 신비한 기운을 풍기고 있었다.

"저 간판을 보고 있노라면 마음이 편해져요."

양 허리에 손을 얹고 시선을 위로한 마야의 얼굴과 선글라스 위로 그림자가 춤을 춘다. '사르르' 바람에 이리저리 흔들리는 나뭇잎들을 보던 마야가 선글라스를 벗고 잠시 생각에 잠겼다.

카페 입구는 여전히 탄성이 절로 흘러나올 정도로 신비롭다. 울창한 나무와 담쟁이덩굴로 뒤덮여 산 아래나 위에선 보이지 않는 요새 같은 곳이다.

마야와 난 2층 계단을 올라 나무로 만든 문을 열고 들어섰다. 묵직한 애잔함을 담은 첼로 선율이 은은히 울려 퍼지는 2층엔 세 쌍의 연인과 다섯 명의 여행객들이 창밖을 내려다보며 즐거운 대화를 나누고 있었다. 여전히 아래로 굽어 보이는 창밖 전망은 수채화를 그려 놓은 듯 수려하다. 우린 1층으로 내려갔다.

"아이쿠! 이게 얼마 만이야. 연락이라도 하고 오지. 그럼 내 맛있는 요리를 많이 준비했을 텐데."

할머니와 할아버지는 마야의 손을 꼭 잡고 반갑게 맞아 주셨다. 두 분이 님프의 소식을 묻자 마야는 잘 지내고 있다고만 답했다. 벌써 오후 1시 28분이다.

2.

식사를 하고 산책을 나갔다. 10여 분을 걸어 마을에 들어서서 돌담길을 돌고 돌아 10여 분을 더 내려갔다. 산허리 이래로 탁 트인 섬진강변 줄기가 굽이쳐 흐르고 있었다. 마을 입구엔 향나무가 수령

400년 자태를 뽐내며 정자를 감싸고 있고, 부채를 든 노인 몇 분이 오후의 나른한 햇살이 만들어 낸 그림자의 시원함을 즐기고 계셨다.

커다란 플라스틱 통 위에 통나무를 연결해 만든 선착장에 도착했다. 아직 이른 봄이라 그런지 고요하다. 갑판 위엔 파란 파라솔 두 개가 꽂혀 있고, 그 아래 각각 대여섯 명이 앉을 수 있는 하얀 플라스틱 의자가 놓여 있다. 작년에 본 길이 7미터 정도의 요트가 여전히 갑판에 매여 있고, 갑판 좌측 끝엔 가로세로 2미터의 뗏목이 밧줄로 묶여 있다.

뗏목에 올라 난 앉았고, 마야는 하늘을 보고 누웠다. 시원한 봄바람이 불어오자 강가의 실버들이 축 늘어뜨린 연푸른 가지를 너울거리며 춤을 춘다. 여기저기서 들려오는 새소리에 귀가 간지럽다.

"여긴 정말 좋다! 저도 모르는 곳을 어떻게 발견했어요?"

"지난해 님프와 왔었습니다. 님프는 몇 번 온 것 같던데."

"그래요? 왜 몰랐지? 님프가 외로웠나 보다."

마야는 두 손을 뒤로 짚고 앉아 강 건너 산을 응시하며 생각에 잠긴 듯했다.

"자신감을 가지면 얼굴 표정부터가 달라져요."

"네?"

마야는 계속해서 시선을 강 건너에 두고 혼잣말처럼 나지막이 말했다.

"진수 씨는 님프에게 희망을 불어넣어 준 사람이에요. 그건 대단한 거죠. 3년 전 제가 죽는다고 하면 그 아이도 뒤따르지 않을까 불안했어요. 하지만 아무것도 해 줄 수 없어 괴로웠죠. 님프나 저나 늪에 빠져 허우적거리고 있을 때, 진수 씨가 나타난 거예요. 님프가 어두운 곳에서 밝은 햇살로 나왔다고 해야 하나? 님프가 행복했으면 좋겠어요."

"저와는 비교도 안 될 정도로 아름다운 사랑을 님프는 가슴에 담고 있습니다. 그리고 삶에 대한 정열도. 정열을 가진 사람에게는 그 누구도 당해 내지 못하는 법입니다. 님프는 틀림없이 자신이 꿈꾸는 일을 이루어낼 거라 믿어요."

"그럼 저는?"

"마야 씨도 분명 꿈꾸는 것을 이루고 멋진 인생을 살아갈 겁니다."

"제가요? 저 다시 사랑을 시작할 수 있을까요?"

"그럼요. 열정이 가득하신데. 그리고 사랑의 아름다움과 소중함을 잘 알잖아요. 그런 사람에게는 좋은 사람이 나타나게 마련입니다. 물론 실패할지도 모르죠. 또다시 상처받고 고통의 나날을 보내게 될지도. 그러나 새로운 사랑을 시도한다는 자체가 멋지지 않나요? 잘해 봐요. 생각만 해도 가슴이 두근거리는데요? 마야 씨가 어떤 사랑을 할지."

"다시는 사랑을 못 할 것 같아요. 남자를 만난다는 것 자체가 두려워요."

"마야 씨에게 있어서 사랑의 적은 완고한 마음이군요. 사랑을 하고 싶은 사람이 사랑의 기쁨을 잃어버리면 뭐가 남겠어요? 시체. 그것도 영혼이 없는 시체. 과거의 상처에서 빗어나 자신을 변화시켜 봐요. 전 마야 씨가 새로운 사랑에 실연의 아픔을 전가할까 봐 주저하고 있다고 봐요."

"네? 저에게 남자가 있다는 것으로 들리는데."

"처음 마야 씨의 표정은 슬퍼 보였는데, 언제부턴가 미소도 자주 띠고 눈빛도 반짝이며 생기가 넘쳐나서요."

"제가요? 그런가!"

"망설이지 말고 다가가 봐요. 상대방에게 끼칠 영향보다 자신의 순수한 사랑의 감정을 더 소중히 하면서 말이죠."

"그런 진수 씨는, 왜 그랬어요?"

"네?"

"단희라는 후배가 진수 씨를 사랑한다면서요? 님프가 샘 날 정도로 예쁘고 멋진 커리어우먼이라던데."

"그냥 후배일 뿐입니다. 고마운 친구죠."

"그래요! 그럼 만일 제가 진수 씨를 사랑한다면 받아 줄 수 있어요?"

"……"

"음……. 이 남자 그냥 내버려 둬야겠군. 그동안 그렇게 관심을 표명했는데도 이 정도로 무관심한 사람이라면 처음부터 나를 여자로 볼 마음이 없었던 거야. 하긴, 어리고 예쁜 님프가 결혼하자고 프러포즈를 했는데도 거절한 걸 보면……. 혹시! 당신 지금까지 괜찮은 연애 한 번 못 해 봤죠? 그리고 우리한테는 엄청난 사랑이나 한 것처럼 폼 잡은 거죠? 어쩐지……. 그러니 여자의 진짜 매력을 볼 줄 모르는 거라구요. 나와 님프가 얼마나 괜찮은데."

강 왼쪽에서 나타난 모터보트가 하얀 물살을 가르며 질주하자 갑판이 출렁였다. 마야가 웃으며 놀이동산 같다 말한다.

"사랑을 하는 사람의 눈을 보면 참 아름다워요. 그 눈을 보는 것 자체가 저에겐 사치라고 느껴질 정도죠. 님프의 눈동자가 그래요. 님프의 눈을 보고 있으면 참 평화로워요. 제가 초라해질 정도죠. 님프는 그만큼 소중하고 아름다운 사랑을 해야 합니다. 그게 바로 사랑에 대한 예의가 아닐까요?"

"저는요?"

"그런 걸 직접 물어보면 당혹스럽습니다."

"흐흐흐. 그래요? 제가 생각하기엔 사랑은 아픔이란 전제를 달고 성장하는 거예요. 진수 씨는 마음이 순수하지만 너무 그러면 세상 물정 모르면서 잘난 척만 하는 사람으로밖에 안 보여요. 사랑을 하는 건 누구 때문도 아니고, 무슨 보상이나 복수를 위해서가 아니에요. 그건 진수 씨 자신 속에 담겨 있는 사랑을 위한 거라고 생각해요. 무슨 이익을 얻을 생각이라면, 그건 장사나 다름없죠. 상대방에게 뭔가 이득을 줘야만 한다고 생각하는 진수 씨는 여자의 사랑을 모르는 것 같아요. 가만, 그렇다면 가능성이 있다는 것인데……. 진수 씨 마음은 하얀 도화지와도 같군요. 상처로 얼룩진 과거의 사랑 따윈 없어진 지 오래라구요. 진수 씨는 행복해질 권리가 있어요. 사람은 이 세상에 누군가 단 한 명이라도 자신을 필요로 한다면 살 만한 가치가 있어요. 이리 와 봐요."

마야는 내 얼굴을 끌어당겨 입맞춤을 했다. 그리곤 미소를 지었다.

"얼굴이 빨개졌네! 아저씨가 부끄럼 타긴. 좋다는 건가?"

마야가 어깨를 툭 치며 말했다.

"한 번 더? 크크큭!"

그녀의 티 없이 맑은 미소를 본 순간 가슴이 떨렸다. 님프나 마야의 눈을 보고 있으면 더없이 편하다. 습기를 머금은 바람이 불어왔다. 곧 비가 올 것 같다. 마야의 얼굴이 다가오는 것을 피해 자리에서 일어났다.

"가려고요? 분위기 좋은데…….."

"비가 올 것 같아요. 서두르셔야 합니다"

가파른 지름길을 오르자 마야가 이 길이 맞느냐고 묻는다.

"님프가 가르쳐 준 지름길입니다. 좀 험하지만 마을로 가는 것에 비해 절반 정도죠."

"제가 님프에 대해 모르는 것이 너무 많다는 생각이 드네요. 미안한 생각도 들고. 진수 씨에게 님프를 빼앗긴 기분이 드는 것은 왜일까요?"

"아무리 그래도 언니보다 제가 더 많이 알까요."

"아니에요. 그 아이는 속이 깊어 웬만큼 힘들지 않으면 말을 안 해요."

"님프에 대해 저보다 더 많이 아는 것 같아요."

좁은 길 양쪽엔 풀이 무성하고 경사가 심하다. 10여 분 정도 걸었을 뿐인데도 숨이 턱까지 차오른다. 마야가 내 팔을 잡고 올라오면서 가쁜 숨을 몰아쉰다. 카페 앞에 도착했을 때 시원한 바람이 먹구름을 몰고 왔다. 쏴아! 집에 들어서자마자 비가 쏟아지기 시작했다.

3.

할머니 할아버지와 함께 즐거운 저녁 식사를 하면서 마야는 미국의 부모님 근황과 직장생활에서 일어난 재미있는 일들에 대해 이야기했다. 시종일관 유쾌한 말투로 딸이 엄마에게 보고하듯 조목조목 이야기하는 마야를 보곤 할머니께서 눈물을 훔치셨다.

"왜? 내가 뭐 잘못했어?"

마야가 놀란 표정을 지었다.

"아니다. 네 아빠 말괄량이라 돌보기가 여간 힘들지 않을 거라 했는데, 이 카페를 지을 때 꼭 네가 몹쓸 병에 걸려 죽는 줄만 알았지 뭐야. 그런데 이렇게 건강한 모습을 보니……."

"에이 잘못 봤겠지. 내가 얼마나 건강한데. 그땐 빌딩과 페인팅 때문에 얼마나 힘들었다구. 그래서 그랬을 거야."

할아버지는 흐뭇한 미소를 지으며 나를 바라보신다.

"계속 말씀 나누세요. 전 잠시……."

2층 카페로 올라가 창을 열자 젖은 흙냄새가 확 풍겨왔다. 쏴아! 의자에 몸을 깊이 묻은 채, 내리는 빗소리에 귀를 기울였다.

인연이란 참으로 묘하다. 혜진을 만났다 헤어지고, 단희를 만나 슬프게 했고, 님프와 마야를 만났다. 전혀 예상하지 못했던 헤어짐이고 만남들이었다. 지금 생각해 보면, 그 헤어짐과 만남은 어쩌면 무의식중에 나 자신이 진심으로 원한 걸지도 모른다. 그래서 하나님은 우리 각자의 영혼을 조금씩 떼어 내 운명이란 바람에 실어 각자의 마음에 전달했을지도 모른다. 하나님은 다 알고 계셨던 것일까?

혜진, 단희, 님프, 마야는 기다렸다는 듯이 내가 올 것을 미리 알고 거기에 있었고, 혜진과 단희는 떠나갔다. 그런 만남과 헤어짐이 지금까지 나를 살아오게 했고, 살아가게 한 것은 아닌지……. 님프나 마야 또한 언제 떠나갈지 모른다. 이젠 그렇다고 해도 가슴 아파하거나 상처로 남기지 말아야겠다. 그 헤어짐 역시 사랑이기에…….

"뭐 하세요?"

마야가 레드와인과 커피, 과일들을 쟁반에 받쳐 들고 올라왔다. 커피 향이 습기를 머금은 공간에 급속도로 퍼져 간다. 마야가 낮은 볼륨으로 음악을 틀었다.

"좋군요!"

"뭐가요?"

"커피 향, 빗소리, 그리고 이글스(Eagles)의 〈The Sad Cafe(슬픈 카페)〉."

마야의 휴대폰이 울리자 나에게 건네준다. 님프다.

"잘 지냈어? 보고 싶은데……."

님프의 말끝이 젖어 있다.

"난 잘 지내."

"아! 비밀상자 봤어?"

"아직."

"그래! 언니 목소리 들어 보니까 예전으로 돌아온 것 같아 기뻐. 연락 안 한다고 삐치지 말고 조금만 기다려. 곧 갈게. 내가 옆에 없다고 한눈팔면 안 돼. 특히 언니 조심하고. 흐흐흐. 조크."

"……."

"아저씨! 듣고 있는 거야?"

"그래. 님프도 잘 지내."

통화가 끝나자 마야가 내 잔에 와인을 따르곤 건배를 했다.

"재미난 세상을 더 즐겁게!"

마야는 빗소리를 안주 삼아 잔을 다 비웠다. 창밖에 시선을 고정한 그녀의 옆모습이 쓸쓸해 보였다.

"진수 씨는 님프에게 왜 연락 한 번 안 해요?"

"……."

"그 아이도 진수 씨에게 거의 안 한단 말이야. 두 사람 참 이해를 못 하겠어."

창밖에 두었던 마야의 시선이 나에게로 향했다. 그녀의 눈빛은 부드러웠고, 얼굴은 붉게 물들었다. 빗소리에 젖은 공기가 무겁게 느껴졌다.

마야는 내 손을 잡고 이끌었다. 문을 열고 계단 옆 스위치를 켜고 3층으로 올라갔다.

4.

긴 테이블 위엔 그림 도구들이 가지런히 정리돼 있었고, 창가 쪽

엔 커피 마시기에 좋을 듯한 테이블과 안락한 의자 몇 세트가 자리
하고 있다. 벽화엔 슬픈 눈길과 미소를 머금은 그녀가 수줍게 서 있
다. 3년 전 사랑의 상처로 갈가리 찢긴 가슴을 안고 서 있는 마야다.

"제가 아닌 것 같아요. 지금의 저와는 느낌이 많이 달라요. 저 여인
을 보고 있으면 왠지 슬픈 느낌이 들어요."

속삭이듯 말한 마야는 한동안 그림을 보면서 말없이 서 있다 2층
으로 내려갔다.

뒤로 물러서서 벽화를 감상했다. 싱그러운 봄 냄새, 쭉 뻗은 오솔
길, 울창한 나무들과 싱싱한 초록 빛깔, 그리고 슬픈 미소를 짓고 서
있는 3년 전의 마야와 그녀 발아래 도도하게 머리를 치켜세우고 앉
아 있는 하얀 고양이. 그때 님프와 본 한여름의 느낌은 뭐였을까?

마야가 쟁반에 커피 두 잔을 받쳐 들고 올라왔다. 구수한 커피 향
이 가슴을 따스하게 만든다.

"커피가 식어 다시 내렸어요."

우린 테이블을 마주하고 의자에 앉아 커피를 음미했다. 테이블에
턱을 괸 마야가 내 얼굴을 물끄러미 보더니 입을 열었다.

"질문이 좀 그렇지만, 어떻게 살고 싶어요?"

"글쎄요?"

"돈 많이, 건강하게, 그런 것 말고요. 구체적이지 않아도 돼요. 추
상적인 것도 좋으니까 생각나는 대로 말해 보세요."

마야가 창가로 걸어가 커튼을 살짝 걷고 창문을 열자 '후두둑 쏴
아' 어둠을 적시는 빗줄기가 시원하게 나뭇잎을 두들기고 있었다. 창

을 닫았다. 그런 마야를 물끄러미 바라보며, 무슨 이야기를 해야 할지 생각했다.

한 1분 정도 흘렀을까? 긴 시간처럼 느껴지는 침묵을 창가에 남긴 마야는 오디오를 켠 다음 그룹 누벨 바그(Nouvelle Vague)의 CD를 밀어 넣었다. 〈In A Manner Of Speaking(어떤 의미로는)〉 음률이 흘렀다. 마야가 다시 테이블로 돌아와 앉았다.

"전 지금까지 제 자신의 가능성을 틀어막고 구속해 온 것은 아닐까 하는 생각이 듭니다. 세상을 벗어날 순 없지만, 될 수 있다면 바람을 타고 자유롭게 모양을 바꿔 가며 드넓은 하늘을 유유히 흘러가는 구름이 되고 싶습니다."

"시적이군요. 저도 그래요. 사람들의 손에 잡히지 않는 바람이 되고 싶었어요. 사실은 지금 이 생활을 바꾼다는 게 두려워요. 누군가를 사랑하게 될까 봐……. 참 이기적인 도피죠."

"왜 그렇게 생각하시죠?"

"그럼 누군가 버림받은 사랑을 끌어안고 살아가야 하잖아요. 그렇지만 어떨 땐 소매치기 도둑이 되어 사랑을 훔치고 싶어요."

"마야 씨는 사랑할 자격이 충분합니다. 분명 좋은 분 만나실……."

자리에서 일어난 마야가 상체를 내 쪽으로 숙여 속삭이듯 말했다.

"이건 비밀인데요. 사실 저 훔쳤거든요. 그것도 첫 도둑질에 성공한 거죠."

"네?"

웃으며 다시 앉은 마야는 대답 대신 커피를 한 모금 마셨다.

"흐흐흐. 진수 씨 사랑을요."

"……"

"곤란한 질문엔 꼭 침묵으로 답하시는군요. 첫 모험인데 이런 대박에 당첨되다니 전 운이 좋은 편이네요. 그렇게 생각 안 하세요?"

무슨 말을 해야 할지 몰라 커피잔만 만지작거렸다.

"저 한 번 안아 주실 수 있어요?"

자리에서 일어나 마야를 포옹했다. 부드럽고 따뜻하다. 잠시 후 마야가 팔을 느슨하게 풀더니 눈을 감고 입맞춤을 했다.

"괜찮죠?"

고개를 끄덕였다. 우린 다시 키스를 했다. 마야에게서 라일락 향기가 났다. 입술을 열고 마야를 받아들이며 테이블 위로 넘어졌다. 마야와 난 동시에 멈췄다. 서로 자신의 옷이 벗겨지지 않도록 한 손으로 꽉 잡고 있는 모습을 보곤 웃었다.

"우린 왜 이럴까요?"

"무의식중에 사랑의 상처가 남아 있는 것은 아닐까요? 다시는 그 누굴 사랑하지 못할까 봐 걱정하지만, 한편으론 다가온 새로운 사랑에 상처를 줄 수 있다는 두려움 때문에 그러는 것은 아닌가 합니다."

"어쩌면 우린 아직 새로운 사랑을 할 준비가 안 된 것인지도 몰라요. 진수 씨나 저나 첫사랑을 잊지 못하는 것이 아니라, 사랑에 두려움을 갖고 있는 것 같아요. 왠지 슬퍼요. 우리 두 사람……."

마야가 내 어깨에 머리를 기대어 왔다.

"감성은 사랑을 갈구하지만, 이성은 첫사랑의 고통을 떠올리며 거부할 때가 있다고 합니다. 그래서 사랑이 다가올 때마다 사랑의 아픔이 상기되죠. 어쩌면 그 아픔으로 인해 첫사랑을 그리워하고 있는 것은 아닐까 하는 착각이 들기도 하나 봅니다."

"제 속에 또 다른 내가 있는 것 같아요. 지금 전 진수 씨를 무척 갈 구했거든요. 그렇지만 제 속의 또 다른 제가 저를 저지했어요. 전 첫 사랑에 영혼까지 다 바쳤는데도 가슴이 갈가리 찢기는 상처를 받았 어요. 새로운 사랑을 시작하려면 첫사랑보다 더한 노력이 필요하다 고 생각해요. 목숨은 물론 영혼까지 다 바쳐야 한다고. 하지만 진수 씨도 알다시피 전 그 두 번째 사랑에서 더 큰 상처를 받았어요. 남자 에 대한 증오심이 일 정도로. 진수 씨가 그런 사람이 아니라는 것은 알지만 무의식중에 거부반응이 일어났어요. 미안해요. 제가 먼저 진 수 씨를 원했는데……."

마야를 꼭 끌어안았다.

"고마워요. 저도 마야 씨를 원했지만, 제가 아닌 제 속의 무언가가 움찔하게 만들더군요. 상처를 받을까 두려웠는지 몰라요."

마야가 눈물을 흘렸다. 마야나 나나 불쌍한 사람들이란 생각이 들 었다. 누벨 바그의 〈This Is Not A Love Song(이건 사랑 노래가 아니에 요)〉 음률이 흐르는 이 밤, 우린 한동안 포옹을 했다.

빗줄기가 점점 거세졌다. 마야가 창가로 걸어가더니 한동안 말없 이 팔짱을 끼고 생각에 잠겼다. 모든 것이 떠내려가고 이 세상에 마 야와 나만 덩그러니 남아 있는 듯한 착각이 들 정도로 고요하다. 뒷 모습이 슬퍼 보이는 마야가 뒤돌아서서 입을 열었다.

"님프를 사랑하시죠?"

난 식은 커피로 입술을 적셨다.

"님프를 진짜 사랑하게 될까 봐 두렵습니다."

"그래서 연락을 안 하시는 거예요? 보기보다 겁쟁이군요. 그렇다면 님프도? 두 사람 어쩜 그리 닮았어요. 그러니까 정신적 사랑? 부럽네요. 그럼 전 어떻게 생각하세요?"

"좋아합니다."

"정말이세요? 눈물 나도록 고맙네요."

"살다 보면 한 번쯤은 사랑이 식을 때가 있을 것이고, 그때 지나간 날의 고통이 다시 떠올라 마야 씨나 님프에게 상처를 줄까 두렵습니다."

"진수 씨는 저와 많이 닮았네요. 우리 서둘지 말기로 해요. 우선 각자 마음속에 숨어 있는 방해꾼을 물리치기로 하죠. 저 노력할게요. 꼭!"

1층으로 내려와 잠자리에 들기 전, 많은 생각이 교차했다. 왜 사람들은 사랑을 하면서 서로에게 상처를 줄까. 한 번 가슴에 새겨진 상처 자국은 왜 없어지지 않는 걸까? 그리고 지나간 사랑과 새로이 다가오는 사랑과의 차이점은 뭘까?

5.

다음 날 아침 식사를 하자마자 서울로 향했다. 할머니 집에 들러 짐을 꾸린 후 인천공항으로 가는 길에 마야가 심각한 얼굴로 입을 열었다.

"사실 저 미국 가면 언제 다시 올지 몰라요. 6개월간 파견근무 후 미국에 자리가 나거든요. 본사에서는 다시 돌아오라고 하지만, 진수 씨가 원한다면 저 한국에서 살게요. 어제 이 말을 하려고 했지만 용기가 나지 않았어요."

"......."

"당황하는 모습 좀 봐. 언제 봐도 귀엽단 말이야. 지금 당장 답하라는 것은 아니에요. 파견근무가 끝나기 전까지 답변 기다릴게요. 참! 님프는 잘 지내고 있어요."

마야는 그렇게 서둘러 출국했다.

고택으로 돌아오자마자 비밀상자를 찾았다. 2층으로 올라가 두 번째 책장 맨 위에 있던 상자를 꺼내 먼지를 털고 소파에 앉아 조심스럽게 뚜껑을 열었다.

사라졌다. 혜진의 일기장과 편지들 모두. 단지 하얀 카드 하나가 달랑 놓여 있었다. 봉투를 열고 카드를 꺼냈다. 하얀 바탕에 그려진 들국화 한 송이가 방긋 웃고 있었다. 님프가 손수 유화물감으로 그린 것이다. 카드를 펼치자 빨간 키스 마크가 눈에 확 들어왔다. 님프가 립스틱을 입술에 발라 찍은 것이다. 키스 마크 아래는 이름이 적혀 있었다.

"님프(소현) ♥ 아저씨(진수)"

눈가가 찡해졌다. 카드 뒷면에도 메시지가 있었다.

"편지들과 일기장은 저 우주공간 블랙홀에 던져 버렸어. 다 아저씨를 위한 거니까 영원히 잊어버려. 정말 정말 정말 죽도록 보고 싶다면 말해. 그럼 내가 목숨 걸고 찾아 줄게. 아저씨가 다시 찾으려고 한다면 아마 님프의 영혼은 사라져 버릴걸!"

'목숨', '영혼'이란 단어가 가슴을 아프게 한다. 카드를 접고 눈을 감았다. 얼마간의 시간이 흘렀을까? 갑자기 세찬 바람이 불어오더니 나를 둥실 띄워 뭉게구름 위에 올려놓더니 어디론가 날아갔다. 온통 하얀 구름과 파란 하늘이 끝없이 펼쳐졌다. 바람을 '씽씽' 뒤로 보내며 날아가던 구름이 갑자기 아래를 향해 급강하하기 시작한다. 귀가 멍하고 눈을 뜰 수가 없었다. 피가 쏠릴 정도로 급강하하던 몸이 둥실 떠오르는 듯한 느낌이 들어 눈을 떴다.

"와우!"

발아래 끝없이 펼쳐진 연초록빛 들녘에 탄성이 절로 나왔다. 산들바람이 불어오자 풀들이 일제히 일어나 춤을 추며 장관을 이룬다. 구름이 더 아래로 내려가자 풀밭 가득 피어 있는 하얀 들국화와 강아지풀들이 수줍은 듯 살랑살랑 고개를 흔든다.

고개를 돌리자 파란 양산 그림자 아래 한 소녀가 팔베개를 하고 단잠을 즐기고 있다. 청바지에 흰 블라우스와 하얀 양말. 그녀 옆에 놓인 꽃무늬 연푸른색 재킷, 녹색 운동화, 얼굴을 가릴 정도의 챙이 달린 모자.

님프다! 까만 속눈썹, 오뚝한 콧날, 그 아래 입술을 덮어 버린 하얀 들국화. 흰 살결과 볼그스레한 양 볼. 시샘하는 봄바람이 기지개를 켜자 블라우스 자락이 펄럭인다. 내리쬐는 봄 햇살에 나른함을 걸쳐 놓곤 낮잠을 즐기고 있는 것이다. 님프를 부르는 순간, 뭉게구름이 나를 덮어 버렸다.

눈을 떴다. 졸업식 날 님프가 한 말이 생각났다.

"왜 한 번 실패한 사랑에 자신의 순수한 사랑까지 추잡하게 만들면서까지 매달려? 그것은 내가 용납을 할 수 없어. 왜냐고? 내가 아저씨를 사랑하니까."

가슴이 아릿하다. 그러나 나에겐 님프가 영원히 천사로서 남아야 한다고 다짐했다. 부디 한국에 오지 말고 미국에서 행복하게 잘 살길……

달리는 운명

1.

다시 라일락 향기 그윽한 4월이 찾아오고, 또 지나가기 전까진 아무 일도 일어나지 않았다. 그리고 그 누구도 날 찾지 않았다. 아카시아 향기가 거실을 점령한 어느 날, 눈이 시리도록 푸르른 신록의 계절 5월이 왔다. 마야, 님프도 연락 없는 하늘 아래서 질리도록 평온한 나날들을 보내고 있었지만 평온하면 할수록 나 자신이 누군지, 어떻게 살아갈지에 대한 궁금증은 더욱더 높아져만 갔다.

회사에 출근해도 일이 손에 잡히지 않았다. 그럴수록 나 자신이 정체된 욕망을 소비하는 존재로 느껴졌다. 일을 하다, 길을 걷다가도 멍청하게 넋 놓고 있는 나를 종종 보게 되고, 가슴 한쪽이 뻥 뚫린 것처럼 허전했다. 과연 나에게 꿈이나 희망이란 것이 있는 건가?

뚜렷한 목표가 있는 것도 아니고, 뭘 해야겠다는 준비도 없이 사표를 제출했다. 틀에 갇힌 정체 모를 내 욕망이 무엇인지 알아보기 위해서다. 그러나 세상 사람 모두가 휴거한 듯한 나날이 한 달 동안 지속되자 나 자신의 존재는 사라지기 시작했다. 여행을 가도, 동창모임에 가도 이방인처럼 겉도는 나 자신을 발견할 수가 있었다.

잡념을 없애기 위해 선배가 경영하는 공장 기숙사에 머물며 약 한 달 동안 주야로 물건을 조립하고 들어 나르는 일을 했다. 하루 종일

10킬로그램의 제품 수백 개를 나르며 박스를 포장하고 차에 실어 발송하고 나면, 기숙사에 들어와 몸 이곳저곳에 파스를 붙이는 것이 일과였다. 몸에선 파스 냄새가 떠나질 않았다.

3주째가 되자 끊어질 듯한 허리도 호전되고, 일에 숙련도가 붙자 재미도 늘었지만, 육체적 고통이 정신적 고통을 덜어 주진 못했다. 오히려 육체적으로 힘들면 힘들수록 이런저런 생각은 더욱더 나를 혼란 속으로 빠져들게 만들었다.

"과연 난 어디로 가고 있는 걸까? 왜 늘 가슴 한쪽이 허전할까? 내가 나임을 느낄 수 있는 것이 있을까?"

공장을 그만뒀다. 그리고 그동안의 경험을 살려 인터넷 정보화 네트워크 콘텐츠 개발에 착수했다. 사업계획서와 그에 따른 스토리보드가 완성되자 함께 할 사업 동료와 몇 명의 후배들이 의기투합해 왔다. 연일 계속된 철야 작업 덕택에 한 달 후 특허신청을 냈다. 간만에 모두 며칠간 휴가를 갖기로 했다.

한여름, 매미가 아무리 악다구니를 써도 나에겐 한가로운 하품으로 들릴 정도로 몸이 이상하다. 며칠째 계속되는 고열로 어지럽고 걷기조차 힘들다. 입맛도 없어 아픈 몸을 간신히 이끌고 동네 근처 식당에 갔다. 시원한 막국수로 약간의 기운을 차리고 약국에서 몸살약을 조제해 돌아왔다. 약을 먹었지만 차도가 없다. 생각을 멈추려고 침대에 누워 매미 소리를 자장가 삼아 잠을 청했다.

2.

톡톡! 얼굴에 물방울이 떨어진다. 눈을 떠야 하지만 졸음이 눈꺼풀을 단단히 잡고 있다. 머리맡에 누군가 있는 느낌이지만 힘이 없어 돌아누웠다. 몸이 매우 심하게 흔들려 눈을 떴다.

수백 병의 형형색색 와인과 양주병이 키핑 돼 있는 와인바에 내가 홀로 앉아 있다. 카운터 테이블 너머엔 하늘과 희진 씨가 대화를 나누고, 그 옆에 한 여성이 간간이 웃음을 터뜨리며 잔을 씻고 있었다.

희진 씨를 부르자 잔을 씻던 여성이 고개를 돌렸다. 헉! 무섭도록 아름다운 눈동자다. 시선이 마주치는 순간, 마법사의 주술에 걸린 것처럼 얼어붙었다. 손을 뻗어 하늘과 희진 씨에게 도움을 요청하려 했지만, 입술이 달라붙고 손가락도 움직일 수가 없다. 온몸이 바닥으로 서서히 빨려들어 가며 발이 사라지고, 다리도 사라지기 시작했다.

그녀의 눈동자가 점점 커지더니 내 얼굴 바로 앞에서 멈췄다. 하얀 공막 위로 까만 눈동자가 이리저리 돌아다닌다. 무섭도록 아름답다. 온몸의 세포들이 일제히 살갗을 뚫고 척추 끝으로 달려가자 식은땀도 그 뒤를 따라 질주한다. 숨이 막혀 온다. 눈을 질끈 감아도 그녀의 눈동자가 보인다.

"아! 이젠 끝이구나!"

모든 걸 체념했을 때 눈동자가 점점 멀어졌다. 그녀가 빙긋 웃으며 고개를 돌려 다시 그들만의 대화 상태로 돌아가 나지막이 재잘댄다. 아주 자연스럽게.

휴! 안도의 숨을 내쉬며 의자 깊숙이 몸을 뉘었을 때, 그녀가 다시 내게로 고개를 돌렸다.

어! 혜진이다! 손을 들어 반가움을 표시하자 까르르 웃는다. 혜진의 웃음소리가 점점 작아지더니 고요만이 남았다. 그리곤 바람처럼 '훅' 하고 모든 것이 사라졌다.

칠흑 같은 어둠이다. 그녀가 서 있던 쪽에서 회색 어둠이 'ㄷ' 자로 새어 나왔다. 손을 뻗자 문이 열렸다. 짙은 회색 공간이다. 발을 들여놓자 문이 스르르 닫혔다.

계속해서 걸어나갔다. 얼마나 걸었을까? 저만치 앞쪽에서 칠흑 같은 어둠이 소용돌이치고 있었다. 블랙홀이다. 뒤돌아 도망치려 했지만, 움직일 수가 없다. 블랙홀이 점점 더 커지고 있다. 아니, 내게로 다가오고 있는 것이다. 어둠의 소용돌이 안엔 귀가 멍할 정도로 거센 바람이 미쳐 날뛰고 있었다. 등 뒤로 식은땀이 주르륵 흐르고 다리가 후들거린다. 몸이 허공으로 붕 뜨더니 마침내 블랙홀이 나를 집어삼켰다.

"아아악!"

3.

눈을 떴다. 휴! 꿈이다.

"무섭도록 아름다운 눈동자가 혜진?"

꿈속이라지만 혜진을 두 번 다시 만나고 싶지 않다. 그리고 혜진을 증오하고, 나 자신을 미워하며 지냈던 시간들도 지워버리기로 했다. 그리고 혜진이 행복하게 잘 살길 빌었다.

정원으로 나와 잔디 위에 누웠다. 하늘은 눈이 시리도록 푸르고, 뭉게구름은 무심히 흘러가고 있었다. 매미들이 일제히 반갑다고 고래고래 악을 쓰는 한여름의 오후다.

갑자기 님프가 보고 싶어져 눈을 감았다. 기억이란 놈은 늘 제멋대로여서 잊지 않으려고 님프와 밤새워 대화를 나누던 애잔함을 상기시켰다.

시원한 바람이 두 볼을 스치는 순간, 주위의 모든 것이 사라지고 지평선이 펼쳐진 초원이 나타났다. 구식 트래블 쌍 날개 비행기 한 대가 뭉게구름을 뚫고 나왔다.

부웅! 쪽빛 하늘에 황금색과 백색의 낡은 트래블 4000기 한 대가 멋지게 공중선회를 하더니 레몬빛과 에메랄드빛이 섞인 건초 위에 미끄러지듯 소리 없이 착륙했다.

도날드 쉬모다가 나를 불렀다. 나뭇잎이 황금빛으로 변한 나무 아래 나를 앉혀 놓고, 그는 서서 말을 했다. 메시아가 아닌 편안한 친구처럼.

"세상은 너의 연습장이야. 그 위에 너는 계산을 하지만, 그건 실재가 아냐. 네가 원할 경우 거기에 실재를 표현할 수도 있다. 또한 무의미, 거짓말을 써도 그만이며 페이지를 찢어 버려도 그만이다."

한 차례 시원한 바람이 도날드 쉬모다의 머플러를 펄럭이자, 그는 고글을 벗고 잠시 하늘을 바라보다 말을 이었다.

"여기에 네가 이 지상에서의 임무가 끝났는지를 알아보는 시험이 있다. 만일 네가 살아 있으면 아직 끝나지 않은 것이다. 너는 네가 하고자 하는 것은 무엇이든 해도 좋다. 그러나 너는 죽을 수도 없고 스스로 상처를 입을 수도 없다. 그러므로 네 자신을 자학하거나 스스로 죽이려 하지 마라. 세상의 모든 것은 너의 환상일 뿐이다. 단 누군가를 절실하게 사랑하는 마음과 누군가 너를 사랑하는 마음은 사실이다. 내 말이 전부 틀릴지라도."

3달러를 지불하자, 도날드 쉬모다는 모자를 벗어 정중히 거절하곤 다시 비행기를 몰고 구름 속으로 사라졌다.

눈을 떴다. 비록 꿈이지만 나도 리차드 바크처럼 도날드 쉬모다란 메시아를 만났다. 가슴 깊이 무언가 강렬한 것이 솟아올랐다. 난 사실을 외면한 채 자유롭고 행복하지 못한 인생을 택하기로 했다.

마야나 님프를 잊고 미친 듯이 일에만 매달렸다. 간혹 그리움이란 놈이 찾아올 때도 있었지만, 그때마다 킬러를 보내 가차 없이 아주 잔인하게 그 감정을 죽여 버렸다. 그렇다고 마야나 님프가 싫어서가 아닌, 나 자신을 향한 것이었다. 왜냐하면 그녀들과의 추억이 너무도 아름다웠기 때문이다. 난 더 이상 사랑에 가슴 아파하지 않고, 그 누구에게도 의지하지 않고, 나만의 길, 나만의 방식대로 살아가기로 했다.

4.

지루한 장마가 끝나가는 8월 초, 연일 계속되는 작업으로 지친 몸을 이끌고 10시쯤 귀가해서 잠이 들었다. 휴대폰 소리가 요란해 눈을 떴다. 누군가 아래서 문을 두드리고 있었다. 휴대폰을 받으니 님프가 지금 1층 현관문 앞이란다. 시계가 자정을 향해 달려가고 있었다.

번개가 번쩍이더니 천둥소리가 온 천지를 뒤흔든다. 소나기다. 1층으로 내려가 문을 열었다. 번쩍! 우르르 쾅! 비바람이 몰아치는 가운데 번개를 등에 업고 님프가 서 있었다. 6개월 내내 연락이 없던 님프다.

"아저씨! 방금 미국에서 도착했어."

님프가 쓰러졌다. 비에 흠뻑 젖은 님프는 지친 기색이 역력했고 피곤해 보였다. 겉옷을 벗기고 침대에 누인 후 이불을 덮어 주자 님프가 힘들게 입을 열었다.

"비밀상자 봤어?"

"그래."

"화 안 내?"

"내가 왜."

"내가 아저씨와 혜진 언니의 사진들과 일기장을 없애 버렸는데도?"

"그 대신 님프가 소중한 선물을 줬으니까 됐어."

님프가 자리에서 일어나 내 얼굴을 양손으로 잡고 입술에 입을 맞춘 후 꼭 끌어안았다.

"아저씨는 나의 첫사랑, 첫 데이트, 첫 키스를 한 사람이야. 죽어도 잊지 마?"

고개를 끄덕였다.

"아저씨 말대로 내가 아무리 초라하더라도 나를 소중히 하고 사랑할게. 그리고 이젠 천둥 번개도 무섭지 않고 혼자서도 잘 자."

"잘됐구나."

"나 이제 아저씨한테 매일 매일 전화할 거다. 사랑하는 사람끼리 멀리 떨어져 있으면 마음도 멀어진대. 아예 이참에 학교 그만두고 아저씨와 함께 살까?"

"이제 그만 자. 나머진 내일 이야기하자."

"그래, 나 힘들어. 아저씨 잘 자! 그리고 그때 전철에서 건네준 손수건은 고맙지만, 그것은 영원히 내 거야."

난감했다. 몇 개월 동안 님프를 잊으려고 미친 듯이 일에만 매달린 나였다. 머리가 어질하다. 그러고 보니 내 몸 상태도 좋지 못하다. 눈이 감겨 온다. 잠들면 안 되는데…….

5.

내가 1930~40년대풍의 재즈클럽 구석 테이블에 홀로 앉아 있다. 검은 바지, 하얀 티, 검은 샌들에 선글라스를 착용했다. 국적과 도시를 알 수 없는 옅은 회색빛 클럽, 모든 것이 무채색이다. 전에 꿈에서 본 적이 있다. 현실 도피처인 이곳은 세상 어딘가에 한 곳 정도는 있을 것 같은 클럽이다. 이 클럽의 공기 밀도는 절망의 늪과 같아서 한 번 들어오면 영원히 갇혀 슬픈 노래를 들으며 술을 마시거나, 욕지거리에 신세 한탄을 늘어놓아야만 할 분위기다.

담배 연기 자욱한 어둠침침한 곳에서 병나발을 불며 다투는 실루엣들이 이색적이다. 상대방을 보고 이죽거릴 뿐, 누구 하나 따뜻한 미소와 악수를 나누는 법 없이 술만 마셔 댄다. 이곳의 사람들은 절망을 탐닉하며 자신의 희망에 난도질을 하고 있는 것이다.

갑자기 클럽이 조용하다. 구석의 무리들도 싸움을 멈추고 일제히 무대 쪽을 향했다. 무대 뒤 검은 커튼이 걷히고 검은 드레스에 얼굴을 가린 여가수가 등장하자 트럼펫, 색소폰, 콘트라베이스, 드럼, 기타, 피아노 소리가 울려 퍼졌다. 여가수의 사랑 노래가 묘하게 가슴을 아릿하게 하며, 시간이 흐를수록 평온하다 못해 릴렉스 하게 만든다.

누군가 등을 툭 쳤다.

"자네가 나를 재즈클럽으로 초대했나?"

검은 중절모의 빨간 스카프가 테이블 맞은편에 앉았다. 검은 중절모를 눌러 쓰고 얼굴을 감싼 검은 천 사이로 눈빛이 번뜩였다. 등골이 서늘하다.

그가 허연 이를 드러내며 재킷 안쪽에서 권총을 꺼내 한 치의 떨림도 없이 내 이마를 겨냥했다. 이어 천천히 무대 쪽으로 움직이더니 여가수를 겨냥했다.

"탕!"

총성과 함께 그녀가 쓰러졌다.

악! 님프다. 빨간 피가 가슴에서 흘러나왔다. 님프를 끌어안고 애타게 불러도 대답이 없다. 난 분노에 찬 눈으로 그를 노려봤다. 그는 동정 어린 미소를 지으며 얼굴에 감겨 있던 검은 천을 풀었다.

"헉!"

그는 바로 5년 전 퀭한 몰골의 나였다. 혜진에 대한 증오심과 사랑 사이에서 스스로를 학대하며 괴로워했던.

"크크크. 놀랐나? 난 너야. 네가 처절하게 싫어했던 잠재의식 속의 너. 잘 가게!"

검은 장갑에 들린 빨간 총구가 연속해서 불을 뿜었다.

님프를 끌어안은 채 옆으로 쓰러졌다. 클럽이 서서히 암흑 속으로 사라지더니 가슴이 터졌다. 검은 허공에 촘촘히 박힌 핏방울들이 둥실 떠 있다. 집 뒤뜰에서 보았던 빨간 장미꽃처럼. 그중 하나를 손으로 잡으려 하자, 핏방울들은 화살이 돼 일제히 나를 향해 돌진했다. 정신을 잃었다.

6.

으으! 숨이 막힌다. 누군가 내 목을 조르나 보다. 버둥거리다 눈을 떴다. 칠흑 같은 어둠이다. 순간 등골이 서늘해졌다.

응? 이불 틈 사이로 햇빛이 들어왔다. 윽 눈부셔! 열린 창으로 햇살이 쏟아져 들어오고, 매미가 악을 쓰며 노래를 부르고 있었다.

"아저씨 일어나."

님프 목소리다. 두건과 앞치마를 한 님프가 빗자루를 들고 나를 노려보고 있다. 눈물이 핑 돌 정도로 반가웠다. 침대에서 일어나 님프를 와락 끌어안았다. 님프의 향기와 따스한 체온이 전달돼 왔다.

"숨 막혀! 갑자기 왜 이래? 평소엔 내가 안으려 해도 빼더니만."

"미안 미안. 고마워. 살아있어 줘서 정말 고마워."

"뭔 소리야. 내가 죽기라도 했어?"

님프가 몸을 빼면서 소리를 질렀다. 이건 현실이다. 난 기쁨에 겨워 다시 꼭 끌어안았다. 님프가 내 이마를 손으로 짚었다.

"이상하네? 열은 없는데. 아직 완쾌가 안 됐나?"

가만 님프가 여기 왜? 미국에 있어야 하는데.

"여긴 웬일이야?"

"나 방학했어. 어제 왔잖아."

"아! 그렇지."

"그 표정은 뭐야? 하나도 반갑지 않다는 표정이네. 내가 얼마나 힘들었는지 알아? 아저씨를 밤새 간호했단 말이야."

"아파? 내가? 님프가 아팠던 것 같은데."

"한밤중에 일어났더니 아저씨가 아파했어. 도대체 무슨 일이야?"

시계를 보니 오전 11시가 훌쩍 넘었다. 몹시 배가 고팠다.

"그런데 지금 뭐 하고 있어?"

"청소하는 중이잖아. 아저씨 때문에 침대를 청소할 수 없잖아."

"내가 치울게."

님프가 나를 노려봤다. 빨리 내려오지 않으면 빗자루든 뭐든 집어 던질 기세다.

주방에선 물이 끓고, 문은 활짝 열려 있으며, 푸르디푸른 하늘과 초원의 빛은 반짝였다.

오랜만에 님프와 마주앉아 식사했다. 그 식사라는 것이 라면에 김치뿐이지만 정말 맛있다. 라면엔 달걀, 파, 콩나물, 청양고추, 깻잎, 팽이버섯 등이 골고루 들어 있었다.

"아니 라면에 버섯까지?"

"비록 라면이지만 마켓 가서 장 보고 준비한 거야. 아무 소리 말고 맛있게 먹어."

그래도 친구랍시고 정성 들여 식탁을 꾸미다니. 난 잊으려고 했는데…… 장을 보면서, 라면을 끓이면서, 청소하면서 이리저리 머리를 굴렸을 님프를 생각하니 가슴이 찡했다. 눈가가 뜨거워져 고개를 숙였다.

"뭐해? 그렇게 못 먹을 정도야?"

"아니 너무 맛있다. 정말 맛있다."

식사 후 님프가 커피를 내리는 동안 정원으로 나오니 고양이 진이가 현관문 옆에 늘어져 누워 있다. 진이를 꼭 끌어안고 잔디 위에 누웠다.

"아저씨 뭐 해? 어! 고양이도 있네. 진 안녕!"

내 머리맡에 쪼그리고 앉은 님프가 하얀 이를 드러내고 활짝 웃었다. 내 팔을 베개 삼아 누운 님프가 졸린 목소리로 말했다.

"이 섬은 여전히 하늘을 날고 있네!"

님프의 말대로 뭉게구름이 흘러가는 것이 아니라 우리가 흘러가고 있었다. 싱그러운 바람이 불어왔다. 들국화 만발한 푸른 초원의 향기를 듬뿍 담은 바람이…… 님프가 잠꼬대를 한다.

"아저씨 내 곁에서 떠나지 마. 영원히!"

난 결심했다. 이 아름다운 천사가 날개를 활짝 펴고 훨훨 날아갈 수 있도록 하겠다고.

〈끝〉

하늘을 떠도는 작은 섬

초판 1쇄 인쇄 2021년 12월 08일
초판 1쇄 발행 2021년 12월 15일

지은이 박 철
펴낸이 류태연

편집 박해민 | **디자인** 조언수 | **마케팅** 이재영

펴낸곳 렛츠북
주소 서울시 마포구 독막로3길 28-17, 3층(서교동)
등록 2015년 05월 15일 제2018-000065호
전화 070-4786-4823 | **팩스** 070-7610-2823
이메일 letsbook2@naver.com | **홈페이지** http://www.letsbook21.co.kr
블로그 https://blog.naver.com/letsbook2 | **인스타그램** @letsbook2

ISBN 979-11-6054-519-7 03810